Benny Bothe
Zwei Fingerbreit Ehre

LEDA

Benny Bothe
Zwei Fingerbreit Ehre
Kriminalroman

1. Auflage 2011

ISBN 978-3-939689-77-5

Leda-Verlag, Kolonistenweg 24, D-26789 Leer
info@leda-verlag.de
www.leda-verlag.de

Lektorat: Maeve Carels
Titelillustration: Andreas Herrmann
Gesamtherstellung: Bercker Graphische Betriebe GmbH
Printed in Germany

Benny Bothe

Zwei Fingerbreit Ehre

Kriminalroman

LEDA

Inhalt

Eine Schuld soll nicht mit Blut vergolten werden
Kanuni i Lekë Dukagjinit

Kein guter Tag

Februar 1996

Die Dunstglocke der frühen Morgennebel hängt über den tief verschneiten albanischen Bergen. Direkt an der Grenze zum Kosovo liegt die kleine Einheit albanischer Grenzsoldaten dicht bei dem Dorf Pogaj. Langsam geht die Sonne über einer unwirklichen Szenerie in der Schlucht an dem Grenzbach zwischen Albanien und der serbischen Provinz Kosovo auf und sendet ihre Strahlen bis in die dunklen Winkel der Täler.

Schweigend schöpfen ärmlich gekleidete albanische Bauersfrauen das eiskalte Wasser in die mitgebrachten Behältnisse, zumeist Plastikkanister. Sie haben nicht viel Zeit: nur zwanzig Minuten. Dann werden die Frauen auf der serbischen Seite Wasser schöpfen. Einige sind in ihren bunten und prachtvollen historischen Gewändern gekommen, ein krasser Gegensatz zu den albanischen Frauen. Sie werden bewacht von mehreren schwer bewaffneten Soldaten der serbischen Grenzarmee. Das sind Profis, die kein Gespräch dulden, denen kein Blickkontakt entgeht. Die Beobachtergruppe der Europäischen Mission steht auf der albanischen Seite und observiert das Geschehen wie Besucher in einem Theater.

Paul Anker ist nicht zum ersten Mal an diesem entlegenen Ort in den Bergen zwischen Albanien und dem serbischen Kosovo, um den Konflikt zwischen den Todfeinden, Serben und Albanern, im Auftrag der Europäischen Union zu beobachten und darüber zu berichten.

»Ich glaube, wir haben genug gesehen für heute«, flüstert Paul seinem französischen Partner Jo und Safet, dem albanischen Dolmetscher, zu. Sie alle scheuen sich, die erzwungene Stille mit lauten Worten zu durchbrechen. »Wir sollten abhauen. Es wird nichts Neues passieren heute.«

Jo nickt, und ihr Dolmetscher bedeutet den albanischen Grenzern, von denen die Gruppe begleitet wird, dass sie den Rückweg antreten werden.

Die albanischen Soldaten, die die unbewaffneten EU-Beobachter schützen sollen, schultern ihre AK 47, Kalaschnikow, die Standardwaffe auf dem Balkan. Die Finger der Soldaten sind blaugefroren, ihre Gesichter schon in der Jugend von dem harten Klima gezeichnet. Einige von ihnen tragen noch nicht einmal wärmende Socken in ihren schäbigen Soldatenstiefeln, wie Jo und Paul wissen. Aber die Kalaschnikows aus albanischer Produktion sind tadellos gepflegt und einsatzbereit. Eine minimalistische Ausrüstung für einen Soldaten. Mit den typisch langsamen und bedächtigen Schritten, die allen Bergbewohnern eigen ist, beginnen sie den Aufstieg zur albanischen Grenzstation, wo der Landrover steht. Von der anderen Seite des Baches verfolgt die kleine Gruppe die verächtlichen Blicke der serbischen Soldaten und die verstohlenen der serbischen Bauern unter den gesenkten Köpfen hervor.

»Ich bin eigentlich gerne hier«, sagt Paul zu Jo. »Wo kann man heutzutage noch so etwas erleben? Eine Welt wie im Mittelalter, wenn die modernen Waffen nicht wären. Wirklich irre.«

Jo nickt. »Das werde ich nie vergessen, was wir hier sehen. Dafür stehe ich gerne um vier Uhr nachts auf.«

Paul gibt Safet zu verstehen, dass sie sofort wieder fahren werden, da er keine Lust hat, mit dem Kommandanten der Grenzstation am frühen Morgen eine Flasche *rakia* oder den noch schlimmeren künstlichen Cognac Skanderbeg zu leeren. Jo ist mit Paul einer Meinung, da die Rückfahrt lang, beschwerlich und gefährlich sein wird.

Es wird wenig gesprochen, während sie durch die niedrigen Krüppeleichen und -kiefern den mühsamen Aufstieg bewältigen. Die Luft fehlt dazu, und jeder hängt noch seinen Gedanken über das eben Erlebte nach. Die Sonne hat inzwischen den zähen Kampf gegen die Nebelschwaden gewonnen, die aus den umgebenden Bergwäldern und tief aus den dunklen Schlünden der Täler und Schluchten aufgestiegen waren. Das gewaltige Massiv des Pashtrik mit seinen felsigen Flanken, die aus den umgebenden Bergwäldern emporwachsen, liegt in der Glut schweigend wie ein ewiger Wächter zwischen der serbischen Provinz Kosovo und dem Staat Albanien.

Erschöpft und trotz der schneidenden Kälte schweißtriefend, kommen sie nach einer Stunde oben auf dem Bergrücken in der albanischen Beobachtungsstellung an, wo sie den weiß lackierten Landrover Defender mit der Aufschrift *ECMM* (European Community Monitor Mission) weithin sichtbar geparkt haben. Der Wagen soll die Präsenz der Europäischen Gemeinschaft für alle beteiligten Konfliktparteien demonstrativ unterstreichen. *Monitoring* und *reporting*, beobachten und melden, auf diplomatischer Ebene, um den Konflikt auf dem Balkan einzudämmen, um exzessive Gewalt einzuschränken und um den Regierungen der westlichen Welt auf der Basis der täglichen Lageberichte der Teams eine möglichst realistische Beurteilung zu ermöglichen. Die weiße Farbe der Kleidung und der Fahrzeuge, die absolute Waffenlosigkeit der Beobachter und die passive Rolle der Mission soll Neutralität und Glaubwürdigkeit vermitteln. Eine Mission zwischen den Fronten ohne aktive Rolle.

Das Team verabschiedet sich mit fadenscheinigen Ausreden schnell von dem Kommandanten, der schon die Flasche *rakia*, den albanischen Schnaps, bereitstellen ließ. Die Flasche wird sonst immer bis zum letzten Tropfen geleert, da kennen die albanischen Männer keine Gnade. Der Kommandant ist entsprechend enttäuscht von ihnen;

aber Paul will nicht alkoholisiert die gefährliche Fahrt antreten. Er nimmt sofort seinen Platz am Steuer ein. Ohne Einwände hat das Team ihn als ständigen Fahrer akzeptiert. Die Rückfahrt auf der abschüssigen und glitschigen Gebirgsroute etwa zweihundert Meter über der Drini, die tief unten in der Schlucht Richtung Kosovo gurgelt, ist extrem schwierig.

Jo ist zum Fahren zu ängstlich. Der Deutsche hat das Fahren in schwierigem Gelände mit einem Spezialfahrzeug auch nicht bei der Bundeswehr gelernt, Paul kann nur auf seine persönlichen Erfahrungen auf den Routen des Balkans zurückgreifen.

Karl May kommt Paul in den Sinn, *In den Schluchten des Balkan*. Nun erlebt er diese grandiose Gebirgswelt selber und erschrickt immer noch vor ihrer Wildheit und Gefährlichkeit, ist aber auch immer wieder gefangen von dieser Landschaft. Als Junge hatte er die Bücher verschlungen und nun ist er im Alter von fünfundfünfzig Jahren an den Schauplätzen seiner damaligen Träume angelangt.

Eigentlich sollte Pauls uneingeschränkte Aufmerksamkeit den unberechenbaren Verhältnissen gehören; aber seine Blicke wandern trotzdem des Öfteren zur Seite zu seinem Kollegen Jo, der verzweifelt bemüht ist, seinen Körper in dem springenden und bockenden Gefährt sicher zu fixieren. Ein kleiner, unscheinbar wirkender Mann um die fünfzig. Jo ist ein Produkt der französischen Kolonialzeit, vietnamesische Mutter und Vater irgendwo aus Indien. Obgleich er meist keine aktive und produktive Rolle im Team spielt, ergänzen sie sich nahezu perfekt. Vielleicht gerade deshalb! Paul spielt gerne den *leader* und gefällt sich in dieser Rolle. Er hat es schließlich in den langen Zeiten seines Soldatenlebens gelernt.

Scheiße, denkt Paul, warum kann ich nicht einmal einen Kumpel erwischen, der auch mal den Boss spielen will, damit ich meine Ruhe habe? Andererseits hat das auch seine Vorteile. Jo motzt selten und läuft problemlos mit.

Die Fahrt fordert Paul als Fahrer all sein Können ab. Die Räder kommen den abschüssigen Rändern der Gebirgsroute oft gefährlich nahe. Der Blutdruck steigt an und bleibt auf diesem hohen Niveau. Niemand hat sich angeschnallt, damit man schnell aus dem Wagen kommt, falls es abwärts gehen sollte.

Die Männer haben kaum noch Augen für die Gebirgslandschaft, die mit ihrer monumentalen Schönheit alles in den Schatten stellt, was sie bis jetzt gesehen haben. Tiefe Schluchten und Täler, deren dunkle Schlünde ihre Geheimnisse nicht preisgeben wollen, wechseln mit wilden und schroffen Höhen, wo sich Himmel und Erde zu vereinigen scheinen.

Zwei Stunden schweißtreibender Gebirgsfahrt, dann sind sie auf der halbwegs befestigten Straße, die Richtung Kukes führt. Hier, in der Hauptstadt der gleichnamigen Präfektur Kukes, haben sie eine Wohnung vom ehemaligen Polizeichef der Region angemietet. Sie sind umgeben von armen Menschen, die hart für ihr tägliches Brot arbeiten, von Verbrechern, Schmugglern und Tagedieben. Eine gefährliche Umgebung.

Paul fährt noch immer extrem vorsichtig, denn auch hier sind die Straßenverhältnisse nicht einzuschätzen.

»Eh, Paul, schau mal, ein Adler, da oben!«, ruft Jo in seinem lustigen Englisch mit französischem Akzent und stößt Paul an.

Der hat den Vogel längst entdeckt und wendet sich zu Safet auf dem Rücksitz: »Dein Kumpel da oben: *Shqip*, Adler!«

In Safet wächst der Stolz; die zwei Kollegen spüren es förmlich. »Ja, wir sind die Söhne des Adlers«, schallt es von hinten selbstbewusst zu den zwei Männern aus dem mitteleuropäischen Paradies. Sie gelten hier bei den harten Männern Albaniens als verweichlichte Typen, was sicherlich auch richtig ist. »Hört, er begrüßt mich, seinen Bruder!«, ruft Safet aufgeregt.

Und wirklich, sie hören durch die halb geöffneten Fenster den hohen und wilden Jagdschrei.

Sie passieren rechter Hand einen steil abfallenden, schneebedeckten Bergweg. Schemenhaft erkennen sie zwischen den Krüppelkiefern umhertollende Kinder.

Paul fährt jetzt noch langsamer. Kinder in der Nähe, das heißt totale Konzentration und Vorsicht. Er ist dafür bekannt, dass er es etwas übertreibt mit seiner Vorsicht und mit seiner Rücksicht auf die Bevölkerung des jeweiligen Einsatzlandes. Für Paul hat das die erste Priorität.

Von einigen der Kollegen wird er dafür belächelt. Die Straße gehört uns, ist bei vielen Europäern, die in diesen krisengeschüttelten Ländern des Balkans arbeiten, die allgemeine Parole.

Ein lang gestreckter Schatten huscht auf der Erde von rechts auf den Wagen zu.

Bremsen, gegenlenken, fluchen, Blutdruck hoch, Schweißausbruch. Sekunden werden zur Ewigkeit. Die hochbeinige Karre rutscht und bockt. Nur ein kleiner Stoß und ein dumpfer Schlag außen an der rechten Seite ist zu spüren. Der Wagen rutscht langsam in den Graben neben der Straße, dicht an der aufsteigenden Gebirgswand.

Dann hört das Team nur noch den Motor, der sanft vor sich hin brabbelt. Paul stellt ihn ab. Erst einmal herrscht Schweigen zwischen den aufgewühlten Männern.

Paul bricht die Stille: »Mal sehen, was wir da erwischt haben. Vielleicht einen Fuchs?«

»Ich meine, das war ein Kind auf einem Schlitten«, stammelt Jo verängstigt.

»Mach keinen Scheiß!«, schreit Paul. Sofort bricht ihm, der sonst so beherrscht ist, der Angstschweiß aus.

»Ich glaube, Jo hat recht«, sagt Safet leise.

»Ich sehe nichts.« Jo lehnt sich suchend aus dem geöffneten Fenster. »Vielleicht haben wir alle geträumt!«

Als er aussteigt, scheint die Kälte der winterlichen Bergluft Paul den Atem abzuschnüren. Langsam geht er um den Wagen herum, und Safet folgt ihm aufgeregt.

»Allah, Allah, Allah!«, ruft er beschwörend in die klirrende Kälte. »Ich weiß es; es muss etwas Schlimmes sein. Der Adler!«

»Hör mit deinem Hokuspokus auf!«, herrscht Paul ihn an. »Guck lieber mal unter die Karre.« Er selbst schaut zwischen die Felswand und den schräg stehenden Landrover. »Nichts«, murmelt er. »Du mit deinem Scheißadler und seinem Gekrächze.«

»Nein, nein, bitte nicht. Allah, lass es nicht wahr sein!«, ruft da Safet, der halb unter dem Wagen liegt. »Ich glaube, wir haben ein Kind erwischt!«

»Unmöglich!«, ächzt Paul. »Wo soll der Bengel denn so schnell hergekommen sein? Ich habe doch aufgepasst!«

»Da, den Weg herunter.« Safet zeigt halb liegend auf den steil abfallenden Gebirgspfad. Eine kleine Schar Kinder hat sich hinter dem Wagen versammelt. Ihre kleinen, selbstgebastelten Schlitten aus Kisten sind wie dunkle Tupfer über den Schnee verteilt. Schweigend und still. Wie Mahnmale.

»Ist das euer Freund dort unter dem Wagen?«, fragt Safet auf Albanisch.

»Po!«, sagt ein kleiner Junge von vielleicht acht Jahren. Seine Nase läuft.

Po heißt Ja; so viel haben sie hier in den albanischen Bergen bei ihrem Job wenigstens gelernt.

»Wir müssen das Kind rausholen, sofort!«, ordnet Paul an. Auf dem kalten Boden liegend, sieht er die kleine Gestalt seltsam friedlich hinter dem rechten Vorderreifen unter dem Wagenboden ausgestreckt. »Wir müssen ihn rausziehen, ohne den Wagen zu bewegen. Zu gefährlich für den Jungen.« Er spricht aus, was alle wissen. Aber er muss etwas sagen. Beruhigungstherapie!

Gemeinsam kriechen sie unter den hochbeinigen Geländewagen und ziehen das reglose Kind langsam und vorsichtig auf die Straße. Sie legen die schlaffe Gestalt auf einer Decke ab, die Jo in der Zwischenzeit ausgebreitet hat. Ein dünner Blutfaden rinnt aus der Nase und aus dem Ohr, das Paul unter der dicken Wollstrickmütze inspiziert hat.

Puls und Atmung sind kaum spürbar.

»Safet, versuch eine Ambulanz zu rufen, hier hast du das Satellitentelefon. Jo, hilf ihm!«, ruft Paul aufgeregt, aber wieder führungs- und befehlsfähig. »Du kennst dich ja hier aus, Safet, schließlich wohnst du hier!«

Safet telefoniert. In der Zwischenzeit schnattert die Kinderschar aufgeregt durcheinander und einige verschwinden über den Weg nach oben, wohl um die Eltern zu informieren.

Sie bringen den Jungen in die stabile Seitenlage und decken ihn mit einer Wärmefolie warm zu.

»Mehr können wir nicht tun«, murmelt Paul. »Ich kann doch gar nichts dafür ...!« Schuldbewusst und beschwörend schaut er das Team an.

»Ich hoffe, die Familie sieht das auch so!«, wirft Safet ein. »Wir sind hier in den Bergen, dem Bereich, wo der Kanun des Lekë Dukagjini noch gilt. Das wird Schwierigkeiten geben. Für uns alle, aber insbesondere für dich als Fahrer, Paul. Wenn der Junge an den Folgen leidet ... Nicht zu denken, wenn er stirbt!«

Die Worte hängen wie eine Drohung über den verstörten Männern.

Laut schreiend und wild gestikulierend nähert sich von oben über den Bergweg eine dunkle Masse aufgeregter Menschen.

»Das muss die Mutter sein«, sagt Paul leise zu Safet, als sich eine verhärmte Frau im albanisch-türkischen Habit laut schreiend über den Jungen wirft. »Halt sie da weg! Der Junge darf nicht bewegt werden. Ich schätze, er hat einen Schädelbruch. Weil Blut aus Nase und Ohren kommt.«

Es ist zu spät. Schreiend bleibt die Frau auf dem reglosen Körper liegen und schüttelt ihn in hilfloser Verzweiflung.

Sie stößt herzzerreißende Klagelaute aus und jammert schluchzend in ihre kleinen, abgearbeiteten Hände.

Paul und Jo treten auf die Frau zu, um sie zu trösten und von dem Jungen wegzubringen.

Wie ein dunkler Gesang erhebt sich in diesem Moment das drohende Gemurmel der Dorfbewohner. Sie stehen da wie eine amorphe Masse, kaum als Einzelwesen wahrnehmbar. Ihre Blicke verheißen Unheil. Aus den dunklen Augen sprühen der Hass und die Wut über die Fremden in ihrem Land. Leise schlurfend schiebt sich die Ansammlung der Menschen, einem einzigen lebendigen Körper gleich, auf die Unglückstelle zu.

Da erscheint in letzter Minute die Rettung. Laut hupend kommt die schäbige Ambulanz aus Kukes mit quietschenden Reifen zum Stehen.

Safet erklärt dem Sanitäter aufgeregt die Situation, und schnell wird der bewusstlose Junge mit der Trage in das Auto geschoben. Die albanischen Sanitäter leisten die Erste Hilfe, soweit sie dazu mit ihrer dürftigen Ausstattung in der Lage sind. Sie geben sicherlich ihr Bestes.

Die verzweifelt schreiende Mutter steigt in den altersschwachen Ambulanzwagen, nicht ohne sie noch laut zu verfluchen, wie Safet übersetzt. Der Wagen verlässt die Unfallstelle und macht der Polizei Platz. Paul fragt sich wieder einmal, wie sich in diesem Land ohne dichtes Kommunikationsnetz die Nachrichten so schnell verbreiten können. Ein Rätsel, das sie nie lösen werden.

Sie begrüßen den Polizeichef der Gebirgsstadt Kukes mit dem albanischen Tagesgruß: »Mire dita!« Sie sind gute Bekannte von unzähligen Besuchen und Interviews, die sich im Laufe des diplomatischen Beobachterjobs ergeben haben.

Der Polizeichef ist ein Mann um die fünfzig; schlanker, gut aussehender, dunkler Typ. Das Haar lichtet sich schon etwas, aber die flinken und wachen Augen lassen sein Alter vergessen. Seine relativ moderne Erscheinung in dem gepflegten Trenchcoat weist ihn als einen Mann aus, der zielgerichtet in diesem Land seinen Weg sucht und auch geht. Er kann objektiv denken und realistisch Lagen analysieren, wie sie wissen. Das ist kein Leichtgewicht im Räderwerk der politischen Clique im Norden Albaniens, was er durch seine Mercedes-Diesel-Limousine mit den verdunkelten Scheiben bewusst demonstriert.

Paul ist froh, dass der Mann hier als stabilisierender Faktor anwesend ist. Die Lage war kritisch für sie, bevor die Ambulanz und die Polizei eintrafen.

Die immer noch aufgeregten Männer erklären dem Polizeichef kurz die Situation. Safet übersetzt geschickt ohne seine üblichen persönlichen Beimischungen, die ihm explizit verboten sind. Sie wissen alle, wie gefährlich es ist in diesem Land zwischen Mittelalter und Moderne, wo die Emotionen und Begriffe wie Ehre und Würde sowie eine jahrhundertealte Tradition die Gesellschaft prägen.

Die aufgeregte und bedrohlich wirkende Menge der versammelten Dorfbewohner wird immer wieder von dem Polizeichef und seinen Begleitern zurückgedrängt. Nun sind auch mehr Männer des Dorfes erschienen. Einem alten, tief gebückten Mann machen alle ehrfurchtsvoll Platz. Sie weichen vor ihm zurück und bilden einen weiten Kreis um das Geschehen.

Der Alte trägt die typisch albanische Kopfbedeckung aus Filz und eine türkische Hose mit weitem Schritt, den *şalvar* (Schalvar). Dazu jedoch das typische Jackett westlicher Prägung, in dessen Kragen er hinten den Stockschirm mit der Krücke eingehängt hat. Auf den ersten Blick kein außergewöhnlicher Mann, was aber in Albanien nichts heißen muss. Aus dem dunkelbraunen Gesicht mit unzähligen Schrunden und Falten sprechen eine natürliche Würde und ein unerschütterliches Selbstbewusstsein. Ein Patriarch der albanischen Berge.

»Das scheint der Älteste oder vielleicht der Großvater des Jungen zu sein«, flüstert Safet.

Seine Vermutung wird bestätigt. Der Polizeichef und der alte Mann sprechen kurz miteinander, wobei der Alte die übliche devote Haltung albanischer Bürger gegenüber der Obrigkeit vermissen lässt. Mit dem Team spricht er nicht. Er schaut die Männer aus einem anderen Land nur kurz und eindringlich an, wobei er Safet fragt, wer sie seien. Dann senkt er seine Falkenaugen wieder und spricht einige Worte leise aber eindringlich in den Raum. Der Mann spricht emotionslos, schaut dabei niemanden an und scheint sich seiner Wirkung durchaus bewusst zu sein. Sein Schnurrbart bewegt sich kaum beim Reden.

Safet übersetzt mit belegter Stimme. »Er wird uns und was wir getan haben nicht vergessen. Alles hängt von der Schwere der Verletzung ab. Die Polizei und deren Meinung sowie die Einschätzung der Schuldfrage interessieren ihn nicht. Er murmelte etwas von Ehrlosigkeit und Verantwortungslosigkeit. Auch, was wir in seinem Land zu suchen haben. – Das wird gefährlich«, flüstert er Paul zu. »Die werden aggressiv. Wir sollten die Sache im Polizeirevier in Kukes weiterverhandeln.«

*

Auf dem Polizeirevier geht eigentlich alles recht schnell. Sie sitzen zusammen mit dem Chef in seinem angenehmen Dienstzimmer, trinken Tee oder Kaffee und geben dabei ihre Aussagen zu Protokoll.

Die Anspannung will aber nicht weichen. Dieser Zwischenfall lastet traumatisch auf dem Team.

»Was kann sich aus der Sache für uns ergeben?« Paul stellt die naive Frage in den Raum, an den Polizeichef oder den, der sie beantworten kann.

»Vom polizeilichen Standpunkt aus sind Sie nicht schuldig, auch nach unseren Gesetzen nicht; aber ...« Er schaut besorgt, und Paul weiß sofort, was der Mann meint.

Auch Safet wird blass.

Nur Jo scheint die Situation und den tödlichen Ernst der Sache nicht zu begreifen. Er wirkt als Einziger locker und entspannt, als er seinen Tee zu Ende schlürft.

»Jo!«, sagt Paul fast beschwörend, »das ist eine schlimme Sache hier in Albanien, wenn der Junge das nicht überlebt.«

Jo zuckt mit den Schultern. Vielleicht will er cool wirken.

»Weißt du denn nicht, was Kanun bedeutet, mein Freund?«, schreit Paul ihn an.

»Ich haue dann hier ab und gehe nach Frankreich, da bin ich sicher«, antwortet Jo.

Paul lacht hysterisch auf. »Die Grande Nation kann dich auch nicht schützen, wenn die Familie dich verfolgt, glaub mir das.«

Safet und der Polizeichef sind still geworden; sie kennen die Problematik.

»Safet«, sagt Paul, »bitte übersetze weiter, damit der Kommandant weiß, was wir hier sprechen. Hör zu, Jo: Der Kanun des Lekë Dukagjini existiert illegal neben dem Gesetz des Staates. Wenn der Älteste mit uns den Kaffee trinken wird, ist die Sache für ein Blutgeld erledigt. Trinkt er nicht, wird man uns im Namen des Kanun schuldig sprechen. Weißt du denn nicht, was das heißt? Sie werden unser Blut fordern.«

Jo wird nervös und schaut den Kommandanten an, als suche er Hilfe oder Bestätigung bei ihm. »Ich bin doch gar nicht gefahren, was kann ich denn daran ändern, was kann ich denn dafür?«

»Das wird die Familie entscheiden, welche Schuld wer trägt und wie diese Schuld getilgt werden soll!« Safet versucht, Jo die Realität der albanischen Gesellschaftsordnung begreiflich zu machen.

»Auch ich kann das nicht ändern. Es würde mich in einem ähnlichen Fall genauso treffen wie Sie.« Mit Bedauern über seine polizeiliche Ohnmacht, das er mit einem fast verlegenen Schulterzucken zeigt, schließt der Kommandant die Akte. »Morgen früh kommen Sie bitte zu mir; ich werde Ihnen eine Erklärung übergeben, die Ihre Unschuld an der tragischen Sache beweist. Mehr kann ich nicht für Sie tun.« Abschließend fügt er hinzu: »Natürlich werde ich versuchen, für Ihre Sicherheit zu sorgen, solange Sie sich hier in Albanien aufhalten. Hier werden Sie vielleicht sicherer sein als in einem anderen Land. Der Kanun ist überall, auch dort, wo Albanien nicht ist. Aber beruhigen Sie sich erst einmal.«

Betreten und betroffen verlassen die Männer die Polizeistation und begeben sich in ihre Unterkunft ganz in der Nähe.

»Paul, das kann böse enden«, sagt Safet zum Abschied. »Für uns alle!«

Seine Worte treffen Paul wie eine Keule. Dennoch klingt seine Antwort ruhig. »Pass auch auf dich auf, Safet. Bis morgen früh, sei pünktlich gegen acht Uhr hier. Wir gehen dann zur Polizei.«

Safet wendet sich zum Gehen.

»Scheiße, Scheiße, Scheiße!« Paul schreit seine ohnmächtige Wut über ihre Hilflosigkeit mit verzerrtem Gesicht heraus. Wild tritt er gegen einen Stein, der ein vorbeifahrendes Auto gerade noch verfehlt. Dann beherrscht er sich sofort. Als *team leader* muss er seine Führungsfähigkeit immer wieder beweisen. »Safet, erkundige dich bitte laufend im Krankenhaus nach dem Zustand des Jungen. Sag mir sofort Bescheid, was mit ihm los ist; auch wenn es ihm besser gehen sollte. Jetzt werden wir die Familie nicht mehr belästigen. Morgen früh werden wir hingehen. Hoffentlich geht das gut, nicht nur unseretwegen; sondern vor allem wegen des Jungen. Es tut mir sehr leid. Was können wir denn noch tun?«

»Erst einmal abwarten. Inshallah.«

Auch Safet hat Angst; Paul kann es spüren.

Wieder ein schlechter Tag

Die Sonne hat den Kampf gegen die Dunkelheit in den albanischen Bergen noch nicht gewonnen, als Paul seinen Kopf aus den klammen Kissen hebt, um gegen die matten, vorhanglosen Scheiben zu schauen.

»Zieht wieder wie Hechtsuppe heute Morgen«, murmelt er. Das dünne Glas ist nur mit kleinen Drahtstiften ohne Kitt in den Rahmen befestigt.

Es muss gegen sechs Uhr sein. Das monotone Trommeln des Gebetsrufers, der langsam durch die dunkle, noch schlafende Stadt ging, klingt noch in seinen Ohren nach. Auch bei ihnen in der Nähe hat er seine Kreise gezogen.

Paul rollt sich noch einmal in seinem Bett zusammen. Das durchhängende Metallgitter bohrt sich durch die dünne Matratze in seinen Rücken. Die klagenden Rufe des Vorbeters der moslemischen Bektaschi-Sekte wecken ihn kurz darauf endgültig aus seinen Träumen.

»Allah, Allah, Allah! Der gönnt mir keine Ruhe. Auf, Paule, die Pflicht ruft.«

Warum so optimistisch fröhlich?

Verdammt, jetzt hat es uns auch erwischt; gestern. Diese verflixte Sache! Hoffentlich ist es gut ausgegangen. Er schlurft zu dem Holzofen, um zu sehen, ob noch etwas Glut von heute Nacht darin ist. »Nichts mehr, schlechtes Omen!«, murmelt Paul.

Er überlegt, ob er wie immer seine morgendlichen Liegestützen machen soll.

Das macht die Sache von gestern auch nicht besser.

Seine Gedanken fokussieren sich auf seine tägliche Routine. Schließlich macht er die Liegestützen doch. Die morgendlichen Tätigkeiten nehmen ihn jetzt in Anspruch. Unten im Wohnraum den Ofen mit Holz bestücken, etwas Kerosin drüber, und es wird brennen.

Aber es macht nur »puff«. Die Verpuffung im versotteten Kamin ist so stark, dass das Ofenrohr abfliegt. Der schwarze, feuchte Holzruß verteilt sich im Zimmer und auch über Paul. »Wieder ein schlechtes Omen!« Voller böser Ahnungen hetzt er nach oben und sieht die Bescherung; alles schwarz, auch das Bett! Das Ofenrohr hier oben hat es auch aus der Wand gesprengt.

»Mach ich nachher oder überlasse das für ein paar Lek der Haushilfe? Die wird sich darüber freuen. Wenigstens einer, der sich hier in dieser Gegend noch über uns freuen wird«, lacht Paul bitter. Er bemerkt längst nicht mehr, dass er hier in der Einsamkeit und der gesellschaftlichen Isolation die Gewohnheit angenommen hat, Selbstgespräche zu führen.

»Dann wird das mit der scharfen Bedienung beim Banditen in der deutschen Bar sicherlich auch nichts mehr werden.« Aber der Gedanke an die lockenden Rundungen unter dem eng sitzenden Pulli und die verheißungsvollen Blicke der Albanerin versüßen ihm etwas den schlechten Tagesanfang. Wie kommt es, dass die Weiber hier bei diesen Machos und der patriarchalisch geprägten Gesellschaft so scharf sind und sich so offensichtlich anbieten? Wird wohl die Verheißung auf das westliche Paradies sein, aus dem wir kommen, nimmt Paul an. So wird es sein; dafür verkaufen einige Lumpen sogar ihre Weiber. Genau wie bei uns.

Das Telefon schrillt.

»*ECMM*, Team Kukes, Paul Anker!«

»Safet hier. Wir haben schlechte Nachrichten, der Junge ist heute Nacht gestorben.«

Beide schweigen eine Weile. Betroffenheit, Anteilnahme, Angst, all das kriecht durch die Leitung, die sie verbindet und doch in diesem Moment trennt.

Paul muss etwas sagen; ist er doch einer von denen, die in dieser eigenartigen Welt Menschen wie Safet täglich eine gewisse Vorbildfunktion vorgaukeln. So, als hätten sie alles im Griff. »Was müssen wir nun tun, Safet? Sollen wir ...? Ach was, komm schnellstens vorbei! Das müssen wir besprechen und dann etwas tun!« Mit operationeller Hektik Sicherheit und Selbstbewusstsein vortäuschen ... Das wird sicherlich nicht der richtige Weg sein.

Paul hört, wie Safet auflegt. Er lauscht in den Hörer, als könnte er noch etwas erwarten, etwas, das einen positiveren Tenor hat.

Erschöpft sitzt er schließlich auf dem schmierigen, abgesessenen Sofa, den Kopf sorgenvoll in die Hände gestützt. »Das durfte nicht passieren!«, murmelt er ein ums andere Mal, und seine Hände kneifen in seine Wangen, bis sie schmerzen. Er schlägt sich mit den flachen Händen auf den Kopf, ächzt und stöhnt. Paul ist kurz davor, wie ein Kind zu weinen.

*

Eine Stunde später sitzen alle drei am Tisch in der Nähe des bullernden Ofens und schauen sich ratlos an.

»Safet«, sagt Paul fast beschwörend, »welche Konsequenzen kann das für uns alle hier haben?«

Die Familie des Jungen – der Vater heißt Skender Krasniqi – ist sehr einflussreich; ein alter, machtvoller Clan, der hier den Schmuggel kontrolliert. So erzählt man sich hier leise. Leute, die keine Gnade kennen, wenn es um das Geschäft geht. Eine Familie, die tödlich ist, wenn Ehre und Würde verletzt werden. Die Fremden haben mehr als das getan: Sie haben ein Mitglied der Familie, des Clans getötet. Das wird eine Sache des Ältesten werden, der wird entscheiden, wie sie vorgehen werden. Sie sind dafür bekannt, dass sie dem Kanun, dem Kanuni i Lekë Dukagjinit, anhängen.

»*Gjakmarrje*!«, stöhnt Safet. »Blutrache!« Er schreit hysterisch auf. »Wir werden alle dran sein, wenn er es will! Mein Vater war Oberst der albanischen Armee, er erzählte mir von Skender Krasniqui. Seine Macht hier in Kukes und in den benachbarten Präfekturen Hasi und Tropoja ist unbegrenzt. Er soll internationale Verbindungen haben; auch drüben im Kosovo in Serbien in der Dukagjini-Gegend. Lasst euch nicht täuschen von dem schlichten Erscheinungsbild oder seiner schäbigen Kleidung, wenn ihr ihn trefft!« Safet ist kurz vor einem Weinkrampf.

Paul legt ihm die Hand auf die Schulter und schüttelt ihn leicht. »Beruhige dich doch, Safet! Noch ist nichts entschieden, alles wird sich aufklären. Wir sind doch schließlich nicht irgendwer von einer humanitären NGO, wir sind Diplomaten der ECMM, der Europäischen Beobachtermission.«

»Ihr wisst nicht, was ihr redet! Ihr seid hier in Albanien, das ist nicht Deutschland!« Safet starrt ihn wütend an.

»Genug der Selbstzerfleischung«, beendet Paul die Sache. »Wir gehen folgendermaßen vor: Besuch beim Polizeichef, Besuch beim Präfekten von Kukes. Du, Safet, kontaktierst den Herrn Skender Krasniqi, damit wir unsere Betroffenheit ausdrücken können. Peile dort die Lage und versuche zu einem Güte-Termin zu kommen. Ich informiere Tony Watson im Hauptquartier in Tirana. Auf geht's, Kameraden!« Paul spielt den Optimisten. »Safet, frage, ob wir an der Beerdigung morgen früh teilnehmen dürfen.«

Jo hat still und bleich dagesessen, ohne eine eigene Meinung zu vertreten. Er scheint nun doch den Ernst der Situation begriffen zu haben.

*

Der Besuch beim Polizeichef ist mehr oder weniger eine obligatorische Angelegenheit. Betroffenheit und Hilflosigkeit sind dabei allgegenwärtig. Sie bekommen nochmals die schriftliche Bestätigung, dass der Unfall unvermeidbar war und ihre Schuldlosigkeit feststeht.

Alles geht sehr schnell und administrativ unkompliziert; aber beruhigend ist das trotzdem nicht. Paul spürt, wie die Gefahr realer und bedrohlicher wird. Er kann das Gefühl aber nicht näher definieren. Ihm gehen Safets Worte durch den Kopf, der die Kraft und Macht des Kanun kennt. Auch von den Worten und Gesten des Polizeichefs kann Paul ohnmächtige Besorgnis und Machtlosigkeit ablesen.

Paul kennt die Bedeutung dieses informellen, mündlich überlieferten Gesetzes, dessen Wurzeln in archaische Zeiten zurückgehen. Es gewinnt, konkurrierend mit dem staatlichen Gesetz, wie ein wucherndes Krebsgeschwür Macht und Gewalt über die albanische Gesellschaft.

Während der Diktatur von Enver Hoxha waren der Kanun und seine Anhänger gnadenlosen Verfolgungen ausgesetzt. Doch nach den ersten freien Wahlen 1992 gewann der Code, das Gewohnheitsrecht der albanischen Gesellschaft, wieder an Bedeutung. Machtvoll kroch er aus den Tiefen einer geknechteten und geschundenen Gesellschaft hervor. Albanien war nach dieser Zeit ein Ensemble von Regionen mit auflebender Blutrache.

Nur die Eingeweihten und die Ältesten in dieser patriarchalischen Gesellschaft sind befugt und fähig, den Kanun auszulegen. Immer öfter stellen albanische Sicherheitskräfte fest, dass der Kodex auch als Druck- und Zuchtmittel innerhalb mafioser Organisationen angewendet wird. Das Gewohnheitsrecht hat in der verunsicherten und traditionsorientierten albanischen Gesellschaft wieder seine alte machtvolle Position zurückerobert.

Das ultimative Mittel dieser informellen Rechtsprechung ist die Bedrohung eines Menschen mit der Blutrache, *gjakmarrje*, von der zurzeit ungefähr zehntausend Männer in Albanien bedroht sind.

Paul ist sich der Bedeutung des Kanun und der Gefahr, in seinen Bann zu geraten, voll bewusst.

Bedrückt berichtet er am Telefon dem *Head of Regional Office* in Tirana, Tony Watson, von dem tragischen Zwischenfall und der drohenden Ächtung durch die Familie des verstorbenen Jungen.

Tony ist bestürzt; auch ihm ist die Tragweite dieser

Sache klar. Selbst er, der mit den höchsten Regierungskreisen in Tirana verkehrt, glaubt nicht, dass er über seine Verbindungen vermittelnd eingreifen kann. »Haut dort oben sofort ab, wenn es richtig brenzlig werden sollte!« Das ist seine etwas ratlose Empfehlung an das Team. Noch heute wird er Verbindung mit dem Präfekten in Kukes aufnehmen. Er hofft, über ihn eine einvernehmliche Lösung erreichen zu können. Vielleicht Blutgeld, wenn die Familie darauf eingeht.

Aber keiner im Team glaubt an eine solche Lösung.

Bis zum Nachmittag sind sie mit hektischer Betriebsamkeit dabei, das Gepäck zusammenzustellen. Es darf nicht zu viel werden, da sie alle verschwinden müssen, wenn die Lage es erfordert. Vorrang hat natürlich der Computer, auf dem streng vertrauliche Dinge aus der Tätigkeit als Beobachter gespeichert sind.

Ihre Wirtschafterin, eine albanische Frau aus der Nachbarschaft, die über diesen überraschenden Zufluss von Geld glücklich ist, wird ausgezahlt, aber nicht entlassen. Sie müssen lügen, damit ihre Absicht nicht offensichtlich wird. Den Job wird sie sicherlich nicht verlieren, da ein neues Team ihren Platz einnehmen wird.

Safet kommt leichenblass aus dem Gebirgsdorf zurück und hat wie erwartet schlechte Nachrichten. »Wir können nicht nach Gjinaj zur Beerdigung gehen. Die Familie lehnt unsere Teilnahme rigoros ab. Sie weigert sich, mit uns den Kaffee zu trinken oder mit uns zu sprechen«, berichtet er bestürzt. »Das kann schlimm für uns enden, obwohl die Familie noch nicht beraten und beschlossen hat. An sich sollten wir bei der Beerdigung dabei sein, so wie es die Regel des Kanun vorsieht; aber die wollen sich nicht an diese Vorschrift halten. Wir müssen abwarten!«, seufzt er schwer.

»Was ist mit einem Vermittler, der uns bei der Familie vertreten wird?«, fragt Paul. »Wir könnten Blutgeld anbieten.«

»Das werden die ablehnen; brauchen die auch nicht. Die haben mehr Geld, als ihr denkt«, wendet Safet ein.

»Aber ein Vermittler wäre gut. Das wird unsere Achtung vor den Traditionen zeigen. Dem wird man auch nichts tun. Verbietet die Regel.« Paul zieht die letzte Trumpfkarte in einem verlorenen Spiel.

Sie schweigen und denken nach.

»Was ist mit dem Polizeichef oder dem Präfekten, vielleicht der Bürgermeister?«, schlägt Jo vor.

Endlich mal ein Beitrag von ihm, denkt Paul. Wird auch Zeit!

»Die werden das nicht tun.« Safet wischt den Vorschlag sofort vom Tisch. »Das sind politische Personen, die sich hier nichts erlauben können. Nein, das wird nicht gehen. – Aber ich habe jemanden, der wird es tun: Der *mufti* von der großen *camii*, der neuen Kirche, welche die Araber uns gestiftet haben. Der macht das, da bin ich mir sicher.«

Paul ist über diesen Vorschlag erleichtert. Wer könnte ein besserer Mann sein als ein Priester? »Wir wollen keine Zeit verlieren. Geh zu ihm und frage ihn. Wir kommen für die Kosten auf, Taxi und so weiter. Ich glaube auch, dass er der Richtige ist. Ein Priester ist eine geachtete Person, und der ist auch erfahren darin.« Paul hat den Namen schon einmal auf einem Versöhnungsprotokoll zweier verfeindeter Familien beim Polizeichef gelesen. »Wenn möglich, gleich morgen früh.«

Safet macht sich wieder auf den Weg und lässt sie rat- und mutlos zurück.

»Noch haben wir eine Chance!«, sagt Paul zu Jo, der bedrückt am Ofen sitzt.

»Die werden doch wohl zwischen Absicht und Schuldlosigkeit unterscheiden können«, meint Jo. »Außerdem werden die doch wohl nicht alle im Auto schuldig sprechen können. Du bist gefahren, was können wir anderen denn dafür?«

»Du bist mir ja ein prima Kollege, du Schweinehund!«

Paul brüllt ihn mit hochrotem Kopf an. »Die werden dich schon nicht vergessen, du warst mit im Auto. Mitgefangen, mitgehangen! Du kannst ja bleiben, wenn du willst. Ich werde dich nicht vermissen!« Er läuft aus dem Haus, will draußen die kalte Luft inhalieren und am Körper spüren, um seiner Wut Herr zu werden. »Schweinehund, verdammter!«, murmelt er ein ums andere Mal. Voller Zorn tritt er gegen die Haustür, die knallend nach innen an die Wand schlägt.

Jos Reaktion ist ihm unverständlich. Wo sind die Eckpfeiler der ungeschriebenen Gesetze der Mission geblieben? Kameradschaft, Solidarität, Zusammenhalt und all die anderen viel beschworenen Tugenden. Schönwetter-Regularien?

Der Tag zieht sich dahin mit Selbstzweifeln, mit ihrer Angst und ihrer Hoffnung. Der *mufti* hat sich bereit erklärt, als Vermittler für sie einzutreten, und will gegen Abend in dem Dorf der Familie eintreffen. Somit haben sie nun Zeit, noch einmal die Gepäckstücke zu untersuchen und den Wagen zu inspizieren.

Alles muss stimmen, wenn der Ernstfall eintreten sollte.

Kein Abend für gute Träume

Sie beschließen bei Einbruch der Dunkelheit, in einer Kneipe zu essen, da keinem der Sinn nach Küchenarbeit steht.

Paul sieht nun überall, wo er geht und steht, das Gespenst des »heimlichen Wissens« um sich herum. »Ich glaube, die wissen etwas!«, sagt er immer wieder zu den Kollegen. Sie alle fühlen sich beobachtet, manchmal feindselig, manchmal wissend und manchmal mitfühlend.

Safet glaubt, dass man hier wohl von dem Unglück weiß; aber mit viel Geschick meint er herausgefunden zu haben, dass niemand über eine Bedrohung des Teams unterrichtet ist. »Das bleibt so lange geheim, bis sich die Familie entschlossen hat, und dann dauert es auch noch eine Weile, bis die Leute hier etwas erfahren. Das wird nicht öffentlich ausgeschrieben, denn schließlich ist eine Blutrache eine illegale Sache. Außerdem sehen wir wohl zu schwarz!«

Seine Worte können Jo und Paul aber nicht aufheitern.

Jo hat sich inzwischen für seine Worte und seine Einstellung sehr verlegen entschuldigt. »Ich war einfach nervös, ich habe auch Angst, Paul.«

»Schon gut«, hat Paul versöhnlich geantwortet, »wir sind alle nervös!«

An sich sei eine Blutrache in einer solchen Sache ungewöhnlich, meint Safet. Keiner war irgendwie direkt an dem Tod des Jungen beteiligt. Aber sie wissen aus ihren Beobachtungen in Nordalbanien, in der Präfektur Tropoja in der Stadt Bajram Curri, dass Beauftragte von Familien auch schon Ärzte getötet haben, denen ein Mitglied der Familie als Patient postoperativ verstarb.

Der Kanun wird immer öfter verfälscht in seiner Auslegung; er wird als Instrument persönlicher Neigungen und krimineller Ziele genutzt. Seine eigentliche Bestimmung als gesellschaftliches Regulativ in den vergangenen Zeiten tödlicher Familien- und Clanfehden wurde nach dem Zusammenbruch der Diktatur Enver Hoxhas in Albanien zum Instrumentarium auch krimineller Banden.

Sie essen zusammen *cöfte*, ein Relikt aus der Zeit türkischer Besatzung. Paul kennt diese Frikadelle aus der Türkei, wo seine Frau und er eine Wohnung haben, als *köfte*. Nicht nur die *cöfte* erinnert ihn an die Türkei. Viele Traditionen und Begriffe sind aus dem Türkischen entliehen, sosehr die stolzen Albaner das als die Nachfahren der Illyrer auch abstreiten. Fünfhundert Jahre türkischer Herrschaft lassen sich nicht so schnell vergessen.

Das albanische oder mazedonische Bier schmeckt dazu nicht schlecht. Der Alkohol lässt sie alles etwas optimistischer sehen.

Sie werden verlangt, kommen Sie unauffällig auf die Straße. So steht es auf dem schmierigen Zettel, der plötzlich neben Pauls Teller liegt.

»Leute, ich brauche Luft ... der Tabakqualm!« Paul erhebt sich und geht nach draußen.

Die kalte Winterluft wirkt wie ein Schock auf ihn nach dem heißen Platz in der Nähe des Kanonenofens in der überfüllten Kneipe. Paul geht einige Schritte über die dunkle Straße nach rechts.

In Albanien sind in den Städten nach Einbruch der Dunkelheit die Hauptstraßen für Fahrzeuge gesperrt, damit die Männer – zumeist Arm in Arm – bis spät in die Nacht auf und ab flanieren können. Mal sind es nur zwei oder drei Männer, mal bilden sich kleine Gruppen, die alle etwas zu besprechen haben.

Das Ganze wird zeremoniell abgehandelt, mit größtem Ernst, ohne die Gegenwart von Frauen. Paul schätzt, dass etwa sechzig Prozent aller Männer an dieser ritualisierten Zusammenkunft teilnehmen. Die kleine Ortschaft Magellare hat von einem amerikanischen Autor dafür auf der internationalen Bühne das Prädikat »Ort der Philosophen« verliehen bekommen.

Wenn das Team jemanden tagsüber nicht angetroffen hat, so kann das bestimmt bei dieser Gelegenheit nachgeholt werden. Eine allgemeine Bürostunde nennen sie das. Manchmal sagen sie auch *killing the time*, da viele der Männer ohne Arbeit sind.

Im diffusen Licht der Nachtlaterne sieht er neben sich auf der Straße einen Schatten auftauchen. Jemand zieht ihn mit deutlichem Nachdruck in die Dunkelheit eines Hauseinganges. »Herr Anker, wir wissen, Sie sind ein Mann von Ehre und Würde, und wir sehen mit Besorgnis den Ärger, der Ihnen jetzt widerfahren ist. Keine ungefährliche Sache für Sie und Ihre Männer!«

Ein Schock für Paul. »Erst möchte ich einmal wissen, mit wem ich spreche, dann können wir weiterreden«, entgegnet er mit belegter Stimme.

»Verständlich, Herr Anker. Aber mein Name tut nichts zur Sache, ich spreche im Auftrag einer Organisation, die Gutes für mein Land will und auch Gutes für Sie. Kommen wir schnell zur Sache. Sie und Ihr Kollege werden sehr gefährlich leben. Arbeiten Sie mit uns zusammen. Informationen! Sie wissen schon! Auch von Deutschland aus können Sie sehr viel Gutes für uns tun.«

»Was wollen Sie denn konkret von mir, und für wen soll ich arbeiten? Hängt das mit dem Unfall gestern zusammen?«, fragt Paul, der sich wieder gefangen hat, etwas naiv.

»Herr Anker, Namen werden wir später nennen, sagen Sie ja. Es wird sich dann alles auflösen. Das Blutgeld werden wir übernehmen, damit es einen guten Anstrich hat. Na, ist das kein guter Vorschlag?!«

Seine beschwörenden Worte verfehlen ihre Wirkung nicht. Paul beruhigt sich. Er riecht den strengen Atem des Unbekannten. Alkohol und Zigaretten.

»Sie und Ihr Kollege können reich dabei werden, Herr Anker. Natürlich alles inoffiziell. Aber wir sind nicht irgendwer. Einfache Arbeit. Informationen über die

Beobachter-Mission, über Ihre Kollegen. Auch Zusammenarbeit auf internationaler Ebene. Sie wissen schon!«

»Sie meinen Schmuggel?«, wirft Paul ein.

»Wenn Sie es so nennen. Eben Hilfestellung über Ihre diplomatische Position, solange Sie hier unten arbeiten. Später von Deutschland aus. Es ist alles drin! Sagen Sie ja, dann ist alles gelöst!«

»Hau ab! Verschwinde schnell. Ich habe kein Interesse, sag das deinem Boss. Sie sind von der *sigurim* oder *shik*, und ihr arbeitet mit Verbrechern zusammen. Nicht mit mir. Keine Chance mit uns!« Paul ist plötzlich ganz kalt.

»Wir werden uns sicher wiedersehen, wenn Sie vernünftiger sind, wenn Sie wissen, wo Ihre Vorteile liegen. Passen Sie in der Zwischenzeit gut auf sich auf, Herr Anker!«

Schnell verschwindet der Mann in seinem langen Mantel und dem dunklen Hut mit kleiner Krempe in der Menge der schemenhaft hin- und herwogenden Menschen auf der Straße. Paul fröstelt. Sind das die Vorboten und Schatten eines großen Unheils, das sie nicht beeinflussen können?

Jetzt ist vieles klar. Man will sie haben, man will sie manipulieren. Auf eine solche Gelegenheit haben gewisse Leute schon lange gewartet. So richtig sicher ist sich Paul nicht, welcher Organisation der Typ angehört. Die Vermutung, er sei vom albanischen Geheimdienst, hat er aus der Luft gegriffen.

Er will Safet nichts von der Begegnung erzählen. Der wohnt hier, ist ein typischer Albaner und fest in den albanischen Traditionen verwurzelt. Außerdem weiß Paul definitiv, dass Safet mit Agenten der *shik* verkehrt. Das war dem Team schon immer ein Dorn im Auge.

Das Abendessen in der Kneipe beendet Paul schnell mit dem Hinweis, dass sie morgen einen harten Tag vor sich hätten.

Safet verabschiedet sich unterwegs. Er wohnt bei seinem Vater. Nicht weit vom Haus des Teams in einer der maroden Stadtwohnungen, wo der Wind durch die unverputzten Wände pfeift.

»Jo«, sagt Paul zu Hause, nachdem er sorgfältig die wackelige Außentür verschlossen hat, »wir müssen abdampfen. Es wird gefährlich. Lass uns Tirana über Satellitentelefon anrufen, dass wir in den Startlöchern stehen. Eben habe ich auf der Straße erfahren, was man mit uns vorhat.«

Paul erzählt Jo alles über den Kerl, mit dem er auf der Straße gesprochen hat. Auch über den Verdacht, dass der ein Angehöriger der *shik* sei, die sie schon einige Male zum Interview offiziell in ihrer festungsähnlichen, gut bewachten Anlage besucht haben. Sie sind sich einig darüber, dass diese Leute nicht lange fackeln; sie sind die Nachfolgeorganisation des ehemaligen albanischen Geheimdienstes, der *sigurim*, die einen mörderischen Ruf hatte. Da sitzen genau die Typen, die fünfzig Jahre lang ein Volk unter Enver Hoxha terrorisiert haben.

»Lass uns sofort fahren, Paul«, beschwört Jo seinen Teamkollegen.

»Doch nicht bei der Dunkelheit, Eis und Schnee und über das schlechteste Streckennetz Europas mit Löchern so groß wie ein Zimmer, in die bequem ein Lastwagen passt. Das überleben wir nicht, Jo! Morgen früh! Und nicht ohne Dolmetscher. Safet muss mit, obwohl ich ihm nicht mehr richtig traue, Jo! Wir brauchen ihn bis Tirana. Er darf aber nicht wissen, dass wir abhauen wollen. Rein in die Karre und ab.«

Der Entschluss ist gefasst. Sie müssen das Einsatzgebiet verlassen. Das wird von Tony Watson, dem *Head of Regional Office* in Tirana, unterstützt und dringlich von ihm über eine Nachricht per Computer angeraten. Auch er als hoher Vertreter der europäischen Diplomatie hat nichts bei dem Präfekten und dem Bürgermeister erreichen können. Aber die höchsten politischen Stellen wie der Innenminister haben ihm vage Unterstützung zugesagt. Ihnen sind in Sachen Kanun die Hände gebunden.

Paul will sich auch nicht blamieren, obwohl ihm die Brisanz der Affäre sehr wohl klar ist. Solange ihnen noch nichts passiert ist, wird man sie belächeln, ihnen hektische und panische Aktivitäten vorwerfen.

Es ist zwanzig Uhr dreißig, als es an der Tür klopft. Safet und der *mufti*, der vermitteln soll, stehen wie Verschwörer dort.

»Na, gute Nachrichten?«, wagt Paul etwas locker und scherzhaft zu fragen.

Der *mufti* wird auf albanische Art begrüßt; aber auf die üblichen höflichen Floskeln über das Wohlbefinden der Familie verzichten sie. Der ernste Mann will sofort seine Botschaft loswerden.

»Die Familie wird nicht den Kaffee mit euch trinken. Sie wird Blut um Blut fordern, ein ganzes Blut. Von euch beiden, den Europäern. Safet als Anhängsel ist davon nicht betroffen. Er muss nur ein Sühnegeld von fünfhundert Mark für die Beerdigungskosten zahlen. Ihr habt keine Zeit mehr. Geht!«

»Können wir nichts mehr machen?«, fragt Jo mutlos.

»Nein, absolut nichts. Der Älteste und der Familienrat haben vor zwei Stunden die Blutrache beschlossen. Ihr habt genau noch zweiundzwanzig Stunden Zeit.«

»War der Geheimdienst, der *shik*, auch anwesend?«, fragt Paul ironisch.

»Ich weiß nicht, was Sie meinen, Herr Anker!«, entgegnet der *mufti* mit ratloser Miene.

»Ach, schon gut. Was sind wir Ihnen für Ihre Bemühungen außer unserem Dank schuldig? Das war schon sehr mutig von Ihnen!«

Der *mufti* will für diesen Ehrendienst keine Entlohnung, obwohl er gut ein Zubrot gebrauchen könnte. Paul steckt ihm verstohlen fünfzig Mark zu, die der Mann, zunächst abwehrend, schließlich doch entgegennimmt.

Nun sind sie schlauer, nun wissen sie, was sie zu erwarten haben. Als der *mufti* gegangen ist, wird ihnen der Ernst der Situation richtig klar. Selbst Safet ist leichenblass.

»Morgen früh entscheiden wir, was wir tun sollen und wie wir weiter verfahren. Das sollte für heute genug sein«, sagt Paul. »Lasst uns einen *rakia* trinken, Freunde. Vielleicht der letzte in dieser Runde ...«

Tirana, Regional Office ECMM

Ein neuer Tag, mit all seinen brennenden Problemen beladen, dämmert im Norden Albaniens herauf. Kalter Wind peitscht nadelfeine Eiskristalle gegen die dünnen Scheiben ihrer Unterkunft. Der Kerosin-Ofen in der Mitte des Raumes verschafft nur in unmittelbarer Nähe etwas Wärme. Der heulende Wind erscheint den Männern wie eine düstere und warnende Botschaft des Kanun.

Die Ouvertüre des Requiems zu einem großen Drama, sinniert Paul sorgenvoll.

Das Team hockt eng zusammen in der Unterkunft, und keiner weiß so recht einen Ausweg aus der Misere. Fatalistische Ergebenheit in das Schicksal, *inshallah*. Gott wird es schon richten.

Kurz entschlossen greift Paul zum Telefon und wählt die Nummer des Hauptquartiers in Tirana. Es ist erst sechs Uhr dreißig; aber in Tirana ist immer jemand ansprechbar. »Wir werden jetzt doch lieber erst noch mal mit Tony reden. Er muss mit uns gemeinsam zu einer Entscheidung kommen, was wir tun sollen. Wir können hier jedenfalls nicht passiv sitzen und auf unseren Tod warten. Weiß jemand eine andere Lösung?«

Niemand hat eine andere Lösung. Alle atmen sie etwas auf. Endlich kommt Bewegung in die Sache.

»Wir können hier nicht länger warten, bis man mit einer Kalaschnikow anklopft«, meint auch Jo. »Es wird Zeit, dass wir die Initiative ergreifen.«

Auch Safet nickt beistimmend. Er ist nun in den Plan eingeweiht, da man eine eventuelle Flucht nicht vor ihm verheimlichen kann.

Das nervtötende Tuten des Freizeichens wird abrupt beendet. »Hier Tony Watson, *Head of ECMM Regional Center* in Tirana.«

»Hi, Tony, hier Team Kukes, Paul am Telefon.« Paul schildert noch einmal ihre gefährliche Lage und gibt sofort zu erkennen, dass das gesamte Team an einer Entscheidung beteiligt sein wird.

»Keine guten Aussichten für euch Jungens da oben in Kukes, was, Leute?!« Aus den vordergründig lockeren Worten des Engländers in Tirana spricht tiefe Besorgnis.

»Wir müssen dringend mit dir reden, Tony. Die Lage wird ernst für uns. Ich weiß nicht, ob du mit dem Kanun und seinen Besonderheiten vertraut bist?«

»Hört zu in Kukes: Ich lasse alle, die schon verfügbar sind, ins Büro kommen. Vielleicht hat jemand eine gute Idee, die euch helfen könnte. Einige sind Kenner des Kanun, auch wenn sie vielleicht aus anderen Teilen Albaniens oder gar aus dem Süden kommen. Alle hören mit und können auch mit euch sprechen. Die Konferenzleitung ist auf Lautsprecher geschaltet. Ihr könnt die Lage noch einmal kurz schildern und auch eine Einschätzung der Bedrohung abgeben. Einen Moment, die hocken alle im Frühstücksraum.«

Paul hört, wie Tony die Anweisungen gibt, dass alle sofort zu erscheinen haben. Schon nach einigen Minuten zähen Wartens ist Tony wieder am Telefon. »Los geht's!«

Paul kann sich genau vorstellen, wie sie alle gespannt seinen Schilderungen lauschen.

Er schätzt Tonys pragmatische Art, die prekäre Lage des Teams in Kukes zu erörtern und wenn möglich brauchbare

Hinweise für die zukünftige Lagebeurteilung und Aktionen zu erhalten. Selbst die einheimischen Dolmetscher sind anwesend. Von ihrem Urteil kann es maßgeblich abhängen, wie man die Lage zu beurteilen hat. Sie sind die Kenner der traditionellen Eigenarten Albaniens. Die europäischen Beobachter haben zumeist noch nie etwas vom Kanun gehört.

Paul gibt die Nachricht des Vermittlers bekannt, der die niederschmetternde Nachricht aus Gjinjai von der Familie Krasniqi überbracht hatte. »Tony, Jo und ich sind von der Blutrache bedroht. Blut für Blut fordert der Alte, der die Realität nicht sehen will. Da hilft keine Vermittlung mehr. Er sagt, der Kanun verlange unser Blut als Sühne. Der Alte meint, wir seien ins Blut gefallen, mit Ausnahme von Safet. Er legt den Unfall als Totschlag aus. An sich dürfte er das nicht, meinen hier die Sachkundigen, die sich einigermaßen im Kanun auskennen. Aber nach dem Regime von Enver Hoxha, während dessen Zeit der Kanun verboten war, gibt es nur sehr wenige, die den Kanun noch inhaltlich kennen und auslegen können. Da kommt es zu Fehlinterpretationen wie in unserem Fall. Hass und verlorene Ehre spielen da eine große Rolle. – Hört ihr alle noch zu in Tirana?« Paul unterbricht kurz, um sich sicher zu sein, dass ihre Nachricht auch ankommt.

»Ja, ja, wir hören alle gut zu. Mach weiter und sag, wann du fertig bist.«

»Gut. Nach unserem Kenntnisstand darf nur der ins Blut fallen, der selbst die Tat mit der Büchse oder einer anderen Tatwaffe beging. Das ist hier nicht der Fall. Der Alte will seine Rache. Dafür interpretiert er den Kanun auf seine Art. Er belegt uns auch mit dem Fluch der schändlichen Schuld, was gar nicht gegeben ist. Damit ist unser Antlitz nach den Regeln des Kanun geschwärzt. Letztlich sagt der Alte, die Ehre der Familie sei geraubt. Das kann keine Buße nach sich ziehen, indem man mit Gegenständen oder Geld entschädigt. Nur das Vergießen des Blutes oder die edle Vergebung nach der Vermittlung eines Herzensfreundes kann diese Schuld sühnen. Das Letztere lehnt er kategorisch ab. Er hat das sehr geschickt gemacht, um uns sofort in ein schlechtes Licht zu rücken und als ehrlos hinzustellen, damit keiner seine Interpretation des Kanun anzweifeln kann. Er sagt, jedem Mann sind zwei Fingerbreit Ehre auf der Blume der Stirn von Gott gegeben.« Paul stockt kurz, um seinen Redefluss auf die versammelten Leute im Hauptquartier wirken zu lassen.

»Bist du fertig, Paul?«, fragt Tony mit belegter Stimme zurück.

»Noch nicht ganz. Gleich! Der Alte lässt uns sagen, dass wir ihm und seinen Männern der Familie durch den Totschlag an seinem Enkel die Ehre genommen haben. Wir seien ebenfalls ehrlos mit den sogenannten geschwärzten Gesichtern. Nur unser Blut könne als Sühne gelten. Du kannst uns nur helfen, indem du das Team sofort zurückholst. Schicke ein anderes Team nach Kukes. Wir müssen hier weg, wie ich die Sachlage sehe. Am besten aus Albanien raus. – Ach ja, was ich beinahe vergessen hätte: Da sind undurchsichtige Typen, die mich angesprochen haben, um uns aus der Misere zu helfen. Als Gegenleistung verlangen die Zusammenarbeit in gewissen kriminellen Bereichen wie Schmuggel und Informationsbeschaffung. Das macht die Sache auch nicht einfacher für uns. Wie groß das Gefahrenpotenzial ist, kann ich jetzt noch nicht einschätzen. Davon aber später, wenn wir bei euch sind. Das wär's, Chef!«

»Das ist ein tödliches Spiel«, meint Hamdi über die Konferenzleitung in Tirana. Er stammt aus dem südlichen Albanien, wo der Kanun auch bekannt ist, zwar in einer anderen Form und mit einem anderen Namen, aber ebenfalls mit verheerenden Auswirkungen auf den Betroffenen. Dort kennt man unter anderem den Kanuni i Papazhulit oder den Kanuni i Skenderbeut.

»Der Präfekt in Kukes, Mr Qemal Elesi, und der Polizeichef, Mr Ylber Duraka, sind informiert und wollen sich um die Sache kümmern. Beide sind jedoch sehr zurückhaltend, obwohl die Bedrohung mit der Blutrache an sich schon ein illegaler Akt sein sollte«, wirft Watson ein.

Paul hat ihn gleich vor Augen, als er die wohlbekannte Stimme hört. Er ist ehemaliger britischer Brigadier, dessen rotes, gelocktes Haar die walisische Abstammung verrät. Ein geschickter Redner und Analytiker militärischer und sicherheitsrelevanter Situationen, mit brillanten Fähigkeiten und einer unnachahmlich positiven Art der Menschenführung. Aber irgendwie wirkt er immer wie ein älterer, fröhlicher Junge. Viele schätzen ihn als perfekten britischen Offizier. Paul weiß allerdings von seinen Besuchen im Hauptquartier, dass Watson nicht das arrogante Auftreten britischer Offiziere hat und auch der typische Klang messingbeschlagener Schuhhacken fehlt. Aber Watson hätte er selbst das verziehen.

»Gut«, fährt Tony fort, »die Lage ist undurchschaubar und brisant für unser Team. Ich beordere euch umgehend zurück. Mit diesem Paket an Gefahr könnt ihr da oben in den Bergen eh nicht mehr arbeiten, schon gar nicht ohne die Anwesenheit eines ständigen Bodyguards. Entschluss gefasst, Yannis ist euer Ansprechpartner. Ihr könnt immer anrufen, auch nachts. Benützt das Satellitentelefon! Viel Glück, *take care*!«

»Halt, Männer, ich habe noch etwas Wichtiges!«, wirft Yannis, Tony Watsons Vertreter, ein. »Wir informieren die Polizeistationen in den Städten, die ihr passieren müsst. Der Präfekt in Kukes ist ebenfalls in Kenntnis gesetzt. Vielleicht bekommen wir vom Innenminister ein mobiles Einsatzkommando seiner Spezialeingreiftruppe, das euch entgegenkommt. Haltet uns immer auf dem Laufenden. Am besten alle Stunde einen Lagebericht. Auch von uns viel Glück. *Take care! Over and out!*«

»Danke für eure Unterstützung. Wir melden uns, wenn wir uns in Marsch gesetzt haben!« Paul legt das Telefon bewusst langsam und bedächtig auf, wobei er Jo und Safet bedeutungsvoll und besorgt anblickt. »Der Zug ist ins Rollen gekommen. Wir können ihn nicht mehr aufhalten. Lasst uns aufspringen, um zu retten, was zu retten ist.«

Flucht aus den Bergen

Paul schaut nach rechts zu Jo, der mit zurückgelehntem Kopf wieder eingenickt ist. Seine Gestalt ist nur schwer im Halbdunkel des Landrovers zu erkennen. Auf dem Rücksitz muss wie immer Safet Platz nehmen. Bei aller Solidarität im Team heißt es wie überall auf der Welt »Ober sticht Unter«. Niemand sitzt gerne auf dieser Bank. Ein Martyrium bei den schlechten Straßenverhältnissen und insbesondere abseits der Routen.

Safet ist sauer, dass sie ohne große Vorwarnung und ohne seinen Rat einzuholen heute Morgen sofort nach dem Gespräch mit dem Hauptquartier aufgebrochen sind. Für ihn natürlich nicht angenehm, da er seinen Lebensmittelpunkt in Kukes hat.

Paul verzögert die Fahrt an einer Spitzkehre auf der vereisten Gebirgspiste; seine Sinne spielen nicht richtig mit. Er ist nervös. Alles ist unwirklich und wirkt bedrohlich. Unzählige Male sind sie diese Strecke gefahren, aber heute Morgen in den dunstigen Schleiern und dem Schneegestöber haben sie die Orientierung verloren.

»Safet, du kommst nach vorne, ich brauche dich hier. Jo, der Penner, ist heute nicht zu gebrauchen!«

Sie tauschen die Plätze, was Jo im Halbschlaf nicht richtig mitbekommt. Er kippt seitlich ab und setzt seinen Gesundheitsschlaf fort.

»Dass der Typ so gut pennen kann, wo die Krasniqis überall lauern können …« Paul schüttelt ungläubig den Kopf.

»Ich glaube, dass wir bei dem Wetter relativ sicher sind, Paul. Die werden uns auch unter besseren Bedingungen schwer finden«, entgegnet Safet. Er ist zufrieden, dass er vorne sitzen kann. Die Fahrt in einem Landrover Defender auf der Rückbank unter diesen Straßenverhältnissen ist an sich etwas für den Gefangenentransport. Da braucht man keine Schüttelmechanismen einzubauen, um einem Gefangenen die Flucht zu erschweren, weil man sich ohnehin ständig festhalten muss, um nicht umzukippen oder mit dem Kopf anzuschlagen.

»Da rechts rum, Paul. Ich habe keine Schwierigkeiten«, meint Safet stolz. »Du mit deinem Blick einer Taube ... Sieh nur zu, dass wir auf der Straße bleiben«, ergänzt der Dolmetscher mit einem schaudernden Blick nach rechts in die felsigen Schlünde, die nebel- und wolkenverhangen die Tiefe nur erahnen lassen.

Paul fühlt sich an sich nicht so schlecht heute Morgen, nur eben etwas unkonzentriert. Der erste Schock über den Tod des Jungen, die Reaktion der Krasniqis und die Aufregung wegen der konspirativen Annäherung der geheimnisvollen Organisation sind verflogen.

Die Ereignisse haben sie überrollt. Eine solche Entwicklung in seinem Leben hätte er nicht erwartet.

Wie es weitergehen soll bei der Beobachtermission, weiß Paul auch nicht so genau. Vielleicht ein Job in Afrika? Er muss leise lachen. Fantasien eines nervösen und verunsicherten Mannes? Ja, er hat natürlich Angst, nicht nur um sich. Auch für das Team trägt er Verantwortung. Nur schade, dass er alles in Kukes zurücklassen musste. Selbst die verstohlenen Blicke der attraktiven Kellnerin kommen ihm in den Sinn.

»Idiot!«, murmelt er leise. »Packst du sie an, musst du sie heiraten. Mit dem gesamten Clan. Welch Freude für einen verheirateten Mann. Du bist auch ein richtiges Schwein«, murmelt er halblaut vor sich hin. »Wenn das Eva in Ostfriesland wüsste!«

»Ist was, Paul!«, fragt Safet leise von der Seite, denn er will nicht, dass Jo aufwacht und ihm seinen bequemen Platz streitig macht.

»Alles klar! Du bleibst bis Tirana hier vorne. Ich brauche schnelle Entscheidungen, kein Blabla.« Paul ist wieder in die Rolle seiner vergangenen militärischen Laufbahn geschlüpft. Lagebeurteilung, Befehlsgebung, Durchführung.

Die Sonne kann sich nicht durchsetzen. Der dicke Nebel liegt zäh über den Bergen. Die Tachonadel schwankt zwischen Schleichfahrt und fünfzig Stundenkilometern. Die Strecke Kukes–Tirana beträgt etwa zweihundert Kilometer.

Sie bewegen sich wie in einem Kokon aus Watte. Eine weißgraue Wand aus Nebelschwaden und Eiskristallen baut sich vor ihnen auf. Das dürftige Scheinwerferlicht des Geländewagens wird verschluckt oder zurückgeworfen. Der gleißende Schein erleuchtet die verhangene Welt vor ihnen nur schwach und lässt die Augen schon nach kurzer Zeit schmerzen. Die Sonnenbrille lindert wohl, aber sie dämpft die Lichtwerte auf ein nicht zu verantwortendes Maß.

»Wir machen im Durchschnitt höchstens zwanzig bis dreißig Kilometer pro Stunde«, wendet Paul sich an Safet. »Wir halten gleich und aktivieren das Satellitentelefon, um Tirana zu informieren. Hast du jemandem gesagt, dass wir heute abhauen?«, fragt er misstrauisch und schaut ihn von der Seite abschätzend an.

»Natürlich nicht. Wem sollte ich das sagen? Ich wusste ja nichts davon!« Safet antwortet etwas zu schnell. Er schaut Paul dabei nicht an.

An einer kleinen Bucht, die wohl als Parkplatz gedacht ist, halten sie und stellen mit klammen Fingern auf einem der ausladenden Kotflügel das Telefon auf, dessen Deckel als Antenne ausgerichtet wird. Die Welt ist hier im Schutz eines Felsens seltsam still und unwirklich ruhig. Das Heulen des starken Windes dringt kaum in diese kleine Nische der Ruhe. Aber was bleibt, sind der zähe Nebel und die durchdringende Kälte, die einem das Mark gefrieren lässt.

Es dauert eine Weile, bis sie den Satelliten durch Drehen des Telefons erwischt haben, und dann ist auch schon Auke Ykema, der Holländer, dran.

Tony wird gerufen und berichtet, dass ein Hubschrauber sie suchen wird, falls er starten kann, und dass auch eine Spezialeinheit des Innenministeriums aus Tirana anrückt, um Geleitschutz zu geben.

»Tony, es wird schwer werden, uns zu finden bei dem Sauwetter. Gleichzeitig ist es auch ein guter Schutz. Sollten wir die Route ändern, werden wir euch informieren. Ich werde die örtlichen Polizeistationen nicht kontaktieren. Die mauscheln alle untereinander. Wir werden alle dreißig Minuten auf dem normalen Radio einen Test machen. Bleibt in Tirana am Apparat. Jede volle Stunde werden wir uns auf Satellit melden, wenn die Kurzwelle nicht klappt.«

»Was ist denn?«, meldet sich Jo verschlafen aus dem Wagen.

»Nichts, penn weiter, wir haben nur Tony informiert. Ich sage dir gleich alles!« Paul klappt das Telefon zusammen. »Wenigstens das hat geklappt, super Technik«, sagt er stolz zu Safet. »Da sind eure Trommeln nichts gegen!«

»Aber manchmal verlässlicher«, kontert der, womit er recht hat.

Im warmen Kokon ihres Wagens trinken sie noch schnell einen heißen Kaffee aus der Thermoskanne. Dann geht es weiter.

Nun befinden sie sich nicht mehr in einem so schwierigen Gelände. Langsam weichen die nackten Felsformationen und werden seltener. Es ist nun elf Uhr und sie haben gerade mal vierzig Kilometer zurückgelegt.

Sie wissen von den zahlreichen Fahrten, dass sie sich ab jetzt in einer mehr hügeligen als gebirgigen Landschaft befinden. Hier wird schon Landwirtschaft betrieben. Insbesondere Pflaumenplantagen sind zu finden. Das ist das Land der Pflaumen, aus denen man den berühmt berüchtigten *loza* oder *rakia* herstellt. Feuer für die Kehlen und die Seelen, wie sie wissen.

»Ein beschissener Tempodurchschnitt«, stellt Paul fest, »aber immerhin fahren wir noch.«

Da hatten die Schüler in dem Bus vor einigen Wochen weniger Glück, als sechzig Menschen bei Glatteis in die Schlucht stürzten. Auf zwei Beerdigungen hatten sie als Vertreter der EU Präsenz und Betroffenheit gezeigt.

Sie passieren die Ortschaft Shemri, und Jo zwingt sie wieder einmal auf einer bewaldeten Anhöhe zum Halten. »Du mit deiner Studentenblase! Gerade mal eine halbe Stunde seit dem letzten Mal, wann wollen wir denn ankommen?«, knurrt Paul seinen Partner an.

»Dünnpfiff!«, ruft der verkniffen und hetzt in den Wald. »Kann nichts dafür, Paul.«

Hier hat die Sonne die Schlacht gegen die tief hängenden Wolken und den Nebel fast gewonnen, und sie können einige Kilometer weit die Geländeabschnitte einsehen. Die Winterlandschaft liegt in märchenhafter Stille vor ihnen, aber es ist keine Zeit für romantische Impressionen.

Keine Menschenseele ist zu sehen im Land der Adler. Aber in Albanien ist man nie allein, wie sie aus Erfahrung wissen. Unzählige Augen beobachten sie ständig. Die sieht man nicht, aber sie sind da.

Der starke Wind hetzt die letzten Nebelfetzen um die Berge und Hügel, die im aufkommenden Sonnenschein Konturen gewinnen. Fast alle diese Hügel und Plantagen sind abgeholzt, um Brennholz zu gewinnen. Die zahllosen meterhohen Baumstümpfe lassen die Hügel wie ruhende Igel erscheinen. Jeder braucht hier Holz, da die Kohlevorräte in dem armen Land nicht ausreichen. Serbien hat sämtliche Grenzübergänge zum Kosovo geschlossen, sodass der Handel zum Erliegen kam.

Ein Land wird vergewaltigt. Die Not zwingt die Menschen dazu. Bis in die höchsten Bergregionen werden die Wälder geplündert. Die lauen und scheinheiligen Argumente der reichen mitteleuropäischen Länder, die sich einen Naturschutz leisten können, erscheinen Paul manchmal wie Hohn und Spott. Jedes Kind muss einmal in der Woche einige Scheite Holz in die Schule mitbringen, damit die beinharte Kälte auszuhalten ist.

Pauls Gedanken werden abrupt unterbrochen. Er kneift die Augen zu schmalen, fokussierenden Sehschlitzen zusammen und schaut angestrengt in die Richtung, aus der sie gerade gekommen sind. »Ich glaube, ich sehe mehrere Lichter zwischen den Wolkenfetzen. Richtung Kukes! Da, Safet, ziemlich schnell. Scheinen Motorräder zu sein. Das können nur Geländemaschinen sein, so schnell, wie die sind!«

»Jetzt sehe ich die Lichter auch!« Safet zeigt aufgeregt in die Richtung. »Das gilt sicher uns!«

Paul hetzt zum Auto und schaltet die Scheinwerfer aus, mit deren Licht sie sonst stets fahren. »Jo, mach zu, kneif ab, da kommen sie. Noch etwa fünf Kilometer entfernt. Mach schnell. Wir müssen weg!«

Jo zerrt sich die Hose während des Laufens hoch und stolpert fast über seine Hosenbeine. Rein in die Karre und weiter geht es. Jetzt können sie keine Rücksicht mehr auf die Straßenverhältnisse nehmen. Sie müssen weg, bevor die Verfolger sie sehen können.

Es wird dunkler im Wald, durch den sie nun auf einer Schotterpiste fahren.

»Da vorne ist die Kreuzung, an der eine Nebenstraße von der Hauptroute nach Tirana abzweigt.« Safet wird nervös. Er wirkt ängstlich. Keiner weiß besser, was sie erwarten wird, wenn man sie einholt.

Ohne groß zu überlegen, biegt Paul langsam in den Nebenweg ein und versucht, den Motor nicht hochzudrehen. »Keinen Lärm mehr machen, hoffentlich stinken die Auspuffgase nicht und sie werden misstrauisch«, quetscht er zwischen zusammengebissenen Zähnen hervor.

Nach zweihundert Metern biegt die Route scharf ab. Er bringt den Wagen zum Halt; Motor an, aber geräuscharm.

Wie kleine Kinder bei Räuber-und-Gendarm-Spielen lauschen sie in die Stille.

Urplötzlich sind die Geländemaschinen in ihrer Nähe, brechen die Ruhe der Landschaft und kommen mit grummelnden Motoren zum Halt. Überfallartig. Wie ein aggressiver Schwarm Bienen vom Honig angelockt.

Von seinem Team hört Paul nur schwere Atemgeräusche. »Sie sind sich nicht sicher, sie suchen uns. Das müssen die Wild Boys von Kukes sein«, flüstert er.

»Bleibt ruhig … Wenn die uns sehen, ist es aus.« Diese Gang ist als räuberische Bande auf den Gebirgsstrecken bekannt. Mit ihren leichten und beweglichen Maschinen kommen sie aus den Bergen und Wäldern, zwingen die maroden Busse zum Halten, rauben, vergewaltigen und morden. Bevor die Spezialeinheiten vor Ort sind, verschwinden sie. Die Landschaft, die sie besser kennen als die Polizei und die anderen Ordnungskräfte, saugt sie auf.

»Hoffentlich sind das keine Winnetous«, versucht Paul die Situation etwas zu lockern.

»Da, sie fahren weiter. Bitte, lass sie auf der Hauptstrecke bleiben!«, keucht Jo von hinten.

Die Motorgeräusche werden leiser. Sie entfernen sich.

»Glück gehabt, Freunde.« Paul ist erleichtert. »Weiter geht's. Safet, kennst du die Strecke?«

»Leider ja. Noch mieser als die normale, kaum zu machen in manchen Teilabschnitten. Bei Fushe Aresi können wir wieder auf die Hauptstrecke gehen. Etwa fünfundzwanzig bis dreißig Kilometer.«

Sie können das Satellitentelefon hier kaum benutzen. Der Wald ist zu dicht und das Gelände liegt zu tief zwischen den Bergen. Langsam fahren sie weiter, Scheinwerfer aus, die Scheiben halb geöffnet.

Immer hoffend, dass die Verfolger die List nicht bemerken, kommen sie gar nicht so schlecht voran. Die dicht stehenden Bäume haben die Schneelast zum Großteil abgefangen. Von Zeit zu Zeit halten sie an, steigen aus und entfernen sich etwas vom Wagen, um auf die Motorengeräusche der Motorräder zu lauschen. Aber der Wald dämpft nicht nur ihre eigenen Geräusche, sondern auch die der Umwelt und der Verfolger. Nichts!

Aber manchmal denkt Paul, da ist doch etwas. Täuscht er sich? Nur das stete Säuseln des Windes ist zu vernehmen.

»Da sitzen wir schön in der Tinte«, murmelt Paul halblaut.

»Was sagst du da?« Jo hält sich mit verkniffener Miene den Bauch, der ihn wohl immer noch quält.

»Protz doch hier noch mal ab, Jo, bevor du die Karre vollscheißt, oder ist das die Angst?«, lacht Paul ihn an. »Hier kann dich keiner sehen, und niemand fällt von dem Gestank um!« Er kann es sich nicht verkneifen, den armen Jo zu hänseln. Und es entspannt die Situation etwas, da alle lachen müssen.

Jo lässt sich das nicht zweimal sagen und verschwindet mit der Rolle Toilettenpapier, die immer dabei ist, einige Meter im lichten Unterholz.

»Vorsicht, Wildschweine hier, Jo!«, schließt sich Safet der Frotzelei an.

Fast sieben Kilometer müssen sie noch durch schwieriges Gelände fahren, um wieder die Hauptroute bei Fushe Aresi zu erreichen. Es ist Schwerarbeit, was der Wagen, aber auch die Insassen leisten müssen.

Jetzt ist es halb zwei Uhr, und sie sehen den erbärmlichen Ort vor sich auftauchen. Kaum ein Haus, das es sich lohnt anzusehen. Alles atmet Armut und zeigt in klarer Unbarmherzigkeit den täglichen Kampf ums Überleben.

In der Ortschaft sind die Straßen oder Wege noch schlechter, da viele Einwohner nachts die Schotterteile wegholen, um ihre Zuwegungen am Haus und ihre mit hohen Zäunen und Mauern umgebenen Höfe damit zu befestigen. Der Gemeinsinn ist in dieser Gesellschaft in bitterer Armut gestorben. Die Familie, der Clan, die Sippe, das sind die Zellen der Solidarität.

»Jetzt wird es wieder gefährlicher, Freunde«, meint Safet. »Hier könnten sie warten. Sicherlich haben die ein Nachrichtensystem und werden gewarnt, wenn wir da durchfahren.«

Sie nehmen über das Satellitentelefon wieder Kontakt mit dem *Regional Office* in Tirana auf und geben die Position durch. Tony ist sehr besorgt über die Motorradfahrer, die sicherlich nicht zum Spaß unterwegs sind.

Der Hubschrauber kann wegen des Wetters nicht starten. Ihre einzige Hoffnung ist die Spezialeinheit des Innenministeriums, die ihnen von Tirana aus entgegenkommen soll. Aber es ist schon relativ spät am Tag, und die Annäherungsrate wird bei diesem Wetter nicht gerade hoch sein. Vor Mitternacht werden sie unter diesen Umständen nicht zu Hause eintreffen.

Es ist alles sehr klar: Die Lage ist unverändert ernst und bedrohlich. Bei Nacht wird das Risiko noch steigen, sollten sie bis dahin keine Eskorte haben. Nachts brauchen sie die Scheinwerfer, die man kilometerweit sehen wird.

»Safet muss weiterhin vorne sitzen, Jo. Sei mir nicht böse. Oder du musst weiterfahren, dann sitze ich hinten«, erklärt Paul Jo, dem der gesamte Körper wehtun muss. Nun versteht Jo wohl langsam die Proteste der einheimischen *interpreter*, wenn die den gesamten Tag im Gelände hinten auf der unbequemen Bank leiden mussten.

»Ich bleibe besser hinten, Paul, fahr du bitte weiter«, entscheidet sich Jo und klettert auf die Folterbank.

Langsam durchfahren sie den Ort Rubik, eine Hochburg des Kanun. Hier in der Präfektur Mirdita hat das Haus Gjonmarkaj seit Jahrhunderten eine Führungsrolle in der Interpretation des Kanun. Ganz in der Nähe muss sich die kale befinden, das Haus der Sippe Gjonmarkaj. Aber das hilft ihnen auch nicht weiter. Diese Sippe wäre nur über einen Vermittler zu erreichen. Der Ausgang wäre ungewiss. Das haben sie alles schon durchgekaut. Sie müssen weiter.

Neugierige, aber nie aufdringliche Blicke der wenigen Menschen auf den verschlammten Wegen verfolgen verstohlen ihre Fahrt durch den Ort. Viele Augen starren sie an; aber man sieht nicht alle. Ein weißes Auto mit dem Stander der EU an der rechten Seite und der Aufschrift *ECMM, European Community Monitor Mission* ... Sicherlich gibt es abends im Haus etwas zu erzählen von den seltsamen Männern in der weißen Kleidung.

»Mist, dass es keinen Weg um die Stadt herum gibt. Nur mit dem Esel«, meint Safet nervös. »Jeder kann uns sehen.«

Sie müssen durch. Dabei sehen sie einige bemerkenswerte Schönheiten vorbeigehen. Es soll in dieser Gegend die schönsten Mädchen Albaniens geben, auch wenn es manchmal schwerfällt, das unter den schäbigen Klamotten türkischer sowie westlicher Herkunft zu erkennen.

»Jo, wollen wir heute Nacht hierbleiben?«, versucht Paul zu scherzen. »Schaut euch nur diese Frauen hier an!«

Dann sind sie durch, und noch immer ist keine Eskorte aus Tirana in Sicht. Die Spannung lässt aber langsam nach, da die Motorradfahrer nicht mehr zu sehen sind.

»Ich glaube, wir sehen Gespenster, Paul. Die waren sicherlich nicht hinter uns her«, versucht Jo sich zu beruhigen.

»Das glaube ich doch. Schau mal nach vorn. Da, bei der Brücke!« Paul bringt den Wagen zum Stehen. Durch die ersten Schatten der heraufziehenden Dämmerung sind deutlich die Lichter mehrerer Maschinen zu sehen. Sie parken etwas abseits der Brücke auf einem höher gelegenen Weg. Männer sehen sie keine; aber das beunruhigt ihn noch mehr. Wo sind die?

»Es hat keinen Zweck, hier zu warten, bis der liebe Gott

uns hilft. Da brettere ich jetzt durch. Ducken, Freunde!« Paul gibt Gas auf der relativ griffigen Oberfläche der Straße. Sie rasen ohne Rücksicht auf Geräusche und mit voll aufgeblendeten Scheinwerfern auf die Brücke zu.

Hundert Meter bis zur Brücke, niemand zu sehen.

Dann sind sie zwischen den alten, rostigen Stahlpfeilern der ausgedienten Eisenbahnbrücke. Der Fahrtwind pfeift eine schrille Melodie im Rhythmus der Brückenpfeiler. *Spiel mir das Lied vom Tod*, kommt Paul die berühmte Melodie aus dem Western von Moricone in den Sinn. Vierzig Meter gilt es ungefähr zu überwinden. Vierzig Meter, die entscheidend sein können.

Es ist nicht leicht, den Geländewagen bei der schnellen Fahrt in den ausgefahrenen Spuren auf der Brücke zu halten; aber dann sind sie durch.

Rechts oben auf dem Schotterweg sehen sie die Maschinen mit sicherlich laufenden Motoren stehen; aber immer noch keine Männer. Sie können verschwommen die Umrisse eines Hauses erkennen. Da werden die Fahrer sich wohl aufwärmen.

Die Geräusche des Wagens mit seinem hoch drehenden Motor und dem Poltern seiner Stollenreifen sind sicher nicht zu überhören. Der Widerhall zwischen den Brückenpfeilern ist laut und peitschend.

Jetzt werden die Straßenbedingungen etwas besser, was sich aber schnell wieder ändern kann. Die schlechte Sicht am Abend und die schäbigen Scheinwerfer, die wie Funzeln kaum zu sehen sind, machen die Fahrerei auch nicht sicherer.

Zum Glück sind in diesen abgelegenen Gegenden außerhalb der Ortschaften selten Menschen auf der Straße zu treffen. Wenn, dann gehen die Männer mitten auf der Straße. Niemand nimmt Rücksicht auf den rollenden Verkehr. Die Straße gehört den Söhnen der Adler allein. So ist es im Verständnis der stolzen Albaner. Die Frauen und Mädchen eilen dagegen stets an der Seite mit gesenkten

Köpfen ihres Weges. Im Arm zumeist den Nachwuchs, mit Decken fest umhüllt und mit einer Plastikplane gegen Wind und Regen umwickelt.

Das ist nicht nur ein gefährliches Land, nein, auch ein raues.

»Die müssen uns bemerkt haben«, meint Jo aufgeregt von hinten. »Wir haben doch mächtig Krach gemacht.«

»Die werden gleich da sein, nicht umsonst liefen die Motoren. Die wärmten sich nur auf!« Safet ist aufgeregt und ängstlich.

»Wo sind denn nur die Spezialkräfte, eure Helden?«, stichelt Paul in Richtung Safet. »Ich hoffe nur, dass die uns nicht verwechseln!«

»Unsere Leute sind sicher nicht schlechter als eure, vielleicht besser, Paul«, entgegnet Safet beleidigt. Paul weiß, dass er in einigen Aspekten sicher recht hat. Hier wird schneller und bedenkenloser geschossen, wenn man das als Kriterium gelten lassen will.

In einigen Kilometern werden sie die alte, morsche Brücke über einen Gebirgsfluss erreichen, was die Rettung bedeuten könnte. Schon unter normalen Bedingungen ist diese Brücke nur mit Schleichfahrt und größter Vorsicht zu überqueren. Große Löcher und wackelnde, verrottete Holzbohlen, die jetzt vereist sein werden, sollten Motorräder lange aufhalten. Paul würde seine Maschine unter diesen Bedingungen schieben; aber diese Typen hier sind knallhart. Sie zeigen keine Schwächen, gehen immer den kürzesten Weg zum Erfolg, ohne Rücksicht auf sich und andere.

»Da kommen sie, Kameraden, es geht los! Vielleicht einen Kilometer hinter uns sehe ich ihre Lichter«, stößt er zwischen fast zusammengekniffenen Lippen hervor.

»Wenn wir die Brücke früher erreichen und etwas Zeit haben, dann sollten wir sehen, ob wir das Ding noch etwas mehr zerstören können«, schlägt Safet vor.

»Du spinnst wohl, was meinst du wohl, wie lange das dauert und wie schwer das ist? Wir haben auch kein passendes Werkzeug dabei«, wischt Jo seinen Vorschlag vom Tisch.

Es ist nun fast nachtdunkel, siebzehn Uhr, und ihre Karten sind nicht gut. Sie alle wissen das. Wenn nicht bald Hilfe auftaucht, sind sie geliefert. Die Verfolger kommen näher. Ungefähr dreihundert Meter hinter ihnen tanzen die Lichtlanzen durch die Nacht. Sie scheinen nach ihnen zu greifen.

Da vorn muss die Brücke sein. Paul ist diese Strecke oft gefahren, solche Besonderheiten im Streckenabschnitt prägen sich im Gedächtnis ein.

»Ich glaube, da ist einer aufs Maul gefallen«, ruft Jo von hinten aufgeregt. Er hat eine begrenzte Sicht durch kleine Fenster im Gepäckraum.

»Stimmt!«, ruft Paul, »ich kann etwas im Rückspiegel sehen. Die halten jetzt, einer liegt wohl am Boden. Sicher, der liegt. Das gibt uns etwas Luft. Da, die Brücke vor uns, zweihundert Meter!«

Die Fahrt wird jetzt sehr langsam. Paul muss abwägen, was Priorität hat: die sichere Überquerung dieser maroden Brücke oder die Flucht vor den Verfolgern.

»Da kommen wieder zwei an! Paul, gib Gas!« Safet wird hektisch und verliert den Kopf.

Paul weiß, dass die Verfolger die besseren Karten haben. Das Team hat kein Ass mehr im Ärmel. Jetzt kann nur noch ein unerwartetes Ereignis oder Glück helfen.

»Da drüben sind Männer, Paul, vielleicht die versprochene Hilfe!« Safet zeigt nach vorn. Im Schein wartender Autos können sie nun auch Männer auf der anderen Seite der Schlucht hin- und herlaufen sehen. »Die Idioten sind auf der falschen Seite!«, ruft Safet aufgeregt.

Sie sind nun in der Mitte der Brücke angelangt und rollen im Schneckentempo über das schwankende Bauwerk. Sie können die Bewegungen der altersschwachen Konstruktion spüren und die knarrenden Geräusche hören. Diese Brücke will ihren Zoll einfahren. Sie sind der Preis.

Zum Glück verwehrt die Dunkelheit den Blick nach unten. Dort gurgelt wild ein Fluss in seinem felsigen Bett. Paul hat es bei Tageslicht einmal gesehen – ihm wurde schwindelig, als er die etwa hundert Meter nach unten schaute. Unter normalen Bedingungen steigen alle außer dem Fahrer aus und gehen zuerst über die Brücke, um die Sicherheit prüfen zu können.

Aber jetzt ist alles anders.

»Runter, Jungs, die schießen!«, schreit Paul. Die Projektile schlagen mit einem dumpfen Klatschen im Gepäckraum ein. Solange die Reifen nicht getroffen werden, sollten sie relativ sicher sein. Das dicht gestapelte Gepäck müsste auch ein rasantes Geschoss aus einer Kalaschnikow aufhalten. Wie sehr wünscht sich Paul jetzt einen gepanzerten Geländewagen, wie er ihn einst in Bosnien Herzegowina fuhr …

Bei diesem Licht ist ein Treffer in den Reifen eine Sache des Zufalls; auch für einen erfahrenen Schützen.

Die Verfolger haben jetzt auch die Männer auf der anderen Seite der Brücke bemerkt und versuchen weiterhin ihr Glück im Beschuss des Wagens, solange der noch auf der Brücke ist.

Dann melden sich die Männer des Spezialkommandos endlich zu Wort. Sie haben ihre Positionen bezogen und beschießen gezielt die Verfolger. Das gibt Luft. Unter dem Feuerschutz erreicht der Wagen endlich sicher die andere Seite. Mit eindeutigen Gesten werden sie angewiesen, hinter der nächsten Biegung im Schutze der Felsen zu parken.

Das war's vorerst! Über diese Brücke wollen auch die erfahrenen und beinharten Männer der Spezialeinheit bei diesen Bedingungen nicht fahren. Die Schlacht gegen den unbekannten Gegner ist wohl vorerst geschlagen.

Der Tag ist aber noch nicht zu Ende.

Trotz der Dunkelheit setzen sie die Fahrt zusammen mit dem Geleitschutz nach Tirana fort, wo sie gegen Mitternacht ankommen.

*

Im Regierungsviertel Tiranas hat sich die *ECMM* in eine exzellente Hausnummer eingemietet, der früheren Party- und Gästevilla des ehemaligen Diktators Enver Hoxha. Nicht umsonst ist es die *Villa One*. Sie liegt in der Rruga Donika Kastrioti, ganz in der Nähe der Ministerien und des ehemaligen Hauptwohnsitzes von Enver Hoxha.

Tony Watson lässt es sich nicht nehmen, sie trotz der späten Stunde persönlich zu begrüßen. Er begleitet sie über die Hauptstraße ins exklusive Fünf-Sterne-Hotel *Rogner*, wo er sie einquartiert hat.

Gegen drei Uhr morgens fällt Paul mit einer Flasche Bier aus der Zimmerbar erschöpft ins Bett.

Die Eltern des verunglückten Kindes kommen ihm in den Sinn. Jetzt sind die quälenden Gedanken wieder da. Ein Kind ist gestorben. Sie waren darin verwickelt. Manchmal zerreißt ihn das. Ist er vielleicht doch schuldig geworden? Hätte er noch langsamer fahren sollen? Zweifel über Zweifel. Aber bei allem Verständnis für den Schmerz der Eltern und für die traditionelle Bindung an die archaischen Gesetze des Kanun – die Reaktion der Familie kann er nicht begreifen.

Und wer ist der geheimnisvolle Mann, der ihm dieses konspirative Angebot auf der Straße gemacht hat? Wie tief ist die *shik*, der albanische Geheimdienst, darin verstrickt? Will der Krasniqi-Clan seinen Einfluss über dieses tragische Ereignis dazu benutzen, das Schmuggelgeschäft auf internationale Füße zu stellen? Ist Safet irgendwie in die Sache verstrickt?

Letztlich bleiben alle Fragen unbeantwortet im Raum stehen. Auch die, die ihn am meisten quält: Wie weit werden sie gehen, um das Gesetz des Kanun zu erfüllen? Vollendung der Blutrache?

Mit diesen düsteren Gedanken behaftet, fällt Paul schließlich in einen unruhigen Schlaf.

Tag der Entscheidung

Paul trifft sich gegen neun Uhr mit Jo in der Frühstückshalle. Die Atmosphäre ist gedämpft und vornehm, das Angebot an Speisen und Getränken überragend. Selbst der Champagner ist inklusive. Dabei sind sie von dezent freundlichen Angestellten umgeben. Zum ersten Mal seit Wochen genießen sie den Luxus und lassen sich Zeit dabei.

Sie sind beide nicht sicher, wie sie weiter verfahren sollen. Die Verfolgung gestern war offensichtlich eine Warnung, aber sie glauben nicht, dass der Zorn der Familie sie hier in der Hauptstadt einholen wird.

Demissionieren wollen beide nicht. Es lockt der Job und natürlich das Geld. Pensionierte Offiziere haben nicht mehr so oft die Gelegenheit, viel Geld zu verdienen.

Sie werden heute Morgen gleich mit Tony reden, damit man eventuell mit dem Hauptquartier in Sarajevo eine Tätigkeit außerhalb Albaniens für sie abmachen kann. Die Situation im benachbarten Kosovo spitzt sich zu. Diese Aufgabe reizt Paul sehr.

Nach einem kleinen Champagner zum Abschluss spazieren sie durch das frühlinghafte Tirana zurück ins Hauptquartier der *ECMM*. Hier unten, dicht am Meer, ist es warm. Vögel schwirren umher, und die jungen albanischen Mädchen sind dabei, sich vom Diktat des Patriarchats etwas zu befreien. Es ist aber offensichtlich, dass das nur die Mode betrifft. Und sicherlich auch nur hier in Tirana, das gerade den Anschluss an die große Welt finden will.

Albanische Brüder haben stets ein waches Auge auf ihre Schwestern.

Vielleicht ist das dennoch der Aufbruch einer neuen Gesellschaft, denkt Paul, als wieder eine dunkelhaarige Schöne an ihnen vorbeischwebt. Hier atmet alles mediterranes Flair.

Im Hauptquartier gibt es ein großes Hallo. Alle umarmen die Neuankömmlinge herzlich. Auch Safet ist schon da. Er schläft immer bei Verwandten oder in einem freien Zimmer hier im Haus, wenn sie in Tirana sein müssen.

Bei Kaffee und Keksen sitzen sie dann mit Tony Watson und seinem Stellvertreter Yannis zusammen. Sie versuchen, die Situation zu analysieren. Safet lassen sie außen vor, da Paul sich nicht über seine Rolle in diesem Spiel klar ist. Er äußert seinen Verdacht auch bei Tony. Der fasst es nicht als Spinnerei auf, sondern nimmt das sehr ernst.

»Ich glaube, dass Safet in der Sache mit dem geheimnisvollen Mann abends vor der Kneipe in Kukes zu tun hat«, versucht Paul seinen Verdacht zu untermauern. »Safet muss mehr wissen. Zum Beispiel, wer da mitmischt. Kürzlich hat er sich verplappert, als er meinte, wir sollten den geheimnisvollen Mann nicht zu ernst nehmen. Woher wusste er von dem Mann? Ich hab es ihm nicht erzählt und Jo auch nicht. Dann merkte er aber, dass er einen Fehler gemacht hatte und brach das Gespräch ab«, gibt Paul zu bedenken.

»Da muss mehr dahinterstecken als nur die Familie Krasniqi«, meint auch Jo.

»Jedenfalls geht ihr da nicht mehr hin, Freunde. Zu gefährlich! Ich suche ein neues Team für euch, wenn ihr wollt.« Fragend sieht Tony beide an.

»Gut, Tony, hast du heute etwas für uns? Wenn nicht, werden wir beide zu unseren Botschaftern gehen. Das müssen wir schon machen. Du weißt, wie empfindlich die Herren sein können, wenn man sie übergeht. Wir laufen hin. Safet kann freinehmen und seine Hauptstadt bewundern, wenn ihr ihn hier nicht braucht.« Paul bedankt sich bei Tony und dessen Team für die Hilfe.

*

Sie schlendern in Richtung des Skanderbeg-Platzes, der den Mittelpunkt der City bildet. Um sie herum quirlige

Massen von Menschen, die aber eines nicht erkennen lassen: die hektische Rastlosigkeit der westlichen Welt. Es ist einfach lockerer, entspannter und interessanter. Eben mediterran.

Der Verkehr allerdings ist die Hölle selbst. Die einzige Regel, die es hier gibt: Sei schneller als der andere. Rücksicht existiert nicht. Fußgänger hetzen bei Grün über die Überwege und sind froh, das rettende Ufer erreicht zu haben. Der Polizist in der Mitte der Kreuzung übt sich im unkontrollierten Betätigen der Trillerpfeife ohne erkenntlichen Grund.

Schon am frühen Vormittag sind die kleinen Restaurants entlang der Hauptstraße gerammelt voll von arbeitslosen Männern, die sich selbst in ihrer inaktiven Rolle wichtig vorkommen. Genüsslich schlürft man einen Espresso oder nimmt schon einen *raki* zu sich. Paul und Jo bleiben am Rand der Hauptstraße stehen und überlegen, ob sie sich zwischen die Genießer einreihen sollen. Die Herren Botschafter rennen sicherlich nicht davon.

Sie fühlen sich beide wohl, sind entspannt und genießen den Tag.

»Was für eine schöne Welt, was für ein schönes Leben!«, seufzt Jo glücklich vor sich hin.

Sie spüren nichts von einer Bedrohung für ihre Sicherheit.

Paul beobachtet einen dunklen Mercedes, aber eigentlich ohne ersichtlichen Grund. Er sieht den Wagen anfahren und langsam rechts am Straßenrand auf sie zukommen. Er denkt nicht an Gefahr. Alles scheint gut zu sein.

Die Straße vor ihm ist im Moment frei, weil die Masse der Autos an der Kreuzung hält. Paul sieht den Wagen weiter in ihre Richtung rollen. Er schaut wie gebannt auf das Fahrzeug. Starr fokussiert er die Frontscheibe. Dann sieht er die Seitenscheibe nach unten gehen. Er schaut in ein Gesicht, das sie zwingend und entschlossen anstarrt. Dunkle, kalte Augen.

Seine Gedanken sind träge; zu viel ist in letzter Zeit geschehen. Keine Reaktion von seiner Seite. Sein Instinkt lässt ihn im Stich.

Ein Oberkörper ragt jetzt weit aus dem Fenster. In der Faust eine dunkle Waffe. Vielleicht eine Pistole?

Der peitschende Knall einer Waffe. Zweimal, dreimal. Der Wagen beschleunigt und wird schnell in der Menge der anfahrenden Fahrzeuge aus Richtung der Kreuzung aufgesogen. Hinter ihnen schreiende Menschen, schrill girrende Frauen und das wütende Brüllen von Männern.

»Jo, wo bist du!«, schreit Paul und sucht hektisch nach seinem Kollegen.

»Paul, ich bin getroffen, hilf mir!«, keucht Jo von unten. Paul sieht ihn neben einem Baum liegen.

»Wo, Jo, was ist los?« Paul beugt sich besorgt über seinen Kollegen.

»Ich glaube an der Schulter, tut gar nicht weh«, sagt Jo plötzlich erstaunlich ruhig.

Vor dem Denkmal der Gebrüder Frasheri, der politischen Helden Albaniens des neunzehnten Jahrhunderts, sammelt sich eine Menschenmenge. Es wird heftig gestikuliert. Eine zweite Person liegt auf der Erde. Da wird selbst der träge Polizist auf der Kreuzung aktiv und kommt gerannt, immerzu auf der Pfeife trillernd.

»Ich glaube, die haben noch jemanden erwischt, Jo. Sag bloß nicht, dass das vielleicht uns gegolten hat. Die lynchen uns!«, flüstert Paul. Er schaut sich Jos Schussverletzung an und diagnostiziert: »Streifschuss. Ich pack da erst einmal ein paar Papiertaschentücher drüber. Lehn dich gegen den Baum. Ich schau mal nach dem anderen Opfer.«

Eine Frau liegt auf dem Gehweg. Die schreiende und hilflose Menge ist um sie versammelt. Alle haben gute Ratschläge. Zusammen mit den Polizisten schaut er sich die Frau an. Zum Glück auch nur ein Streifschuss, am rechten Oberarm. Sie wird mit Pauls Unterhemd versorgt, nachdem sie die verängstigte Frau beruhigt haben.

Obgleich er kein Albanisch spricht, verstehen ihn die Menschen und werden ruhig. Sie haben offenbar Respekt vor der tatkräftigen Hilfe und der Ruhe und Umsicht, die der Ausländer ausstrahlt. Ein älterer Mann spricht Englisch, und so können sie kommunizieren. Der Polizist instruiert seine Kollegen, die von den Diplomatenpässen sichtlich beeindruckt sind. Paul erzählt, was er weiß, und was er gesehen hat, aber nicht zu viel. Keine Vermutungen.

Sie kommen überein, dass die Frau von der Ambulanz ins Krankenhaus gebracht wird. Jo und Paul werden von der Polizei in die nahe gelegene *Villa One* begleitet.

*

»Da gibt es nichts mehr zu diskutieren, ihr müsst weg, Jungens.« Tony schaut sie beide besorgt an.

»Wir werden das schnell erledigen«, ergänzt Yannis. »Ich lasse euch Flugtickets besorgen. Haltet euer Gepäck für die nächsten Tage bereit. Ich buche für Sarajevo.«

»Telefon, Paul, da will dich einer sprechen, aber persönlich!«, ruft Auke und schaut durch die geöffnete Tür herein.

»Kommt mit. Stell das Ding auf Lautsprecher, Auke.«

Paul hat es eilig, den Anruf anzunehmen. Er meldet sich. Eine männliche Stimme in reinem Englisch fragt betont ruhig: »Ich spreche mit Herrn Paul Anker, alleine?«

»Ja, hier Paul Anker am Telefon, alleine. Kann ich Ihnen helfen?«

»Wer Ihnen helfen kann, das sind nur wir und Ihre richtige und schnelle Entscheidung. Die letzten Tage und das Ereignis heute sollten Ihnen eine Lehre sein. Auch eine Hilfe, um sich richtig zu entscheiden!«

Paul meint, er muss etwas Kluges sagen, und lacht leise auf: »Spielen Sie immer 007, Herr … mit wem spreche ich überhaupt?«

»Sie sollten aufhören zu scherzen, Herr Anker. Ihre Situation ist nicht gerade rosig. Haben Sie sich das Angebot von vorgestern Abend überlegt? Wir erwarten eine

Antwort.« Der Mann hüstelt mehrmals ins Telefon. Es hört sich an wie eine Bronchitis.

»Ich werde Ihnen keine Antwort geben, bevor ich nicht weiß, mit wem ich rede und für wen ich arbeiten soll«, entgegnet Paul entschlossen. »Wenn Sie die Familie Krasniqi vertreten, so können Sie das ruhig sagen. Wo sind da die Schwierigkeiten?«

Der Mann scheint zu überlegen. »Wir arbeiten eng mit der Familie zusammen, aber eine Lösung wird es nur über uns geben. Sagen Sie ja, und die Sache wird für Sie und ihren Kollegen positiv ausgehen. Wenn nicht, so ...« Wieder hüstelt der Mann ins Telefon. Wenn es keine Bronchitis ist, scheint er Schwierigkeiten mit der Lunge oder dem Kehlkopf zu haben.

»Wo haben Sie denn meine Telefonnummer her, wer hat sie Ihnen gegeben?«

»Das tut nichts zur Sache. Wir wissen immer, wo Sie auf dieser Welt sind und wohin Sie gehen, seien Sie versichert. Nun Ihre Antwort, überlegen Sie sich die Sache gut!«

»Vergessen Sie das. Wir sind Diplomaten und keine Mafiosi, sagen Sie das Ihren Auftraggebern. Übrigens, wir werden uns zu wehren wissen, gegen Sie und gegen die Familie Krasniqi!«

»Bleiben Sie gesund, Herr Anker, auch Sie, Herr Beaufort. Ich wünsche Ihnen einen schönen Aufenthalt in Tirana.« Kurzes Knacken in der Leitung und dann ist Stille.

Betretenes Schweigen im Raum.

Dann nimmt Tony sie mit in sein Dienstzimmer. Seine Stimme ist belegt und besorgt. »Meldet euch per Telefon bei euren Botschaftern ab. Ich versuche, dass ihr morgen abhauen könnt. Wenn das nicht geht, bleibt auf euren Zimmern. Lasst euch nicht zu oft draußen sehen. Sarajevo weiß Bescheid. Man wird euch abholen. Ich werde noch mit dem Innenminister sprechen. Seltsame Sache mit dem Typen. Eher Mafia als Geheimdienst. Vielleicht auch beides zusammen. Weiß man nie hier. Also, Jungens, passt auf euch auf. Vielleicht kann ich über den Minister ein paar Männer besorgen, die sich im Hotel bewegen und auf euch aufpassen. Wir essen heute Abend hier im Haus zusammen. Da liegt mir viel dran.«

Das war's.

»Was wird mit Safet? Nachweisen können wir ihm nichts. Wo soll der die fünfhundert Mark herbekommen, die die Familie für die Beerdigung haben will?«

»Wir kümmern uns darum, Paul, danke für deine Fürsorge. Safet ist heute Abend auch beim Essen dabei.«

Mit zum Victory-Zeichen gespreizten Fingern verabschieden sie sich, wohl wissend, dass das unangebracht ist. »Dein Whiskey ist verdammt gut, Tony«, sagt Paul. »Den werde ich vermissen!«

Sie gehen und mischen sich unter das Team der *Villa One*.

»*Take care!*«, ruft Tony noch laut hinter den beiden her. Der Gruß der Monitore, wenn sie ins Feld zum Einsatz gehen.

Hotel *Rogner*

Der Abend in der *Villa One* bei den Kollegen und Freunden war eine runde Sache. »So sollten sich Freunde verabschieden«, meint Paul zufrieden, als sie die hundert Meter von der Villa zum Hotel gehen.

Wachsamkeit ist das Gebot der Stunde, obwohl das sicherlich auch nicht die Lösung ist, wie sie von heute Morgen her wissen.

Jo ist vom amerikanischen Arzt in Tirana gut versorgt worden, da die städtische Klinik für die Monitore tabu ist. Die Bedingungen in den albanischen Hospitälern entsprechen noch nicht den Vorstellungen der westlichen Welt. Für Notfälle hatte jedes Team einen Notfallkoffer mit Plasma, Spritzen und Verbandsmaterial mit.

Es ist nun gegen zweiundzwanzig Uhr und morgen Mittag soll ihr Flug nach Sarajevo gehen. Alles ist bestens arrangiert, wie sie wissen.

Die Hotelbar ist nur leicht besetzt, und Jo will unbedingt ins Bett. Paul kann das verstehen. Eine Schusswunde ist keine alltägliche Sache. Es hätte ja auch anders ausgehen können.

War das nur eine Warnung oder hat der Schütze in der Hektik vorbeigeschossen? Wieder eine Frage mehr, die den Knoten noch unentwirrbarer macht.

»Mach's gut, Jo, ich trinke noch einen Absacker an der Bar«, verabschiedet sich Paul.

An der Bar trifft er auf Jane, eine amerikanische Archäologin, die allein und anscheinend gelangweilt an einem Getränk nippt. »Hi, Paul, wieder mal hier in dieser schönen Stadt? Hast du Sehnsucht nach mir?« Sie strahlt ihn mit ihrem unwiderstehlichen Lächeln an.

Ja, sie ist eine Augenweide und weiß das verdammt genau. Ihre brünetten Haare sind zu einem kleinen Pferdeschwanz zusammengebunden. Lebhafte, dunkle Augen, dezent geschminkt, beherrschen das ovale Gesicht. Den leicht bräunlichen Teint hat sie wohl aus ihrer texanischen Heimat mitgebracht. Volle, lockende Lippen, sachte geschminkt, lassen ihre makellosen weißen Zähne aufblitzen.

Sie trägt gepflegte Designerjeans und einen Pulli, was ihre weibliche aber sportliche Figur an den richtigen Stellen unterstreicht. Sicherlich lassen die deutlich hervorstehenden Nippel Wünsche und Begehrlichkeiten in so manchen Männern erwachen. Aber nichts ist übertrieben an dieser Frau um die fünfzig. Sie ist stets zurückhaltend mit einem vornehmen Touch.

Da kann ich nicht so richtig mithalten, denkt Paul.

Sein Haar ist schon leicht gelichtet. Die Mähne, die er früher trug, als er bei der Beobachtermission anfing, hat er inzwischen in Ermanglung von Haarmasse kurz stutzen lassen. Er ist ja auch schon Mitte fünfzig, wenn auch schlank und muskulös, ohne den obligatorischen Bauchansatz der meisten Männer in diesem Alter. Er weiß, dass er nicht nur wegen seiner humorvollen Art durchaus attraktiv auf Frauen wirkt. Etwas Narzissmus steckt ja sicherlich in jedem und so bemüht sich Paul, mit täglichen Liegestützen und Geländeläufen fit zu bleiben.

Jane kennt er von den kurzen Momenten hier im Hotel an der Bar, beim Essen und auch vom Hotelschwimmbad, wo man sich auch im Dezember noch in der Badehose aalen kann. Er hat ihr oft beim Tennis zugeschaut, ihre Sportlichkeit ebenso bewundert wie ihre erotische Ausstrahlung.

»Na, gut beobachtet?« Sie lächelt ihn an. »Gefällt es dir, was du siehst?«

»Außerordentlich. Ich habe meinen Bericht schon fertig. Aber was suchst du zu dieser späten Stunde als ehrbare Frau noch hier, umgeben von aggressiven Jägern?«

Sie trinken etwas zusammen und lachen wie gute Freunde, die sich täglich sehen. Als Paul ihr mitteilt, dass sie morgen gegen Mittag das Land verlassen werden, ist Jane bestürzt. Paul erzählt in knappen Sätzen, was passiert ist. Jane wird nachdenklich.

»Kaum vorstellbar, dass es so etwas noch gibt. Ich habe wohl von dem Kanun und seiner Bedeutung gehört; aber diese barbarischen und archaischen Auslegungen sind mir fremd.«

»Leider kann man keine schriftlichen Dokumentationen finden – es ist ein Gewohnheitsrecht, das lebt durch mündliche Überlieferung in der Gesellschaft; aber das wirst du als Archäologin ja wissen, Jane. Ein Alphabet gibt es in Albanien außerdem erst seit 1908. Und durch die stetige Konfrontation zwischen den nordalbanischen

Gheg und den südalbanischen Tosk wird das alles nicht gerade einfacher.« Paul macht eine kurze Pause. Er wollte eigentlich nicht den Lehrer raushängen lassen. »Die früheren Überlieferungen sind auch sehr durch Dialekte und archaische Sprachformen verändert oder verfälscht, so wie der Auslegende, zumeist der Älteste, das eben interpretiert hat. Aber ich will dir hier ja keine Vorlesung halten. Beschäftigen wir uns mit uns. *Gezuar*, meine Liebe!«

Sie stoßen leicht mit den Gläsern an, und der Klang schwingt in beiden nach.

»Jane, ich muss ins Bett. Morgen gibt es noch einiges zu tun. Vielleicht irgendwo, irgendwann treffen wir uns in dieser Welt mal wieder. Bis dahin werde ich von dir träumen, meine Schöne«, flüstert Paul verlegen.

Ihre Augen finden sich.

»Die Nacht ist noch nicht zu Ende, Paul, wer weiß, was noch geschieht?« Jane lächelt geheimnisvoll und verabschiedet sich mit einem zärtlichen Kuss auf den Mund von ihm. »Wie war doch deine Zimmernummer, großer Beobachter?«

»One Two«, flüstert er und schiebt seine Hitzewallung auf den Alkoholpegel.

Mein Gott, welch ein Weib!

Nach einer schnellen Dusche auf seinem Zimmer liegt er dann auf dem kühlen Bett und denkt noch einmal über die Situation nach. Er hätte doch etwas direkter auf Jane zugehen sollen. Aber was soll Eva in Ostfriesland von ihm halten? Ist das Untreue? Sicherlich! Also ist auch er ein Schwein!

Es klopft leicht an der Tür, die Paul aus Vorsicht verschlossen hält. Die Türsteher am Portal sehen auch nicht alles. Der Balkan ist gefährlich; und hier riecht es nach Geld.

»Paul, ich bin's, Jane, mach doch mal auf!«, flüstert eine Frauenstimme.

Draußen steht Jane im weißen Bademantel mit zwei Gläsern und einer Flasche Champagner leicht verlegen auf dem Flur. Paul lässt sie rein und verschließt die Tür wieder. Er füllt die Gläser, nachdem die Flasche mit einem dumpfen Knall geöffnet ist, und dreht sich zu Jane um.

Eine wunderschöne Frau steht plötzlich vor ihm in ihrer betörenden Nacktheit. Der Bademantel liegt hinter ihr wie die abgestreifte Hülle eines geschlüpften Schmetterlings.

Sie stoßen an; sie trinken voller Lust. Paul sinkt vor Jane auf den Boden. Tief atmet er den Duft einer bereiten Frau. Seine Augen fangen sich in dem geheimnisvollen Dreieck zwischen den schlanken und hohen Säulen ihrer Schenkel und Evas Bild verschwindet wie im Nebel aus Pauls Bewusstsein.

Tödliche Überraschung

Paul schaut sich im Speisesaal des Hotels am frühen Morgen um, ob er vielleicht noch einmal die Frau sehen kann, die er beim Aufwachen in seinem Zimmer nicht mehr an seiner Seite vorfand.

Sie hatte ihn verlassen. Eine Rose in einem halb geleerten Glas Champagner blieb zurück. Ein Abschiedsgruß für immer. Er ist sich darüber klar. Es ist auch besser so. Zu Hause wartet jemand auf ihn in der kleinen Stadt in Ostfriesland, in Aurich, dicht an der Nordseeküste.

Es ist geschehen, es ist vorbei.

Seltsamerweise verspürt Paul in diesem Moment keine Scham und sucht auch nicht nach einer Entschuldigung.

Er wartete auf Jo, denn sie haben noch eine Menge zu erledigen, bevor der Shuttle sie gegen zwölf Uhr zum Flugplatz in Rina bringen soll. Freunde sollte man nach einer solchen Zeit intensiver Zusammenarbeit nicht ohne Worte des Abschieds verlassen.

Es schmerzt ihn sehr, dass er gehen muss. Er hat das Land lieben gelernt. Nicht seine Menschen, die er aber in ihrer Tradition achtet. Er bewundert ihre Kraft – wie sie das Leben unter dem Diktat des Enver Hoxhas gemeistert haben und dann bereit waren, es wieder anzupacken. Wenn auch auf ihre Art, die Mitteleuropäern so fremd und widersprüchlich erscheint.

Er wendet sich an die freundliche Bedienung, eine junge Albanerin. Ein Novum für Albanien, im Servicebereich. Paul bittet sie, Jo über das Zimmertelefon anzurufen, da sie in Eile seien.

»Da antwortet niemand, der Herr«, meldet sich die Bedienung nach einigen Minuten freundlich zurück.

»Danke, ich werde die Schlafmütze persönlich wecken.« Lachend steht Paul auf. »Ich komme gleich zurück.«

*

»He, Jo, auf geht's, es wird Zeit, mein Freund. Die Heimat ruft!«

Aber Pauls energisches Klopfen und Rufen bleiben unbeantwortet. »Seltsam«, murmelt er. »Der Bursche ist doch sonst immer um diese Zeit wach und auf.«

Paul weiß, dass Jo sein Zimmer selten abschließt. Nicht, weil er so mutig ist, sondern weil er wohl zu lässig ist. »Jo, ich komme jetzt rein, Hand vom Sack, alter Franzose!« Er öffnet die Tür. Stille und Halbdunkel empfangen ihn. »Der pennt doch noch!« Leise geht er zu den Vorhängen, um die Sonne hereinzulassen. »Frische Luft wird dir guttun, du Morgenmuffel.« Paul öffnet die Fenster weit.

Die kleine, ihm so vertraute Gestalt liegt still auf dem Rücken; aber seltsam unnatürlich in der Haltung.

»Jo! Jo, hast du was, mein Freund?«

Jo kann nichts mehr haben, das sieht Paul sehr schnell. Jo liegt mit offenen Augen im Bett, ein kleines, dunkles

Loch in der Stirn, so als sei er in seiner zweiten Heimat in Indien und hätte ein Kastenzeichen oberhalb der Nasenwurzel. Jo, sein Kollege, sein Freund, sein Kamerad, der kleine liebenswürdige Franzose ist tot.

Ein Opfer des Kanun? Ein Opfer der albanischen Mafia?

Zwangsaufenthalt in Albanien

Große Aufregung im Hotel *Rogner* und bei der Beobachter-Mission. Ratlosigkeit. Selbstvorwürfe wegen unzureichender Bewachung bei Tony und auch bei den albanischen Polizeikräften. Die forensische Arbeit hat begonnen. Paul ist bis zur Vernehmung unter Aufsicht gestellt. Schließlich hat er Jo gefunden und das unter selbst für die Albaner verdächtigen Bedingungen, wie er sehr schnell feststellt.

Die französische Botschaft besteht auf einer Teilnahme an den forensischen Untersuchungen mit eigenen Kräften und will natürlich auch mitsprechen.

Paul ist deprimiert und zeigt das durch unkonzentriertes und nervöses Verhalten. Schließlich ist sein Freund und Kollege ermordet worden. Warum hat Jo seine Tür nicht abgeschlossen? Warum hatte er ihm das nicht noch einmal ausdrücklich gesagt? Er macht sich Vorwürfe.

Dann wird er in ein separates Zimmer geführt, wo ihn zwei Beamte der albanischen Kriminalpolizei und ein Dolmetscher erwarten.

Er vermutet jedoch, dass hier auch der Geheimdienst zugegen ist, der *shik*, was Tony sofort bei dem Innenminister in Erfahrung bringen will. Als höchster Vertreter der Mission in Albanien wird Tony dort protestieren. Er lehnt es ab, die Vernehmung ohne seine Teilnahme oder die der deutschen Botschaft durchzuführen. Er fährt jetzt ganz auf der diplomatischen Schiene ab. Paul besitzt schließlich diplomatische Immunität.

Die Aufnahme der Personalien durch die albanischen Polizisten ist gerade – wegen der unzureichenden sprachlichen Verständigung unter größten Schwierigkeiten – zu Ende gegangen, als Tony in Begleitung eines Ministerialbeamten des albanischen Innenministeriums erscheint und der Szene ein Ende bereitet.

Sie verlassen das Hotel. Die Vernehmung wird nun in der *Villa One* im Beisein der albanischen Polizei, eines Attachés der französischen und der deutschen Botschaft sowie eines Beamten des albanischen Innenministeriums vorgenommen. Der Dolmetscher wird von der Beobachtermission gestellt. Sie machen allen klar, dass Paul gewillt ist, alles zu sagen, was er weiß und was zur Aufklärung des Falles beitragen könnte.

Drei volle Stunden lang erzählt er und versucht damit auch, etwas Licht in das Dunkel der vergangenen Tage zu bringen. Da Paul ein sicheres Alibi hat, das er natürlich nur unter dem Siegel der Verschwiegenheit preisgibt, ist er sehr schnell entlastet. Sein eigentliches Vergehen bestand ja darin, dass er das Zimmer des ermordeten Jo zuerst ohne Zeugen betreten hatte. Aber die Gerichtsmediziner haben doch sehr schnell raus, dass der arme Kerl schon gegen ein Uhr nachts umgebracht wurde.

Paul erhält seinen Pass zurück. Er erklärt sein Einverständnis, so lange in Albanien zu bleiben, bis man ihn nicht mehr benötigt. Die Vorbehalte wegen der persönlichen Bedrohung, die nun ja offensichtlich ist, will man dabei berücksichtigen.

Paul bekommt einen Bodyguard der albanischen Spezialkräfte zugewiesen. Etwas hinderlich, wie er findet, da er sich frei bewegen will. Der Kerl folgt ihm wie ein Schatten und steht sogar vor der Toilette. Er schränkt Pauls Bewegungsfreiheit richtig ein, obwohl er nicht aufdringlich wirkt. Reden können sie auch miteinander; er kann Englisch und das nicht zu schlecht.

Paul sitzt mit Tony zusammen und sie trinken einen Whiskey. Das scharfe Getränk beruhigt ihn; es ist Droge für seine Seele und wärmt seinen Körper. Paul macht sich weiterhin Vorwürfe, die Tony ihm jedoch mit seiner kameradschaftlichen Art zu nehmen versucht.

»Du solltest deine Frau informieren, Paul. Du bist doch verheiratet?«

Paul hat diese Woche sein freies Telefonkonto noch nicht ausgenützt und so wählt er mit düsteren Gedanken an einem freien Telefon in der Lobby der *Villa One* die Nummer in Deutschland an. Schließlich hat er heute Nacht seine Frau betrogen. Kein Kavaliersdelikt! Etwas, das an dem moralischen Gerüst eines jeden rüttelt, der Begriffe wie Ethik und Moral kennt.

Hoffentlich merkt Eva nichts; die hat ein gutes Gespür für emotionale Stimmungen, denkt er angespannt. Was Tony und die anderen Kollegen wohl von mir denken mögen? Ach was, einige tun das schon die gesamte Zeit. Wer im Glashaus sitzt, der sollte nicht mit Steinen werfen.

Aber seine moralischen Bedenken verstärken sich noch, als er Eva mit belegter und aufgeregter Stimme den Unfall mit dem Kind schildert und die Gefahr, die daraus resultiert.

»Geh zur Stadtverwaltung und erwirke eine Auskunftssperre über unseren Wohnsitz. Das geht, wenn man denen die Situation schildert. Behalte alles erst einmal für dich und sieh dich vor, Schatz. Die nehmen keine Rücksicht, du bist vielleicht auch in Gefahr!«, warnt er Eva eindringlich.

Die Nachricht vom Tod seines Kollegen heute Nacht erschüttert sie. Eva fleht Paul weinend an, sofort zurückzukommen.

»Keine Angst, Mädchen, ich habe hier einen Bodyguard. Gefährlich wird es vielleicht, wenn ich wieder zu Hause bin. Vergiss das nicht. Ich komme so schnell wie möglich, versprochen. Wenn es dir zu kritisch wird, ruf mich über Handy an. Hier in Tirana geht das zumeist.«

Damit sind ihm die Beruhigungspillen ausgegangen. Sie schweigen beide betroffen. Von der anderen Seite hört er ihr ängstliches Weinen.

»Mach's gut, mein Schatz, pass auf dich auf. Ich melde mich, so oft ich kann. Nicht weinen!« Mit einem Kuss durch die Leitung bricht er das Gespräch ab. Bei dieser Verunsicherung und Angst kann er nur das Falsche sagen, wenn er zu lange redet.

»Ich werde nicht noch einmal so etwas machen«, verspricht er sich halblaut selbst. »Du bist auch nicht besser als die anderen Typen.« *Männer sind Schweine*, der Song kommt ihm in den Sinn. »Frauen vielleicht auch!«, ergänzt er laut.

Alle schauen ihn verwundert an.

»Was sagst du da, Paul?«, fragt Ivana, eine der Dolmetscherinnen, die gerade vorbeikommt. »Alles klar zu Hause?«

»Alles okay, danke für deine Nachfrage, lieb von dir!«, erwidert er verlegen lächelnd und verschwindet wieder in Tonys Büro.

»Weißt du schon, was du nun vorhast, Paul?«, fragt Tony; denn er muss ihn ja woanders in der Mission unterbringen. »Die haben sicherlich etwas für dich, du bist ja erfahren genug.«

»Ich sage dir im Laufe des Tages Bescheid, wie ich mich entscheide, damit du tätig werden kannst. Nach Sarajevo ins Hauptquartier der Mission muss ich sowieso zuerst. Mal sehen, was ich mache. Kommt auch etwas auf meine Frau an, wie die das sieht und verkraftet.« Paul will und kann sich noch nicht festlegen. »Wann wird Jo nach Frankreich gebracht, weißt du schon etwas, Tony?«

»Das wird dauern. Wir haben den armen Kerl in der Gerichtsmedizin liegen, bis er freigegeben wird. Du kannst nicht so lange warten, Paul; zu gefährlich hier.«

Tony verabschiedet sich, um seinen Pflichten als Boss nachzugehen. Die internationale Diplomatie wartet nicht.

Im Hotel *Rogner* setzt Paul sich erst einmal in die Lobby und bestellt einen Espresso und einen *rakia* aus albanischer Produktion. Beruhigungsdrink!, denkt er sich.

Der Bodyguard bekommt natürlich auch einen Espresso, den er dankend annimmt und sich wieder beobachtend zurückzieht. Er ist ein gut aussehender Dreißiger mit gewaltiger Schultermuskulatur und bemerkenswert kräftigen Armen, muskulös und sehnig. Mit seinem halblangen, gepflegten Haar, das er zu einem Pferdeschwanz gebunden hat, und seinem dunklen, gut sitzenden Anzug liefert er das typische Bild. Er kann sicherlich zulangen und weiß bestimmt auch seine Waffe zu gebrauchen, die er hinten im Hosenbund trägt.

Hier auf dem Balkan ist es weit verbreitet, die Waffe so zu tragen. Paul hat das immer wieder bemerkt. Der Vorteil ist ihm immer noch nicht klar. Er bevorzugt ein Schulterhalfter, wenn er eine Waffe tragen darf oder muss.

In dem Job als internationaler Beobachter ist Waffenlosigkeit der beste Schutz. Die unabdingbare Glaubwürdigkeit, die der Auftrag bei der einheimischen Bevölkerung verlangt, kann nur damit erreicht werden. Bewaffnete wecken Misstrauen und Angst. Auf einen Unbewaffneten schießt niemand so schnell.

Er hat sich sehr gut daran gewöhnt, wobei er sicherlich in den letzten Tagen gerne eine Waffe gehabt hätte.

»Shit!«, sagt Paul halblaut, wobei ihm auffällt, dass er nach dem längeren Aufenthalt in der Einsamkeit der Berge und vor allem unter dem Stress der letzten Tage wieder zwanghaft anfängt, Selbstgespräche in Englisch zu führen. Ein bekanntes Phänomen, wie er aus Gesprächen mit den Kollegen weiß.

»Das tut mir leid, Paul, das mit Jo. Ich bin sehr traurig darüber«, flüstert ihm die dunkle Stimme von Jane ins Ohr.

Paul bleibt vornübergebeugt auf dem Barhocker sitzen, dreht den Kopf leicht zu Jane, die blass und erschüttert hinter ihm steht.

»Ich bin gleich gekommen, nachdem man mich über dein Alibi für heute Nacht befragt hatte. Ich bin dir nicht böse, dass du denen das gesagt hast. Ich bin keinem Rechenschaft schuldig und bereue diese Nacht nicht, Paul. Du kannst da nichts dran ändern, schau nach vorne. – Bestell mir auch einen Drink und einen Espresso«, bittet Jane mit leiser Stimme.

»Ist alles klar!«, ruft Paul dem aufmerksamen Bodyguard zu. »Eine Freundin, danke! – Der Junge macht einen guten Job bis jetzt. Hoffentlich erlebe ich nicht den Ernstfall«, sagt er leicht ironisch zu Jane. »Zum Feind hätte ich ihn jedenfalls nicht gerne, das ist ein echter Profi.«

Nach einer halben Stunde verabschiedet sich Jane mit dem obligatorischen, aber etwas wärmeren Wangenkuss von ihm. Auch sie hat Verpflichtungen und muss arbeiten, obwohl Steine ja warten können, wie Paul einmal zu ihr sagte.

»Herr Anker, Telefon!«, hört er die Rezeption dezent, jedoch verständlich rufen. Er ahnt, wer da dran sein könnte.

»Herr Anker, das macht uns alle sehr traurig, dass Sie Ihren Kollegen verloren haben. Sicherlich wollte man Ihnen auch einen Besuch abstatten, aber Sie sind ja etwas vorsichtiger. Sie haben auch allen Grund dazu. Wir freuen uns aber, dass Ihnen nichts passiert ist, denn wir wollen doch Ihre Kooperation. Wie haben Sie sich jetzt entschieden?«, flüstert die bekannte Stimme durch den Draht.

»Haut ab, ihr Schweine, ihr dreckigen Mörder«, zischt Paul. »Glaubt nur nicht, dass ich unvorbereitet bin. Ich werde es euch schon zeigen!«

»Herr Anker, da liegen Sie verkehrt. Wir haben Ihren Kollegen nicht umgebracht. Wir wollen mit Ihnen arbeiten. Aber was nicht ist, kann ja noch werden.«

Wütend und aufgebracht beendet er das Gespräch. Mit

einem gepressten »Danke« reicht er der verunsicherten jungen Frau hinter der Rezeption das Telefon zurück. Paul hat sich nicht richtig unter Kontrolle. Seine Gesichtszüge sind vor Wut verzerrt. »Entschuldigen Sie meinen Gefühlsausbruch, sorry. – Alles klar«, ruft er dem Bodyguard zu, »das war der unbekannte Anrufer, vielleicht der Killer von heute Nacht!«

Paul weiß, dass es Zeit wird, Albanien zu verlassen.

Abschied von Albanien

Abends eröffnet ihm Tony, dass er morgen Nachmittag vom Flugplatz Rina nach Sarajevo fliegen werde. Es sei alles in trockenen Tüchern, wie Tony es gerne auch in Deutsch ausdrückt; denn er war lange als Kommandeur einer britischen Einheit in Deutschland während des Kalten Krieges.

Paul teilt ihm mit, dass er heute Mittag einen Brief an Jos Frau geschrieben und schon über die Administration im Hause abgeschickt habe. »Das bin ich ihm und seiner Frau wohl schuldig – ohne dir vorgreifen zu wollen, Tony«, versucht er eine eventuelle Verstimmung schon im Keim zu ersticken.

Aber Tony versteht das und ist froh, dass Paul diesen Schritt von sich aus gemacht hat. »Pass heute Abend auf dich auf, Paul. Du siehst, zu was die Typen fähig sind. Übrigens schicke ich Safet wieder mit einem neuen Team nach Kukes. Ich traue ihm auch nicht mehr so richtig; aber solange wir nichts gegen ihn in der Hand haben, sollten wir nicht unfair sein. Wir sehen uns dann morgen früh, mach's gut.« Damit wendet Tony sich ab und verschwindet in seinem Büro.

Das war's dann für Paul in Albanien. An eine Rückkehr ist wohl so schnell nicht mehr zu denken. Nun muss er zusehen, dass er sich aus der Schusslinie bringt.

Der letzte Abend im Hotel *Rogner* ist das Requiem für seinen ermordeten Freund und Kameraden Jo. Wer ihn erschossen hat, weiß Paul immer noch nicht mit Bestimmtheit. Das letzte Gespräch mit der geheimnisvollen Organisation gab ihm ja auch keine Klarheit.

Jane gesellt sich zu ihnen. Yannis und einige Kollegen sind an der Bar versammelt. Sie wollen mit ihm bei einem Drink über Jo reden, an ihn denken. Jo ist nicht der einzige Monitor, der in diesem unseligen Krieg auf dem Balkan sein Leben lassen musste. Aber die Art, wie er starb, und der Grund dafür machen sie ratlos. Und wütend.

Die Täter bewegen sich immer noch im Dunkel, hinter einer Wand des Schweigens. Nun steht Paul allein im Fokus der dunklen Macht und muss versuchen, den Bannkreis zu durchbrechen.

»*Gezuar*, auf unseren Freund Jo!« Mit diesem albanischen Trinkspruch heben sie ihre Gläser und denken schweigend an ihn, der im letzten kleinen Haus nach Frankreich zurückkehren wird.

Gegen dreiundzwanzig Uhr wird es für sie alle Zeit, die Bar zu verlassen und zu Bett zu gehen. Jeder für sich in dieser Nacht. Jane und Paul verabschieden sich mit einem stillen Wangenkuss und verabreden sich für morgen früh zu einem letzten gemeinsamen Frühstück.

Am nächsten Tag geht alles sehr schnell. Sie sitzen sich, immer noch betroffen, gegenüber, und dann geht jeder seiner Wege. Jane wird weiter nach Steinen in Albanien graben, und Paul packt den Wagen mit seinem Gepäck für den Flug nach Sarajevo.

Gegen Mittag treten dann alle Mitglieder der Mission im kleinen Park der *Villa One* für das obligatorische

Gruppenfoto an. Albanische Umarmungen, und dann sitzen Yannis und Paul im Wagen nach Rinas Airport. Hinter ihnen der schweigsame Bodyguard, der heute Nacht eine Ablösung hatte, die vor Pauls Zimmertür saß und wachte.

Sie werden wie gewohnt durch den Diplomateneingang oder, wie es international heißt, durch den Eingang für VIPs in die Diplomatenlounge geleitet. Der Bodyguard immer noch wie ein stiller Schatten dabei. Hier trinken sie noch etwas und schwatzen belangloses Zeug.

»Mister Anker, phone call for you at the desk!« Wieder einmal wird Paul aufgerufen.

»Hört das denn nie auf, Yannis? Die verfolgen mich noch bis Deutschland«, ruft er Yannis ahnungsvoll zu und eilt in Begleitung des Bodyguards zum Telefon in einer diskreten Ecke des Raumes. Paul winkt Yannis heran, damit der mithören kann.

Diesmal ist es eine Stimme in schlechtem Englisch: »Du wirst uns nicht entkommen, du ehrloser Mann. Beide müsst ihr sterben. Blut für Blut, so wie es der Kanun will. Der Adler hat geschrien, als mein Bruder starb. Nun wird er wieder schreien, wenn du stirbst. Wir wissen, dass du weggehst, aber wir werden dir folgen. Vergiss das nie!«

»Können wir nicht zu einer Einigung kommen, Herr Krasniqi? Es ist doch genug, dass mein Freund Jo erschossen wurde«, fragt Paul erstaunlich ruhig und spricht betont langsam und deutlich. Den Hinweis, dass sie sich nicht mehr im Mittelalter befinden, sondern im zwanzigsten Jahrhundert, verkneift er sich.

»Blut für Blut! Wir haben Ihren Kollegen nicht erschossen, warum lügen Sie? Es wird euch beiden nicht helfen!«

»Gehen Sie zur Polizei und Sie werden erfahren, dass Jo Beaufort vor zwei Nächten im Hotel *Rogner* erschossen wurde. Sie werden doch noch wissen, wer wen ermordet in Ihrer Familie?«

Erregtes Atmen in der Leitung; dann ein Knacken. Das Gespräch ist beendet.

Betroffen schauen sich beide an. »Da stimmt doch was nicht, Paul. Da mischt noch jemand mit!«

»Sag ich doch, Yannis. Erzähle die Sache Tony, damit der das dem Innenminister stecken kann. Vielleicht muss der *shik* zurückgepfiffen werden. Da weiß die Rechte nicht, was die Linke tut. Vielleicht auch eine Mafiaorganisation, die auf den Zug aufspringt und Mitglieder rekrutieren will. Seltsam! – Sag nichts dem Bodyguard, der braucht nicht alles zu wissen«, fügt Paul rasch hinzu, als der Mann, aufmerksam geworden, näher herankommt.

Pauls Flug wird aufgerufen. Sie gehen zu Fuß zum wartenden Flugzeug wie auf einem Dritte-Welt-Flugplatz. Hier, dicht am alten Rollfeld, ist die Hitze unerträglich, und das im Winter. Vor einigen Tagen kamen sie noch aus einer Schnee- und Eishölle gefahren …

Der Abschied geht nun schnell. Schließlich sind sie Profis in diesem Job. Ein Dankeschön an den Bodyguard. Ein großer Geldschein in deutscher Währung wechselt verstohlen hinüber. Er hat es sich verdient. Vielleicht wäre ich ohne ihn auch schon tot, geht es Paul durch den Kopf.

Er dreht sich auf der Gangway nicht mehr um. Zu viel lässt er in diesem Land zurück; aber viel nimmt er auch mit, unter anderem die Angst vor dem Unbekannten.

Paul schaut noch einmal durch das Kabinenfenster auf das Land, das ihm so viel gegeben hat. Unten verschwinden die seltsamen Pilze der kleinen Betonbunker, von denen Enver Hoxha in seinem Separatistenwahn gegen imaginäre Gegner etwa neunhunderttausend erbauen ließ. Dafür gab es wohl weniger zu essen für das geschundene Volk.

Paul hat sie schätzen und verstehen gelernt, diese Menschen, die mit einem Fuß in der Vergangenheit stehen und mit einem halben in der modernen Gegenwart.

Nun muss ich hier fliehen wie ein Verbrecher, wo ich doch noch so viel erleben wollte, sinniert er. Aber Jo geht auf schlechtere Art hier weg, also nicht sauer sein.

»Kaffee oder Tee, der Herr?«, weckt ihn die freundliche Stimme der Flugbegleiterin der Austrian Airlines aus seinen Gedanken.

Der Traum ist zu Ende, die Realität hat ihn wieder.

Sarajevo

»Schatz, ich bin in Sarajevo angekommen und habe hier einiges im HQ zu erledigen. Ich muss mich jetzt entscheiden, ob ich demissioniere und nach Hause komme oder ob ich einen Job irgendwo außerhalb Albaniens annehme. Gib mir mal einen Rat«, bittet Paul Eva am Telefon.

Er fühlt sich schuldig. Paul meint es nicht ehrlich mit dieser Bitte. Vielleicht will er die Verantwortung von sich wegschieben, um später einen Grund zu haben, Eva Vorwürfe zu machen.

»Komm doch erst einmal nach Hause. Ruh dich aus und bring Ordnung in deine Gedanken, dann kannst du immer noch weggehen. Die haben dich doch immer wieder genommen«, rät ihm Eva, um ihm eine Brücke zu bauen. Sie hat wohl auch Angst, nachdem Paul ihr von Jo erzählt hat.

Man soll solche Dinge nicht verheimlichen. Der Schock sitzt im Ernstfall zu tief. Dass er keinen normalen Job hat, ist Eva klar. Beide Seiten müssen die Situation und die Gefahren kennen. Eine Grundvoraussetzung in einer Partnerschaft.

Im HQ der Europäischen Beobachtermission in Sarajevo ist Paul gut bekannt. Obwohl sich seine Misere schon herumgesprochen hat, begrüßt man ihn laut mit großem Hallo. Die Kollegen versuchen, so normal wie möglich zu wirken.

Sein Quartier hat er in einem kleinen Hotel ganz in der Nähe genommen. Essen muss er außerhalb.

»Du wohnst im ehemaligen Puff hier in der Gegend«, verspotten ihn die Kollegen.

»Da bin ich ja richtig, Freunde«, gibt Paul lachend zurück.

Im Laufe des Tages spricht er dann mit dem Delegationsleiter der Bundesrepublik Deutschland, dem Diplomaten Schlageter. Dass man ihn gerne in der Mission behalten würde, wird ihm explizit gesagt. Paul will sich bis morgen früh entscheiden. Er will das Ganze noch einmal in Ruhe überlegen.

Man hat ihm Tätigkeiten in einem Team in Kroatien, Bosnien Herzegowina sowie in Mazedonien angeboten. Mehr ist im Moment nicht frei. Schließlich wartet hier keiner auf Paul Anker, das ist ihm klar. Alles spielt in seinen Überlegungen eine Rolle: das liebe Geld, der Job an sich, die großartige Erlebniswelt, die ihm niemand sonst bieten kann. Nicht zu vergessen das Image als Diplomat, wenn auch nur als Pseudodiplomat durch Handauflegen.

Dem steht aber auch die Angst vor dem unbekannten Killer gegenüber.

Alles dreht sich in seinem Kopf, als er sich im Büro von Uli, seinem Freund, der hier als Administrator für die deutschen Beobachter arbeitet, in die Stadt abmeldet. »Hier wird mich ja kaum jemand verfolgen und bedrohen«, meint er lachend.

»Es liegen keine Serben mehr auf der Lauer in Sarajevo, Paul. Die *sniper* sind alle weg, da bin ich mir sicher. Viel Spaß in der Stadt, mein Freund«, wünscht ihm Uli an der Tür. »Was ich noch sagen wollte, Paul: Bleib bei uns, du gehörst einfach hierher!«

Es tut ihm gut, das von einem Mann zu hören, der sich täglich mit ehemaligen Offizieren oder Diplomaten herumschlagen muss.

Langsam schlendert Paul durch Sarajevo. Eine geschundene Stadt. Er hat das Gefühl, die Menschen sind verunsichert, verängstigt. Sie hasten an ihm vorbei, beachten ihn kaum. Sie sind sicherlich mit den Problemen der Vergangenheit beschäftigt, denkt er sich. Auf den Gehwegen sind die Einschläge der Granaten mit roter Farbe gefüllt. Mahnmale des Wahnsinns! Bittere Anklage an einen Krieg, den niemand so richtig erklären kann. Sieht gar nicht so schlimm aus, wenn man es nicht selbst erlebt hat wie Paul, 1995 in Bosnien Herzegowina oder an anderen Brennpunkten.

Paul muss sich nun entscheiden, was er machen will. Ruhestand zu Hause in Ostfriesland oder das bekannte Zigeunerleben in der Mission?

Ins Kosovo ging er gerne; Bosnien, Kroatien und Makedonien kennt er schon. Aber ins Kosovo dürfen die Eismänner, die weiß gekleideten Diplomaten der EU noch nicht. Die serbische Führungsclique verhindert das. Eismänner, weil sie für die Menschen auf dem Balkan wie Eisverkäufer aussehen. Vielleicht müsste Paul noch lange in einer Warteposition in Sarajevo sitzen. In einen Stab will er nicht, sondern im Feld arbeiten. Also?

Vielleicht doch Richtung Heimat?

Paul streift ziellos weiter. Überall ist Vergangenheit in dieser Stadt. Überall Trümmer und Zeugen von Gewalt. Minenfelder! Kennt er zur Genüge. Blumen zum Gedenken an die Unglücklichen.

Ja, auch Russen lieben ihre Kinder, Serben auch und Bosniaken auch!

Damit hat Paul endgültig die Realität eingeholt. Er sieht das sterbende Kind in Albanien vor sich, die klagende Mutter, spürt wieder die finsteren und drohenden Blicke der Männer. Er sieht den toten Jo im Hotelbett liegen und plötzlich ist ihm der Job zuwider.

Ist er nicht doch schuld an dem Tod des Jungen? Hätte er nicht noch langsamer fahren können? Immer wieder quälen ihn Selbstvorwürfe.

Paul setzt sich im historischen Viertel der Stadt in ein Restaurant unter einen Schirm im Freien. Hier ist es noch empfindlich kalt, eben Winter. Er trinkt einen Espresso, der auf dem Balkan von vorzüglicher Qualität ist, und betrachtet die historischen Bauten. Auch hier erinnert ihn vieles an die Türkei. Fünfhundert Jahre Fremdherrschaft sind nicht so einfach abzuschütteln, denkt er.

Der Alarmton seines Mobiltelefons schreckt seine Umgebung auf. Hier ist das immer noch etwas Besonderes, ein Zeichen von Exklusivität oder auch Snobismus, so man sich den leisten kann.

Paul hört lange nur heftiges Atmen in der Leitung. »Hier Paul Anker, mit wem spreche ich?«, fragt er auf Englisch und wiederholt in Deutsch.

»Wir wissen immer, wo Sie sind, Sie ehrloser Mensch. Sie haben das Angebot abgelehnt, das Ihnen gemacht wurde. Wir sind froh darüber. Blut für Blut, Herr Anker. Wir finden Sie, wo Sie auch hingehen. Der Tod Ihres Partners wurde nicht von uns verursacht. Wir sind traurig darüber. Man hat uns die Rache aus der Hand genommen. Wenn Sie sterben, wird der Adler schreien, wie bei meinem Bruder, als er durch Ihre Schuld sterben musste!«

»Was ist denn meine Schuld?«, schreit Paul laut und unbeherrscht. »Dass ich Ihrem Volk helfen will, die Vergangenheit zu bewältigen? Dass wir euch Geld geben, damit die Kinder nicht hungern? Ist das meine oder unsere Schuld?«

Verwundert schauen ihn die Menschen an, die an den Tischen um ihn herum sitzen. Sie spüren seine Aufregung, seine Verzweiflung. Vielleicht verstehen viele auch genug Englisch.

»Ihre Schuld ist, dass Sie in unserem Land waren, um Geld zu verdienen. Sie haben sich als Besatzer gefühlt, nicht als Helfer, lügen Sie nicht. Der Kanun sagt: Gott gab den Männern zwei Fingerbreit Ehre auf die Blume der Stirn, allen Männern, egal ob reich oder arm. Ihre sind weg, Gott hat sie Ihnen genommen. Sie …«

»Halten Sie Ihr dummes Maul, Sie Spinner! Wir leben doch nicht im Mittelalter. Das kann doch nicht wahr sein, was Sie da sagen! Sie mit Ihrem lächerlichen Kanun!«, brüllt er rot vor Zorn in das Telefon.

Es knackt nur leise; aber vernehmlich. Der Mann, der sie umbringen soll, der Mann, der das Gesetz des Kanun an ihnen erfüllen soll, hat aufgelegt. Er ist seine Botschaft losgeworden. Nun wird er versuchen, seinen Job zu machen. Da ist sich der aufgewühlte Paul ganz sicher.

Jetzt muss er sich entscheiden, was er machen will. Am liebsten wäre ihm ein sonniges Versteck zusammen mit Eva. Aber so einfach ist das leider nicht.

Hastig bezahlt er, murmelt eine Entschuldigung. Sein Wutausbruch muss auf die Menschen befremdend gewirkt haben.

Paul hat seine Entscheidung getroffen. Nach Hause! Die Familie ist wichtig. Eva braucht jetzt seinen Schutz, und er braucht Ruhe.

Frauen, Kinder und Priester sind von der Blutrache ausgenommen, aber er ist sich nicht mehr sicher, wie diese Familie den Kanun auslegen wird. Selbst in seinem Falle sollte die Schuld nach seinem Wissen über den Kanun nicht durch Blut gesühnt werden. Der Kanun existiert jedoch in vielfältiger Form in den Regionen und wird auch entsprechend unterschiedlich ausgelegt. Eine geschriebene Ausgabe dieses archaischen Gewohnheitsrechts Albaniens existiert nicht. Wissenschaftler hatten sich zwar vor etwa hundert Jahren die Mühe gemacht, dieses Relikt aus der Vergangenheit in einer geschriebenen und verständlichen Form, gegliedert in Paragraphen, zusammenzustellen, aber die ist nicht verbindlich. Die mündliche Überlieferung hat in den Dörfern Albaniens und des Kosovo für das Überleben des Kanun gesorgt. Was ihn so gefährlich und unberechenbar macht, sind die Interpretationen durch sogenannte Älteste in einem Familienverband. Die Kraft des Kanun wirkt als Regulativ außerdem immer häufiger innerhalb mafioser Organisationen, aufmüpfige Mitglieder werden damit diszipliniert.

Zu viele unberechenbare Faktoren spielen jetzt in Pauls Leben eine Rolle. Niemand weiß, wer da auf den Zug aufgesprungen ist und mitmischt.

»Ich werde noch den französischen Delegationsleiter warnen müssen. Weil die Familie vermeintlich um ihre Rache gebracht wurde durch den mysteriösen Tod von Jo«, murmelt er vor sich hin, als er in Gedanken seine Abreise plant. Nun könnten die auch die Familie von Jo im Fokus haben.

Dass er hier in Bosnien Herzegowina relativ sicher ist, glaubt Paul durchaus. Das Land hat strikte Einreisegenehmigungen. Für Albaner ist es außerdem schwierig, sich außerhalb Albaniens legal zu bewegen. Aber es ist eben nur eine relative Sicherheit. Denn das sollte kein Hindernis für diese erfindungsreichen Typen sein. Niemand ist in der Lage, die Übergänge zwischen den Staaten in dieser unzugänglichen Gebirgswelt total zu überwachen. Die Gefahr ist auch hier immer gegenwärtig. Er spürt sie förmlich. Sie umgibt ihn wie eine Aura und ist wie ein Schatten nicht zu fassen.

Er fragt sich nur, wie sich sein Leben in Zukunft gestalten wird. Wo ist eine Lösung; wer bietet sie an?

Keine guten Aussichten!

Home sweet home

Nach drei Monaten ununterbrochenen Einsatzes in Albanien ist Paul wieder zu Hause in Ostfriesland, diesem Land zwischen Himmel und Meer, Moor und Wiesen. Hier fühlt er sich wohl in dem kleinen Haus in der beschaulichen Kleinstadt Aurich, wo die Welt noch in Ordnung zu sein scheint.

Eva hat ihn vom Flugplatz in Bremen abgeholt, da die verkehrstechnische Anbindung nicht so toll ist. Eben doch Provinz; aber das wollen sie ja.

Schon auf dem Weg nach Hause hat er Eva alles erzählt, was ihn bedroht, bewegt und auch ängstigt.

»Das kann auch auf dich abzielen, Mädchen«, bemerkt er besorgt. Er verschweigt dabei nicht, dass der Kanun keine Frauen mit der Blutrache bedrohen darf, erklärt ihr aber, dass es bei der undurchsichtigen Bedrohungslage durch unterschiedliche Parteien trotzdem nicht auszuschließen ist.

Zum jetzigen Zeitpunkt meint Paul alles bestens geregelt zu haben – eben das, was man als Vorsichtsmaßnahme machen kann. Nur noch zur örtlichen Kriminalpolizei sollte er gehen und das Problem darlegen. Er hegt jedoch die Befürchtung, dass man ihn als Spinner abtun wird. Einer, der zu viele Krimis liest oder zu lange auf dem Balkan war. Das wird also nicht einfach, aber er muss etwas tun. Sitzen und abwarten ist sowieso nicht seine Sache.

Das Auswärtige Amt ist bestens informiert. Er wird versuchen, zumindest sporadische Kontakte zu pflegen und Informationen auszutauschen. Inwieweit der Bundesnachrichtendienst in die Sache einsteigen wird, ist ihm noch nicht klar. Aber diese Möglichkeit spielt er auch im Geiste durch.

Die Nachbarn werden sie aus der Sache raushalten, um keine Unruhe zu erzeugen.

Eva und Paul genießen ihr Zusammensein in den ersten warmen Frühlingstagen im Norden Deutschlands, und eigentlich ist alles nicht so schlecht. Auch die Liebe zwischen ihnen explodiert nach diesen langen Monaten der Trennung wie im Rausch. Es wäre eine unbeschwerte und schöne Zeit, wäre da nicht immerzu die Erinnerung an die Nacht mit Jane in Tirana im Hotel *Rogner*. Paul weiß, dass er allein damit fertig werden muss, will er nicht seine Ehe infrage stellen. So wird er wohl mit diesem Schuldgefühl leben müssen.

Eva zeigt viel Verständnis für seine Situation. Wie in einer ganz normalen und vielleicht spießigen Ehe bekocht sie ihn mit seinen Lieblingsgerichten und bemuttert ihn. Sie liest Paul fast seine Wünsche von den Lippen ab, um ihm das Leben angenehm zu gestalten. Eigentlich ein paradiesischer Zustand für einen Ehemann. Eva praktiziert diese Unterstützung mit dem Selbstverständnis einer partnerschaftlichen Frau. Sie ist fast immer beherrscht und verbreitet einen starken Optimismus. Das hilft Paul, seine stabile Seelenlage wiederzufinden.

Aber es gelingt nicht gänzlich.

Nervös ertappt er sich dabei, dass er Situationen durchspielt, Gedankenmodelle entwirft, die ihn ängstigen und die er nicht mehr kontrollieren kann. Nachts, wenn Eva neben ihm schläft, wacht er auf und spürt die Schatten der Vergangenheit durch seine Gedanken wandern. Er lauscht in die Dunkelheit, die ihn umhüllt, aber nicht schützen kann. Er sieht den toten Jo in seinem Bett im Hotel liegen und auch die stöhnende Frau, die aus dem Auto heraus angeschossen wurde.

Bis jetzt war er wohl der Glückliche. Es gab Drohungen, und es gab Attacken, die andere trafen – ihm ist bisher nichts passiert. Dabei ist er doch der Hauptdarsteller.

Ist er eigentlich froh, dass es den armen Jo erwischt hat und nicht ihn?

Wenn er richtig in sich nachforscht … ja. Ist wohl die

negative Seite in uns Menschen, denkt er bei sich. Der Egoismus, der in uns allen wohnt.

Er weiß, er sollte trotz seiner Hemmungen zur Kripo in Aurich gehen. Zu wem? Er kennt natürlich etliche der Beamten; aber die kennen ihn auch, was manchmal gar nicht so gut ist, wie er weiß. Was soll er denn erzählen? Was will er eigentlich von denen?

Mal sehen! In dem Job als Beobachter hat er ja gelernt, sich zu artikulieren und Lagen zu schildern und zu analysieren. Sollte ihm schon gelingen. Er möchte, dass sie hier und da ein wenig nach ihnen schauen, die Polizeistreifen unregelmäßig auch während der Nacht am Haus vorbeischicken.

Paul hat ein kleines Aufnahmegerät bereitliegen, um notfalls Anrufe aufzuzeichnen.

Vielleicht sieht er auch zu schwarz?

Ansonsten ist das Leben schön beschaulich. Das Geld stimmt auch. Er hat während des Einsatzes gut verdient und Eva ist eine fleißige und erfolgreiche Geschäftsfrau. Sie fährt in einem weiten Radius Modeläden ab, die sie betreut. Manchmal begleitet Paul sie auf diesen Fahrten, spielt den Chauffeur, da das Pensionärsdasein mit fünfundfünfzig Jahren zu langweilig wird.

Nach acht Tagen fangen die Anrufe wieder an.

Keine Resonanz, keine Meldung, kein Räuspern, nur ein leichtes Atmen ist zu vernehmen. Manchmal drei- bis viermal am Tage, und auch in der Nacht geht das Telefon. Das schafft schlechte Stimmung, weckt Ängste und verunsichert.

Dann ist es so weit, die bekannte Stimme spricht zu ihm in perfektem Deutsch: »Herr Anker, schön, dass Sie wieder zu Hause sind. Wir brauchen Sie. Wir stehen immer noch zu unserem Angebot. Nur wir können Sie wirksam beschützen. Die wissen genau, wo Sie sind. Bald wird man Sie haben. Also, warum zögern Sie? Sie schützen auch Ihre liebe Frau vor schlimmen Überraschungen. Vergessen Sie das nicht. Sie haben zwei Tage Bedenkzeit. Dann können wir nichts mehr für Sie tun. Wir wünschen ihnen einen schönen Tag!«

Eine unverhohlene Drohung.

Die Aufnahme ist ganz gut gelungen, und Paul will das Band der Polizei vorspielen und auch das Auswärtige Amt unterrichten. Nun hat er endlich wieder etwas Greifbares.

Der Tag hält aber noch eine Überraschung bereit.

»Paul, da wollte mich einer auf der Autobahn bei Aschendorf bei Tempo hundertneunzig abdrängen.« Eva schluchzt ins Telefon. »Zwei schwarzhaarige Typen in einem dunklen Mercedes. Die haben mich angegrinst. Die kamen ganz dicht an mich ran, die haben mich geschnitten – ich musste scharf bremsen. Das haben die extra gemacht. Das war offensichtlich. Ansonsten war die A 31 gähnend leer. Das war eine Warnung, oder was auch immer. Ich hab Angst, Paul, was sollen wir machen?« So verunsichert kennt Paul seine Frau nicht.

»Fahr langsam weiter. Versuche dich an andere dranzuhängen, damit du nicht alleine auf der Autobahn bist. Das war nur eine Warnung. Die wollen dich nicht verletzen, nur drohen«, versucht er sie zu beruhigen. Er spürt, dass die Stärke seiner Eva abbröckelt. Ihr stabiles Seelengerüst zeigt die ersten Risse.

»Verdammte Schweine!«, brüllt er unbeherrscht, als er das Gespräch beendet hat. »Lasst wenigstens die Familie raus!«

Der Gang zur Kripo ist nun keine Frage mehr. Das Auswärtige Amt wird er auch informieren. Schließlich ist das eine Sache, die während seiner Dienstzeit beim AA entstanden ist.

Der Besuch bei der Kripo ist schnell für morgen Nachmittag gegen fünfzehn Uhr vereinbart. Das AA hat er kurze Zeit später an der Strippe. Berlin ist schon vorab aus Sarajevo über den Stab der Europäischen Beobachtermission sowie über den deutschen Botschafter in Tirana über die Sache informiert worden.

In Berlin verspricht man ihm, man werde sich des Problems annehmen und Kontakt zu ihm halten. Er hat dem AA vorgeschlagen, den Bundesnachrichtendienst ins Spiel zu bringen. Er muss alle Register ziehen. Die Sicherheit seiner Frau ist nun auch gefährdet.

Das ist alles, was er zurzeit machen kann.

Wie sehr wünscht er sich jetzt eine Waffe; eine schöne, handliche AK 47, Kalaschnikow, oder vielleicht eine Pistole. Die würde es auch schon tun und Sicherheit produzieren. Umgehen kann er als ehemaliger Berufssoldat schließlich mit den Dingern.

Er hatte sich seine Rückkehr in die Heimat deutlich besser vorgestellt. Heile Welt, etwas Liebe vom Eheweib, gutes Essen und Erholung. Dabei rutscht er immer tiefer in eine Sache, die er nicht mehr kontrollieren kann. Er weiß nicht, wer da noch seine Finger im Spiel hat und warum. Wo sollen er oder die Polizei ansetzen, so sie überhaupt gewillt ist, ihn zu unterstützen? Er muss schon zugeben, dass die Sache sehr undurchsichtig und etwas unglaubwürdig für mitteleuropäische Betrachter ist. Die einzige Tatsache ist der Mord an Jo in Tirana. Aber das ist weit weg. Der Polizei zu viel vom Kanun zu erzählen, könnte ihn schnell in die Rolle des Wichtigtuers oder Sonderlings bringen.

Er muss offensiver werden, seine Taktik ändern. Vielleicht sollte er dem Kartell – oder wie er diese Organisation nennen will – eine gewisse Bereitschaft zur Kooperation zeigen. Aber wie? Er ist schließlich kein Maulwurf oder V-Mann. Dumme Idee?

Morgen will er Ergebnisse bei der Polizei sehen, keine müden Absichtserklärungen. Er ist zu allem entschlossen.

Der folgende Anruf passt so richtig in seine Aufbruchstimmung: »Herr Anker, können wir Sie morgen besuchen?

Wir hörten von Ihren Schwierigkeiten. Sagen wir gegen zehn Uhr bei Ihnen zu Hause. Es wäre uns recht, wenn Sie alleine wären. Wir werden uns ausweisen.«

Paul hat nichts dagegen. Die Sache kommt endlich ins Rollen. Von der Mitarbeit des BND verspricht er sich viel.

Schlapphüte

Er schaut nach draußen in einen herrlichen ostfriesischen Morgen. Weiter Himmel, einige kleine Wölkchen hoch oben, die vom Höhenwind in zarte Zirren zerrissen werden. Das ist Ostfriesland, wie er es liebt.

Eva hat er über das Treffen informiert, obwohl er nichts sagen sollte. Er will sich nicht führen lassen, nicht in Dinge verwickeln lassen, die er nicht mehr beherrschen kann. Alles, was er will, sind Klarheit und Unterstützung vonseiten der Nachrichtendienste und der Polizei.

»Pünktlich wie die Uhr«, murmelt er und spürt eine leichte Anspannung und Übelkeit, als er den Wagen vorfahren sieht. Einfache Karre vom Typ Normalbürger, Ford Focus mit Koblenzer Nummer. Nichts ist auffällig an den zwei Typen, die aussteigen. Sie sehen sich unauffällig um, schnappen sich ihre Aktentaschen und nähern sich wie Vertreter für Versicherungen der Haustür.

Irgendwie ist er enttäuscht. Es fehlt ihm etwas. Kein 007-Flair liegt in der Luft.

Er geht einige Schritte ins Haus zurück, damit man nicht sehen kann, dass er sie schon beobachtet hat. Ist ihm irgendwie peinlich. Könnte auch Rückschlüsse auf Nervosität zulassen. Das will Paul vermeiden.

Paul führt die zwei Männer durch das Wohnzimmer in die Wohnküche, da er diesen Raum mit dem großen Tisch als den besten Ort für die Besprechung ansieht. Ihm fallen sofort die aufmerksamen Blicke auf, mit denen die Agenten die gediegene und teils hochwertige Ausstattung der Wohnung mustern.

»Schön wohnen Sie hier, Herr Anker, gehört Ihnen das Haus?« Eine plumpe und durchsichtige Frage.

»Das Haus hatten wir schon, als der Balkankrieg noch gar nicht angefangen hatte. Das ist so hier in Ostfriesland – erst das Haus und dann die Heirat«, wagt er zu scherzen.

»Sind Sie alleine zu Hause?«

Er ist Fragen dieser Art natürlich durch seine militärische Vergangenheit und im Umgang mit dem militärischen Abschirmdienst, dem MAD, gewohnt. Seine Antworten sind ruhig und sachlich.

Schließlich schildert er alles, was er weiß. Es wird eifrig mitgeschrieben, hier und da gefragt, aber er kann ohne große Unterbrechungen erzählen. Alles schildert er, nur die amouröse Affäre mit Jane natürlich nicht. Das sieht er als persönliche Sache an. Allerdings würden die Dienste davon ohnehin wissen, falls sie die Akten der Polizei und der Botschaft in Tirana gelesen haben sollten.

Er glaubt misstrauisch, dass die Agenten auch ein Tonband mitlaufen haben. Um Genehmigung haben sie nicht gefragt. Paul praktizierte das als Beobachter bei einigen kritischen Gesprächspartnern ja auch auf dem Balkan, ohne um Erlaubnis zu fragen.

Dann kommen die Fragen, die nicht enden wollen. Alles über Bekanntschaften in Albanien, über seine Dolmetscher, seine Kollegen im Team und natürlich auch über Gesprächspartner bei den Interviews als Beobachter. Ob er konspirative Angebote gehabt hätte, ob er Zusagen gemacht hätte, mit jemandem zusammenzuarbeiten, und all so ein Zeug.

Er bietet Kaffee an. Die Zeit vergeht wie im Flug. Die örtliche Polizei sollte er schon informieren und kontaktieren, um einen gewissen unmittelbaren Schutz zu haben, heißt es.

»Was können Sie mir denn nun bieten, meine Herren? Die Sache kann ja letztlich für mich und meine Frau übel enden. Wo sehen Sie eine Lösung, wer wird mich beschützen?«

»Wir werden uns auf die örtliche Polizei stützen müssen, um Sicherheit zu produzieren, was nicht heißt, dass wir keinen Kontakt zueinander halten werden. Information ist jetzt alles, Herr Anker.« Die Agenten unterbrechen kurz, schauen ihn bedeutsam und geheimnisvoll an. »Vielleicht bietet sich ja auch die Möglichkeit an, Sie als eine Art Maulwurf bei der unbekannten Seite laufen zu lassen?«

Da ist es, das konspirative Angebot, auf das er schon lange wartet.

»Sie wissen doch, was wir meinen?«

Natürlich weiß er das.

»Ich bin dann irgendwann der Dumme«, wendet er cool ein und versucht einen professionellen und sicheren Eindruck zu machen. »Irgendwann, wenn es kritisch für Sie wird, lassen Sie mich fallen, und ich habe die Schnitte im Gesicht. Ich muss das überdenken, so kann ich das nicht akzeptieren. Nachher besuchen Sie mich im Gefängnis oder nehmen an meiner Beerdigung teil.«

»Ohne Risiko geht nichts, Herr Anker. Irgendwann werden wir uns wohl auf dieser Basis treffen müssen. Ansonsten sehen wir keine Lösung für Sie.«

Wieder eine dieser Kunstpausen, in denen ihn auffordernde und ermunternde Blicke fixieren.

»Überlegen Sie nicht zu lange. Die Gegenseite scheint nicht lange zu warten. Das bleibt natürlich unter uns. Auch die Polizei sollte nichts von unserem Angebot erfahren. Hier ist unsere Karte. Wir sind immer bereit. Machen Sie bitte keine Dummheiten. Keine panischen Reaktionen, was immer es auch sei!«

Kurzes Händeschütteln, und sie gehen.

Irgendwie enttäuschend für ihn. Kein richtiges Ergebnis, keine konkrete Zusage einer Hilfestellung. Nur Angebote zur Konspiration. Das wird die Sache nur noch undurchsichtiger und gefährlicher machen.

Schlapphüte hatten sie auch nicht auf!

In Ostfriesland gehen die Uhren auch nicht langsamer

Das Gespräch mit den Vertretern des BND hat Paul nachdenklich gemacht. Kein Ergebnis, mit dem er leben kann und womit er das Problem aus der Welt schaffen könnte. Im Gegenteil, die Bedrohung ist größer geworden für ihn und für Eva. Die Realisierung des Vorschlages würde ihn immer tiefer in einen quasi kriminellen Sumpf treiben, aus dem er schlecht herauskäme. Die würden ihn fallen lassen wie eine heiße Kartoffel, darüber ist er sich im Klaren.

Eva kann und will er nicht einweihen, da der Kreis der Mitwisser klein bleiben soll.

Er hatte sich vorgestellt, dass die Nachrichtendienste mit der Kripo auf freiwilliger Basis kooperieren würden. Nichts dergleichen. Es wird im eigenen Sumpf vor sich hingemauschelt. Nun ist der Gang zur Kripo in Aurich für Paul auch nicht leichter geworden. Er will nicht als Spinner abgestempelt werden. Trotzdem: Mit einem Notizblock und Schreibutensilien bewaffnet wie zu einem Interview auf dem Balkan, wenn er seinen Beobachterobliegenheiten nachging, steht Paul dann gegen fünfzehn Uhr vor dem Zimmer 55. Er klopft dezent an, worauf er ohne Aufforderung den Raum betritt.

»Ach, der Krieger vom Balkan, der Kriegsberichterstatter. Wir kennen uns ja vom Sehen und aus flüchtigen Kontakten in Aurich. Vom Samstagsbierchen an der Theke.« Hauptkommissar Reiter erhebt sich aus seinem

Drehstuhl und wächst zu stattlicher Größe. »Schön, dass Sie da sind, Herr Anker!«

Hoffentlich sitzt der gleich wieder, denkt Paul, da bekommt man ja Komplexe.

Mit dem Vollbart und dem langen Haar gleicht der Kripobeamte eher einem Typ aus der intellektuellen Szene. Keine schlechte Tarnung, erkennt Paul an.

Die üblichen Begrüßungsformeln und ein erstes Abschätzen und Abtasten gehen schnell vorbei. Paul geht die Sache ohne Umschweife an. Er schildert langsam und eingehend, wobei er wenig auslässt. Die Nacht mit Jane muss sein Geheimnis bleiben. Er war eben auf seinem Zimmer.

Reiter unterbricht ihn selten, stellt ihm dann aber ganz gezielt Fragen.

»Das sieht ja nicht gut für Sie aus, Herr Anker. So etwas in unserer kleinen Stadt Aurich ... Da sollten wir ja alles tun, damit Sie nicht posthum eine Berühmtheit werden.«

Der Besuch des BND heute Morgen lässt Reiter aufhorchen und sofort verlangt er einschlägige Telefonnummern. Über das Angebot des BND, als Maulwurf zu arbeiten, schweigt Paul jedoch.

»Einen Moment, Herr Anker, ich werde noch einen Kollegen hinzuziehen. Es macht Ihnen doch nichts aus?«

Der hat wohl Angst, etwas falsch zu machen, denkt sich Paul. Vielleicht etwas zu groß für ihn?

»Stehnke«, stellt sich der kleine, aber drahtige Mann vor, den Reiter nun kurz ins Bild setzt. »Gut ... was ich bis jetzt noch nicht weiß, werde ich erfragen oder von meinem Kollegen erfahren – wir sollten erst einmal zusammen festlegen, was wir für Ihre Sicherheit mit unseren Möglichkeiten tun können.«

Es ist Paul nur recht, dass endlich etwas Greifbares für ihn herauskommt.

»Wir werden Sie des Öfteren befragen müssen, da wir uns erst einmal beraten und mit der Führung im Hause festlegen müssen, wie wir zukünftig vorgehen werden. Vielleicht wäre die Schaltung einer Telefonüberwachung ganz angebracht. Wenn Sie sich dazu entschließen könnten?«

Paul hat nichts dagegen.

»Wir werden verstärkt Streifenwagen und auch Zivilstreifen in unregelmäßigen Abständen in der Nähe Ihres Hauses einsetzen. Damit ist für Sie ein gewisser Schutz gegeben. Das ist sicherlich nicht viel, aber was sollen wir machen? Nur Schutzhaft wäre sicher. Aber Scherz beiseite. Ihnen ist sicherlich nicht nach Scherzen zumute!«

»Die wichtigen Telefonnummern vom Auswärtigen Amt haben wir, die vom BND auch«, sagt Reiter. »Es wäre förderlich, die Verbindungen zu dem Stab in Sarajevo und zu Ihrem ehemaligen Chef in Tirana zu erhalten. Die werden ja auch Ergebnisse der albanischen Kollegen besorgen können. Das ist ja wirklich etwas von internationaler Bedeutung.«

»Sie sollten auf keinen Fall selbst etwas unternehmen, Herr Anker. Immer alles bitte mit uns abstimmen«, meint Stehnke.

»Nicht so einfach, die Herren. Im Notfall werde ich handeln, um uns, meine Frau und mich, zu schützen. Ich weiß auch nicht, was der BND alles so vorhat! Wenn die etwas initiieren, dann wollen die sich auch von Ihnen nicht in die Karten schauen lassen. Das wird nicht so einfach für mich werden, wenn Sie sich nicht alle untereinander abstimmen.«

Alle schauen sich nach Pauls Worten bedeutungsvoll an. Vielleicht wissen die schon mehr vom BND und dessen Vorschlag, Paul als Maulwurf einzuschleusen? Paul glaubt das sogar.

»Wir werden sehen, was sich da arrangieren lässt. Wir melden uns und bleiben in Verbindung. Unter dieser Nummer können Sie mich immer erreichen, auch nachts. Keine Hemmungen!« Reiter übergibt Paul eine Karte.

»Hemmungen kenne ich auf diesem Gebiet nicht«, meint Paul lachend.

»Übrigens sollten Sie sich abmelden, wenn Sie weiter und länger als einen Tag wegfahren sollten – zu Ihrer Sicherheit. Wir müssen schon wissen, wo Sie sind. Bei Ihrer Frau haben wir da Schwierigkeiten, da sie immerzu auf Achse ist. Sie sollten wissen, wo sie sich aufhält, und uns Informationen geben, sobald Sie Gefahr spüren.«

Paul verabschiedet sich mit dem Gefühl, wenigstens das Notwendigste für ihre Sicherheit getan zu haben.

»Ach ja, Herr Anker ... Es wäre natürlich für uns alle ein Erfolg, könnten wir über Sie an internationale kriminelle Verbindungen herankommen. Wir sollten diese Chance nicht verpassen. Was sagte denn übrigens der BND dazu?«, fragt Stehnke verschwörerisch. Paul bekommt große Ohren.

»Sprechen Sie doch einmal selbst über diese Option mit dem BND, die Herren. Ich werde diese Dinge sehr gut überlegen. Der Gang zum Friedhof wird nur einmal von einem zurückgelegt. Außerdem bin ich kein FBI-Agent. Zurzeit keine Aussage dazu von meiner Seite.«

So etwas hat Paul von einer Kripo in der Provinz nicht erwartet. Auch hier im stillen Winkel Norddeutschlands gehen die Uhren nicht langsamer. Hoffentlich auch dann nicht, wenn er sich einer solchen Zusammenarbeit verweigern sollte.

»Verdammt noch mal«, murmelt er verbittert, »die denken alle nur an ihren Erfolg.«

Es könnte eine gute Zeit sein

Ernüchtert kehrt Paul nach Hause zurück. An sich ist er nicht bereit, eine solche Rolle als Undercover-Agent einzunehmen. Das Risiko ist einfach zu groß.

Er muss an Eva denken, seine Freunde und seine Umgebung. Dass die Typen skrupellos sind, hat er zur Genüge mitbekommen. Der Tod seines Freundes und Kollegen Jo hat ihn schwer mitgenommen. Mehr, als er zuerst dachte. Seine Gedanken sind des Öfteren bei ihm und seinem jähen Ende. Die Anhänger des Kanun wollen es nicht gewesen sein. Der Beauftragte der Familie Krasniqi hätte den Erfolg ja auch nicht geheim gehalten, sondern Paul den Triumph mitgeteilt. Für Paul ist klar, die geheimnisvolle Organisation hatte den Tod von Jo als Warnung inszeniert. Dessen Wertsachen waren unangetastet geblieben. Der Schuss war Profiarbeit.

Paul ist sich sicher, dass diese Organisation ihm bald die blutigen Krallen zeigen wird. Das sind echte Profis, muss er sich eingestehen. Sie wollen ihn. Dafür wenden sie alle Mittel an. Er kennt seinen Wert als Beobachter mit diplomatischem Status für eine kriminelle Vereinigung auf dem Balkan; insbesondere, da er als Deutscher ungehindert in Europa agieren kann. Es wird einen heißen Tanz geben. Paul ist sich da sicher. Die Ahnung verdüstert ihm die eigentlich schöne Zeit zu Hause.

Das warme Frühlingswetter verstärkt die erotische Spannung zwischen Eva und ihm. Die Schmetterlinge in ihren Bäuchen schwirren und taumeln. Eva ist eine sehr attraktive Frau. Ihre vollen Brüste, die weiblichen, aber nicht zu breiten Hüften, die langen blonden Haare und die strahlend blauen Augen machen sie zu einem Blickfang für alle Männer, die den nötigen Schuss Testosteron haben.

Nach den langen Jahren der Gewohnheit, die sich in einer Ehe nun einmal aufbaut, haben sie durch die lange

Trennung wieder zueinander gefunden. Wenn Eva abends nach Hause kommt, leuchtet schon in beider Augen die Begehrlichkeit aufeinander. Schon die gemeinsame Tasse Kaffee dauert ihnen dann manchmal zu lange.

Sie lieben sich mit wilder Lust. Sie lieben sich ruhig mit stiller und liebevoller Hingabe. Manchmal heftig wie ein Sturm, manchmal sanft wie ein streichelnder Wind. Es vergeht kein Tag ohne dieses Bekenntnis zueinander.

Es könnte eine Zeit wunderbarer Begegnung und überschäumender Liebe zueinander sein. Wären da nicht die dunklen Schatten der Bedrohung.

Paul hat Eva alles erzählt. Es hat in seinen Augen keinen Sinn, wenn er ihr etwas verschweigt. Sie muss über die Gefahr informiert sein, um auch gewisse Reaktionen in bedrohlichen Situationen verstehen zu können. Schließlich ist auch ihr Leben bedroht. Nur eines hält er tief verborgen in seinem Inneren. Die Nacht im Hotel *Rogner* mit Jane. Er schämt sich nicht, aber er hat ein dumpfes Gefühl des Versagens. Eva gab und gibt ihm alles, was eine Frau einem Mann geben und schenken kann.

Aber die Verführung lauert überall, so wie das Böse immer da ist. Die Saat dazu ist immer und für jeden gelegt.

Er ist auch Jane nicht böse. Sie hat ihn nicht verführt. Es ist, wie es ist. Beide waren in dieser Nacht Opfer menschlicher Begierde und Lust. Es war anders als mit Eva. Es war gieriger; aber es war nicht verdorben.

Nun ist es an der Zeit, wieder Ruhe und Ordnung in sein persönliches Verhältnis zu Eva zu bringen. Heute ist Freitag. Eva wird gleich nach Hause kommen. Sie ist heute in der Nähe von Bremen in Wildeshausen tätig. Paul freut sich schon auf sie.

Warum bin ich eigentlich heute nicht mit ihr gefahren, fragt er sich. Es ist schon zu viel geschehen, um so unbesorgt zu sein. Na ja, wird schon gut gehen. Nicht zu schwarz sehen. Sie ist ja kein kleines Mädchen.

Da schrillt das Telefon.

Die Organisation schlägt zu

Seltsamerweise zuckt Paul bei dem schrillen Klingeln zusammen.

»Anker, guten Tag.«

Neben der Telefonbasis liegt die von der Polizei installierte Aufnahmestation. Sie wird den gesamten Sprechverkehr speichern. Paul und Eva waren damit einverstanden.

»Paul, sie wollen mich töten, wenn du nicht machst, was sie verlangen. Sie haben mich in ihrer Gewalt. Tu doch was!« Die Durchsage endet in einem schrillen und keuchenden Durcheinander. Wie abgewürgt!

»Eva, Eva, sag doch was!«, schreit Paul in die Muschel.

Stille, dann heftiges Atmen.

»Sie meinen es ernst!«, wimmert Eva.

»Ja, natürlich meinen wir es ernst, Paul. Wir duzen uns besser ab jetzt. Unsere Zusammenarbeit fängt nun an. Keine Angaben an die Polizei oder andere Dienste. Du liebst doch dieses Prachtweib, oder? Du willst sie doch lebend zurück? Wir haben da einige Mitarbeiter, die sich die Finger nach ihr lecken. Das wird aber das Geringste sein, was wir mit ihr anstellen. Also, wir treffen uns in drei Stunden, so gegen achtzehn Uhr, an der Autobahnausfahrt Kirchhatten in Richtung Wildeshausen. Wir werden uns bemerkbar machen. Keine Geschichten, Paul. Wir verlassen uns auf unseren neuen Mitarbeiter.« Die gutturale, etwas ausländisch klingende Stimme bricht ab und lässt einen total verstörten Paul zurück.

Herzrasen, Puls geht hoch, verwirrte Gedanken. Was soll er machen? Polizei! Nein! Aber vielleicht doch. Allein hat er keine Chance.

Das Aufnahmegerät hat alles mitgeschnitten.

Es muss nun schnell gehen. Drei Stunden sind keine lange Zeit.

»Ich muss jetzt los.« Paul schaut auf die Uhr an seinem Handgelenk. »Ich habe Sie nun informiert. Sie haben gehört, was die wollen. Damit hänge ich mich weit aus dem Fenster. Vielleicht gefährde ich das Leben meiner Frau.«

»Noch einen Moment, Herr Anker«, hält Reiter ihn zurück, der nach Pauls Anruf sofort zu ihm gekommen ist. »Hier läuft schon alles an. Wir werden die Bremer Kollegen informieren. Es wird alles geschehen, was in unserer Macht steht, um Ihre Frau zu befreien und zu retten. Sind Sie mit unseren Maßnahmen so weit einverstanden?«

Paul schaut den Kripobeamten verunsichert und hilflos an. »Womit soll ich denn einverstanden sein? Ich weiß ja gar nicht, was ihr eigentlich vorhabt, um meine Frau zu retten. Vielleicht war das auch ein Fehler von mir, Ihnen das alles zu erzählen?« Seine Panik ist nicht zu übersehen. »Jetzt ist alles Scheiße. Ich sage Ihnen nun, was ich mache. Ich fahre jetzt in meinem Wagen los. Die Nummer haben Sie. Ich muss da hin. Sie wissen das. Ich werde erst einmal mitspielen. Unsere einzige Chance. Die stehen ja nicht mit Eva an der Straße und warten auf uns. Machen Sie nur keine Scheiße. Seien Sie vorsichtig. Also, ich verlasse mich auf Sie. Solange wir nicht wissen, wo Eva ist, können wir nichts machen.«

»Herr Anker, einen Moment, wir rüsten Sie mit einem kleinen Mikro und einem Chip aus, der uns sagen wird, wo Sie sich bewegen.« Reiter spricht mit beschwörender Stimme auf den hektischen Paul ein. »An Ihr Auto kommt auch so ein Ding. Das ist wichtig. Wir haben sonst keine Chance. Machen Sie mit! Kommen Sie schnell ins Kommissariat. Wir bereiten alles vor. Ihr Mobiltelefon brauchen wir auch ganz kurz. Keine Angst, keiner kann was merken.«

»Gut, dann mache ich das auch noch. In fünf Minuten bin ich bei euch im Innenhof.«

Reiter verlässt schnell das Haus. Am Ohr sein Telefon. Er gibt wohl schon die Informationen an die Spezialisten im Kommissariat durch.

Paul zieht seine Jacke über und überprüft kurz sein Mobiltelefon. Er ist plötzlich wieder kalt. Kalt, wie er sich selten gefühlt hat. Jetzt hat er eine gewisse Leitlinie, etwas, das zu einem Plan werden könnte. Das macht ihn sicherer.

»Hoffentlich war es kein Fehler, dass ich die Polizei ins Boot geholt habe«, murmelt er beim Verlassen des Hauses in Aurich-Extum.

Auf der kurzen Fahrt zur Polizei gehen Paul tausend Dinge durch den Kopf. Sein Leben mit Eva huscht an ihm in schemenhaften Bildern vorbei. Alles ist so klar, so unbarmherzig klar.

Dann taucht die Schuldfrage auf.

Woran liegt es, dass Eva jetzt die Leidtragende ist? Hätte er nachgeben sollen? Ist Eva ein Opfer seiner moralischen Verfehlungen?

Vielleicht doch mehr ein Opfer seiner Angst, seiner Furcht vor einer Sache, der er nicht gewachsen ist?

Paul stöhnt verzweifelt auf.

Lautes Hupen und Schimpfen neben seinem Auto reißen ihn in die Wirklichkeit zurück. Das verzerrte Gesicht, die drohende Faust eines Mannes aus einem beschleunigenden Wagen neben ihm ... Nur keinen Unfall jetzt! Das kann er wirklich nicht gebrauchen. »Reiß dich zusammen, Paul!«, schreit er sich selbst an. Verwundert bemerkt er, dass sein Wagen auf die falsche Spur geraten ist und den anderen Fahrer in höchste Gefahr gebracht hat. Paul hebt beschwichtigend die Hand und entschuldigt sich damit. »Ruhig, ruhig Junge«, murmelt er beschwörend.

Langsam nimmt er wieder eine normale Fahrweise auf. Seine Gegner dürfen ihn nicht nervös machen. Nur so kann er Eva helfen. Jetzt heißt es, kühl sein und überlegt handeln. Seine Nervenanspannung lässt nach, seine Gedanken kehren in die Realität zurück. Ein Ruck geht durch ihn. Er ist entschlossen. Wozu, das weiß er noch nicht so genau. Zu allem, was die Situation von ihm fordern könnte, um Eva zu retten. Was das sein könnte, werden die nächsten Stunden zeigen.

Die Kripo erwartet ihn bereits im Innenhof. Spezialisten führen ihn in einen Nebenraum und bringen ein winziges Mikro an seinem Hemd an. Das technische Wunder ist unter der doppelten Knopfleiste kaum zu entdecken. In seinem Ohr steckt unauffällig ein klitzekleines Hörgerät.

Draußen wird eifrig an seinem Wagen gebastelt, um seine Fahrt zu verfolgen.

Der Techniker wendet sich zufrieden über seine Arbeit an Paul: »Sie haben jetzt ein hochempfindliches kleines Mikro, das schwer zu entdecken sein wird. Damit können wir stets unauffällig miteinander kommunizieren. Am Auto ist ein Chip, um den jeweiligen Standort zu lokalisieren. Selbst in einer Garage werden wir Sie finden. Die Kollegen in Bremen sind bereits informiert. Wir werden so unauffällig wie möglich agieren. Noch Fragen? Spielen Sie erst einmal mit. Wichtig ist, dass wir Ihre Frau retten. Dann werden wir weitersehen.« Der Beamte schaut Paul fragend an.

»Damit wir hier alle klar sehen: Keiner bringt meine Frau in Gefahr. Keine Aktionen, die ihr Leben gefährden können! Ich weiß, dass wir es hier mit unberechenbaren Kriminellen zu tun haben. Leute, denen unsere Vorstellungen total fremd sind. Das Leben meiner Frau ist nur so lange sicher, wie die sich etwas davon versprechen. Was die wirklich von mir wollen, weiß ich immer noch nicht konkret. Wenn die merken, dass die Polizei mitspielt, wird meine Frau getötet. Denken Sie daran, meine Herren.« Paul schaut mit beschwörendem Blick in die Runde von sechs Mann, die um ihn herumstehen. Alle in unverfänglichem Zivil. Niemand kann da sehen, dass die Männer der Soko Schutzwesten und Waffen tragen. Kriminalhauptkommissar Reiter sieht eher wie ein Oberschullehrer auf Klassenfahrt aus.

»Auf geht's!«, ruft Paul kurz entschlossen und geht zu seinem Wagen, einem anthrazitgrauen 3er BMW Touring.

Die Aktion rollt an. Es gibt kein Zurück mehr.

Verwirrspiel

Paul muss sich zusammenreißen, um nicht zum Verkehrsrowdy zu werden. Er kann sich jetzt keine Ausrutscher erlauben. Also hundertvierzig Stundenkilometer angelegt und alle Sinne hellwach. Er sollte so unauffällig wie möglich zum Treffpunkt gelangen.

Mit mäßiger Fahrt passiert er die Autobahnausfahrt bei Westerstede in Richtung Oldenburg. Das Wetter ist gut, der Himmel nur leicht bedeckt. Kaum Verkehr um diese Zeit auf der A 28. Das kommt seiner angespannten Nervenlage nur entgegen. Es ist jetzt sechzehn Uhr dreißig. In ungefähr einer halben Stunde kann er den Treffpunkt erreicht haben. Zu früh. Dann müsste er dort irgendwo warten, und seine Nerven würden verrückt spielen.

Er wird lieber bei Oldenburg-Wechloy von der Autobahn abfahren und bei *Famila*, der Einkaufsgalerie, in einem der Restaurants schnell einen Kaffee trinken. Das wird ihn ablenken, die Zeit wird vergehen, und er kann sich weiter in die Situation reindenken. »*Killing the time*«, denkt er halblaut. Er ist in Gedanken in Albanien, wo er diesem gesellschaftlichen Phänomen begegnete. Auf der Straße versuchen die Männer ihre Arbeitslosigkeit und die Armut zu vergessen.

»Da liegt der Grund für die verdammte Sache«, spricht Paul wütend zu sich selbst. »Wer nichts zu fressen hat, nimmt es sich. Diese Gauner und Verbrecher sind alle Kinder ihrer gesellschaftlichen Situation, ihrer Armut und ihrer Tradition. Eben irgendwie auch Kinder des Kanun.«

Da taucht er urplötzlich wieder auf, der Kanun, das traditionelle Gewohnheitsrecht der albanischen Gesellschaft, der Code des Lekë Dukagjini, mit seinen Folgen und Auswirkungen. Fast hätte Paul schon vergessen, dass auch er ein Opfer, ein Verfolgter des Kanun ist.

Damit fing es ja an. Jetzt muss nur noch die Familie Krasniqi ankommen und mir eine Kugel in den Kopf jagen wollen. Die wissen sicherlich, wo ich bin. Müssen sie ja, ansonsten wäre mir ja nicht die Organisation auf den Fersen. Was wird da gespielt, wer hat da alles seine dreckigen Finger drin?

Irgendwann wird er es wissen. Den armen Jo würde es allerdings nicht wieder lebendig machen. Es ist erst so kurz her und doch schon fast vergessen. Zu viel ist in letzter Zeit passiert. Die Ereignisse überrollen ihn.

Ausfahrt Oldenburg-Wechloy zum Einkaufszentrum! Paul fädelt sich in den nun zunehmenden Verkehr langsam ein und parkt den Wagen auf dem großen Parkplatz. Er spricht in das Mikrofon unter seiner leichten Windjacke: »Parke bei *Famila* in Oldenburg für einen Kaffee, bin noch zu früh. Melde mich wieder, wenn ich weiterfahre.« Es ist wichtig, dass die Soko über seine Bewegungen Bescheid weiß. Es darf keine Unstimmigkeiten geben.

Zwei junge, gut gekleidete Männer verlassen einen dunklen Audi 80 und bewegen sich in Richtung des Restaurants, in dem Paul nachdenklich an einem Tisch sitzt und einen Kaffee trinkt. Keiner kann ihnen ansehen, dass sie unter den weiten Jacken Pistolen nach der Art der Männer auf dem Balkan verborgen haben. Sie wirken wie Bankangestellte, die sich auf dem Weg zu einer Konferenz befinden.

Aber der Tod ist ihr Begleiter. Männer, die sich in diesem Milieu bewegen, könnten es förmlich riechen.

Der Preis des menschlichen Lebens ist gleich,
für den Guten wie für den Bösen.
Kanuni i Lekë Dugakjinit

Qjinaj, Albanien

Langsam schlürfen sie den *caj*, den dunklen, starken, türkischen Tee. Acht Männer sitzen in dem halbdunklen Raum unter der verräucherten, tief hängenden Decke. Nach traditioneller Art sitzen sie mit gekreuzten Beinen auf dicken Kissen an die Wände gelehnt. Sie sprechen nicht viel. Sie warten; sie haben immer gewartet, wie es in Albanien Sitte ist.

Der dichte Tabakqualm taucht den Raum und die Männer in dem diffusen Licht in ein geheimnisvolles Halbdunkel. Knarrend öffnet sich die alte, unscheinbare Holztür. Ein alter, gebeugter Mann mit dem albanischen Fez auf dem Kopf schlurft in den Raum.

Alle erheben sich mit stiller Würde und ehrerbietig. Sie begrüßen den alten Mann mit dem uralten, zeremoniellen Kuss, erfassen seine rechte Hand, küssen den Handrücken und führen ihn an die Stirn. Die Männer lassen sich Zeit dabei, murmeln Formeln der ehrerbietigen Begrüßung. Dann ziehen sie sich wieder auf ihre Plätze zurück, wo sie abwartend stehen bleiben.

Der alte Mann lässt sich ohne Schwierigkeiten in der typischen Sitzhaltung auf den Ehrenplatz auf dem Kissen nieder. Erst dann setzen sich auch die anderen wieder.

Sie schweigen, schlürfen Tee, schauen verstohlen zu dem Alten. Eine junge Frau, die still wie ein Geist durch den niedrigen Raum schwebt, schenkt Tee ein. Ihre Augen sind demütig nach unten gerichtet.

»Du kannst jetzt gehen, Aishe, wir brauchen dich nicht mehr. Lass uns allein, danke!«

Mit gesenktem Haupt geht die junge Frau nach einer kaum wahrnehmbaren Verbeugung in Richtung des Alten hinaus.

Hier ist die Zeit stehen geblieben. Jahrhunderte sind in diesem engen Raum versammelt. Die moderne Welt wartet ungeduldig vor der Tür. Sie wartet auf die Chance, die Welt in den albanischen Bergen und der albanischen Gesellschaft zu verändern.

Obwohl sie über moderne Medien mit der großen Welt verbunden sind, obwohl sie im stärksten SUV mit verdunkelten Scheiben fahren, obwohl sie die neuesten Waffen besitzen und benutzen, ihr Geist bleibt der Tradition der Berge verhaftet.

Fünfzig Jahre wurden sie von dem brutalsten Diktator Europas unterdrückt. Sie waren von der freien Welt abgeschnitten, aus den Kirchen und Moscheen verbannt und als freie Männer der albanischen Berge gedemütigt. Aber selbst unter den erniedrigenden Bedingungen konnte ihr Freiheitswille nie gebrochen werden. So ist es, so war es immer in der albanischen Geschichte.

Tief in der albanischen Gesellschaft schlummert der Geist des Kanun, des albanischen Gesetzes der Berge, des traditionellen Gewohnheitsrechts einer Gesellschaft, die gerade die Bühne der modernen Welt betreten hat.

Bei schrecklichen Strafen war es in dem großen Gefängnis, das Enver Hoxha mit seinen Schergen um das albanische Volk errichtet hatte, verboten, dem Kanun anzuhängen. Aber Jahrhunderte konnten nicht so schnell aus den Herzen der Menschen gerissen werden.

Die uralte Bezeichnung des Kanun kommt in dem Wort *doke*, das heißt »der Weg«, in seiner wirklichen Bedeutung zur Geltung. Die Menschen suchten unbeirrt seit Jahrhunderten den richtigen Weg in einer Gesellschaft, die nie wirklich aus dem Dunstkreis archaischer Traditionen getreten ist.

Vorchristliche Traditionen vermischten sich im Laufe der Jahrhunderte mit christlichem Gedankengut. Dann fiel die türkische Herrschaft wie eine Geißel für fast fünfhundert Jahre über die albanische Gesellschaft her und gab ihren Teil aus der islamischen Gedankenwelt und der osmanischen Feudalherrschaft dazu. Unter den regional geprägten Traditionen entwickelten sich unterschiedliche Formen der Kanuni.

Nie konnten die Albaner den Gesetzen fremder Besatzungsmächte trauen, die nur an der Ausbeutung des Landes interessiert waren. Nur unter solchen Bedingungen konnte sich ein ungeschriebenes Gesetz so tief in die Gedankenwelt einfressen.

Sicherlich hatte in den Zeiten stammes- und familienbezogener Gesellschaftsstrukturen in den gesetzlosen Bergen Albaniens der Kanun als Regulativ seine Berechtigung; aber ringsherum wuchsen die Demokratien in den einstmals tief verfeindeten Staaten Europas und veränderten die politische Landschaft und die Gesellschaften.

Nach dem Zusammenbruch des Regimes von Enver Hoxha anfangs der Neunzigerjahre war die staatliche Gewalt in Albanien zu schwach, um das Machtvakuum zu füllen, das die Revolution mit sich brachte. Die neuen Machthaber dieser Pseudodemokratie wurden mit Distanz und Misstrauen betrachtet. Gewalt und Kriminalität erwachten. Das war erneut die Stunde des Kanun, die Stunde des rechten Weges, des *doke*. Machtvoll brach er wieder aus den entlegensten Winkeln Albaniens hervor und ergoss sich wie ein Wasserfall in eine verunsicherte Gesellschaft. Uralte Traditionen wurden wach und keine Macht war in der Lage, diesen Prozess aufzuhalten.

Bedenklich wurde es, als die kriminellen, mafiosen Organisationen den Kanun als Druck- und Zwangsmittel entdeckten, um ihren Mitgliedern den rechten Weg in allen Situationen zu weisen.

Nun sind sie hier zusammengekommen, die Mitglieder des Familienclans der Krasniqis, um im Sinne des Kanun über das Schicksal Paul Ankers zu beraten.

Unvermittelt spricht der Alte mit erstaunlich kräftiger Stimme, ohne die Männer der Versammlung anzusehen. »Ich, als euer Sippenhaupt und als der Älteste der Familie, habe um die Stimme des Hauses Gjonmarkaj gebeten und will euch die Meinung nun mitteilen. Dann werden wir zu einer Entscheidung kommen, wie wir im Falle des ehrlosen Deutschen weiterverfahren werden.«

Er schlürft an seinem Tee und erhebt wieder seine Stimme. »Das Haus Gjonmarkaj ist mit mir einer Meinung in der Entscheidung, von dem Deutschen Paul Anker ein ganzes Blut zu fordern. Blut sei nicht für eine Schuld, das sagt der Kanun uns; aber ich fordere Blut für eine schlechte Tat. Jene, die Körper und Schande gemeinsam haben, verlieren ihr Blut.«

Der Alte schweigt eine Weile, um die eindringlichen Worte wirken zu lassen. Ein Meister der verführerischen Rede.

»Männer aus der Dukagjini-Region im Kosovo haben uns aufgefordert, die ehrlose Tat für ein Blutgeld zu vergessen. Aber die Schuld ist zu groß, um sie zu vergessen. Es ist kein Unterschied im Blut für den Kanun. Ich sehe Blut für Blut, da der ehrlose Deutsche sich ohne die notwendige Umsicht in unserem Land bewegte und meinen Enkel tötete. Was wollen diese Leute hier in unserem Land, wo wir seit Menschengedenken leben?«

Langsam hebt der Alte den Kopf und seine unergründlichen Augen gleiten langsam durch die Runde der schweigenden Männer. Die meisten senken die Köpfe, um den Blicken des Alten zu entgehen. Sie wissen, dass jetzt die Stunde der Entscheidung gekommen ist. Der Alte wird einen von ihnen auswählen, einen beauftragen, die Gesetze des Kanun und seinen Willen zu erfüllen. Keiner von ihnen will das tun. Jeder scheut das Leben abseits der

Gemeinschaft, irgendwo in Albanien oder außerhalb im Ausland. Immer unter Spannung, immer auf der Flucht. Nach Vollendung der Blutrache wird der Vollstrecker in der Gemeinschaft der Gesetzlosen in den Bergen Albaniens leben müssen. Die Blutrache, die *gjakmarrje*, ist auch in Albanien ein krimineller Akt.

Dann bleibt sein Blick auf einem von ihnen haften.

»Rrushdi, du wirst an dem Deutschen Paul Anker deinen Auftrag erfüllen, wie wir schon vor Wochen festgelegt hatten. Ich will nicht damit leben, dass andere Menschen ihn töten werden. Du sprichst Deutsch, du hast dort studiert, du kennst dich dort aus. Wenn wir hier herausgehen, so wirst du dort hingehen, wo du den Deutschen finden wirst. Du wirst sein Blut nehmen, wie die Familie es im Namen des Kanun fordert.«

Stille herrscht nach den klaren Worten des Ältesten und Sippenoberhauptes der Familie. Erleichterung unter denen, die nicht ausgewählt wurden.

Rrushdi antwortet mit klarer Stimme, ohne jegliche Emotionen verspüren zu lassen. Er wusste, dass die Wahl auf ihn fallen würde.

»Du weißt, Großvater, dass ich dich ehre und schätze und dass ich deinen Auftrag erfüllen werde, wenn du mir das befiehlst. Aber ich finde als ein Mitglied der Familie, dass wir den Kanun nicht in diesem Sinne auslegen dürfen. Es ist nicht richtig, dass wir Blut für eine schlechte Tat fordern. Blut sei nicht für eine Schuld, so sagt der Kanun. Bedenke bitte, dass ich etwas tun muss, was ich nicht für richtig halte; aber ich werde es tun, wenn du es befiehlst.« Ruhig schaut Rrushdi den Alten an, fordernd und offen. »Was ist, wenn die Familie Veseli im Kosovo mit ihm zusammenarbeiten will und ich ihnen in die Quere komme? Was soll ich dann tun? Du weißt, Großvater, dass das Profis sind. Das sind Leute, die für Geld töten, nicht für die Ehre, die uns alle erfüllen sollte.«

Rrushdi schaut in die Runde. Er braucht die Zustimmung der Versammlung. Aber niemand steht ihm bei.

Dann spielt er seine letzte Karte aus. »Ihr alle wisst, dass es Kanun ist, den unbeabsichtigten Totschlag nicht mit der Büchse zu verfolgen. Der Täter büßt das Blut und wird verbürgt, von Bürgen abgesichert. Wenn das Blut wieder kalt ist, wird der Täter die Blutbuße zahlen. Soviel ich weiß, ist das Kanun. Wir sollten in diesem Falle auch danach handeln!«

Er will eine Entscheidung, jeder spürt es in dem mit Spannung erfüllten Raum. Rrushdi hat damit seinen Großvater in die Enge getrieben. Seine Kenntnisse des Code des Lekë Dukagjini sind für einen jungen Mann exzellent und seine Interpretation folgerichtig.

Aber es gibt kein Zurück. Die Worte des alten Mannes fallen hart und unnachgiebig in die entstandene Stille, ob des respektlosen Auflehnens seines Enkels. »Das war kein unbeabsichtigter Totschlag. Der Deutsche nahm das Leben unseres Kindes. Der Preis des menschlichen Lebens ist gleich, für den Guten wie Bösen. Es ist kein Unterschied im Blute. Der Deutsche hat getötet. Er hat nicht die Vorsicht walten lassen, die er in unserem Land zeigen sollte. Für mich ist er ins Blut gefallen. So sieht es auch das Haus Gjonmarkaj als die letzte Instanz in Sachen Kanun. Geh und erfülle den Auftrag des Kanun. Suche den rechten Weg, den *rruga*, wie der *doke*, das Gesetz unserer Väter, es sagt!« Die Stimme des Alten flacht ab und ist wieder sanft und ruhig; aber der Nachdruck ist nicht zu überhören. »Ich werde die Familie Veseli informieren, dass wir ihren Vorschlag nicht annehmen werden, sondern den rechten Weg suchen, wie unsere Väter und Vorväter es taten! Geh nun, sei schlau und komme wieder! – Wer hier in dieser Versammlung ist gegen die Entscheidung, das Blut des Deutschen Paul Anker für unseren Sohn zu fordern? Wer jetzt dagegen ist, soll die rechte Hand erheben!«

Nur einer hebt sie. Es ist Rrushdi.

»Es ist entschieden. Du weißt, was du tun musst, Rrushdi!«

Der Alte brauchte diesen Triumph. Die Ungeheuerlichkeit, die sich sein Enkel Rrushdi ihm gegenüber erlaubte, brachte ihn in Verlegenheit. Das war reine Insubordination innerhalb der Familie. Unvorstellbar!

Die Familie hat ihn als Oberhaupt gerettet und bestätigt.

Vielleicht ist das, was sein Enkel Rrushdi vertritt, die neue Welt, die Welt, die er nicht versteht?

Aber die Familie hat entschieden, so wie es immer war. Die Stimme des Ältesten zählt hier mehrfach. Das ist die Demokratie der albanischen Gesellschaft, nicht die der westlichen Welt. Sie werden weiterhin so zusammenleben, wie die Tradition es will.

Der Auftrag wurde erteilt, unmissverständlich. Es gibt keinen Ausweg mehr für Rrushdi Krasniqi. Sein Weg ist vorgezeichnet. Er wird Paul Anker folgen, wo immer der hingeht. Dann wird er ihn töten. So sagt es der Kanun über die Stimme des Ältesten und Sippenhauptes. So will es die Familie.

Katz und Maus

Paul hebt seinen Kopf aus den Händen, um die Grübelei zu beenden.

Bringt alles nichts, nun haben diese Schweine meine Eva, die nichts damit zu tun hat. Was soll ich nur tun? Ich glaube, es war nicht richtig, die Polizei da mit reinzuziehen. Keiner kennt die Typen, keiner weiß, was sie wollen und wo Eva steckt. Hoffentlich fällt mir noch was ein, um die Geschichte sauber zu beenden. Aber was? Ich habe noch nicht einmal eine Waffe. Das haben sie alle abgelehnt. Die Polizei darf und will das nicht und dem BND ist das wohl gleich. Aber vorschlagen tun sie nichts und geben tun sie mir auch keine. Alle wollen nur gewinnen. Ich glaube, denen sind wir egal.

Er ist wütend. Er sieht keinen Ausweg. Die Ereignisse überrollen ihn.

Es muss einfach weitergehen. Vielleicht ergibt sich eine Lösung. Wichtig ist erst einmal, dass Eva unbeschadet aus der Sache rauskommt.

Da er sofort an der Kasse gezahlt hat, geht Paul langsam durch die besetzten Tischreihen zum Ausgang. Draußen scheint die Abendsonne, wie es oft in Ostfriesland und im Oldenburger Land ist, auch wenn es tags geregnet hat oder bedeckt war.

»Entschuldigung«, sagt er leise zu einem dunkelhaarigen Mann, der sich gerade von seinem Tisch zusammen mit seinem Partner erhebt. Paul hat den Mann leicht angerempelt. Er geht wie im Trance, wie ein Trunkener.

»Schon gut!«, meint der gut gekleidete Mann und lacht amüsiert in Richtung seines Tischpartners. »Wir wollten auch gerade gehen, war nicht Ihre Schuld!«

Paul nickt nervös, schaut auf die Uhr und hat die Sache schon vergessen.

*

Oldenburg Richtung Bremen.

Paul fädelt sich langsam ein. Jetzt nur keine Verkehrsübertretung begehen. Er hat keine Zeit für solche Sachen. Vierzig Stundenkilometer in der engen Kurve, dann leicht beschleunigen und mit achtzig auf die Autobahn Richtung Bremen. Der Abendverkehr ist schon fast vorbei. Er hat keine Probleme, zügig voranzukommen.

Ein dunkler Audi 80 folgt ihm.

Die Menschen in ihren Autos um ihn herum sind die Statisten in diesem Spiel mit so vielen Unbekannten.

Paul schaut auf die Uhr. Siebzehn Uhr dreißig. Er liegt gut in der Zeit. In etwa fünf Minuten wird er die Autobahnausfahrt Kirchhatten erreicht haben. Sofort hinter der Ausfahrt Richtung Wildeshausen soll er auf einem kleinen Platz vor einem Imbiss halten und warten.

Die Spannung und die Angst wachsen. Leise spricht er in das Mikrofon unter seiner Jacke. »Katze, Ratte verlässt die Autobahn. Ziel erreicht.« Er verlässt sich darauf, dass die Soko das alles hört. Wenn das wie so oft im Leben nicht funktionieren sollte, werden sie ihn ja hoffentlich über den Chip am Auto orten können. Bis jetzt haben sie ihn noch nicht wieder über das kleine Ohrmikro angesprochen.

»Alles sollte ja nicht schiefgehen«, murmelt er vor sich hin.

Rechts ran, Motor aus und sitzen bleiben. So hat man es befohlen. Wer ist »man«? Er weiß es nicht.

»Los, ihr Schweine, kommt schon. Ich warte.«

Es ist wenig los an diesem Abend an der Bundesstraße Richtung Wildeshausen. Die Hauptstoßzeit im Berufsverkehr ist vorbei.

In jedem Auto, das etwas langsamer vorbeifährt, sieht Paul einen der unbekannten Gegner.

»Katze, hier Ratte, noch keine Maus in der Falle. Warte hier am Treffpunkt«, flüstert Paul in Richtung des Mikrofons.

»Nicht nervös werden, die werden schon kommen.« Endlich wieder eine Nachricht der Polizei an ihn. Das sollte beruhigen.

Achtzehn Uhr zwanzig, Paul wird nervös. Was soll er machen? Er hat keine andere Möglichkeit, als zu warten. Das macht ihn verrückt. Er kann nicht handeln, er kann nur reagieren.

Langsam kommt ihm ein dunkler Audi 80 aus Richtung Wildeshausen entgegen. Er kann zwei schemenhafte Gestalten in der Abendsonne ausmachen, die hinter den Sonnenblenden schwer auszumachen sind.

Vorbei, auch nichts!

Der Alarm seines Mobiltelefons reißt ihn aus seiner dumpfen Stimmung. Er schreckt zusammen; fummelt nervös an seinem Telefon herum. »Ruhig, ruhig, Paul, du bist doch sonst so ein cooler Typ«, presst er leise zwischen seinen Zähnen hervor. Er ist sich nicht sicher, ob die Soko das mithören kann. Konspirative Gespräche werden fast immer leise geführt. Aber die Abhörtechnik ist in der Lage, jedes bekannte Mobiltelefon oder Telefon abzuhören. Gesagt hat man ihm das bei der Kripo Aurich.

»Na, Paul, nervös?«, säuselt süffisant die schon fast vertraute Männerstimme ins Mobiltelefon. »Wir kennen uns ja schon, du brauchst nicht nervös zu sein. Da wir glauben, dass du die Polizei eingeschaltet hast, können wir uns hier nicht treffen. Du hast doch die Polizei eingeschaltet, oder?«

»Nein, und nochmals nein. Ihr habt doch meine Frau. Sagt mir, was ihr wollt. Ich werde alles machen, was ihr mir sagt. Nur lasst meine Frau frei.« Paul presst die Worte voller Angst hervor.

»Nun gut, wir wollen das mal glauben. Aber mach keinen Scheiß, mein Freund. Deine Eva ist schon ein Schatz. Hab sie mir genau angesehen. Weißt du was, wir reden nachher weiter, wenn du in Bremerhaven am Kolumbuspier bist. Wir werden uns wieder von dort melden. Fahr vorsichtig!« Mit einem leisen Lachen bricht der unbekannte Sprecher das Gespräch ab und lässt einen verwirrten und wütenden Paul zurück.

»Verfluchte Drecksbande!«, schreit Paul.

»Hier Katze an Ratte, wir haben das mitbekommen. Langsam zum Kolumbuspier nach Bremerhaven. Wir bleiben am Ball. Die Maus wird bald in der Falle sein.«

»Wenn meiner Frau etwas passiert, dann wird die Ratte die Katze fressen, das verspreche ich euch!« Paul schreit hemmungslos in den Raum, hört kaum die beschwörenden Worte der Katze.

»Bleib ruhig, Ratte. Wir werden die Maus fangen. Wir sind vorsichtig. Katze aus!«

Das Spiel geht weiter

Paul wendet den Wagen und fädelt sich wieder auf der Autobahn Richtung Bremen ein. Über die Weserbrücke und dann Richtung Bremerhaven.

Der Kolumbuspier spielte schon einmal eine Rolle in seinem Leben. 1960 hatte er seine Mutter zum Kolumbuspier gebracht, als sie in die USA auswanderte. Ein schmerzliche Erinnerung, die ihn jedes Mal wieder berührt, wenn er hier ist.

Sein Ohrhörer wird aktiv. »Hier Katze an Ratte, ist Ihnen der dunkle Audi 80 aufgefallen, der Ihnen seit Westerstede folgt? Beachten Sie den besser nicht, damit es keine Konflikte gibt. Der darf nicht merken, dass Sie ihn erkennen. Jetzt ist er zwei Autos hinter Ihnen mit einem Abstand von hundert Metern. Kennen Sie den Weg zum Kolumbuspier?«

»Ja, natürlich, ansonsten hätte ich gefragt. Der Wagen ist mir auch schon aufgefallen. Sitzen zwei Mann drin. Sehen aus wie Managertypen auf einer Geschäftsreise.«

»Richtig, gut beobachtet. Wir glauben zu wissen, wo Ihre Frau zurzeit ist. Aber das müssen wir noch bestätigen.«

»Wo?! Wo ist Eva, mein Gott, sagt mir das doch, verdammt noch mal! Macht nicht euer eigenes Spiel. Sonst steige ich aus. Wo ist sie?«

»Das ist zu unsicher, Ratte. Bleiben Sie ruhig. Wir haben nur eine Vermutung. Haben ein Gespräch abhören können. Jetzt ruhig bleiben. Versprechen Sie, dass Sie keinen Unsinn machen, Ratte!«

»Gut, noch will ich bei der Stange bleiben; aber meine Frau geht vor!«

»Vernünftig, Ratte. Katze aus.«

Paul prüft mit einem Blick zurück, ob er Sichtkontakt zum Audi hat. Er sieht nur andere Wagen. Vielleicht wird der Audi ja verdeckt.

Ab jetzt wird er auch nur das installierte Mikro benutzen, damit kein Telefonkontakt bemerkt werden kann. »Hätten die Kripotypen mir auch sagen können«, murmelt Paul und wischt sich den Schweiß von der Stirn. »Na ja, sind auch nur Menschen.«

Die Schatten der Dämmerung kriechen aus den Weserniederungen heraus und tauchen die Landschaft in ein unwirkliches Licht. Vierzig Minuten, dann wird es dunkel sein, schätzt Paul. Die ersten Autos haben das Licht eingeschaltet.

Paul ist kein Nachtmensch. Er fürchtet die Dunkelheit seit seiner Jugend. Sein Vater schickte ihn oft nur mit Kerzenlicht in den dunklen und tiefen Keller. Unheimlich waren die Keller damals in den alten Häusern der Großstädte. Seitdem meidet er die Dunkelheit. Auch auf dem Balkan waren die Nächte manchmal bedrohlich und machten ihm Angst. Aber dort war die Gefahr ja real.

Langsam rollt Paul in Bremerhaven ein und fädelt sich ohne zu zögern Richtung Kolumbuspier ein. Zwanzig Uhr fünfzehn zeigt seine falsche Rolex. Die hat er in Tirana bei einem Händler erstanden. Trotz alledem eine gute Uhr.

Er parkt den Wagen vor einem der typischen Touristenrestaurants, stellt den Motor ab und steigt aus, um etwas Luft zu schnappen.

Zwei Parkreihen weiter sieht er einen dunklen Audi 80 in eine Parklücke rollen. Sein Blutdruck steigt. Soll er hingehen? Nein, das wäre die größte Dummheit. Er würde das Leben von Eva gefährden.

Ruhig Blut, die werden sich gleich melden. Wie es wohl Eva im Moment geht? Ob sie Angst hat? Sicherlich! Wer hätte die nicht? Alles meine Schuld, hätte ich nur mitgespielt. Nun ist es zu spät. Die Polizei weiß alles. Hoffentlich machen die alles richtig. Provinzpolizei in Aurich und dann die Männer aus Bremen. Kaum eingewiesen. Die wollen nur Erfolge sehen. Eva wird denen egal sein. »Ich Idiot.« Die letzten Worte spricht Paul laut aus.

Um nicht aufzufallen, steigt er wieder in den Wagen.

Wieder kommt eine Anweisung über den Ohrstöpsel. Leise, aber klar. »Katze an Ratte, ruhig bleiben. Wir haben alles im Griff. Keine Panik. Wir sind in Ihrer Nähe. Die werden sich bestimmt gleich melden. Katze aus.«

Paul ist voller Spannung. Draußen ist es fast dunkel. Wann kommt endlich der erlösende Anruf?

Es wird warm und stickig. Paul lässt die Scheiben runter, um frische Luft in das Wageninnere zu lassen. Nun wartet er hier schon dreißig Minuten. Das zerrt an seinen Nerven. Katze schweigt im Moment. Irgendwie spürt Paul, dass es ein entscheidender Moment ist hier am Kolumbuspier.

*

»Fahren Sie langsam los, nachdem ich eingestiegen bin. Kein Alarm! Sonst werden Sie sterben. Ihre Frau auch.«

Paul kann den Mann nicht sehen, obwohl er sofort in den Rückspiegel schaut. Es ist schon zu dunkel. Er sieht nur einen Schatten, der schnell und unerwartet auf dem Rücksitz seines Wagens Platz genommen hat.

»Scheiben hoch und langsam anfahren. Noch einmal: keine krummen Sachen. Fahren Sie nach meiner Anweisung. Ganz normal!«

»Es hat wohl keinen Zweck, Sie nach meiner Frau zu fragen oder wo wir hinfahren?« Jetzt kommt es auch auf sein Verhalten an. Er spürt, dass die Männer nervös werden, mit denen er zu tun hat. Etwas muss geschehen sein. Ahnen die, dass er die Polizei eingeschaltet hat?

»Rechts rum, dann geradeaus. Fahren Sie genau nach meinen Anweisungen.«

Paul spürt etwas Kaltes und Hartes an seinem Hals. Im Rückspiegel kann er nur schemenhaft den Mann erkennen. Die Pistole an seinem Hals kann er aber genau sehen. Eine silberfarbene Automatik. Er vermeint eine Zastava aus dem ehemaligen Jugoslawien zu erkennen. Die Dinger sind preiswert, in Massen auf dem Markt und robust.

»Tu das Ding runter, ich bin doch nicht verrückt. Ihr habt meine Frau; da werde ich doch kein Risiko eingehen.« Paul spricht betont deutlich. Er will, dass die Polizei seine Situation und Not erkennt. »Ich meine, ihr wollt, dass ich mit euch zusammenarbeite. Warum dann so etwas? Tot nütze ich euch nichts, oder?«

Woher nimmt er plötzlich diese Kälte und den Mut?

»Solltest du die Polizei informiert haben, so wird es bitter für dich, mein Junge. Ich glaube nicht, dass wir noch so sehr an deiner Mitarbeit interessiert sind; aber das muss der Boss entscheiden. Du wirst ihn bald treffen. Ob dir das gefallen wird, bezweifele ich im Moment.« Die heisere Stimme seines ungebetenen Passagiers lacht glucksend dazu. Der fühlt sich ganz als Herr der Situation.

Der Druck der Waffe an Pauls Hals ist verschwunden. »Vorne rechts und dann Richtung Autobahn zum Bremer Kreuz«, kommt die präzise Anweisung von hinten. Paul ist sich nicht sicher, ob Katze das hören kann.

»Schon wieder zum Bremer Kreuz, da komme ich doch gerade her. Ihr jagt mich ganz schön durch die Gegend«, sagt er laut nach hinten und dreht dabei den Kopf in Richtung des unbekannten Passagiers.

Sofort verstärkt sich wieder der Druck der Waffe. »Guck geradeaus, versuche nur keine Dinger. Du bist schneller tot, als du denken kannst«, kommt scharf die Anweisung von hinten. »Wir bleiben noch eine Weile zusammen. Du solltest dich benehmen!«

»Keine Angst, ich mache, was ihr wollt, wenn ihr nur meine Frau freilasst.«

»Du solltest Angst haben, Junge. Wir trauen dir nicht mehr so recht. Ob der Boss dich noch haben will, bezweifele ich stark. Und nun halt die Fresse, sonst zieh ich dir eine über!«

Die Stimmung wird gereizt. Der Ton wird schärfer. Paul spürt, dass etwas in der Luft liegt.

Hoffentlich hat Katze alles mitbekommen und lässt mich nicht in dieser Scheiße sitzen.

Sie sind nun auf der Autobahn. Es ist dunkel. Nur mäßiger Verkehr in beide Richtungen. Von oben kommt das hackende Geräusch eines Hubschraubers. Paul denkt sich schon, warum der Kamerad da fliegt. Die verfolgen ihn bestimmt nach dem Signal des Chips an seinem Auto.

»Was will denn der da oben? Ich hoffe nicht, dass das deinetwegen ist«, kommt es nervös von hinten.

Das hackende Geräusch verliert sich im hohen, nächtlichen Himmel. Paul ist froh, dass es verschwindet. Dennoch, der Hubschrauber muss seinetwegen hier sein. Es ist nichts auf der Autobahn los. Da setzt man nicht so ein teures Fluggerät ein, um Lustflüge zu machen, noch dazu im Dunkeln.

Dass der Kerl hinter ihm was ahnt, vermeint Paul zu verspüren.

»Gib Stoff, ich will auch mal deine Eva bewundern, mein Junge. Die Jungens mögen so ein Prachtweib.«

»Pass auf«, sagt Paul da scharf und bösartig, »geschieht Eva etwas, werdet ihr das bereuen. Da hilft dir auch deine Wumme nichts. Verlass dich drauf. Dann werde ich zum Tier.«

»Werde nicht frech, du Arschloch, der Boss wird dir schon zeigen, wo es langgeht.«

Paul bemerkt die Unsicherheit in dem Ton seines Beifahrers. Aber auch er wird unsicher, ob alles gut ausgehen wird. Wären die immer noch nur an seiner Mitarbeit interessiert, so könnten die das auch anders regeln, denkt er. Er spürt, dass es gefährlich wird. Aber er kann es nicht richtig greifen.

Weiter geht die Fahrt Richtung Bremer Kreuz. Den dunklen Audi 80 glaubt Paul hundertfünfzig Meter hinter sich zu sehen. Irgendwie nicht sehr professionell, denkt sich Paul. Aber vielleicht ist es ihnen auch egal, weil sie sich zu sicher fühlen.

Die Zeit dehnt sich wie ein Gummiband. Paul merkt, wie er unkonzentriert und müde wird.

Es ist jetzt tiefe Nacht, zweiundzwanzig Uhr dreißig, aber das Spiel ist noch nicht zu Ende.

Krushe e Madhe, Kosovo

Haxhi Shala in Krushe e Madhe bei Orahovac im Kosovo hätte ein gutes Leben, wäre da nicht die ständige Gefahr, mit der jeder Albaner im Kosovo 1998 leben muss. Shala kämpft als Kommandeur einer Einheit innerhalb der UCK, Ushtria Clirimtare e Kosove, der Guerillaarmee des Kosovo im Grenzgebiet zu Albanien, gegen die übermächtige serbische Armee und Miliz. Seine Familie wohnt schon lange in der Schweiz, während er hier mit seinen schlecht ausgerüsteten Männern gegen die Profis der serbischen Armee und Spezialkräfte einen aussichtslosen Kampf führt.

Finanziert wird dieser Kampf zu einem großen Teil über Zwangsabgaben der Albaner in Deutschland, der Schweiz und Österreich oder irgendwo in der Welt.

Shala hat in Düsseldorf Wirtschaftswissenschaften studiert. Wie viele Kosovaren spricht er perfekt Deutsch, was ihm bei der illegalen Finanzierung des albanischen Freiheitskampfes über internationalen Schmuggel nur Vorteile einbringt.

Er sitzt in einem der vielen konspirativen Schlupfwinkel der UCK, in einem kleinen Restaurant, das offiziell von der serbischen Administration geschlossen wurde. Drei seiner führenden Männer sitzen bei ihm, während sie einen *raki* und einen türkischen *kawhe* genießen. Hier ist es besonders gefährlich. Die Gegend gilt nicht nur als UCK-Hochburg, sondern ist auch systematisch von der serbischen Armee und den gefürchteten Spezialeinheiten durchsetzt.

»Wir müssen mehr Druck auf den Deutschen machen«, bricht ein junger, intelligent aussehender großer Mann das Schweigen. »Wir brauchen ihn. Er wird als Deutscher besser agieren können, wenn wir die benötigten Gelder hier reinbringen wollen. Jeder Bus wird von den Serben gefilzt, da kommt keine Mark durch. Vergesst bitte nicht, dass er auch bei der Beschaffung von Waffen helfen könnte. Er hat diplomatischen Status, wenn er wieder auf dem Balkan bei der Europäischen Beobachtermission arbeitet. Warum geht das alles so schleppend?« Sein Name ist Nehat Basha, Kommandeur einer UCK-Spezialtruppe direkt an der albanisch-kosovarischen Grenze. Er ist für seinen Mut, seine Begeisterung und insbesondere für seine militärischen Erfolge im albanischen Freiheitskampf berühmt.

»Wie viel Druck sollen wir denn noch machen?«, fragt Shala ruhig. »Wenn seiner Frau etwas passiert, können wir ihn abschreiben. Die Idioten in Deutschland haben sie entführt, um ihn willig zu machen. Der nicht …! Ich habe genaue Kenntnisse über ihn. Der kann knüppelhart sein und ist kein Verräter, was er ja sein müsste, wenn er für uns arbeitet. Außerdem fangen die Krasniqis an, verrückt zu spielen. Sie wollen ihre Rache. Kanun hin und her, jetzt ist die Stunde der Freiheit gekommen. Die haben das immer noch nicht begriffen. Vielleicht hätten wir intensiver mit Paul Anker sprechen sollen. Ich sehe keine Chance mehr, ihn für unsere Sache zu gewinnen. Er wäre jedoch der Richtige gewesen.«

»Haxhi, Telefon für dich.« Aus dem Halbdunkel des schwach beleuchteten Raumes kommt eine junge Frau im gefleckten Tarnanzug der US-Amerikaner auf die Männer zu. Sie hat lässig eine Kalaschnikow umgehängt, was ihre erotische Ausstrahlung eher verstärkt. Die dunklen Haare im wilden Afrolook geben ihr im Licht der rötlich schimmernden Leuchtbirne einen exotischen Touch. Eine Erscheinung wie in einem Fantasyfilm. Aber sie ist real. Hier kämpft jeder und jede mit. »Ich glaube, das sind die Brüder von drüben aus Gjinaj«, meint sie spöttisch und lacht auf.

»Gib rüber, mal sehen, was die wollen, die Krasniqis. Sind übrigens überfällig mit der letzten Ladung Kalaschnikows.« Shala nimmt das Satellitentelefon entgegen und hebt dankend den Daumen der linken Hand.

»Hier spricht Rrushdi Krasniqi, Bruder, ich grüße dich. Wie steht unsere Sache im Kosovo?«

Shala lacht leicht auf: »Wie soll es schon stehen. Unterstützt uns mal mehr, schickt uns die versprochenen Waffen. Dann wird es besser. Ihr kümmert euch zu viel um die Dinge in Sachen Kanun, mein Freund. Aber sprich, du rufst ja nicht aus Spaß an. Wir sind unter Druck. Die Serben pressen mächtig. Aber mit der Hilfe Allahs und der Brüder in aller Welt werden wir es schon schaffen. *Inshallah*!«

»Hör gut zu, mein Bruder. Es liegt nicht in meiner Entscheidung, was ich dir sagen muss. Unser Ältester, der ehrenwerte Großvater der Familie und *hoxha* in unsrer Gemeinde, Skender, ist zu sehr über den Tod unseres Sohnes vor vier Wochen bei dem Unfall mit dem Deutschen betrübt. Er sagt, Blut sei für eine Schuld und hat das Haus Gjonmarkaj in dieser Sache zu Rate gezogen. Die Antwort stimmt mit seiner Entscheidung überein. Der Deutsche soll sterben, wie der Kanun durch den Mund unseres Ältesten sagt.«

»Halt, Rrushdi«, fällt ihm Shala hart ins Wort. »Ihr wisst, dass wir den Deutschen brauchen, um die Befreiung unseres Volkes hier im Kosovo zu verwirklichen. Wir haben euch eine große Summe geboten, die den Schmerz der Eltern lindern und den Zorn der Familie besänftigen soll. Das war eine Abmachung. Ihr Idioten habt die Situation angeheizt, als ihr den Franzosen getötet habt, der gar nichts dafür konnte. Was ist denn jetzt bei euch los?«

»Halt, Freunde, wir haben den Franzosen nicht getötet. Vielleicht wisst ihr im Kosovo nicht, was eure Leute so machen. Ich war es jedenfalls nicht. Ich bin der Jäger im Namen der Familie. Hört euch mal bei euren Leuten richtig um. Ihr streitet euch untereinander ja.« Rrushdis Stimme klingt erbost und aufrichtig zornig. »Höre, mein Bruder, noch einmal: Ich bin der, der das Blut des Deutschen nehmen soll. Ich will das nicht, aber die Familie ist zu stark. Sie wissen, dass ich mich in Deutschland und Europa frei bewegen kann und die Sprache spreche. Nur ich kann ihm folgen, da ich nach Deutschland einreisen kann. Ich bin auch kein Wissender, der den Kanuni i Lekë Dukagjini auslegen kann. Unser Ältester sagt, es ist Recht, was er sagt, und das Haus Gjonmarkaj, unsere letzte Instanz in Sachen Kanun, hat das bestätigt. Ich bin nicht damit einverstanden, da ich wie du in Deutschland studiert habe. Sie werden mich dort als Mörder, als Fanatiker bezeichnen. Was kann ich tun? Es gibt keinen anderen Weg für mich als den des *doke*, des rechten Weges in unserer Gesellschaft. Die Familie will kein Blutgeld als Sühne, sie wollen sein Blut. Ich soll dir das sagen. Ich werde diesen Weg von jetzt an beschreiten müssen. Inshallah!«

Haxhi Shala lacht leise auf: »Seid ihr verrückt?! Ihr schadet unserer Sache. Die deutsche Organisation hat in Deutschland die Frau von diesem Anker entführt, um seine Mitarbeit zu erzwingen. Übrigens, von uns hat bestimmt niemand den Franzosen erschossen. Wir hatten eine Abmachung. Rache soll und kann warten. Ihr werdet zu Verrätern an unserer Sache. Was sagt denn der Kanun zu einem Wortbruch, wie ihr ihn begeht? Auch euch hat Gott zwei Fingerbreit Ehre auf die Blume der Stirn gegeben. Gut, ihr habt nicht explizit die *besa*, das geschworene Wort, abgegeben. Aber es ist trotz alledem ehrlos, unwürdig. Wir werden damit leben müssen. Wo bleiben unsere versprochenen Waffen? Seid wenigstens darin verlässlich! Sag das dem Skender; aber sage es deutlich, *nocte e mire*, gute Nacht.«

Wütend gibt Shala das Telefon an die wartende Kämpferin zurück. »Wenn die noch einmal anrufen, sage, ich will nicht mehr mit ihnen sprechen. Das war eine Chance, wie sie nur einmal kommt, einen Mitarbeiter aus Deutschland zu rekrutieren. Mist! Idioten, die leben noch immer im Mittelalter. Wir werden die nicht ändern!«

Er atmet tief durch.

»Ivana, versuche mal, eine Verbindung zu Enver in Bremen zu bekommen. Die sollen die Sache abblasen und die Frau freilassen. Vielleicht können wir den Deutschen später noch einmal gewinnen, falls er noch etwas leben darf. Das muss aber schnell gehen, Ivana, wir sind schon zu lange hier. Die Freunde könnten uns bemerken. Die sind in letzter Zeit überall.«

Shala hat sich wieder gefangen. Er will und kann sich keine Blöße vor seinen Mitkämpfern geben. Zu viele junge, hungrige Männer warten auf ihre Chance, seine Stelle als Kommandeur einzunehmen. Die Kommandostrukturen innerhalb der UCK sind verworren und selbst für Eingeweihte kaum zu erkennen. Letztlich sind sie auf alten Familien- und Clanstrukturen aufgebaut. Das ist der Schwachpunkt der Befreiungsarmee des Kosovo. Nur Mut allein zählt hier nicht, denn mutig sind sie alle, diese Albaner. Sie zählten zu den besten Kämpfern des Mittelalters insbesondere innerhalb des türkischen Weltreichs. Nicht umsonst stellten sie einen Großteil der Janitscharen, der *yeni ceri*, der Elite-Einheiten des Osmanischen Reiches, der Hohen Pforte. Sie waren so etwas wie die Prätorianer des Padischah, des Sultans.

Die Verbindung steht innerhalb von Minuten. »Hallo, Enver, hier spricht dein Kommandeur Haxhi Shala. Lasst die Frau frei. Das wollten wir sowieso nicht, dass ihr sie entführt. Es wird jetzt nichts aus der Sache mit dem Deutschen. Der Skender Krasniqi will sein Blut. Er ist nicht zu überzeugen. Seht zu, dass es kein Aufsehen gibt. Wir können uns nichts leisten in Deutschland. Wir brauchen dringend eure Mitarbeit dort.«

»Da ist etwas geschehen, Haxhi. Was soll ich sagen. Ich kann auch nichts dafür«, krächzt in Deutschland Enver Hoxha, der Kommandeur der UCK Außengruppe Deutschland Nord, heiser ins Telefon.

»Was meinst du mit ›passiert‹? Komm schon, raus damit. Habt ihr Scheiße gebaut, ihr Idioten?«, fragt Shala drohend.

»Haxhi, ich werde die Kerle bestrafen, die das gemacht haben. Sie haben die Deutsche genommen!«

»Was heißt das?« Haxhi wird wütend. »Ihr habt doch wohl nicht die Frau vergewaltigt, ihr Schweine? Ihr seid Soldaten der UCK, keine Verbrecher, keine ehrlosen Vergewaltiger. Was habt ihr da getan?! Enver, du Versager, bring es in Ordnung, und dann kommst du mit den Lumpen hier her ins Kosovo. – Sei still, wir hören voneinander. Sag nichts mehr!«

Wütend gibt Shala das Telefon zurück an eine bleiche Mitkämpferin, die als Frau mit Eva im entfernten Deutschland leidet. »Das durfte nicht passieren, Freunde. Wir kämpfen hier und sterben, und die Idioten spielen dort verrückt. Hoffentlich ist Enver so schlau und bringt das in Ordnung, ohne dass die Polizei anfängt zu untersuchen. Wir brauchen diesen Nachschubweg dringend. Wenn ich nur wüsste, wer den Franzosen umgebracht hat. Das würde mir schon weiterhelfen. Gib mir einen *raki*, Safet; den brauch ich jetzt, und dann lasst uns verschwinden. Es wird Zeit. Die sollten wohl in der Lage sein, auch ein Satellitentelefon zu orten nach den langen Gesprächen.«

Tatort Autobahn

Es ist dreiundzwanzig Uhr.

»Wohin soll ich mich einordnen? Wir sind gleich am Bremer Kreuz.« Paul versucht trickreich, den Typen hinter ihm zu einer klaren Aussage zu bringen, damit die Soko weiß, wohin die Reise geht.

»Warte mal, ich muss mal was fragen; aber noch einmal: Mach keine Dummheiten. Ich habe dich voll im Visier.« Der Mann greift zum Telefon. »Chef, wir sind vorm Bremer Kreuz. Nach Verden ins *Balkan* oder nach Aurich, du weißt doch, dieses seltsame Kloster im Wald?« Der Passagier auf dem Rücksitz schweigt lange. Offenbar erhält er ausführliche Befehle von seinem Chef. Dann hört Paul ihn sagen: »Ja, Boss, nach Ostfriesland, den Kerl rauswerfen und dann zurück nach Verden.« Er wendet sich an Paul und schaut ihn beim Sprechen an: »Also, Paul, wir fahren jetzt nach Aurich. Dort werde ich dir sagen, wo du deine Alte findest. Noch Fragen?«

»Ich bin doch kein Touristenfahrer. Ihr wollt doch meine Mitarbeit, und ich will meine Frau dafür zurückhaben. Ich bin ja bereit dazu, aber so … Was wollt ihr denn wirklich?«

Paul hat gemerkt, dass der Mitfahrer nicht der Hellste ist. Der wird wohl mit der Pistole gut umgehen können, aber sein geistiger Horizont scheint nicht weit zu reichen. Vielleicht ist das Pauls Chance.

»Ich weiß nicht so recht, was sie noch mit dir wollen; aber deine Alte kannst du bald wiederhaben. Ist schon in Ostfriesland. Ist doch bequem für dich, oder?«

»Du sollst mir sagen, warum ich meine Frau gerade in Ostfriesland wiederhaben kann! Übrigens, das ist meine Frau und nicht meine Alte, merk dir das!« Paul wird störrisch und wütend.

»Sei doch zufrieden, wenn sie lebt, du Idiot. Auch ein angebissener Apfel schmeckt gut!«

Lautes und höhnisches Lachen dringt wie Gift in Pauls Gehirn, martert ihn, macht ihn aggressiv und unberechenbar. Abrupt reißt er das Steuer nach rechts und verlässt die mittlere Spur der Autobahn. Er sieht kaum noch die ausweichenden und bremsenden Autos um sich herum.

»Willst du uns umbringen?!«, keucht es von hinten. Verzweifelt versucht sein Hintermann, die Balance zu halten und seine Waffe in Position zu bringen.

Paul schreit wirres, undefinierbares Zeug. Brüllt. Ist dem Wahnsinn nahe. Hart tritt er in die Bremsen. Der Wagen schleudert auf dem Standstreifen entlang. Mit gellendem, kratzendem Geräusch touchiert er die Stahlbegrenzung. Funken spritzen durch die Dunkelheit. Mit Mühe kann Paul den Wagen mit quietschenden Reifen zum Stehen bringen. Die vorbeifahrenden Autos rasen wild hupend an ihm vorbei. Laute, schrille, manchmal langgezogene dumpfe Töne. Eine Symphonie der Gewalt.

Paul löst mit einem Griff den Gurt, springt aus dem Wagen und reißt die hintere Wagentür auf. Da schnellt ihm der Lauf der Neunmillimeter entgegen und dahinter ein schwitzendes, aber höhnisch grinsendes Gesicht. Dunkler Schnurrbart, lange Haare im Zuhälterstil und die dicke Goldkette um den Hals fallen Paul selbst in dieser wirren Situation auf.

»Ihr dreckigen Schweine, was habt ihr gemacht? Sag es sofort. Schnell. Ich scheiß auf deine Waffe!« Paul ist zu allem entschlossen. Jetzt muss er seine Nerven unter Kontrolle halten, um die Situation zu beherrschen.

Seine Faust schlägt hart und blitzschnell im Gesicht des verdutzten Gangsters ein; reißt dessen Kopf nach hinten. Dann peitscht die Neunmillimeter hart und trocken auf. Paul sieht einen kurzen, grellen Blitz, schlägt mit letzter Verzweiflung die Tür hart gegen die zielende Faust. Mit einem knurrenden Laut stürzt er neben dem Hinterrad auf den noch warmen Asphalt der Autobahn.

Aus!, schießt es Paul durch den Kopf. Jetzt haben sie dich.

Er weiß nicht genau, wo er getroffen wurde. Seltsamerweise schmerzt es nicht. Adrenalinstöße rasen durch seinen Körper. Sie dürfen nicht gewinnen, er muss doch Eva befreien. Das sind seine Gedanken, während er wie im Traum schemenhafte Gestalten auftauchen sieht. Ächzend will er sich erheben, will kämpfen. Jemand packt ihn unter den Achseln und zieht ihn, ohne auf seine Verletzung und seine Proteste zu achten, hinter den Wagen. Er hört kurze, scharfe Kommandos und kann plötzlich mehrere dunkle Gestalten mit Maschinenwaffen und Pistolen erkennen, die das Auto umringt haben.

Sie zerren den fluchenden Gauner heraus, zwingen ihn auf die Erde und beginnen mit unbarmherzigen Griffen sofort mit der professionellen Durchsuchung. Dabei leiert einer der Beamten laut und deutlich eine Litanei herunter, die wohl etwas mit der Festnahme zu tun haben muss.

Bellende Pistolenschüsse dringen aus Richtung des Audi 80 durch die Nacht. Befehlsgebell dringt in Pauls vernebeltes Bewusstsein. Er will sich aufrichten und stöhnt schmerzvoll auf.

»Sie sind in Sicherheit, Herr Anker«, versucht ihn der Mann zu beruhigen, der ihn aus der Gefahrenzone gezogen hatte. Harte, kalte Augen blicken Paul durch den Schlitz der schwarzen Sturmhaube an, die alle Beamten des Spezialkommandos tragen.

Die Szenerie wird nun von gleißendem Licht erhellt; der Tatort blitzschnell von Polizisten nach allen Seiten abgesperrt. Die gesamte linke Fahrbahn wird blockiert und für ankommende Einsatzwagen und die Ambulanz freigehalten. Ungefähr hundert Meter hinter seinem Auto kann Paul den dunklen Audi 80 erkennen, wo sich das gleiche Theater abspielt. Überall dunkel gekleidete und vermummte Gestalten, die sich mit eingespielter Leichtigkeit bewegen.

»Herr Anker, lassen Sie mich mal sehen, wo es Sie erwischt hat. Ah, da oben an der Schulter. Wir werden Sie jetzt versorgen und dann in eine Klinik fahren, wo man Sie richtig behandeln wird. Es blutet sehr stark. Wahrscheinlich ist eine Arterie getroffen.«

Paul spürt nur noch, wie der Arzt ihm eine Spritze setzt. Er kann gerade noch murmeln: »Eva, was ist mit Eva? Sie ist in Ostfriesland. Nicht ins Krankenhaus.« Dann umfängt ihn gnädig eine tiefe Ohnmacht.

»Wie bekommen wir ihn am besten weg, Doc? Brauchen Sie den Heli?«

»Nein, die Ambulanz hier reicht. Die Klinik ist nicht weit. Vielleicht zehn Minuten.«

*

Während Paul im Ambulanzwagen mit Blaulicht zur Klinik gebracht wird, hat sich die Situation an der Stelle des Geschehens zu einem medienträchtigen Auflauf entwickelt. Woher die Reporter mit ihren Kameras so plötzlich auftauchen konnten, wird für immer ein Rätsel dieses Genres bleiben. Aber sie sind da. Werden mit sanfter Gewalt auf Distanz gehalten.

Schnell werden zwei Gangster mit gefesselten Händen zu zivilen Wagen abgeführt, die als Lieferwagen getarnt sind. Der dritte Mann wird von einem Sanitäter und einem Arzt eilends auf einer Liege in einen Krankenwagen verfrachtet. Einer der Männer des Spezialkommandos steigt nach einem kurzen Gespräch bei dem behandelnden Notarzt ebenfalls ein. Mit Blaulicht und Martinshorn verlässt der Krankenwagen die Szene.

In den Einsatzwagen beginnen sofort die ersten Vernehmungen. Die Gangster werden getrennt von besonders geschulten Beamten vernommen.

Alle hier wissen, dass es um das Leben von Pauls Frau geht. Unter dem Einfluss der gewalttätigen Auseinandersetzungen sind auch hartgesottene Gangster meist zu schnellen Aussagen bereit. Nach der ersten Ernüchterung und Erholungszeit werden sie schnell störrisch und widerspenstig. Die Zeit drängt also.

»Sie können sich alles etwas leichter machen, wenn Sie zur Kooperation bereit sind«, versucht ein Beamter in Zivil, den Mann zu einer Aussage zu bewegen.

»Was soll ich denn schon wissen? Ich bin doch nur bei meinem Kumpel mitgefahren. Nur so. Da kommen Ihre Männer und schießen auf uns. Wo leben wir denn? Ich möchte einen Rechtsanwalt haben!«, giftet der leicht verletzte Gauner zurück.

Das mobile Telefon des zweiten Beamten unterbricht die Vernehmung.

»Wir haben die Bestätigung, dass die Typen ständig mit ihrem Hauptquartier in Verden in Verbindung standen. Sogar einige aufschlussreiche SMS sind dabei. Unsere Spezialisten versuchen, noch mehr da rauszuholen«, flüstert er dem Vernehmenden zu.

»Da sind schon erdrückende Beweise auf Ihrem Handy und auch auf denen Ihrer Kollegen, oder wie Sie Ihre Kumpels nennen mögen. Es wäre besser, Sie sagen alles, was Sie wissen. Ihr Kumpel nebenan hat schon geplaudert. Kommen Sie nicht zu spät damit. Dann kann ich nichts mehr für Sie machen. Na, wie ist es?«

»Was können Sie mir bieten, wenn ich auspacke?«

»Eine Menge! Auf jeden Fall werden die Richter das erfahren. Das wird sich sicher auf das Strafmaß auswirken!«

»Gut, ich erzähle, was ich weiß; aber ich verlange von Ihnen, dass Sie mir Schutz gewähren. Hier hängt die albanische Mafia mit drin. Manchmal hört man auch etwas von der Freiheitsarmee, der UCK, oder wie die sich da nennen. So genau wissen wir das nicht. In Verden, da sind sie schon etwas höher angesiedelt. Soviel ich weiß, wollen die den Anker zwingen, hier und auf dem Balkan mitzuarbeiten. Der hat ja wohl diplomatischen Status. Das wird benötigt, wenn Geldmittel hin- und hergeschoben werden sollen. Für was die den noch haben wollen, weiß ich auch nicht. Mit der Entführung von der Frau wollten die ihn zwingen, mitzumachen. Gerade kam aus Verden eine Meldung, dass wir alles abblasen sollen, da eine Familie in Albanien nicht auf ihre Blutrache verzichten will. Der Anker sollte von der Familie verschont werden und dafür bei uns einsteigen. So sollte der Deal ablaufen. Aber jetzt wollen die ihn umnieten. Das ist alles, was ich weiß.«

»Wo ist die Frau und was ist mit ihr?«

»Die haben sie bei einem alten Kloster in Ostfriesland abgesetzt. Ihlow heißt das wohl. Soll im Wald liegen. Schön versteckt. Glaube, die Jungens konnten ihre Finger nicht von ihr lassen. Habe so etwas mitbekommen. Soll gut aussehen, die Anker.« Der Gauner wird langsam vertrauensseliger und gibt sich kumpelhaft.

»Okay«, knurrt der Polizist. »Das reicht mir erst einmal. Halte deine dreckige Fresse, du Schwein. Sonst hau ich dir doch eine rein. Niemand wird das erfahren. Auch wenn du geredet hast, wir werden nie Verbündete. Merk dir das.«

Schnell verlässt der Beamte den Wagen, um in einem der Pkw zu telefonieren. Die Nachricht wird auch von der Einsatzzentrale bestätigt. Der andere Gangster hat ebenfalls geplaudert. »Wir haben die Zentrale im Restaurant *Balkan* eingenommen. Ihr könnt abhauen. Die Auricher sind schon auf dem Weg zu dem Kloster. Hoffentlich ist die Frau in Ordnung. Ich habe da meine Zweifel nach den Aussagen der Typen.«

»Gut, alles klar, wir setzen uns hier ab, der Anker ist in der Klinik. Scheint nicht so schlimm zu sein. Ja, ich glaube, die haben sich an der Frau vergriffen. Das wäre der Supergau für uns. An die arme Frau will ich gar nicht erst denken. Macht's gut, bis nachher.«

»Halt, noch schnell etwas: keine Info an die Medien. Vielleicht bekommen wir noch mehr raus. Wenn das erst einmal an die Öffentlichkeit geht, ist die Chance weg. Verstanden?«

»Klar, Chef, keine Infos an die Freunde von der Presse!«

Zehn Minuten später rollt der Verkehr auf der Autobahn wieder ungehindert und nichts deutet mehr auf den Einsatz hin. Enttäuscht verschwinden auch die letzten Reporter, die sich auf die dürftigen Informationen verlassen müssen, die sie aufgeschnappt haben.

Aber auch daraus werden die geschickten Sensationsjäger schnell eine brauchbare Story basteln.

Evas Schicksal

Blaulichter irren durch die Nacht, die nur langsam den grauen Schatten eines nebelverhangenen Morgens weicht. Bauer Janssen in Kirchdorf bei Aurich schreckt zusammen. Wimmernde Martinshörner stören die Stille des frühen Morgens in Ostfriesland.

Neugierig begafft der erstaunte Bauer das Schauspiel, während dumpf muhende Kühe, in Reih und Glied stehend, von der Last in ihren schwer fallenden Eutern befreit werden.

»Dat is ja man wat, vandag«, murmelt Janssen. »Da gifft wat to vertellen för min Olschge.« Verwundert sieht er die Einsatzwagen der Auricher Polizei und den Notarztwagen im grauen Nebel verschwinden.

»Wat de wol moken, de üben wol mol allweer«, ist sein Urteil. »All unser Steuern, wat de verkleien!«

*

»Wir fahren alle rein, Reiter macht die Vorhut. Waffen teilgeladen und gesichert. Klatte, ihr bleibt am Parkplatz und sichert hier alles ab. Keiner darf durch, verstanden?« Hauptkommissar Kleen gibt präzise seine Befehle und Anweisungen. Nichts darf schiefgehen. Ein Menschenleben ist in Gefahr. »Die Einsatzgruppe Krummes Tief ist in Position. Damit ist der Weg über die Ortschaft Ostersander abgeriegelt. Von beiden Seiten gehen drei Beamte Richtung Klosterkomplex zur Aufklärung vor. Wir müssen sicher sein, dass man die Frau nicht wieder als Geisel nimmt, wenn die merken, dass wir kommen. Höchstwahrscheinlich sind die aber schon über alle Berge. Der Kreis Aurich ist hermetisch abgeriegelt. Die sollten wir kriegen.« Einsatzleiter Kleen schaut in die Runde: »Noch Fragen? Vorhut abrücken! Macht gute Arbeit und seid vorsichtig, Männer!«

Der hohe Wald um das Kloster Ihlow hält die Dunkelheit fest, als wolle er die Nacht nicht hergeben.

Langsam und mit entsicherten Waffen bewegen sich die Beamten vorwärts. Eine gespenstische Szenerie, die den Polizeibeamten sicherlich noch lange in Erinnerung sein wird. Aber niemand ist nervös, alles läuft wie geplant in Ruhe ab. Lageberichte der Einsatzgruppen werden ständig über die Kopfhörer empfangen. Sie sind die Grundlage für eine aktuelle Beurteilung der Lage und für die Befehlsgebung.

Kaum ein Laut durchbricht die morgendliche Stille des Waldes. Die vorsichtigen Schritte der Männer werden vom zähen Nebel und dem dichten Wald gedämpft und verschluckt. Unter gegenseitiger Sicherung bewegen sie sich vorwärts. Ihre Gegner sind vermutlich professionelle Kriminelle, die genau wissen, was sie getan haben. Die werden sich mit allen Mitteln einer Festnahme entziehen wollen, da sie schon informiert sein werden, dass ihre Basis in Verden weggebrochen ist.

An der Kreuzung des Wanderweges in unmittelbarer Nähe des Klosterkomplexes treffen die beiden Einsatzgruppen zusammen und verharren kurz, um die Lage zu beurteilen.

»Einsatzgruppe eins und zwei ohne Zwischenfälle am Punkt B eingetroffen. Bewegen uns nun auf den Klosterkomplex von zwei Seiten zu. Mot-Kräfte können nachrücken. Erbitte Bestätigung. Aus!«

Kurze und präzise Informationen und Befehle sind die Grundlage für eine erfolgreiche Einsatzführung. Darin unterscheidet sich die Polizei kaum von der Armee. Kommunikation ist als Führungsmittel unentbehrlich. Hier wird das vorbildlich praktiziert.

Geschickt bewegen sich die Männer mit entsicherten Waffen auf die Gebäude zu, passieren das Gasthaus und schwärmen aus. Langsam gewinnt hier im etwas freieren Gelände der frühe Morgen die Oberhand. Nun sind auch Einzelheiten im näheren Bereich zwischen den wuchtigen Nachbildungen der ehemaligen Säulen der Klosterkirche zu erkennen.

Wie ein geschlossener Organismus gehen die Männer vor und lauschen in den aufkommenden Morgenwind. Schwach dringen die Motorgeräusche der anrückenden motorisierten Kräfte in den Bereich. Nun kann es auf Sekunden ankommen. Wenn die Gangster noch hier sind, werden sie die Frau nicht ungeschoren lassen. Sie ist die einzige Chance, der Polizei zu entkommen.

Gebannt lauschen sie alle in die Stille. Ein schwaches Stöhnen dringt an das Ohr der Beamten. Das wird wohl kaum ein Tier sein.

»Stöhnen in unmittelbarer Nähe! Keine Feindberührung!«

Einsatzleiter Kleen ist zufrieden mit dem Verhalten seiner Männer. »Vorsichtig weiter vorrücken. Wir sind am Restaurant und rücken nach. Nicht nervös werden. Wir haben Sichtkontakt zu euch. Nach hinten alles klar!«

Kurz vor den hoch aufragenden Stahlsäulen der Rekonstruktion können die Beamten eine zusammengesunkene Gestalt schemenhaft zwischen den Konturen einer Gitterwand erkennen.

»Achtung, etwa zehn Meter vor uns an der rechten Seite undeutlicher Kontakt. Wahrscheinlich menschliche Person. Halb liegend. Gehen vor.«

Hauptkommissar Reiter erreicht als Erster den dunklen

Klumpen Mensch, der ein ersticktes Stöhnen von sich gibt und verzweifelt versucht, sich zu erheben.

»Wir haben die Frau. Scheint alleine zu sein!«

Reiter und die zwei anderen Beamten bemühen sich, die Frau von ihren Fesseln zu befreien.

Einsatzleiter Kleen gibt sofort seine Anweisungen an alle Kräfte im Raum Aurich in Ostfriesland durch, die Ausfallstraßen zu überwachen.

Die Täter sind weg, so viel ist sicher. Nun kommt es auf die Aussage der Frau an, die behutsam von ihren Fesseln und dem Plastikstreifen über dem Mund befreit wird. Die Ambulanz des lokalen Krankenhauses ist eingetroffen und bemüht sich, die erschöpfte Eva vorerst medizinisch und psychologisch zu betreuen.

»Können Sie kurz sagen, was mit Ihnen geschehen ist, Frau Anker? Wir brauchen schnell Ihre Informationen, um die Kerle noch erwischen zu können. Ihrem Mann geht es gut.«

Total erschöpft und unter heftigen Weinkrämpfen berichtet Eva. »Zweimal haben mich zwei Kerle gestern Abend vergewaltigt. Es war …« Weiter kann sie nicht reden. Heftige Weinattacken schütteln ihren Körper. »Was habe ich denen getan? Wo ist mein Mann, wo ist Paul? Bitte, sagt es mir!«

Nach kurzer Zeit fängt sich Eva wieder und berichtet nun etwas gefasster: »Seit heute gegen Mitternacht liege ich hier gefesselt. Drei Kerle haben mich mit einem Pkw im Kofferraum hierher gebracht. ›Damit dein Paul weiß, was er gemacht hat. Er hätte auf unser Angebot eingehen sollen, dann wärst du jetzt eine unberührte Gangsterbraut‹, haben sie gesagt. Die verschwanden ungefähr gegen ein Uhr in der Nacht, nachdem sie mich gefesselt hatten. Der eine war etwas menschlicher. Ich hatte ihn vorher nicht gesehen.«

»Konnten Sie den Wagentyp und die Farbe erkennen?«

»Nein, keine Chance, außerdem war es dunkel. Die haben mich in den Kofferraum gepackt. Ich war auch noch zu geschockt. Die waren brutal wie Tiere. Warum nur?« Wieder schluchzt Eva heftig auf.

Der betreuende Arzt und eine Polizeibeamtin führen die weinende Frau zur Ambulanz und lehnen ab jetzt jegliche Befragung durch die Beamten ab. »Sie braucht jetzt Ruhe und Betreuung. Wir müssen Sie auch sofort untersuchen. Verletzungen und so weiter, Sie wissen schon.«

Eine kleine Gruppe von Beamten wird zur forensischen Untersuchung des näheren und umliegenden Tatortes zurückgelassen. Der Rest der Truppe rückt ab.

Vom polizeilichen Standpunkt aus ein voller Erfolg. Die menschliche Seite müssen andere Experten bewerten und aufarbeiten.

Die Männer und Frauen sind trotz alledem erschüttert, aber ebenso ist Erleichterung zu verspüren, dass das Opfer noch am Leben ist.

Ist damit das albanische Abenteuer für Paul und seine Eva beendet?

Unfreiwilliger Klinikaufenthalt

Auf sein Drängen hin wird Paul schon am nächsten Nachmittag aus der Klinik in Bremen entlassen, obwohl die Ärzte ihm eröffneten, dass er nicht so leicht verletzt ist, wie es anfangs den Anschein hatte.

Der Schuss hat ihn an der linken Schulter getroffen. An sich ein glatter Durchschuss, aber die Knochenstruktur war angekratzt. Man hatte ihn sofort am nächsten Tag operiert. Die postoperative Behandlung wollte Paul in Aurich fortsetzen.

Die Organisation in Verden wurde mit dem gesamten Führungskader festgenommen, nachdem trotz des Überraschungseffektes durch die Polizei ein heftiges Feuergefecht stattgefunden hatte. Mehrere schwer verletzte Mitglieder der Gang sowie ein verletzter Polizist waren das Ergebnis.

Für Paul aber war die Situation seiner Eva das Wichtigste nach seiner Operation. Noch wusste er nicht, was mit ihr passiert war. Nur dass man sie in Ihlowerfehn befreit hatte, war ihm mitgeteilt worden.

Paul hatte nicht ohne Grund die Initiative auf der Autobahn ergriffen, nachdem ihm der Gauner voller Hohn die Bemerkungen brutal an den Kopf geworfen hatte. Er hatte etwas Furchtbares geahnt. Er drängte auf volle Aufklärung, was nun wirklich mit seiner Frau geschehen war.

Als nach langem Zögern der Beamten ein Pfarrer der Bremer Klinik und ein Sozialpädagoge an sein Krankenbett traten, wurde ihm mulmig.

»Herr Anker, wir wollen Ihnen nicht wehtun, aber wir sollten offen miteinander reden«, setzte der Pfarrer salbungsvoll an.

»Meine Herrn, ich möchte hier keine Predigt, keine großen Reden und brauche auch Ihren Beistand nicht. Es reicht, wenn mir die Polizei sagt, was mit meiner Frau geschah. Ich bitte Sie um Verständnis; aber ich möchte hier keine psychologische oder religiöse Sitzung.«

Leicht pikiert verließen die zwei Seelenspezialisten den Raum.

Ein Beamter der Bremer Kriminalpolizei erklärte Paul in aller Offenheit, was mit seiner Eva geschehen war. Das war vor einer Stunde gewesen. Paul hatte sofort seine Überführung nach Aurich verlangt, um seiner Frau Beistand leisten zu können. Nach anfänglichem Zögern waren alle Beteiligten dazu bereit.

Zu seinem Schutz fährt ein Kripobeamter vorn im Wagen mit. Paul ist froh, dass der Mann ihm kein Gespräch aufzwingt. Auch der Krankenpfleger, der zu seiner medizinischen Betreuung mitfährt, ist eingeweiht und belästigt ihn nicht. Die Fahrt verläuft ohne Zwischenfälle; aber Paul wälzt schwere Gedanken. Er sucht nach seiner Schuld, findet eine, verwirft sie wieder. Er wiederholt diesen quälenden Prozess ständig.

»Herr Anker, wir sind da«, weckt ihn eine ruhige Stimme aus diesem Dämmerzustand. »Zeit, auszusteigen.«

Paul weist den Rollstuhl zurück und bittet den Krankenpfleger, ihn ins Krankenhaus zu geleiten, nachdem er sich bei den zwei anderen Männern bedankt hat.

Dann steht Paul vor Evas Krankenbett. Man hat sie in ein Einzelzimmer gelegt, wohlwissend, wie schwer die Situation für sie ist. Er sieht seine schlafende Frau in der ihr eigenen Haltung auf der Seite mit angezogenen Knien. Ihre Augenlider flattern, was er bei ihr nicht kennt. Der Krankenpfleger aus Bremen verabschiedet sich leise und diskret und flüstert mit einer Schwester, die still an der Tür die Situation beobachtet.

Eva dreht sich in seine Richtung, als würde sie spüren, dass er da ist. Ruhig öffnet sie die Augen und blickt ihn ohne äußere Regung an. Auch Paul sagt nichts, kein Wort. Sie verstehen sich auch ohne Worte.

»Mädchen«, flüstert er schließlich mit heiserer Stimme.

»Sag nichts, Paul, bleib bei mir«, haucht sie kaum wahrnehmbar.

Paul beugt sich über sie und küsst Eva sanft auf die Stirn. Er weiß ohnehin nicht, was er sagen soll. Was ist schon die Schussverletzung gegen das, was sie Eva angetan haben?

Evas Augen werden feucht, und auch Paul muss mit den Tränen kämpfen.

»Es wird alles wieder gut«, meint Paul sagen zu müssen. Diese abgedroschene Phrase, die dann benutzt wird, wenn alles vergebens ist, wenn der Geist nichts mehr hergibt, was tröstend wäre. Paul nimmt ihre Hände in seine. So sitzt er an Evas Bett, bis sie still und sanft einschläft.

»Herr Anker, lassen Sie Ihre Frau schlafen, das ist jetzt

die beste Medizin«, flüstert die Schwester. »Der Doktor will Sie sehen wegen Ihrer Verletzung. Kommen Sie leise mit. Ihre Frau ist hier in guten Händen.«

Paul lässt vorsichtig Evas Hände los, betrachtet noch einmal ihr jetzt ruhiges Gesicht und lässt sich von der Schwester zum behandelnden Arzt bringen.

»Was machst du denn für Geschichten, Paul?«, empfängt ihn Dr. Klotter, leitender Arzt hier in der Klinik in Aurich. »Erst rennst du im Krieg rum und jetzt das hier in Deutschland. Sei unbesorgt, wir tun hier alles für Eva. Tut mir wirklich leid, was da geschehen ist.«

Nach eingehenden Untersuchungen von Pauls Verletzung eröffnet der Arzt ihm, dass er ihn doch gerne für eine Nacht in der klinischen Behandlung sehen würde. »Du bekommst ein Einzelzimmer neben Eva. Zusammen wäre vielleicht nicht angeraten, Paul. Eva braucht Ruhe. Deine Sache wird schnell in Ordnung kommen. Ein, zwei Wochen, dann ist alles wieder klar. Die Kollegen in Bremen haben gute Arbeit geleistet«, meint er abschließend.

Paul sieht den Chefarzt, den er gut kennt, dankbar an. Er bekommt kaum ein Danke heraus.

Nun sind sie erst einmal von der Außenwelt abgeschirmt, bis die quälenden Fragen der Polizei und der Staatsanwaltschaft sie wieder in die Realität holen werden. Paul glaubt, dass der BND an einigen seiner Aussagen stark interessiert sein wird. Es wird nicht lange dauern, und die Maschinerie der Ermittlungsverfahren wird anlaufen. Für Paul wird das nicht schlimm sein; aber Eva wird es in den Grundfesten ihres weiblichen Selbstverständnisses erschüttern.

Im ewigen Spiel der Macht haben seit archaischen Zeiten die Frauen die Zeche bezahlen müssen. Es scheint, als sei der Missbrauch weiblicher Existenz bei ungefähr der Hälfte der Spezies Mensch, nämlich den Männern, niemals so richtig als Unrecht im Gedankengut manifestiert worden.

Lieber vergewaltigt als tot, so die Devise durchgängig im männlichen Lager.

Aber einige sterben dabei zweimal.

Verwundet an Leib und Seele

Nach zwei Tagen Klinikaufenthalt werden Paul und Eva am frühen Morgen aus der stationären Behandlung entlassen. Eva soll nach dem Willen der Sozialpädagogin alsbald in eine Rehabilitationsmaßnahme einsteigen.

Ein Polizist begleitet sie nach Hause, da noch immer nicht ganz geklärt ist, ob eine Gefahr – von welcher Seite auch immer – für sie bestehen könnte.

»Ich glaube, da draußen warten die ersten Reporter mit ihren Kameras«, warnt sie der Beamte.

»Welcher Idiot hat denn da nicht seinen Mund gehalten?«, zischt Paul erregt.

Eva schlägt die Hände vor ihr Gesicht und schluchzt leise auf. Paul kann seine Wut kaum zügeln. »Gehört noch nicht einmal diese Scham ihr allein? Bringen Sie uns so heraus, dass man uns nicht sieht!«, bittet Paul den Beamten.

»Nicht ganz einfach. Die werden wohl alle Ausgänge kennen. Sicherlich ist auch die Auricher Presse dabei«, meint der Polizist.

»Ich glaube, ich kenne da einen Weg durch den Garten«, unterbricht ihn die Krankenschwester. »Der Polizeibeamte sollte unten vor dem Portal die Reporter informieren, dass Sie beide schon gestern entlassen wurden und an einem unbekannten Ort zur weiteren Behandlung sind«, schlägt sie vor.

»So werden wir das versuchen«, stimmt der Polizist zu. »Aber ich bleibe bei Ihnen. Ein Arzt soll die Reportermeute beruhigen und auf die falsche Fährte locken. Lange wird der Trick nicht halten. Die sind mit allen Wassern gewaschen.«

Die Finte gelingt. Sie gelangen über den Garten und einige Umwege in den Parkplatzbereich, wo der Privatwagen eines Arztes wartet, der sich bereit erklärt hat zu helfen. Wie Diebe schleichen sie sich vom Gehöft, wie Paul das in Gedanken ausdrückt.

In dem kleinen Friesenhaus im Stadtteil Extum angekommen, erwartet sie die nächste Überraschung. Zwei Polizisten schirmen ihr Haus in der engen Sackgasse im Kronsbeerweg ab.

»Wie sollen wir denn so weiterleben?« Paul wendet sich an den Beamten, der sie begleitet hat.

»Da müssen wir schnell zu einer Lösung kommen. Sie sind hier nicht sicher und werden bedrängt, und wir können nicht über einen längeren Zeitraum diese Präsenz hier aufbieten. Gehen Sie erst einmal in Ihr Haus. Kommen Sie zur Ruhe. Wenn Sie bereit sind, werden wir uns über eine Lösung unterhalten.«

Die Stille ihres Hauses empfängt sie und beruhigt ihre angespannten Nerven. Paul ist in der intimen Atmosphäre ihres Hause gehemmt und weiß nicht so recht, was er sagen und wie er sich Eva gegenüber verhalten soll.

Nach einigen Minuten quälenden Schweigens und gegenseitiger Isolation durchbricht Paul die Barriere. »Eva, du musst so schnell wie möglich in die Reha. Alleine kommen wir damit nicht zurecht. Ich werde irgendwohin fahren und mich erst einmal kleinmachen. Wir sollten wenig Kontakt zur Öffentlichkeit haben. Sei mir nicht böse. Es ist alles meine Schuld. Ich rufe jetzt den Polizisten rein, wenn du einverstanden bist?«

»Ich will, dass du bei mir bleibst, Paul. Verlass mich jetzt nicht … Es ist auch nicht deine Schuld!«, beschwört ihn Eva und vergräbt ihr Gesicht in ihren Händen.

»Gut, wir versuchen, dass wir zusammen irgendwohin

kommen. Es muss nur schnell gehen. Draußen lauert diese Meute. Das hältst du nicht aus.«

Paul ruft den Polizisten und wählt die Nummer der Sozialpädagogin. Schnell hat er ihr die Situation klargemacht und drängt auf eine Antwort.

Es dauert kaum eine halbe Stunde, und die Antwort ist da: Sofort morgen früh Abreise nach Bad Urach auf der Schwäbischen Alb zusammen mit Paul. Gegen einen geringen Eigenanteil an der Rehabilitationsbehandlung kann Paul dort als Begleitperson bei Eva sein. Diskretion wird dringend angeraten und von der Sozialpädagogin zugesichert. Die administrativen Dinge wird sie heute noch mit der Krankenkasse besprechen. Paul bedankt sich artig für diese nicht selbstverständliche Zuarbeit. Er ist erleichtert und froh, Eva diese Entscheidung mitteilen zu können.

Nur raus aus dieser Nervenmühle zu Hause in Aurich!

Paul informiert den Polizeibeamten, der diskret im Wohnzimmer bei einer Tasse Kaffee Platz genommen hat.

»Schön für Sie, dass wir so schnell zu dieser Lösung kommen. Was haben Sie für die Nacht heute vor und wie soll die Abreise morgen ablaufen?«

»Die Reporter werden uns hier weiter belagern«, wendet Paul ein. »Schließlich ist das ja auch eine Sache von großem öffentlichen Interesse.«

»Wir lassen uns was einfallen. Haben Sie jemanden, der Sie mit Ihrem Wagen fahren kann? Heute Nacht dürfen Sie ruhig schlafen; wir werden Sie bewachen.«

»Mir fällt niemand ein. Das wird auch eine Schwachstelle sein, wenn uns jemand fährt«, meint Paul nach kurzer Überlegung.

»Ihre Geschichte und auch Bilder werden schon morgen bundesweit in der Presse sein«, gibt der Polizist zu bedenken. »Wir brauchen eine verlässliche Person und einen Wagen. Sie selbst können leider noch nicht fahren. Wird noch eine Weile dauern mit dieser Schusswunde. Denken Sie noch einmal nach.«

»Ich glaube, ich habe jemanden«, platzt Paul plötzlich heraus. »Ein ehemaliger Bundeswehrkamerad, war mal mein Vorgesetzter in der Radarstellung Brockzetel. Prima Typ, wenn der Zeit hat, könnte das klappen. Soll ich ihn anrufen?«

»Wenn Sie ihn als verlässlich einstufen, wäre das die Lösung. Sie müssen ihn kennen.«

Paul wählt sofort die gespeicherte Nummer an.

»Hallo, Paul, was macht ihr denn für Sachen. Das geht ja schon über die Flimmerkiste. Kann ich dir helfen?«, meldet sich Achim am Telefon.

»Achim, ich brauche deine Hilfe, sofort.« Paul erklärt die Sachlage und wohin es gehen soll. »Wir sollten mit deinem Wagen fahren. Das ist unauffälliger«, schlägt Paul vor. »Das Finanzielle ist kein Problem. Nur den Mund musst du halten. Schweigen wie ein Grab. Auch vor Margret! Das kann gefährlich werden für uns; aber auch für dich, wenn was durchsickert. Wir sind immer noch nicht aus dem Schneider. Werde dir das morgen erklären.« Paul schaut kurz zu Winkler rüber, so heißt der Beamte, der bestätigend nickt. »Wir treffen uns an einem geheimen Punkt, morgen. Werde ihn dir gleich durchgeben. Die Polizei wird uns hinbringen. Wird aussehen, als würden wir zu einer Vernehmung fahren. Alles klar?«

»Alles klar. Ich nehme was zu essen und zu trinken mit. Auch für euch. Ihr könnt ja nicht einkaufen gehen. Ich erwarte deinen Anruf. Macht's gut, seid vorsichtig!«

»Danke, Achim, das werde ich dir nicht vergessen, Alter.«

»Schon gut, irgendwann brauche ich dich auch mal.«

»Prima, Herr Anker, so machen wir das. Sie werden gleich den Übergabepunkt bekommen. Natürlich – im Hof bei uns bei der Polizei im Fischteichweg. Das ist unauffällig. Ihr könnt an der anderen Seite wieder verschwinden«, schlägt Kriminaloberkommissar Winkler vor.

*

Draußen vor dem Haus ist inzwischen eine heiße Debatte zwischen den Sensationsjägern der Medien und der Polizei entbrannt. Die zahlreichen Männer und Frauen sind nicht zum Verschwinden zu bewegen. Die Nachbarn stehen auch in kleinen Gruppen zusammen und debattieren die Sachlage, die natürlich allen schon lange klar ist. Man hat es ja kommen sehen.

»Das kommt davon, wenn man seine Familie in Stich lässt und das Abenteuer bei den Kanaken auf dem Balkan sucht. Das kann ja nicht gut gehen.«

»Was wollen wir denn überhaupt da unten? Der Balkan ist schon immer ein Pulverfass gewesen. Nur der Tito hat da Ruhe mit eiserner Faust reingebracht.«

»Die Weiber sollen ja auch gut aussehen und willig sein. Wollen alle ins Paradies. Da kommt so einer natürlich recht.«

»Die Politiker schmeißen da nur unser Geld raus. Hilft doch sowieso nichts. Was soll der Paul dort schon ausrichten. Ist eh viel zu klein dazu.«

»Nun lasst den Paule mal in Ruhe, ihr Klugscheißer. Das ist ja ekelhaft, was ihr da alles von euch gebt«, erbost sich Rüdiger, der gegenüber von Paul und Eva wohnt. »Der Paule hat einen schweren Job dort gemacht, und wie ich ihn kenne, hat er sich reingekniet. Umsonst hat der nicht sein Geld bekommen. Lasst sie in Ruhe. Die haben jetzt eine schwere Zeit durchzumachen.«

Nach einer Stunde löst sich die Menge langsam auf und Ruhe kehrt in der kleinen Seitenstraße ein. So einfach lassen sich die Journalisten aber nicht abschütteln. Überall in den Seitenstraßen und an den Randbereichen der umliegenden Wiesen und Feldern, wo die Maissaat gerade sprießt, kann man parkende Autos sehen, in denen sie sitzen und warten. Diese Spezies hat einen langen Atem. Warten kann bares Geld und Ruhm bedeuten. Wer der Erste ist und die besten Bilder und Berichte liefert, macht sich einen Namen.

Der Tag zieht sich endlos hin für Paul, während Eva oben in ihrem Schlafzimmer etwas Ruhe sucht. Immer wieder klingelt das Telefon, und Paul beantwortet einige Fragen. Die Polizei aus Bremen und Aurich will wirklich alles wissen. Die Medien rufen natürlich auch ununterbrochen an und machen sofort die dicken Angebote, um die Exklusivrechte an der Story des Monats zu bekommen. Das alles nervt; aber zusammen mit dem Beamten Winkler steht Paul das bis zum Abend recht gut durch.

»Wir haben die Bande mit dem Kopf ausgehoben. Ein Schlag gegen die deutsch-albanische Mafia. Eigentlich müssen wir Ihnen dankbar sein, Herr Anker«, sagt Winkler leicht verlegen. »So etwas haut selten hin. Jetzt hoffen wir, dass die Sache für Sie ausgestanden ist. Sehen Sie da noch eine Gefahr?«

»Immer!«, antwortet Paul sofort. »Diese Schlappe werden die nicht vergessen. Außerdem weiß ich nicht, wie die Familie Krasniqi reagieren oder besser agieren wird. Sie wissen doch wohl, die Sache mit der Blutrache, mit dem Kanun. Vielleicht ist das noch gefährlicher für mich als das Zurückliegende.«

»Sie kennen die Mentalität der Menschen dort unten besser als wir. Hoffentlich haben Sie nicht recht. Außerdem sind Sie ja weit weg. Wie sollen die Sie wohl finden? Nach Albanien wollen Sie doch nicht wieder gehen, oder?«

»Die Albaner sind in ihrer Tradition und der Durchsetzung der Blutrache mit den Afghanen zu vergleichen. Die geben nie auf. Geld und Mittel haben die ohne Ende«, meint Paul und legt beschwörend den Finger auf die Lippen.

Oben hören sie Eva herumlaufen und offenbar die Koffer für die Reha packen. »Paul, vergiss nicht, deine Koffer zu packen. Viel Zeit bleibt uns nicht«, ruft sie von oben runter.

Paul schaltet für Winkler den Fernseher ein und geht dann ebenfalls packen. Er hat Erfahrung darin. Das Leben im Felde, wie man es bei der Mission nennt, hat ihn geprägt, sodass er schnell und konzentriert arbeitet. Alles muss stimmen. So schnell kann er nicht mehr in das Haus zurück in den nächsten Wochen.

Eine Menge muss bedacht werden. Von der Abmeldung bei Evas Arbeitgeber in Oldenburg bis zu den Kreditkarten und natürlich auch Bargeld.

So vergeht der Abend schnell und relativ problemlos. Eine Pizzeria bringt im Schnellservice etwas zu essen, was natürlich prompt von einem besonders schlauen Reporter benutzt wird, um einen Schnappschuss anzubringen. Irgendwie hat Paul Verständnis für die Männer und Frauen, hatte er doch einen Job auf dem Balkan, der ein klein wenig vergleichbar war. Immer auf der Jagd nach einem guten Interview und Neuigkeiten. Aber jetzt nervt es mächtig!

»So, ihr Ankers, ich verlasse Sie jetzt gleich«, sagt Winkler nach der Pizza, die er heißhungrig verzehrt hat. »Diese Nacht sollten Sie sicher sein. Wir haben gerade die Ablösung gemacht. Um die Leute brauchen Sie sich nicht zu kümmern. Die kommen schon zurecht. – Dann eine stille und ruhige Nacht!«, verabschiedet er sich. »Morgen früh hole ich Sie persönlich gegen halb acht ab. Im Polizeiwagen. Das täuscht besser. Rufen Sie meine Nummer an, wenn etwas nicht stimmt. Das ist mein Job.« Auch er macht einen müden und erschöpften Eindruck.

Ab jetzt sind sie allein in dem stillen Haus. Nachdem die notwendigen Dinge für die nächsten Wochen eingepackt und geregelt sind, kommt der Moment der Wahrheit für die zwei. Beide werden ab jetzt gemeinsam mit ihren Problemen fertig werden müssen. Die erste unmittelbare Zweisamkeit fordert ohne Gnade und Aufschub die Auseinandersetzung damit. Keiner kann dieser Sache noch aus dem Wege gehen.

Eva sitzt still auf ihrem angestammten Platz auf dem italienischen Sofa und Paul hat sich ihr gegenüber auf das kleinere Sofa gesetzt. Das ist an sich nicht sein Platz; aber er weiß, sie müssen jetzt miteinander reden.

»Eva, ich weiß, wie es dir geht. Ich hatte keine Chance, dir zu helfen. Irgendwie fühle ich mich schuldig. Schließlich war ich der auslösende Faktor.«

Eva blickt nur starr vor sich auf den Boden. Sie will wohl nicht oder kann nicht antworten. Ihr Schmerz, ihre Demütigung sitzen zu tief.

»Eva, wenn du nicht antworten willst, unterhalten wir uns später darüber; aber wir müssen reden, wir müssen es loswerden!« Paul hebt leicht seine Stimme, merkt aber, dass er schwach argumentiert. Er kommt damit nicht an sie heran. Sie hat ihr Innerstes verschlossen.

Hoffentlich können dabei die Fachleute, die Sozialpädagogen und Psychologen helfen. Paul war noch nie von dieser Wissenschaft überzeugt. Er weiß nicht, warum das so ist. Vielleicht eine seiner vielen Vorurteile.

»Paul, ich kann jetzt noch nicht darüber sprechen«, sagt da plötzlich Eva mit einer dünnen Stimme, die gar nicht zu ihr passt. »Lass mir bitte Zeit, es ist zu viel passiert. Ich kann noch nicht mal mehr weinen. Bitte lassen wir das heute. Ich gehe jetzt ins Bett.«

Paul erhebt sich und geht langsam auf seine Frau zu. Er will sie umarmen, sie nur in die Arme nehmen und ihr Trost und Wärme geben.

Aber Eva duckt sich tief über ihre Knie und vergräbt den Kopf in ihren Armen. »Bitte nicht, lass mich in Ruhe. Vielleicht später. Irgendwann werde ich dich wieder spüren können und wollen.«

Paul ist wie vor den Kopf geschlagen. Hilflos steht er da in seiner Not und lässt die Arme hängen.

Total verstört und verunsichert wendet Paul sich ab und holt sich ein Flasche Bier aus dem Kühlschrank in der Küche. Als er zurückkommt, ist Eva verschwunden.

»Schlaf gut, mein Liebling, wenn du mich brauchst, rufe mich bitte. Gute Nacht. Ich wecke dich morgen früh rechtzeitig«, ruft Paul und hofft, einen Gute-Nacht-Gruß zurückzubekommen.

»Schlaf auch gut, Paul, bis morgen. Mach dir keine Sorgen. Du kannst nichts dafür. Ich liebe dich; aber lass mir Zeit!«

Paul atmet auf, wenigstens spricht sie wieder mit ihm. Das richtet ihn etwas auf.

Langsam führt er sein Bier an den Mund und nimmt einen tiefen Schluck. Kühl und erfrischend rinnt es durch seine trockene Kehle. Das verschafft ihm wirklich Erleichterung, erinnert ihn an vergangene Tage und täuscht Normalität vor.

Sein Stimmungsbarometer steigt leicht an.

Flucht vor den Medien

Die Koffer sind bereits auf der Polizeiwache, damit niemand die List durchschauen kann, wenn sie morgen früh wegfahren.

Paul schaut auf seine Uhr, die er auch im Dunkel ablesen kann. Fünf Uhr dreißig. Zeit, aufzustehen. Es wird ein langer und vielleicht anstrengender Tag werden.

Leise geht er in die Küche und schaltet den Kaffeeautomaten an. Er hofft, dass Eva nicht von dem lauten Kasten geweckt wird. Aber er braucht jetzt den Kaffee. Draußen wird es langsam hell. Ach ja, die Zeitung, die morgens schon gegen fünf Uhr kommt. Ob die Polizei dem Boten gestattet hat, an den Briefkasten zu gehen?

Sie hat.

Paul sieht draußen einen dunklen Wagen stehen. Jetzt kommt ihm die Situation, in der sie beide stecken, wieder mit aller Klarheit zu Bewusstsein.

»Scheiße«, murmelt er. »Irgendwann werde ich die Schweine erwischen und wenn es mich in den Knast bringt!« Er atmet hörbar und heftig aus, ballt die Fäuste. Aber unbeherrschte Wut ist das Letzte, was sie jetzt brauchen.

Er füllt in der Küche zwei Kaffeetassen und geht wieder nach draußen, wo er die beiden Polizisten still in ihrem Wagen sitzen sieht. Die bedanken sich herzlich und Paul fragt, ob sie zur Toilette müssen oder etwas zu essen haben wollen.

»Danke, Herr Anker, wir haben gerade vor einer Stunde abgelöst. Alles klar, machen Sie sich mal in Ruhe fertig.«

Paul spürt die echte Herzlichkeit der Männer und auch ihre stille Anteilnahme. Das tut ihm gut!

Leise geht er nach oben in Evas Schlafzimmer. In der rechten Hand die große Kaffeetasse mit Milchkaffee, wie Eva ihn mag. Alles so, wie es früher tägliches Ritual war. Nur die Zeitung fehlt. Sie trägt fett auf der ersten Seite ihr Bild und als Schlagzeile: *Auricher Ehepaar in den Klauen der Kosovomafia*. Das will Paul seiner Eva nun wirklich nicht zumuten.

Eva liegt im Bett wie ein kleines Kind auf der Seite mit angezogenen Beinen. Still schaut sie ihn an.

»Hallo, Liebling, dein Kaffee. Wir haben noch etwas Zeit.« Paul befürchtet, dass das wieder gekünstelt klingt.

Eva lächelt verhalten. »Danke, Paul, ich komme gleich runter. Danke für deine Fürsorge.«

Paul meint, er müsse in den Boden versinken. Der Kloß im Hals macht ihn stumm. Mit gesenktem Kopf verlässt er den Raum.

Was habe ich ihr nur angetan?

Er denkt auch an Jane. Was hat er Eva damit angetan …

Die Zeit vergeht wie im Flug. Genau sieben Uhr dreißig sind beide fertig. Die Polizisten draußen wechseln noch schnell einige Worte mit ihrem Vorgesetzten. Der wird mit Eva und Paul zur angeblichen Vernehmung fahren.

»Ihr Freund ist bereits im Hof und wartet mit Ihren Koffern auf Sie. Alles klar?«

»Alles klar, Herr Winkler«, gibt Paul ernst zurück.

Kaum fahren sie aus der kleine Seitenstraße auf den Hauptweg Richtung Polizei, startet die Horde der wartenden Reporter die Wagen und setzt sich hinter ihr Auto. Es war wohl kaum zu verbergen, dass sie in das Polizeiauto gestiegen sind.

»Müssen ganz schön kaputt sein, die Medienhaie, nach dieser Nacht«, versucht Winkler einen kleinen Scherz.

»Ja, wir sind Berühmtheiten, sozusagen VIPs«, gibt Paul zurück. »Könnte gut darauf verzichten.«

Die Schranke zum Innenhof der Polizei schließt sich hinter ihnen und sie lassen den Pressetross zurück. Überall in der Umgebung der Polizeiinspektion suchen die Reporter nach einem Parkplatz. Das gibt Paul und Eva die notwendige Zeit, die Autos zu wechseln. Sofort verlassen sie unauffällig durch den rückwärtigen Ausgang den Hof und biegen rechts ab. Sie werden den Schleichweg über Ihlowerfehn auf die Autobahn Richtung Süden nehmen.

Achims Begrüßung im Auto ist kurz und herzlich. »Tut dein Arm noch weh, Paul?« Achim will mitfühlend erscheinen, wobei er sofort den Fehler bemerkt. Was soll er wohl zu Eva sagen? Alle schweigen betroffen. Die Stille wirkt peinlich und trennend.

»Es geht mir so weit ganz gut, Achim«, bricht Eva das Schweigen, um die Peinlichkeit zu überwinden. »Wir müssen damit fertig werden. Was du jetzt für uns tust, ist großartig. Danke, mein Freund.«

Eva hat die Situation zumindest entschärft und damit erträglich gemacht. Paul fragt sich, wo sie diese Kraft hernimmt. Er bewundert sie dafür.

Bei Riepe geht es auf die A 31 Richtung Süden. Achim legt hundertvierzig Stundenkilometer an und sieht fragend Paul an: »Wo soll's hingehen?«

Er weiß es noch nicht. Alles ist »NATO Secret«, so wie die beiden es von ihrer Soldatenzeit her kennen. Aber jetzt muss diese höchste Geheimhaltungsstufe gebrochen werden. »Etwa 700 Kilometer, mein Freund, Schwäbische Alb. Bist du jetzt geschockt?«

»Nein, ich habe mir schon so etwas gedacht. Wir werden es langsam angehen lassen. Pausen nur dort, wo uns keiner sehen kann. Leider seid ihr schon Tagesgespräch in Deutschland. Sogar Bilder haben die veröffentlicht. Eine Sauerei!«, meint Achim ganz locker. »Auf der Rückfahrt, nachdem ich euch rausgeschmissen habe, werde ich einen Umweg nach Unterfranken machen und meine Schwester besuchen. Eine ganz gute Gelegenheit!«

»Da musst du uns ja fast dankbar sein, dass wir dich so in Anspruch nehmen«, wagt Paul zu scherzen. »Leider kann ich dich nicht ablösen. Die Schulter und der Arm tun ganz schön weh. Vollgepumpt mit Tabletten bin ich auch.«

Gegen zehn Uhr sind sie in der Gegend von Köln und alle müssen mal eine Pause einlegen. Auf einem kleinen Rastplatz, der eine Toilette anbietet, steigen sie aus und vertreten sich die Beine. Zur Tarnung hat Paul eine Golfmütze aufgesetzt und eine große Sonnenbrille, was ihn total verändert. Eva hat die wilde Haarpracht zu einem Pferdeschwanz gebunden und trägt ebenfalls eine Golfmütze und eine Sonnenbrille. So leicht werden sie nicht zu erkennen sein.

»Bei der nächsten Gelegenheit werde ich eine *Bildzeitung* kaufen, da steht über so etwas am meisten drin. Sicherlich haben die auch ein Foto, woher auch immer«, sagt Achim leise beim Ausschenken aus der Thermosflasche. Der Parkplatz ist ordentlich gefüllt; aber niemand nimmt Notiz von ihnen. Das gibt Sicherheit. Sie fahren zurzeit wirklich inkognito.

Die Pause hat ihnen gutgetan. Sie dürfen sich keine Fehler erlauben, wollen sie unerkannt ans Ziel gelangen, um dort weiterhin ihre Tarnung beibehalten zu können. Das wird nicht leicht sein, da sich Patienten und Kurgäste stets intensiv mit den anderen Gästen beschäftigen. Es gibt nun mal nicht viel mehr zu tun in einer Kur oder einem Rehabilitationsaufenthalt. Wie das ablaufen soll, werden sie noch eingehend mit der Klinikleitung besprechen müssen.

Bald wechseln sie auf die A3 Richtung Frankfurt. Keine Staus behindern und nerven sie. Ihre Unterhaltung beschränkt sich auf allgemeine Themen. Gegen vierzehn Uhr sind sie schon auf der A 5 Richtung Stuttgart. An einem Autohof beschließen sie die nächste Rast.

»Ja, schaut nur, die haben einen dicken Artikel und natürlich auch ein Bild von euch drin.« Wütend zeigt Achim die *Bildzeitung*, die er am Kiosk erstanden hat. »Das ist nicht gerade gut für euch, wenn ihr nicht erkannt werden wollt.«

»Nicht zu ändern«, meint Paul erstaunlich ruhig und gelassen. »Zum Glück sind wir ja nicht die Verbrecher. Aber wir sollten schon unerkannt bleiben. Ich weiß nicht, was da noch alles auf uns zukommt.« Zum Glück ist Eva gerade zur Toilette, als er das sagt. Er kann seine Frau zurzeit nicht realistisch über die Gefahr aufklären. Sie hat einfach zu viele eigene Probleme zu bewältigen.

»Wie man Eva das beibringen soll, ist mir ein Rätsel. Still, da kommt sie!« Achim faltet schnell die Zeitung zusammen und steckt sie Paul zu.

»Ihr könnt mir ruhig den Mist zeigen, den die da schreiben«, bricht es trotzig aus Eva heraus. »Ich bin schließlich kein kleines Kind. Hört bitte mit dem Versteckspielen auf.«

Beide schweigen betreten.

Paul will etwas Kluges sagen, etwas aus der Verlegenheit heraus.

»Bitte, lass es sein«, unterbricht sie ihn schon im Ansatz. »Ich bin nicht dumm, wie du weißt. Also spielt mit offenen Karten. Ich kann das ab. Jetzt will ich einen Kaffee haben und die Zeitung lesen.«

Eva hat wieder einmal alle verblüfft mit ihrer Selbstsicherheit und ihrem klaren Blick. Sie, die am meisten gelitten hat, beherrscht die Situation. Ob ich so stark wäre an ihrer Stelle, sinniert Paul?

Die Pause zwischen den vielen Menschen, zumeist Trucker, tut ihnen gut. Es vermittelt ihnen ein Gefühl der Normalität. Hier zwischen den rauen und in ihrer Art ehrlichen Typen fühlt sich Paul wohl und sicher.

»Noch etwa zwei Stunden, wenn alles gut geht!«, murmelt Achim, als sie wieder auf der Autobahn sind.

»Bad Urach, hab ich noch nie gehört. Scheint am Arsch der Welt zu sein«, meint Paul.

»Besser als ein berühmtes Bad, wo man uns sofort erkennt«, kommt es leise von der Rückbank. »Denkt bitte daran, dass ich Maria Kruse heiße. So kommen mein Mädchenname und der zweite Vorname wenigstens wieder zu Ehren, Herr Kruse.«

»So können wir aber keine Waschmaschine kaufen, mit der falschen Unterschrift, Frau Kruse.«

Das heitert sie zumindest etwas auf.

Dann sind sie endlich da.

»Sieht ja gut aus, was man euch ausgesucht hat. Ganz schön edel. Hier kann man sich wohlfühlen.« Achim nickt anerkennend.

Die kleine und gemütliche Stadt auf der Schwäbischen Alb und der große Komplex der Kurklinik des Gesundheitszentrums sind vielleicht die richtige Umgebung, um für einen gewissen Zeitraum inkognito zu bleiben. Aber das bleibt abzuwarten. Auch hier wird Zeitung gelesen und Fernsehen geguckt.

Eva will sich sofort, vielleicht noch heute, die Haare kurz schneiden lassen. Paul lässt sich schon seit gestern einen Bart stehen. Wo immer es möglich ist, wollen sie beide eine Sonnenbrille tragen. Mit geringen Mitteln kann man sich verändern und somit eine gute Tarnung aufbauen. Sie müssen zumindest die ersten zwei Wochen unerkannt überstehen, um für Eva einen Erfolg bei der Aufarbeitung der Ereignisse zu erreichen.

Achim parkt den Wagen nicht direkt vor dem Empfangsportal, sondern fährt sofort auf den Parkplatz. Das Auricher Nummernschild könnte sie verraten. Paul geht erst einmal ganz allein mit den Papieren in die Klinik, um mit den Verantwortlichen zu sprechen. Man hat sie vorab von Aurich aus eingeweiht.

Die moderne Rezeption in der weitläufigen Halle mit der wohltuenden Stille einer Kurklinik wirkt sofort beruhigend auf Paul. Die gesamte Atmosphäre vermittelt gehobenes Hotelflair. Die freundliche Dame an der Rezeption blickte ihn mit erkennendem Lächeln an, als er sich mit dem Namen Kruse meldet.

»Herzlich willkommen! Sie werden schon erwartet, Herr Kruse. Wo ist denn Ihre Frau?«

»Sie wartet mit dem Freund draußen, der uns chauffiert hat«, erwidert Paul die herzliche Begrüßung mit einem gewinnenden Lächeln. »Ich brauche nur etwas Hilfe. Sie sehen schon, mein Arm und die Schulter …«

Die Koffer werden von einem der vielen Helfer auf die Zimmer gebracht und Paul und Eva müssen sich nun von Achim verabschieden.

»Machen wir's kurz«, scherzt Achim. »Ich will euch ja nicht weiterhin den Tag versauen. Passt auf euch auf!«

»Das werde ich dir nicht vergessen, mein Freund. Fahr vorsichtig und halt die Schnauze!« Paul drückt Achim kurz an sich und übergibt ihn an Eva, die ihrem Freund nur ganz flüchtig und scheu die Hand reicht.

»Danke, Achim. Wir machen's mal wieder gut.« Mit feuchten Augen verabschiedet sie sich von Achim, der sich noch etwas im Bistro der Klinik ausruhen und in Ruhe einen Kaffee trinken will.

Dann sitzen sie der Leiterin der Klinik gegenüber, die ihre Situation kennt. Die administrativen Dinge werden in Ruhe abgehandelt.

Abschließend erklärt die Leiterin: »Sie werden hier beide die beste Unterstützung bekommen, die Sie in Ihrer

Situation brauchen. Für uns sind Sie das Ehepaar Kruse. Sie müssen nur versuchen, diese Tarnung aufrechtzuerhalten. Ansonsten könnte das Medieninteresse um Ihre Personen für unsere Patienten störend sein. Dann müssten wir uns gemeinsam nach einer anderen Lösung umsehen. Bitte haben Sie Verständnis dafür.«

Sie kommen überein, dass Eva sich sofort die Haare schneiden lässt und beide die ersten Tage das Essen auf ihren Zimmern einnehmen werden.

Nach dem Bezug der Zimmer werden sie getrennt zu den behandelnden Ärzten gerufen.

Abschied von Eva

Eine halbe Stunde lang wird Paul von dem Klinikarzt und anschließend von einem Chirurgen untersucht. Die Wunde wird ihm keine großen Schwierigkeiten machen, wenn er sich noch eine Weile schont.

Aber dann kommt der Schock. Nach einem kurzen Gespräch eröffnet ihm der Arzt, dass er besser nicht in der Klinik bleiben sollte, wenn sie den Erfolg von Evas Therapie nicht gefährden wollen. »Die seelischen Wunden sind zu tief, Herr Anker. Sie sollten Ihre Frau in unserer Obhut lassen und woanders zur Ruhe kommen. So wird das nichts, tut uns sehr leid!«

»Also gut«, stimmt Paul nach kurzer Überlegung zu, »ich werde morgen früh mit der Bahn abreisen. Eine Nacht werde ich wohl noch bei Ihnen sein dürfen.«

Sie kommen überein, dass Paul noch eine gute Stunde mit Eva verbringen kann. Dann gibt es einen Abschied für einige Wochen. Diese Entwicklung haben sie nicht vorausgesehen; aber es gibt wohl kaum eine andere Lösung.

Enttäuscht von dieser Nachricht verabschiedet sich Paul

von den Ärzten, nachdem noch einmal sein Arm und die angeschossene Schulter versorgt wurden.

»Ihre Frau ist auf Zimmer 45«, informiert ihn die Dame an der Rezeption. »Sie können jetzt zu ihr. Ihr Zimmer ist Nr. 40. Ich habe gehört, dass Sie morgen früh abreisen werden, Herr Kruse.« Sie gibt ihm in freundlicher Distanz zu erkennen, dass die Sache endgültig ist.

Das Gespräch wird vom Klingeln seines Mobiltelefons unterbrochen. Verlegen nimmt Paul in einer Ecke den Anruf entgegen. Er kann die missbilligenden Blicke der Dame an der Rezeption spüren. Mobiltelefone sind wohl nicht gerne gesehen. Er meldet sich mit belegter Stimme; aber niemand antwortet. Er spürt nur, dass an der anderen Seite jemand heftig atmet und lauscht.

»Was wollen Sie von mir?«

Niemand antwortet, nur Atmen auf der Leitung. Das Geräusch liegt wie eine unsichtbare Warnung in der Luft.

»Lassen Sie mich in Ruhe, Sie Mistkerl, was wollen Sie noch? Ist es nicht genug, was ihr meiner Frau angetan habt?«

»Dich, nur dich wollen wir haben, Paul Anker. Mit deiner Frau haben wir nichts zu tun!«, antwortet eine fremdländisch klingende Stimme. Der kehlige Unterton ist unverkennbar für Paul, obwohl der Mann keine Schwierigkeiten hat, Deutsch zu sprechen. Das muss ein Albaner sein. Für Paul gibt es keinen Zweifel.

So plötzlich, wie das Gespräch begonnen hatte, ist es zu Ende. Paul fühlt sich wieder einmal hilflos. Woher hat der Anrufer seine Handynummer? Es ist die alte Nummer, die er schon in Albanien hatte. Also nicht schwer, sich diese zu besorgen. Er sollte sie baldigst ändern. Gewalt wäre jetzt für ihn das Mittel seiner Wahl, um einiges zu bereinigen. Aber gegen wen, gegen was und wie?

Paul ist hilflos. Er steckt mit Eva tief drin im Elend und er sieht keine Lösung der Probleme. Ihm wird schwindelig, er muss sich an der Wand abstützen.

»Geht es Ihnen nicht gut, Herr Kruse?«, holt ihn die freundliche, aber besorgte Stimme der Empfangsdame in die Wirklichkeit zurück. »Setzen Sie sich erst einmal hier hin.«

Paul wird sanft aber bestimmt in einen Sessel gedrückt und sieht die besorgten Gesichter der umstehenden Patienten. Das anrückende Klinikpersonal sieht er wie im Traum um sich herum aufgebaut.

»Ist schon wieder in Ordnung mit mir«, hört Paul sich selbst sagen. »Alles in Ordnung, war wohl etwas viel für mich. Ich gehe jetzt auf meine Stube. Danke!«

Paul ist das sehr peinlich. Nie hätte er gedacht, dass er so sensibel reagieren könnte. Das ihm, dem robusten Typen, den nichts so schnell umwerfen kann!

In Begleitung eines Krankenpflegers begibt sich Paul auf sein Zimmer, das er nur für eine Nacht beziehen wird. Er wird wohl mit der Bahn nach Hause zurückfahren. Die Verletzung kann auch dort heilen, und er will in Ruhe und allein überlegen, wie es weitergehen soll. Telefonisch bittet er die Dame am Empfang, ihm eine Karte nach Aurich zu besorgen. Den Koffer wird er aufgeben müssen, da er nur mit Mühe etwas tragen kann.

Der Anruf vorhin hat ihn darin bestärkt, dass es richtig ist, zu gehen.

Paul sieht sich kurz in dem Zimmer um. So gut hat er selten gewohnt. Wie ein Fünf-Sterne-Hotel. Jedenfalls wird sich Eva hier wohlfühlen.

Sachte klopft er an die Tür zu Nummer 45. »Eva, ich bin's, Paul. Darf ich reinkommen?«

Die Tür geht sofort auf, als hätte Eva auf diesen Moment gewartet.

Eine fremde Frau steht vor ihm. Eine Frau mit einer Frisur wie Marlene Dietrich. Die lange Pracht ist gekappt. Die Haare berühren noch knapp die Schultern, und die Naturwellen umrahmen ihr ausdrucksvolles und schönes Gesicht wie ein strahlender Kranz.

Paul bleibt im ersten Moment atemlos stehen. »So kannst du immer bleiben, *güzelim*!«, haucht er hingerissen.

Eva versteht das türkische Kompliment gut, da sie etwa so viel Türkisch kann wie Paul. Meine Schöne heißt es, und Paul meint es ehrlich. Eva war schon immer eine schöne und attraktive Frau; und der neue Haarschnitt lässt sie jugendlich wirken. Aber ihr ist sichtlich nicht nach Komplimenten zumute. Sie wirkt verschlossen, nachdenklich und auch etwas ängstlich, was Paul nie zuvor an ihr bemerkt hatte.

»Lass uns spazieren gehen, Eva; ich muss dir etwas sagen«, schlägt er vor.

»Lass uns hierbleiben, Paul. Ich weiß schon Bescheid. Du sollst nicht hierbleiben. Meine Therapie.«

»Vielleicht ist das besser so, Eva. Ich könnte als Störfaktor wirken. Morgen früh fahre ich nach Hause. Es wird schon gut gehen.« Paul will Eva umarmen, so wie früher. Aber sie weicht zurück.

»Sei mir nicht böse, Paul. Lass mir Zeit. Es wird schon wieder werden.« Eva spricht mit leiser Stimme, den Blick nach unten auf den Boden gerichtet. Total verstört wirkt sie. Wie ein kleines Mädchen.

Paul versteht sie. Da gibt es nicht viel zu reden.

Sie kommen überein, heute im großen Speisesaal zusammen zu Abend zu essen. Man wird sie kaum erkennen. Da sind sie sich sicher.

So ist es auch. Sie sitzen zusammen mit vier anderen Männern und Frauen an einem großen Tisch. Obgleich es nicht leicht für die beiden ist, wieder unter Menschen zu sein, lenkt es sie doch etwas von ihren Problemen ab. Die Vorstellung bei den Tischnachbarn verläuft problemlos. Man interessiert sich mehr für Eva, da sie bleiben wird. Eva hat es den begierig lauschenden Neugierigen schon mitgeteilt. Paul ist da aus dem Rennen. Morgen wird er vergessen sein.

»Habt ihr das in der Zeitung gelesen, das mit der vergewaltigten Frau und ihrem Mann in Ostfriesland? Da kommt ihr doch her. Kennt ihr die? Na ja, zum Glück war die Frau ja nicht mehr so jung. Tut dann nicht mehr so weh.«

Eva erstarrt und Paul stößt sie unter dem Tisch sanft an. Paul hatte so etwas erwartet. »Nein, die kennen wir nicht. So klein ist Ostfriesland ja auch wieder nicht.« Er versucht die Situation zu entschärfen und lenkt sofort ab, indem er nach dem Wohlbefinden der Anwesenden fragt.

Eva entschuldigt sich, nachdem sie nur ihre Vorsuppe gelöffelt hat. Paul sagt kurz darauf ebenfalls Guten Abend.

Beide schweigen betreten.

Bevor sie sich verabschieden, da Paul schon frühmorgens am Bahnhof sein muss, machen sie noch einen kleinen Rundgang im umliegenden Gelände. Der Spaziergang verläuft schweigend. Eva hat an ihrem Problem zu arbeiten. Paul denkt über die Zukunft nach, da ihn der Anruf aufgeschreckt hat.

Vor der Tür vor Evas Zimmer verabschieden sich zwei Menschen, die nicht wissen, wie sie wieder zueinanderfinden können.

Unbekannte Gefahr

Für Paul läuft am nächsten Tag alles glatt. Seine Verkleidung ist nahezu perfekt. Niemand erkennt ihn mit der Mütze, der Sonnenbrille und dem Dreitagebart.

Die Polizei ist erstaunt, ihn wieder in Aurich zu sehen. Der Hausarzt, bei dem er sich sofort gemeldet hat, ist etwas sauer, wie er an seinem Verhalten merkt. So viel Anstrengung für einen Verwundeten findet der Mediziner nicht okay.

Am Haus ist alles ruhig. Die neugierigen Reporter haben sich längst verzogen.

Paul meint, dass er nun zu irgendeiner Entscheidung kommen muss. Eva wird ja irgendwann nach Hause kommen, und er möchte sie aus der zukünftigen Entwicklung herausgehalten. Er weiß nur nicht, wie er das anstellen soll. Bevor er aber wieder Pläne schmiedet, seinen alten Job aufzunehmen, muss er das mit Eva geklärt haben.

Die Kontakte zur Polizei sind in den nächsten Tagen auch wieder häufiger. Der BND will in drei Tagen wieder einmal bei ihm aufschlagen. Nur vom Auswärtigen Amt hatte sich Paul etwas mehr versprochen. Lapidare Ausreden, dass die Sache ja nunmehr in den Händen der Polizei und des BND sei. Keine konkrete Hilfe für ihn in dieser schwierigen Situation. Das enttäuscht ihn doch sehr. Die Politik will wohl nicht in die Verantwortung oder gar in Regress genommen werden. Diplomatische Zurückhaltung wird das höflich genannt.

Aber anfangen könne er sofort wieder bei der Mission, wenn er nur wolle, teilt man ihm mit.

Paul will nicht zurzeit. Er hat wirklich andere Probleme. Er wartet! Aber auf was wartet er? So richtig weiß er das nicht. Etwas wird passieren. Er spürt es.

Mit Eva hat er erst einmal kurz gesprochen. Sie rief ihn an. Das war wohl auf Anraten ihrer Ärzte geschehen, um Paul zuvorzukommen. Sie wollen nicht, dass er Unruhe in die Behandlung bringt. Er akzeptiert das, obwohl er gerne länger mit Eva gesprochen hätte.

So vergehen die ersten drei Tage zu Hause, in denen Paul mal gerade in der Nähe zum Einkaufen schleicht. Es ist seltsam ruhig und still in seinem Leben. Nur die gelegentlichen Anrufe oder kurzen Besuche der Polizei und die telefonischen Gespräche mit dem AA unterbrechen diese Ruhe.

Es ist aber keine erholsame Ruhe, in der er lebt. Seine Gedanken kreisen ständig um seine Frau, die erlebte Gewalt und auch um Schuldgefühle, die er einfach nicht loswird.

Aber dann explodieren die Ereignisse.

Wieder ein Anruf auf seinem Handy. Nur Atmen, keine Worte. Auch Paul ist still. Was sollte er auch schon groß sagen? Aber das rüttelt an seiner psychischen Stimmungslage. Es macht ihm Angst. Etwas wird passieren. Unter diesen Umständen kann er nicht agieren; er wird nur reagieren können.

Die Polizei ist über die neueste Entwicklung informiert. Mit dem BND wird er morgen sprechen.

Pauls Angst um Eva wächst, obwohl sie in der Klinik sicher zu sein scheint.

Der Kanun lässt Frauen und Priester nicht ins Blut fallen. Die Blutrache kann nur an ihm oder einem männlichen Mitglied der Familie vollzogen werden. Inwieweit aber die geheimnisvolle Organisation noch an ihm oder einem Racheakt interessiert ist, kann er nicht einschätzen. Dass es die UCK ist, kann er einfach nicht glauben. Die hat genug mit ihrem Freiheitskampf und der chaotischen Führungsorganisation zu tun, in der ständig heftige interne Machtkämpfe stattfinden. Solche Organisationen wollen sich auch tunlichst aus dem Fokus der internationalen Fahndung heraushalten. Als Befreiungsarmee brauchen sie schließlich die internationale Unterstützung und Anerkennung. Da sieht Paul die geringste Gefahr zurzeit; aber das wird morgen bestimmt der BND besser wissen und ihn vielleicht beraten.

Die Lage wird immer undurchsichtiger.

Die sporadischen Telefonanrufe der Medien machen ihn auch nicht ruhiger. Sie wissen nun, dass er wieder zu Hause ist. Paul gibt, in Absprache mit der Polizei, keine Kommentare ab. Die ersten Aspiranten haben sogar wieder an der Tür geklingelt. Paul ist da sehr bestimmt und zurückhaltend. Keiner kommt an ihn ran. Aber es nervt. Nun wollen sie natürlich wissen, wo Eva ist. Es wird nur eine Frage der Zeit sein, dass sie das auch noch herausfinden.

In den Tageszeitungen wird es langsam still um ihn. Das wird sich aber schnell ändern, wenn die Reporter eine neue Spur haben.

Dann sitzen sie wieder zusammen am Küchentisch in seinem Haus, der BND und Paul.

»Herr Anker, schauen Sie sich das Bild an. Sie werden doch so etwas abkönnen, oder?« Mit ernster Miene schaut ihn der Beamte an.

Paul nickt und nimmt das Foto ohne Zögern an. Auf dem Farbfoto ist ein offensichtlich toter Mann zu erkennen. Er liegt auf dem Rücken in einer großen Blutlache. Der Mund ist weit geöffnet. Aus dem blutigen Schädel ist eine graue Masse ausgetreten.

»Kennen Sie den Mann? Schauen Sie genau hin.«

Paul muss verneinen.

Langsam dreht der BND-Mann das Foto um. »Lesen Sie, Herr Anker, dann werden Sie verstehen!«

In sauberer Schrift ist in Deutsch geschrieben: *So geht es allen, die nicht unseren Befehlen gehorchen und unsere Ehre und Sache in den Schmutz ziehen. Ich habe Eva Anker entehrt und meinem Land Schande zugefügt. Sami Haxhiu*

Paul ist sprachlos. Alle Farbe ist aus seinem Gesicht gewichen. Er steht auf und schaut stumm aus der großen Glastür in den Garten.

»Was soll das?«, fragt er schließlich. »Wo haben Sie das her? Wer hat ihn ermordet?«

»Wir haben das von der deutschen Botschaft in Belgrad, die eine Vertretung in Pristina hat. Denen ist das zugestellt worden. Wahrscheinlich eine Gruppe der UCK, der diese Sache nicht ins Bild passt. Aber klar ist es nicht, dass die es waren. Die werden das kaum zugeben. Das schädigt ihr Ansehen international. Ein Anruf ist übrigens auch noch danach in der Botschaft eingegangen mit der Aussage, dass den anderen Ehrlosen das gleiche Schicksal ereilen wird. Wir sollen Sie davon unterrichten. Das war's, Herr Anker.«

»Können wir Ihre Frau sprechen und ihr das Bild zumuten?«, fragt der andere. »Wir brauchen eine Bestätigung der Identität des Toten. Vielleicht kann Ihre Frau ihn ja identifizieren?«

Paul überlegt nicht lange und antwortet bestimmt: »Nein, meine Frau ist absolut aus dem Spiel. Es ist zu viel geschehen. Sie ist in psychiatrischer Behandlung in einer Klinik. Ich werde ihr das nicht antun und die Therapie damit gefährden.«

Sichtlich enttäuscht packen die Männer ihre Notizen zusammen und geben zu verstehen, dass das der Hauptgrund ihres heutigen Gespräches gewesen war.

»So kommen wir kaum weiter, Herr Anker. Wir haben uns mehr von der Zusammenarbeit mit Ihnen versprochen. Das war und ist immer noch eine gute Gelegenheit, ein umfassenderes Bild über die internationalen Machenschaften der UCK und ihrer Splittergruppen in Europa zu erfahren. Sie sollten enger und williger mit uns zusammenarbeiten und uns dabei behilflich sein. Wir wissen übrigens über Ihre Zeit auf dem Balkan mehr über Sie, als Sie ahnen. Wir haben Sie natürlich ständig *getraced*. Auch das Thema Jane ist uns bekannt aus Tirana«, gibt der Wortführer genüsslich lächelnd von sich.

In Paul explodieren die Emotionen. Er springt auf. »Jetzt, wo das Kind in den Brunnen gefallen ist, kommen Sie als der große Zampano an und versuchen die Sache als Ihr Verdienst zu verkaufen?! Sie haben immer etwas anderes verfolgt mit mir. Sagen Sie Ihrem Vorgesetzten, Ihr Angebot an mich, als Maulwurf für diese Organisation – eventuell also für die UCK – zu arbeiten, lehne ich ab. Sollte ich einen Ansatzpunkt haben, bei dem ich die Handschrift Ihres Vereins erkenne, treffen wir uns vor Gericht. Ich werde in Zukunft nur noch unter dem Zwang der staatsbürgerlichen Pflicht mit Ihnen zusammenarbeiten. Für heute ist unser Gespräch zu Ende, meine Herren.« Paul weist mit der Hand zur Tür.

»Aber Herr Anker, wir sollten doch unsere Zusammenarbeit nicht auf diese Basis stellen. Wir wollen Ihnen doch nur helfen, wobei die Sicherheit des Staates natürlich unser primäres Ziel ist«, versucht der zweite Agent die Situation mit sanfter Stimme zu entschärfen.

»Geben Sie mir ein Bild von dem Toten. Sie werden ja wohl eine Kopie haben. Es ist ja schließlich eine Sache, die mich und meine Frau angeht.« Paul streckt fordernd die Hand aus.

»Das geht nicht, das sind vertrauliche Unterlagen, die wir nicht herausgeben. Demnächst sehen wir den Toten sonst womöglich in der *Bildzeitung* wieder. Nein. Unter keinen Umständen!«

Die Männer nehmen ihre Aktentaschen und wenden sich zum Gehen.

»Wenn Sie Ihre Meinung über uns ändern sollten, so rufen Sie uns an, Herr Anker. Wir müssen die Sache ohne Emotionen sehen. Denken Sie nicht, dass es damit schon zu Ende ist.«

Paul hält die Haustür auf und lässt die Agenten nach draußen. Der eine dreht sich noch einmal um und will etwas sagen. Paul kommt ihm zuvor. »Versuchen Sie nicht, mich mit Jane zu erpressen. Das wird schiefgehen, meine Herrn!« Er schlägt die Tür zu.

Paul hat ein gutes Gespür für Situationen, menschliches Verhalten, und er hat während seiner Laufbahn als militärischer Vorgesetzter und als Beobachter auf dem Balkan Offenheit im Umgang mit Menschen entwickelt. Hier stimmt etwas nicht. Der BND spielt nicht mit offenen Karten. Wie weit hatten dessen Agenten die Finger in diesem Spiel von Anfang an? Einige dieser Mitarbeiter verselbständigen sich manchmal in ihrer Rolle.

Er muss alles noch einmal durchdenken und analysieren. Zurzeit verliert er langsam den Überblick.

Anruf in die Vergangenheit

Die Drohung mit Jane gibt Paul zu denken und macht ihn nervös.

Hastig steckt er seine Geldbörse und sein Notizbuch mit den Telefonnummern ein. Er muss Jane anrufen; aber nicht von seiner Hausleitung aus. Die wird abgehört. Mit seinem Einverständnis und vielleicht auch ohne. Da ist er sich sicher. Hier wird mit harten Bandagen gekämpft nach der Art internationaler Sicherheitsdienste.

Mit dem Fahrrad fährt Paul zur Postniederlassung im Einkaufszentrum *Carolinenhof* und hängt sich sofort an die Strippe.

Das Wunder der internationalen Kommunikation klappt. Er erreicht Jane sofort an ihrem Mobiltelefon. »Hallo, Jane, hier Paul. Du wirst mich doch nicht vergessen haben?«

Hastiges Atmen auf der anderen Seite: »Paul, wie lange habe ich auf einen Anruf gehofft und gewartet.« Paul kann die Freude in ihrer Stimme nicht überhören. Für sie war die Nacht wohl nicht nur ein erotisches Abenteuer. Es war mehr. Da ist er sich sicher.

Nun muss er sie enttäuschen.

Schnell hat er Jane die Sache mit dem BND erklärt und die Brisanz für seine Ehe. Jane hat sofort begriffen; der deutsche CIA, meint sie.

Sie hat niemandem davon erzählt. Sie ist sich auch sicher, dass in dem Zimmer keine Kamera lief. Woher sollten die wissen, dass Paul mit Jane zusammen sein würde? Wo war also die Schwachstelle? Wo war der Maulwurf?

Der arme Jo schweigt leider für immer; aber der war auch zu naiv und ehrlich für so einen Verrat. Vielleicht war er zu diesem Zeitpunkt auch schon tot?

Es kann nur jemand vom Hotelpersonal gewesen sein. Oder war es vielleicht der Mörder von Jo?

Es wäre nicht schwer gewesen, eine Kamera vom oberen Zimmer oder von einem Zimmer nebenan mit einem Mikrofon über der Balkontür zu positionieren. Aber die Krasniqis und die Vollstrecker der *gjakmarrje*, der Blutrache, arbeiteten wohl kaum mit solchen Methoden. Das war zu hoch für sie, und sie wollten auch nicht seine Diskriminierung, sondern seinen Tod. Die Idee mit der Kamera war wohl auch mehr eine Sache für James Bond.

Jane verspricht, die Augen und Ohren offen zu halten, um etwas über den Umfang der Spitzelaffäre zu erfahren. Sie ist entsetzt und wütend. Dass sie eine Schwachstelle sein könnte, ist für Paul undenkbar. Oder?

Paul schwört sie noch einmal ein, die Nachforschungen insbesondere auf das Hotelpersonal zu legen. Wenn Jane von der Küste zurückkommt, wo sie als Archäologin arbeitet, nimmt sie immer Unterkunft im feinen Hotel *Rogner*.

»Paul, wann werden wir uns wiedersehen? Paul, ich …« Janes Stimme versagt und er hört ein trockenes Schluchzen durch die Leitung. Er weiß nicht, was er sagen soll, wie er sich verhalten soll. Dass Jane diese Nacht so ernst genommen hat und nicht nur als ein erotisches Abenteuer sieht, hat ihn aufgerüttelt.

Paul merkt, dass man mehr als einen Menschen lieben kann. Auch er mag Jane mehr als über den flüchtigen Bekanntheitsgrad hinaus. Er hat das schon früher bemerkt. Es entsetzt ihn. Sein Schuldgefühl gegenüber Eva wächst und macht ihn hilflos.

Jane wartet auf ein Wort von ihm. Er ist es ihr wohl auch schuldig.

»Jane, du weißt doch, was hier vorgefallen ist in meiner Heimat, und was mit Eva geschah? Ich habe wohl nach unseren moralischen Vorstellungen gesündigt; aber damit muss ich fertig werden. Können wir nicht gute Freunde bleiben, Jane? Ist das nicht auch etwas?« Paul redet wie mit Engelszungen und ist selbst über seine Kraft erstaunt, die er in seine Worte legt.

Jane ist zu intelligent und anständig, als dass sie ihm und damit auch sich das Leben schwerer machen würde, als es ohnehin zurzeit ist. »Ich verstehe dich, Paul. Es wäre nur zu schön gewesen; denn ich liebe dich. Ich habe das erkannt, nachdem du weg warst. Ich hatte Angst um dich und deine Frau, als ich davon in der Zeitung las. Lass uns nach vorne schauen und hoffen, dass es gut ausgeht. *Take care*, Paul!«

»Jane, Jane, so hör doch, ich ...! Jane!«

Aber Jane hat die Notbremse in diesem Gespräch zwischen Realität und Vision gezogen und aufgelegt.

Wütend auf sich selbst geht Paul langsam zu dem Bäckerladen mit Kaffeeausschank und holt sich eine Tasse. Er ist total durcheinander. Können Menschen eine solche Bindung entwickeln nach einer so kurzen Zeit?

Es wäre vorstellbar, dass enttäuschte Liebe undenkbare Reaktionen hervorrufen könnte. Kann es sein, dass Jane ihn belügt und im geheimnisvollen Spiel eine Rolle besetzt? Eigentlich kann nur sie geplaudert haben. Wissentlich oder zufällig gedankenlos. Es gibt im Leben und gerade auf dem Balkan stets ein Ohr, das hinhört, und ein Auge, das etwas erhascht.

Paul will und kann diesen Gedanken nicht weiterverfolgen. Er will nicht unfair werden und fühlt sich schmutzig bei seinen Gedankenspielen.

Vielleicht hätte er wissen müssen, dass Jane die Nacht nicht nur als ein flüchtiges Abenteuer ansah. Dann hätte er diesen Anruf nicht machen dürfen. Aber er braucht Klarheit. Allein wird er es nicht schaffen. Zu viele sind darin verwickelt.

»Hallo, sind Sie nicht der Herr Anker, der Mann vom Balkan?« Der Mann mit der Kamera im Anschlag ist schon fleißig dabei, die ersten Bilder zu schießen. »Hätten Sie nicht einen Moment Zeit für mich, Herr Anker? Es soll ja Ihr Schaden nicht sein. Die Menschen haben ein Anrecht auf Information.«

Paul muss sich beherrschen. »Verschwinden Sie sofort und löschen Sie diese Bilder, Sie unverschämter Kerl!«

Die Menschen, die vorbeieilen, bleiben stehen und haben ihr *highlight of the day*. Endlich geschieht mal was in der Provinz. Aber für Paul ist das eine Provokation, insbesondere in diesem öffentlichen Rahmen.

»Komm, Paul, erzähl doch endlich mal was. Wir wollen wissen, was da los ist!«, ruft aus der Menge einer der Neugierigen. Paul kann ihn jedoch nicht erkennen.

»Haut alle ab, ihr widerlichen Typen. Ihr wollt zivilisierte Europäer sein? Schämt ihr euch denn gar nicht? Ist es nicht genug, was man meiner Frau und mir angetan hat und dass Menschen sterben mussten?« Paul hat seine Haltung wiedergefunden und schaut betont provozierend in die Runde.

Beschämt schauen einige nach unten, und die Menge löst sich langsam auf. »Lassen wir ihn in Ruhe. Er hat ja recht!«

Paul streckt fordernd seine Hand aus: »Die Bilder löschen, sofort, ansonsten hole ich mir die Kamera!« Seine Drohung ist nicht zu übersehen. »Schnell, ich kenne da keine Grenzen!«

Der Sensationsjäger scheint aber ein Profi zu sein. Wie ein Sprinter rennt der Mann durch die Halle und verschwindet durch einen Seitenausgang. Paul hat da keine Chance. Der Typ ist zu jung, gut trainiert und trägt Sportschuhe. Einer, der die Jagd auf ihn schon lange betreibt. Nun hatte er Erfolg. Diese Bilder und die Szene mit den Schaulustigen sind bares Geld für ihn.

Damit werden Eva und Paul in den nächsten Monaten, solange die Sache heiß ist, leben müssen.

Schwere Gedanken

Endlich wieder zu Hause!

Paul setzt sich mit einer Flasche Bier erschöpft aber wütend in den Garten. Er überlegt krampfhaft. Wie soll das weitergehen? Unter diesen Bedingungen sieht er schwarz für seine Ehe. Immer im Fokus der Öffentlichkeit zu stehen, hält man nicht lange durch. Auch die Bemerkung des BND über die Affäre mit Jane in Tirana wäre im Falle einer Weitergabe an Eva ein absolute Katastrophe für ihre Partnerschaft. Eva hat zu viel Stolz. Sie würde mit diesem Betrug nicht leben können, nachdem ihr schon so viel angetan wurde.

Wie wird sich die geheimnisvolle Organisation weiter verhalten? Es ist in Sicherheitskreisen bekannt, dass die vielfältigen Strömungen innerhalb der UCK und der angedockten kriminellen Organisationen keiner homogenen Kontrolle und Führung unterliegen. Ständige Machtkämpfe um die Führungspositionen oder Familien- und Claneinflüsse machen die UCK unberechenbar. Schnell kann sich da eine andere Sichtweise entwickeln und ihr Leben beeinflussen ... Obwohl er hofft, dass die Befreiungsarmee des Kosovo zurzeit andere Probleme hat. Derzeit wird sie von den US-Amerikanern als terroristische Vereinigung angesehen, was die Sache auch nicht besser macht.

Paul sieht das als erfahrener Monitor auf dem Balkan differenzierter und aus seiner sehr persönlichen Perspektive. Schließlich ist er tief mit der Problematik der Konfliktsituation auf dem Balkan vertraut. Er würde auch kämpfen, wenn seine Familie in permanenter Lebensgefahr schwebte. Zum Glück wurde er nicht vor solche Entscheidungen gestellt.

Oder was ist das zurzeit in seinem Leben? Ist er nicht schon längst ein Teil dieses unseligen Konfliktes? Muss er nicht anfangen, das Heft selber in die Hand zu nehmen? Muss er nicht seine Frau und sich verteidigen? Der Handlungsspielraum der Polizei zu ihrem Schutz ist ausgeschöpft. Es kann sie überall treffen.

Wo ist der Schatten der Familie Krasniqi? Wie dicht ist er bei ihm? Wie kann er sich vor dieser Rache schützen? Er schätzt die Gefahr von dieser Seite als sehr hoch ein. Die Gefahr ist nicht greifbar, sie ist nicht zu definieren. Ein Mann ist hinter ihm her. Ein Mann, der den Willen einer vermeintlich entehrten und zu allem entschlossenen Familie im entfernten Albanien in sich trägt. Vielleicht ist da nicht nur ein Mann? Er weiß es nicht. Er weiß nur, wie der Auftrag lautet: Tod dem Deutschen. Albanien kann überall sein, der Kanun lebt, auch in den USA oder in Pauls Heimat, in Deutschland.

Wie wird sich der BND verhalten, wenn Paul auf seiner Weigerung beharrt, als *undercover agent* einzusteigen? Würde der BND sein Wissen von Pauls Affäre mit Jane in Tirana weitergeben; vielleicht sogar an Eva? Das wäre mit Sicherheit das Ende seiner Ehe. Paul ist in der Zwickmühle. Er hat kaum Spielraum. Dafür fehlen die Voraussetzungen in seiner Situation. Keine persönliche Waffe, die er legitim einsetzen darf. Keinen Zugang zu den Sicherheitsdiensten und ihren Informationen. Kein ungehinderter Bewegungsspielraum auf dem Balkan, wenn er nicht seinen Diplomatenausweis wiederbekommt. Dann wird er aber für alle erkennbar sein. Anonym wird man ihn nicht als Monitor mit diplomatischem Status einsetzen. Keine Verbindung zur Familie Krasniqi, die seinen Tod will. Also, was kann er tun? Soll er sich verstecken? Aber wo?

Und Eva wird doch sicher ein normales Leben führen wollen. Sie wird wieder arbeiten, wird sich wieder in einem Café mit Freundinnen treffen und unbeschwert ihr Leben genießen wollen.

Eines ist sicher: Erst einmal muss Eva ihr seelisches Gleichgewicht wiederfinden und zu einem Leben mit ihm bereit sein. Das hat Priorität selbst unter diesen bedrohlichen Umständen. Er nimmt sich vor, seine Frau heute Abend anzurufen. Er muss ihre Stimme hören, will aber auch wissen, wo sie zurzeit mit ihrer Therapie steht.

Paul gibt sich einen Ruck. Er wäre fast an dem Punkt angekommen, wo er sich aufgeben, wo er das Handeln der anderen Seite überlassen würde. Das kann er nicht so weiterlaufen lassen.

In seiner Situation wird er nur eine Strategie anwenden können: die der *flexible response*. Fast muss er selbst über sich lachen, dass er zu diesem Begriff aus der NATO-Strategie des Kalten Krieges gekommen ist. Er meint jedoch, dass das trefflich seine zukünftige Handlungsweise beschreibt. Also flexibel reagieren. Das heißt, zukünftig klug und auch listig sein.

So will er weiterverfahren. Er wird nicht aufgeben!

Ein düsterer Brief

Paul lehnt sich im *deck chair* zurück. Er ist etwas zufriedener mit sich und seiner Entscheidung. Zweckoptimismus nennt er das. Ein Zustand, mit einem Rausch vergleichbar, der schnell der Realität weichen könnte. Aber zurzeit fühlt er sich besser damit.

Draußen hört Paul ein Auto vor der Haustür. Er kennt die Geräusche, die der Postwagen von sich gibt, wenn er in dieser stillen Sackgasse rangiert. Langsam begibt er sich auf den Weg zum Briefkasten vor der Haustür und hofft inständig, den Postboten nicht anzutreffen. Die ständigen Fragen oder besorgten Mienen kann er nicht mehr ertragen.

Durch die Scheibe der Haustür sieht er den Wagen langsam anfahren. Der Fahrer blickt zu seinem Haus zurück. Exklusiv mit ihm als dem berühmten Anwohner zu sprechen, wäre schon etwas, das man den Kollegen und der Familie erzählen könnte. Wissensvorsprung macht interessant. Paul wartet also mit dem Öffnen der Haustür, bis der Postwagen verschwunden ist.

»Alles wieder nur Reklame«, murmelt Paul genervt, nachdem er den Kasten geleert hat. Aber da ist doch noch etwas anderes mit eigentümlich fremdem Aussehen. Diese einfachen Briefumschläge kommen ihm bekannt vor. »Aha, Post aus Albanien. Wer sollte mir denn schreiben aus dieser gottverlassenen Gegend?« Paul lacht nervös auf. Da steht etwas verschwommen und schwer lesbar der Stempel der Stadt Kukes in Nordalbanien direkt an der Grenze zum Kosovo.

Mit mulmigem Gefühl öffnet er sorgfältig den Brief, darauf bedacht, den Umschlag und den Inhalt nicht zu zerreißen.

Ungläubig schaut er auf das Foto. Genau das, was ihm der BND gestern vor die Nase hielt und nicht geben wollte. Die gleichen Worte sind da zu lesen:

So geht es allen, die unseren Befehlen nicht gehorchen und unsere Ehre und Sache in den Schmutz ziehen. Ich habe Eva Anker entehrt und meinem Land Schaden zugefügt. Dafür musste ich sterben.
Sami Haxhiu

Paul ist nicht mehr erstaunt oder geschockt. Nun hat er endlich das, was er haben wollte. Irgendwie ist er erleichtert, dass man ihm die Rache abgenommen hat. Er spielt schon lange im Geheimen mit dem Gedanken an Selbstjustiz. Wie schwer das für ihn in einer demokratischen Gesellschaft mit strikten Rechtsnormen und moralischen Vorstellungen sein könnte, hat er unzählige Male durchgespielt.

Aber da ist noch ein gefalteter Zettel in dem Brief:

Sehr geehrtes Ehepaar Anker,

diese Entwicklung war von uns nicht beabsichtigt. Wir vergewaltigen keine Frauen, um unsere Ziele für unser Land zu verwirklichen.

Als Zeichen unserer Betroffenheit und Entrüstung über diese ehrlose Tat wird auch der zweite Täter sterben müssen. Sein Name ist Skender Lleshi. Wir werden dies auch im Namen unserer Frauen und Töchter tun, die täglich das gleiche Schicksal erleiden müssen.

Kämpfer für die Freiheit.

Keine Unterschrift. Sie sind vorsichtig, selbst bei einer solch emotionalen Sache.

Als Mann steht Paul dieser Entwicklung nicht ablehnend gegenüber. In jedem steckt das archaische Bedürfnis nach Rache. Die Evolution hat das überdeckt; aber Paul kann diese Sucht spüren.

Er entschließt sich, den Brief der Polizei zu zeigen. Er will nichts verheimlichen oder unterschlagen.

Seine Erleichterung gibt ihm jedoch auch zu denken. Ein Mensch ist gestorben, ermordet, vielleicht vorher gequält worden. Er empfindet Genugtuung darüber. Wo sind seine moralischen Werte geblieben, seine humane Einstellung? Stolz trug er dieses Aushängeschild stets vor sich her und schaute damit etwas arrogant auf eine Gesellschaft herab, die sich die Realisierung dieser Werte nicht immer erlauben konnte.

Hat er gelogen, wenn er während der Interviews in Bosnien Herzegowina oder Albanien verständnisvoll und mitfühlend argumentiert hat?

Etwas ist ihm klar geworden: Der Mensch ist von Natur aus eigentlich nicht so gut, wie ihn viele sehen wollen. Auch die böse Tat hat einen Reiz und wird moralisch hingebogen, wenn die Umstände es erfordern.

Ein unmoralisches Angebot?

Das Telefon schrillt und schreckt Paul aus seinen Überlegungen.

»Wieder einer dieser Idioten, die was aufschnappen wollen«, zischt er und bemerkt, dass selbst ein Telefonanruf ihn inzwischen nervös machen kann. Hier muss er gegensteuern.

Natürlich ist seine Vermutung richtig. Wieder will einer etwas von ihm. »Herr Anker, hier die Redaktion *Bildzeitung*, sind Sie das persönlich? Mein Name ist Schmidt, Rainer Schmidt. Legen Sie bitte nicht gleich auf.«

»Machen Sie es kurz«, entgegnet Paul schroff. »Was wollen Sie?«

»Herr Anker, wir haben ein lukratives Angebot für Sie. Verkaufen Sie uns die Exklusivrechte an Ihrer Story. Ein sechsstelliger Betrag wird das sein. Damit können Sie Ihr Leben und das Ihrer Frau frei und unabhängig gestalten. Sagen Sie nicht sofort nein! Sie können ja das Geschehen sowieso nicht rückgängig machen.« Die Stimme des Reporters wird beschwörend und einschmeichelnd.

»Das bedeutet Interviews und schonungsloses Insistieren. Ist das richtig?« Paul wird zynisch.

»Natürlich, Herr Anker, was wir wissen, ist ja schon viel, aber wir wollen die Hintergründe und persönlichen Verwicklungen von Ihnen und Ihrer Frau eruieren. Es gibt selbstverständlich Grenzen, die wir respektieren werden.«

»Da haben Sie umsonst angerufen, Herr Schmidt. Wie soll denn meine Frau Ihrer Meinung nach die Vergewaltigung schildern?«

In Pauls Kopf hat sich etwas festgesetzt. Die sechsstellige Zahl.

»Niemand will Ihre Frau bloßstellen, Herr Anker, wir respektieren die persönlichen Empfindungen. Das verspreche ich Ihnen. Sprechen Sie mit Ihrer Frau und rufen

Sie unter dieser Nummer an. Ich will nicht weiter in Sie dringen. Überlegen Sie gut und realistisch. In allem Elend liegt auch eine Chance. Hier die Telefonnummer. Aber im Zeitraum von acht Tagen muss der Anruf schon erfolgen.«

Wie unter einem inneren Zwang schreibt Paul die Nummer auf. Total aufgewühlt, weil er damit schon fast Zustimmung signalisiert hat, zischt er in die Muschel: »Glauben Sie nur nicht, dass ich Sie zurückrufen werde. Wo haben Sie denn Ihre moralischen Vorstellungen angesiedelt?«

Die Antwort kann er nicht mehr verstehen. Er drückt demonstrativ lange die Austaste.

Was hat er denn da gemacht? Wieder rennt er gegen die Mauer seiner schiefen Moral. Warum hat er nicht sofort aufgelegt? Warum hat er die Telefonnummer notiert? Er kennt die Antwort. Menschliches Begehren, Gier und nochmals Gier.

Nun muss er aber mit diesem Angebot fertig werden, es verarbeiten. Mit dem Geld wäre ihr weiteres Leben finanziell abgesichert. Aber wie stünde es mit der Partnerschaft? Paul wird mit Eva darüber reden müssen.

Sie ist die Schlüsselfigur in dieser Frage. Das beschäftigt ihn nun unentwegt. Dabei immer wieder die Selbstzweifel. Eigentlich müsste er dieses Angebot ohne zu zögern zurückweisen. Mit diesem Geld wären sie aber auch in der Lage, den Rachegelüsten der Familie Krasniqi besser zu entkommen.

Paul stellt sich in seiner Fantasie eine niemals endende Flucht vor. Natürlich unter komfortabelsten Bedingungen. Flugzeug, Oceanliner auf den Weltmeeren, die sie beide schützend umhüllen würden. Da könnte ihnen kein heimlicher Mörder folgen. Vielleicht auf einer abgelegenen Insel leben. Jeden Tag Freude und Sonnenschein.

»Paul, wach auf!« Das ist ja infantiles Denken. So kann man ja nicht leben. Wo ist er nur gelandet?

Aber vergessen kann er das Angebot auch nicht.

So lebt Paul die nächsten drei Tage mit seinen wirren Gedankenspielen, wobei er glücklich wäre, das Problem mit Eva in einem der kurzen Gespräche, die man ihm zubilligt, bereden zu können.

Es bleibt nicht der letzte Anruf in dieser Sache. Drei große Medienkonzerne, darunter ein amerikanischer, machen ihm vergleichbare Angebote. Nun hat er keine Zweifel mehr, dass Eva ein Anrecht auf eine Entscheidung hat und dass die Angebote eine gewisse Berechtigung haben. Die Öffentlichkeit ist an ihnen interessiert, und die einschmeichelnden Stimmen zeigen Wirkung.

Seine moralische Festung fängt an zu bröckeln.

Zeit der Zweifel, Zeit der Ängste

Paul kommt sich wie ein Eremit vor. Sein Leben spielt sich größtenteils in dem stillen und einsamen Haus ab.

Wirre Gedanken quälen ihn, die immer nur um seine Kernprobleme kreisen. Gedanken, denen er nicht ausweichen kann, und Fragen, die keine Antwort finden.

Dazu wird das Geschehene immer wieder von sporadischen Anrufen der Kriminalpolizei aufgerüttelt und in seinem Bewusstsein wachgehalten. Das kriminelle Umfeld der geheimnisvollen Organisation, die ihr Leben so stark verändert hat, scheint doch komplexer und verzweigter zu sein, als man damals annahm. Immer wieder stößt die Polizei im Zuge der Ermittlungen auf nationale und internationale Banden, die im Auftrag kosovo-albanischer Familienclans arbeiten.

Da wird nicht nur der Widerstand der UCK gegen die serbische Herrschaft finanziert, indem weltweit illegal Geld von kosovo-albanischen Familien eingezogen wird. Daneben florieren Waffenschmuggel, Menschenschmuggel, Prostitution, Drogengeschäfte und vieles mehr. Aber das existierte schon vor dem Krieg gegen die Besatzungsmacht Serbien im Kosovo. Einträgliche Erwerbszweige waren das. Auch nach dem Konflikt oder Krieg, wie Paul es realistisch nennt, wird die Mafia auf dem Balkan weiterhin ihre Arme nach Europa ausstrecken.

Man hat in ein Wespennest gestochen. Endlich hat die Polizei international eine Spur, die sie verfolgen kann.

Wird ihm von dieser Seite aus noch Gefahr drohen? Die Polizei und die Sicherheitsdienste wie BND und MAD können ihm zu dieser Frage keine Aussage machen. Die Bedrohungslage für Paul ist einfach zu unklar.

Sein Haus sowie die Umgebung werden in unregelmäßigen Abständen von der Polizei überwacht. Sein Telefon wird abgehört. Paul geht zu einem öffentlichen Fernsprecher, wenn er Eva anruft. Er will sie aus diesem Spiel möglichst heraushalten.

Die Schusswunde an seiner Schulter ist gut verheilt. Die Bewegung des Armes macht kaum noch Schwierigkeiten. Das verschafft ihm die Möglichkeit, seinen geliebten Sport auf den Anlagen seiner ehemaligen Kaserne der Bundeswehr in Aurich auszuüben. Täglich ist Paul auf der Aschenbahn oder im Kraftraum, um seine körperliche Leistungsfähigkeit wiederherzustellen. Er lebt mit der Vorstellung, dass er für plötzliche Ereignisse fit sein müsse.

Paul weiß, dass ein Mann, der die Blutrache im Namen des Kanun vollziehen will, dies mit einer Schusswaffe tun wird, der bevorzugten Waffe auf dem Balkan seit Jahrhunderten. Der Killer wird dies zumeist aus der Distanz versuchen, was eine körperliche Gegenwehr des Opfers weitgehend ausschließt.

Die Gedanken daran höhlen Paul aus. Machen ihn krank. Wirklich konstruktive Gedankengänge und damit Lösungen seiner Probleme fallen ihm nicht ein.

Außerdem drängt die Zeit. Die Medien wollen eine Entscheidung; aber ohne die Zustimmung von Eva und ihren behandelnden Ärzten kann er zu keiner kommen. Ist er wirklich so gierig, dass er mit dem Elend seiner Frau Geld verdienen will? Kann er nicht einfach den Medien absagen? Er hat bei diesen Fragen kein gutes Gefühl.

Dann hat er sich endlich zu einer Entscheidung entschlossen. Er wird mit Eva darüber sprechen. Sofort!

Wieder einmal steht Paul an einem öffentlichen Fernsprecher im *Carolinenhof*. Ihm ist heiß, er ist aufgeregt. Wie wird Eva reagieren?

Anfangs dreht sich ihr Gespräch wie so oft um die banalen Dinge. Fragen, die den Einstieg erleichtern sollen. Wie geht es dir? Was sagen die Ärzte? Wann kannst du entlassen werden? Darf ich dich endlich einmal besuchen? Aber dann kann er nicht mehr ausweichen und versucht geschickt die Anbieter in die unmoralische Position zu rücken.

Er unterbreitet Eva alle Angebote mit den daraus resultierenden Pflichten. Paul hat seine Bedenken jetzt vergessen. Er redet wie ein Vertreter für Staubsauger. Alle moralischen Bedenken sind weggefegt. »Na, Eva, wie stehst du dazu? Kannst du damit leben? Wir werden nie mehr finanzielle Sorgen haben. Na, Mädchen, komm sag was!«

Aber Eva sagt nichts. Die Leitung ist tot.

Paul ruft ihren Namen. Er hört nicht auf. Um ihn herum bleiben die Menschen stehen und beobachten ihn neugierig. Längst hat man ihn erkannt. Er ist ja jemand geworden im ruhigen Ostfriesland. »Das ist doch der Anker, der da steht!« Die Menschen wittern eine neue Sensation. Sie rücken näher.

Paul wird wach. Er schaut die schweigende, dumpfe Menge an, die ihn umringt. »Verfluchtes Volk, lasst uns doch endlich in Ruhe!« Er ruft das mehr zu sich selbst und drängt sich gewaltsam durch den Kreis der stummen Menschen.

Keiner versucht ihn aufzuhalten.

»Der zeigt aber Nerven!«, ringt sich einer der Männer zu der Bemerkung durch.

»Wie würden Sie sich denn verhalten? Denken Sie mal dran, was die durchgemacht haben. Wir sollten die in Ruhe lassen!«

Schweigend geht die Menge auseinander. Aber damit ist die Sache Anker wieder in den Fokus der Medien gerückt. Befriedigt packen zwei Reporter ihre Kameras ein und verschwinden, um die Neuigkeit an die Redaktionen zu melden.

Paul verschwindet durch die Drehtür des Einkaufszentrums und radelt schweigend und verbissen Richtung Extum. Dort wartet ihr Haus als Trutzburg gegen die bedrohliche Umwelt auf ihn.

So wird Paul die Sache nicht in Ruhe aussitzen können. Er hat einen entscheidenden Fehler gemacht, als er sich in der Öffentlichkeit nicht beherrschen konnte. Der Blick in die Tageszeitungen wird dem Verfolger genügen, um seine Chancen für ein plötzliches Zuschlagen genau zu terminieren und zu planen.

Atemlos stürzt Paul zum Kühlschrank und holt sich wieder einmal einen Seelentröster in Form einer Flasche Bier. Immer öfter beobachtet er bei sich diese Art der Beruhigungstherapie. Eine gefährliche Entwicklung!

Der Jäger

Auf dem Flugplatz Bremen steht ein gut gekleideter, dunkelhaariger Mann in der Reihe der Wartenden. Der Beamte in seinem Glaskasten schaut aufmerksam in den Ausweis. Wieder und wieder vergleicht er das Bild und das Gesicht des Mannes miteinander.

»Wo wollen Sie denn hin, Herr Krasniqi?«

»Krasniqi, Rrushdi Krasniqi«, korrigiert ihn lächelnd der Gefragte, wobei er den Namen explizit deutlich auf Albanisch ausspricht. »Geschäfte in Deutschland machen. Wir brauchen Sie in unserem Land mit Ihrem Know-how und den guten Produkten.«

Der Beamte nickt und ein leichtes Lächeln geht über seine Züge. »Alles in Ordnung. Guten Aufenthalt in Deutschland, Herr Krasniqi. Na, richtig ausgesprochen?«

Rrushdi lächelt zurück: »Sehr gut. Danke!«

Jetzt ist er erst einmal in Deutschland. Dicht am Opfer. Er hat lange in Deutschland studiert und erfolgreich das Studium der Wirtschaftswissenschaften abgeschlossen. An sich sollte er für die Sicherheitsdienste Deutschlands ein unauffälliger Besucher sein, aber man weiß ja nie. Sein Auftrag, Freunde zu besuchen und Geschäfte abzuwickeln, ist sehr spezifisch und nur ihm bekannt. Unauffällig verlässt er das Terminal. Ein eleganter und weltmännischer Mann. Ein Typ, der ins internationale Bild erfolgreicher Geschäftsleute passt, wie er locker und selbstbewusst seinen modernen und teuren Rimova-Koffer hinter sich herzieht.

»Hoffentlich kann man sich auf die Typen verlassen.« Er schaut aufmerksam die Reihe der wartenden Wagen vor dem Terminal durch. Keine schwere Aufgabe. Der Flugplatz Bremen ist wohltuend übersichtlich. Auf der anderen Seite der Straße hebt ein junger Mann in unauffälliger Kleidung, Jeans und schwarzer, halblanger Lederjacke, leicht grüßend die rechte Hand.

Das muss er sein! Rrushdi überquert die enge Zufahrtsstraße. Der Mann kommt langsam auf ihn zu. Mit der rechten Hand streicht er sich über die Haare und fragt verabredungsgemäß: »Haben Sie vielleicht Feuer für meine Zigarette, der Herr?«

»Immer, gerne!«, kommt die richtige Antwort zurück.

»Das ist aber richtig nett von Ihnen!«

Das ist der endgültige Schlüssel für die Kontaktaufnahme. Beide umarmen sich, wie es in Albanien Sitte ist, mit dem Bruderkuss. »Ich bringe dich zu deinem Hotel. Es ist alles klar. Dein Geschenk gebe ich dir nachher.«

Sie besteigen den Wagen und fahren langsam Richtung Autobahn Oldenburg. Es wird nicht viel gesprochen während der Fahrt. Der eine weiß, was er hier in Deutschland erledigen soll, der andere ahnt es. Aber er fragt nicht. Neugier kann tödlich sein bei einem solchen Geschäft.

In Oldenburg halten sie nach vierzig Minuten etwas außerhalb vor einem kleinen Hotel. Unauffälliges, bürgerliches Haus. Nur kein Aufsehen erregen.

»Bruder, dein Auto steht in dieser Hochgarage, ganz in der Nähe hier. Da hinten kannst du sie sehen. Auf dem Dach des *Famila*-Einkaufszentrums. Hole es heute bis zwanzig Uhr ab. Die schließen danach den Parkplatz. Das Auto gehört einem Freund von uns. Du kannst es haben, solange du willst. Es ist unbelastet von irgendwelchen Verkehrsdelikten. Also keine Angst. Die Papiere und die Kontakttelefonnummern sind unter der Sonnenblende versteckt. Diesel! Vergiss das nicht! Dein Zimmer ist bestellt. Hier ist noch dein Geschenkpaket. Pass gut darauf auf. Das Geschenk ist auch nicht vorbelastet, wie man mir versicherte. Kommt aus Tschechien oder Österreich. Gute Qualität. Alles dabei. Auch ein Flüsterer. Viel Glück, Bruder, wir sehen uns.«

Der Kurier wartet geduldig, bis Rrushdi den Wagen verlassen hat und seinen kleinen Koffer entlädt. Sie verzichten jetzt auf die typisch albanische Verabschiedung. Zu verräterisch! Langsam fährt der Wagen an und schwimmt schnell im fließenden Verkehr mit.

Rrushdi ist nicht wohl. Er hasst diesen Auftrag. Aber die Familie verlangt es. Also ist er ein gehorsames Mitglied der Familie.

In fehlerlosem und akzentfreiem Deutsch meldet Rrushdi sich an der Rezeption an. »Erst einmal für drei Tage. Ich weiß noch nicht, wie die Geschäfte laufen werden.« Er versucht sich als ganz gewöhnlicher Geschäftsreisender zu geben.

»Wo kommen Sie denn her?«

Rrushdi hat diese neugierige Frage erwartet. »Ich komme gerade aus Mazedonien, wo ich bei einer großen Hemden- und Textilfabrik als Verkaufsmanager arbeite«, gibt er gleich noch Informationen über seine Absichten und seinen Beruf dazu. Neugier schnell befriedigen. Keine weiteren Fragen zulassen.

»Zimmer 10, es liegt hinten raus. Da ist es ruhig, und Sie können gut schlafen. Viel Erfolg und Spaß in unserer Stadt.« Die junge Frau übergibt Rrushdi mit einem Lächeln und mit erhobener Hand an zwei Fingern die Schlüssel. Ihre Augen verlieren sich für einen Moment in denen des Mannes. Ihre Finger streifen kurz und gewollt die ausgestreckte Hand. Die fremdartige Ausstrahlung des Albaners hat ihre Wirkung nicht verfehlt.

Aber auch Rrushdi ist von der hübschen Deutschen nicht unbeeindruckt und lächelt zurück. »Es wird mir sicher hier gefallen, bei dieser Begrüßung!« Aber er darf sich nicht zu weit aus dem Fenster lehnen. Er sollte unauffällig agieren. Schnell kann seine Spur gefunden werden bei diesem Auftrag. Er schnappt sich schnell seinen Koffer, wendet sich zum Treppenaufgang, um sein Zimmer aufzusuchen, und lässt eine etwas enttäuschte und verwirrte Frau zurück.

»Scheiße«, murmelt er und lacht leicht auf. »Die Weiber. Aber die wäre mir schon recht. Ich muss aufpassen!«

Schnell inspiziert er das Zimmer. Keine Auffälligkeiten. Es gefällt ihm. Dann schließt er die Türe ab und öffnet erwartungsvoll das Geschenkpaket.

Eine tolle Waffe. Glock. Neun Millimeter. Der Schalldämpfer liegt bei. Zwanzig Schuss Munition. Alles prima. Eine gute Wahl. Eine gute Waffe. Da hat die Familie nicht gespart. Er muss sich nur noch damit richtig vertraut machen, was nicht schwer sein wird. Waffen gehören seit frühester Jugend zu seinem Leben.

Rrushdi ist zufrieden.

Obwohl er nicht über den Auftrag begeistert ist, legt er sich entspannt auf das frische Bett, zappt durch die Fernsehprogramme und nuckelt genüsslich an einer Flasche Bier aus der gut sortierten Zimmerbar. Moralische Bedenken hat er nicht, dass er Alkohol trinkt. Der Prophet hat das nicht verboten, wenn es in Maßen geschieht. Außerdem gehört er der Sekte der Bektashi an, die sehr viel toleranter ist als die strengen Sunniten oder orthodoxen Schiiten.

An sich doch gar nicht so schlecht hier. Wenn er nur diesen Auftrag nicht erledigen müsste!

Langsam blättert er die regionalen Tageszeitungen der letzten acht Tage durch. Sein Kontaktmann hat an alles gedacht. Insbesondere interessieren ihn die *Ostfriesischen Nachrichten*, die *Ostfriesen-Zeitung*, die regionale *Nordwest-Zeitung* und natürlich die *Bildzeitung*, die alles weiß in Deutschland.

Eine wahre Fundgrube für sein Vorhaben, wie er befriedigt feststellt.

Eine ganz andere Eva

Die nächsten Tage vergehen wie im Flug. Paul lebt in seinem Haus wie auf einer Insel. Achim, der auch wieder in Aurich ist, schaut kurz bei ihm vorbei. Dieser kurze Besuch seines Freundes und einige Kontakte mit der Polizei sind die einzigen Berührungspunkte mit seiner Umgebung. Die notwendigen Besorgungen erledigt Paul schon sehr früh am Morgen im Einkaufszentrum, fünf Minuten von seinem Haus entfernt. Den Nachbarn geht er weiterhin aus dem Weg.

Beim Einkaufen erkennen ihn die Menschen natürlich; aber sie sind inzwischen erstaunlich sensibel im Umgang mit ihm. Die Kassiererinnen behandeln ihn besonders freundlich. Vielleicht wissen sie auch nicht, wer er ist. Ganz sicher ist sich Paul da nicht.

Manchmal fährt er abends mit dem Auto ins Offizierskasino der Blücher-Kaserne in Aurich, um nicht kochen zu müssen. Dort ist üblicherweise sehr wenig Publikumsverkehr, sodass nur die Ordonnanzen, also das Bedienpersonal der Offiziersheimgesellschaft der Garnison, ihn etwas merkwürdig und neugierig anschauen.

Alles so weit in Ordnung; aber Evas Verstimmung nach seiner tölpelhaften Frage wegen eines Exklusivvertrags mit einem Medienkonzern belastet ihn sehr.

Mit mulmigen Gefühlen ruft er Eva dann endlich wieder an. Er verhält sich so, als hätte es nie eine Unstimmigkeit zwischen ihnen gegeben, als hätte er diese Frage nie gestellt.

Ja, Eva will ihn sehen! Paul meldet sich bei der Polizei ab. Glücklich besteigt er abends den Zug, um den nächsten Tag mit Eva verbringen zu können.

Gegen acht Uhr morgens ist es dann so weit. Paul trifft eine Frau in der Empfangshalle der Klinik, die ihm irgendwie fremd vorkommt. Modisch *up to date*, das Haar halblang geschnitten mit unzähligen Naturlöckchen, die das schmale und dezent geschminkte Gesicht umschmeicheln. Ein absoluter Hingucker, aber das war sie schon immer. Ihre Veränderung liegt tiefer. Ihre Blicke lassen das erahnen. Die Fröhlichkeit ist aus ihnen verschwunden. Der Gesichtsausdruck gefasst, aber ernst mit einem Schuss Wehmut um die Mundwinkel.

Beide schauen sich erst eine Weile stumm an, bevor Eva auf ihn zueilt und ihn zögerlich umarmt. »Du hast mir so sehr gefehlt, mein Liebster!«, flüstert sie.

Nicht richtig ehrlich, denkt sich Paul. Aber immerhin eine unerwartet positive Entwicklung in ihrer Beziehung.

Pauls Stimmung erlebt ein Hoch. Was für ein Tag! Plötzlich sind seine Sorgen verschwunden. Nun will er nur noch für seine Eva da sein. Vertraut schlendern sie durch den stillen Park.

Eva hat den Mut und spricht die vergangene Zeit schonungslos an. Sie erzählt Paul in den nächsten zwei Stunden, was sie erleiden musste, woran sie fast zerbrach. Aber irgendwie ahnt er, dass sie etwas verschweigt.

Sie sprechen auch über die Angebote der Medien, über die immensen Geldsummen, die ihnen ein sorgenfreies Leben ermöglichen würden. Aber Eva will das nicht. Sie schreckt davor zurück, mit der erlittenen Vergewaltigung Geld verdienen zu wollen. Nach der Aussprache kommen sie überein, dass sie die Angebote zurückweisen werden. Eva beobachtet Paul aufmerksam bei ihrem gemeinsamen Entschluss, so als traue sie ihm nicht richtig.

Paul ist froh, dass Eva so offen über die Dinge spricht und bewundert sie dafür.

Eva spricht auch von der drohenden Gefahr, die über ihrer beider Leben schwebt. Sie hat wieder Zeitungen gelesen und hört ja auch, was die Tischnachbarn über sie mit fiebriger Erregung fabulieren. Für ihre Mitpatienten ist sie eine Geschäftsfrau, die am Burnout-Syndrom leidet. Ihre Tarnung ist perfekt. Damit das auch so bleibt, werden beide getrennt zu den Ärzten gehen, die Paul und Eva zusammen sprechen wollen.

Bonny und Clyde wurden auch nur erkannt, wenn sie zusammen gesehen wurden.

Paul ist sich nicht sicher, ob Eva die ganze Wahrheit über die Bedrohungslage und natürlich auch über die Nachricht, dass einer ihrer Peiniger tot sei, vertragen kann.

»Was verschweigst du mir noch, Paul? Sag mir bitte alles. Ich möchte nicht noch einmal von den Dingen überrascht werden.« Eva sieht ihren verunsicherten Mann dabei offen und couragiert an.

Dann zeigt Paul ihr das Foto und den Text.

Eva zuckt noch nicht einmal. »Hoffentlich erwischen sie auch noch den zweiten!«

Paul erkennt, dass Eva auch hassen kann; ein total fremder Zug. Ihr Leben hat sich verändert. Beide sehen die Welt mit anderen Augen.

»Sie nehmen mir die Rache aus der Hand, Eva. Ich war dabei, die beiden Lumpen aufzuspüren und dich zu rächen. Noch ist es nicht vollendet. Das bin ich dir schuldig.« Paul meint, so etwas Heldenhaftes sagen zu müssen.

Eva erwidert nichts. Sie hält ihn nicht zurück. Welch eine Härte strahlt sie plötzlich aus ... »Wenn du mich dabei brauchst, so bin ich immer bereit dazu, Paul. Sie haben uns beiden wehgetan!«, flüstert sie. »Ich will, dass sie dafür büßen. Ich weiß auch, dass nicht alles vorbei ist. Die Krasniqis. Stimmt das?«

»Ja, leider. Die sind hinter mir her. Ich weiß nicht wer, wo und wann.«

Der Damm der gegenseitigen Rücksichtnahme ist damit gebrochen. Eva will es so!

Danach haben beide noch ein Gespräch mit Dr. Wunsch, dem behandelnden Arzt, einem Psychologen.

Das Arztzimmer verströmt mit seiner Ruhe und der modernen, aber unaufdringlichen Gestaltung des Mobiliars und der sanften Farben eine wohltuende Atmosphäre. Nichts erinnert an ein Behandlungszimmer. Sie sitzen sich an einem kleinen Couchtisch gegenüber, und Dr. Wunsch eröffnet nach der kurzen und herzlichen Begrüßung das Gespräch.

»Ihre Frau ist eine starke Persönlichkeit, Herr Anker. Die Behandlung verläuft positiver, als wir das dachten; aber es liegt noch ein gutes Stück gemeinsamer Arbeit vor uns, bevor wir Ihre Frau nach Hause schicken können. So drei bis vier Wochen sicherlich. Können Sie damit leben, Herr Anker?« Dr. Wunsch schaut Paul fragend an.

Paul ist glücklich über das, was er hört.

Sie erzählen dem Arzt unter dem Siegel der Verschwiegenheit von der Nachricht und zeigen das Bild und den Brief vor. Beide meinen, dass der Rehabilitationsprozess besser ablaufen wird, wenn absolute Offenheit zwischen Arzt und Patientin herrscht.

Gegen Nachmittag verlässt Paul auf Anraten des Arztes Eva und fährt mit dem Gefühl zurück, dass nicht alles verloren ist. Er sitzt wieder in dem Wagen, den er vor Kurzem hier zurückgelassen hatte.

»Alles wird gut!«, murmelt Paul, als er auf die Autobahn Richtung Norden abbiegt.

Tödlicher Besuch

»Herr Anker, wo sind Sie jetzt? Kommen Sie schnell nach Hause. Hier ist etwas passiert. Wie lange wird es noch dauern?«

Die aufgeregte Stimme des Kripobeamten aus Aurich überrascht Paul. Er macht gerade Pause auf einem kleinen Rastplatz an der Autobahn kurz vor Oldenburg.

»Was ist denn so Schlimmes passiert? Ich brauche etwa eineinhalb Stunden bis nach Hause. Jetzt haben wir zweiundzwanzig Uhr fünfzehn. So gegen dreiundzwanzig Uhr fünfundvierzig bin ich in Aurich.«

»Gut. Aber haben Sie keine Nachrichten gehört? Vor Ihrem Haus liegt ein erschossener Mann. Passen Sie auf sich auf, das galt sicherlich Ihnen. Es hat wohl den Falschen erwischt. Kommen Sie erst einmal auf dem Revier in Aurich vorbei. Bei Ihnen ist wieder einmal Karneval der Medien ausgebrochen. Also bis gleich. Fahren Sie bitte nicht unvorsichtig!«

Alles hätte Paul erwartet; aber das nicht. Mein Gott, ein eventuell unbeteiligter Mensch muss für diese Fanatiker sterben!

*

Kurz nach halb zwölf ist Paul in Aurich.

»Das galt Ihnen«, wiederholt Reiter, als Paul bei ihm im Büro sitzt. »Da hat es einen armen Kerl erwischt, der von Ihnen etwas wollte. Ein Vertreter für Staubsauger, die Nobelmarke Elektrolux. Die kommen meist am Abend, wenn jemand zu Hause ist. Sein Auto stand weit weg von Ihrem Haus, sodass der Täter wohl dachte, Sie würden das Haus gerade verlassen. Der Ermordete hat ungefähr Ihre Statur und trägt auch einen Dreitagebart. Also eine Verwechslung! Außerdem hat es leicht geregnet, und die Sicht war damit eingeschränkt.«

Paul kann das Geschehene noch nicht fassen. »Wissen Sie, wer das war? Haben Sie eine Spur?«

Die Kripo weiß nichts. Nur, dass die Tat bei Einbruch der Dunkelheit, also so gegen einundzwanzig Uhr dreißig geschehen sein musste. »Da dachte der Vertreter wohl, dass jemand zu dieser Zeit zu Hause sein wird. Der Täter muss schnell gehandelt haben. Kurze Entfernung. Er muss erst nach dem Vertreter eingetroffen sein, sonst hätte er den Mann wohl nicht mit Ihnen verwechselt. Niemand hat einen Schuss gehört in der Nachbarschaft. Arbeitete vermutlich mit Schalldämpfer. Wir bringen Sie jetzt nach Hause. Heute wird der Kerl bestimmt nicht noch einmal aufkreuzen, auch wenn er schon längst weiß, dass er den Falschen erwischt hat. Außerdem wimmelt die Umgebung um Ihr Haus von Polizisten und unserer Spurensicherung. Es ist aber besser, wenn wir dabei sind. Die Reporter sind schon wieder in Startposition und lauern auf Sie.«

Wie betäubt verlässt Paul mit Reiter das Revier.

Es ist fast taghell erleuchtet vor seinem Haus. Die Beamten haben die Spurensicherung eingestellt, aber die Absperrungen noch nicht entfernt. Es wird still, als Paul aus seinem Wagen steigt und durch die wartende Menge der Nachbarn und Reporter zum Haus geht. Blitze zucken und plötzlich branden die Fragen der aufgeregten Reporter auf Paul nieder.

»Keine Kommentare, keine Aussagen von meiner Seite!«, ruft Paul ihnen zu. Bei den Nachbarn bleibt er stehen: »Tut mir leid, dass ihr das ertragen müsst; aber ich kann auch nichts dafür. Es ist fürchterlich, was da passiert.« Paul weiß nicht so recht, was er sagen soll; aber die Nachbarn verstehen ihn auch so.

»Wenn du Hilfe brauchst, sag das nur«, bietet ihm Rüdiger, ein Lehrer, an.

Paul bedankt sich und verschwindet mit Reiter im Haus, nicht ohne die Meute der hungrigen Reporter abdrängen zu müssen. Er wirft sich aufatmend in die Couch und streckt erschöpft die Beine aus.

»Setz dich, ich mach uns erst einmal einen Kaffee!«, fordert er den Kriminalbeamten auf. Dann bemerkt er aber den gesellschaftlichen Fauxpas – sie kennen sich wohl aus Aurich, standen auch schon mal zusammen an der Theke in einem Bistro, aber dabei blieb es auch. »Entschuldigen Sie den Ausrutscher, Herr Reiter; aber manchmal meine ich, wir seien schon eine Schicksalsgemeinschaft mit dem Ärger, den ich aus Albanien importiert habe.«

Reiter lacht leise auf: »Macht nichts, kommt vor. Bald kann ich hier einziehen, bin ja fast schon zu Hause hier. Aber ein Kaffee wär jetzt gut.«

Dann wird Paul wieder ernst. »Wie konnte das passieren, Herr Reiter? Der Täter muss doch gemerkt haben, dass das ein anderer Mann ist. Der kommt doch nicht so vorbei und schießt. Er musste doch irgendwo gelauert haben. Vielleicht kennt er mich auch nicht so genau von Angesicht? Bilder, die man ihm vielleicht gezeigt hat, verfälschen ja immer etwas.«

»Da rätseln wir auch, Herr Anker. Ich stelle mir das folgendermaßen vor: Anscheinend kam er mit dem Auto an, parkte etwas weiter weg und lief zu Fuß zu Ihrem Haus, um sich vielleicht mit der Umgebung vertraut zu machen. Dann sah er den Mann vor der Tür und dachte, der schließt gerade ab. Das könnte Sinn machen. Er muss sich sicher gewesen sein, Sie seien das. Vielleicht haben die ja auch miteinander geredet, und der Täter hörte nicht richtig hin, weil er nervös war. Es ging jedenfalls sehr schnell.« Reiter schaut Paul unsicher an.

»Hat jemand ein Auto gesehen oder etwas Verdächtiges?«, fragt Paul.

»Nichts, gar keine Anhaltspunkte. Wie so oft hatte der Täter wohl das Glück, dass man seine unprofessionelle Vorgehensweise nicht bemerkt hat. Das kann er nicht oft so machen. Eigentlich hätte man etwas sehen müssen;

aber in diesem Falle …« Reiter zuckt verzweifelt mit den Schultern. Beide schauen sich nur betroffen an.

»Trinken wir unseren Kaffee«, meint Paul schließlich. »Den haben Sie sich wahrlich verdient. Ich mache euch hier in Aurich ja mächtig Ärger. Internationale Kriminalität in unserer kleinen Stadt …«

Wie Freunde sitzen beide zusammen und schlürfen still ihren Kaffee. Paul hat die Rollläden geschlossen, sodass man von draußen nichts sehen kann.

»Dass ich das nicht war, ist doch hoffentlich klar«, meint Paul plötzlich bedrückt.

»Keine Angst, wir wissen verbindlich, dass Sie erst gegen Nachmittag in der Klinik wegfuhren. Das könnte keiner schaffen. Und warum sollten Sie einen Vertreter umbringen?«, beruhigt Reiter Pauls aufgewühlte Nerven.

Paul nickt nur. Er ist immer noch wie betäubt.

Die Männer stehen auf und bringen gemeinsam die leeren Kaffetassen in die Küche. Paul schaut zum Telefon auf einem kleinen Tisch in der Küche. »Mal sehen, ob einer was von mir wollte«, murmelt er halblaut. »Schau, schau, da ist doch was auf dem AB. Lassen Sie uns mal hören, wer da dran war.« Paul und Reiter lauschen angespannt der Ansage. Aber außer einem kurzen Atemgeräusch ist nichts zu hören. Die Zeit war achtzehn Uhr dreißig, am Tag der Tat.

»Damit können wir auch kaum etwas anfangen. Externer Anruf, wohl von einer öffentlichen Zelle aus«, meint Reiter etwas ratlos. »Bitte nicht löschen, vielleicht können die Spezialisten rausbekommen, woher der Anruf kam.«

»Wie viele müssen noch sterben, damit irgendwelche Fanatiker zufrieden sind?« Paul stellt die Frage in den Raum. Er weiß, dass Reiter keine Antwort hat.

»Versuchen Sie zu schlafen. Morgen werden wir weitersehen«, verabschiedet sich der Beamte. »Draußen ist es auch ruhig geworden. Die Sensationsjäger haben es wohl aufgegeben. Sagen Sie bitte zu niemandem etwas, keine

Kommentare. Das kann nur Verwirrung stiften in unseren Ermittlungen. Also Gute Nacht, Sie Unglücksrabe, oder sollte ich sagen, Sie Glücklicher? Schließlich leben Sie ja noch.«

Abschied von Ostfriesland

Früh am nächsten Morgen schrillt das Telefon und schreckt Paul aus seinen Träumen von einem ruhigen und friedlichen Leben.

»Paul, stimmt das? Haben die wirklich einen Mann vor unserem Haus erschossen?« Evas Stimme klingt unsicher, fast ängstlich.

»Mädchen, was liest du diesen Dreck? So wirst du nie gesund werden. Haben die Ärzte das nicht untersagt?« Paul ist ärgerlich, obgleich er das erwartet hat.

»Paul, lass das sein. Ich bin doch nicht dein Kind. Denkst du, man kann das vor mir verbergen? Das ist Tagesgespräch hier in der Klinik. Einige am Tisch meinten, sie kennen dich. Ich habe sofort gekontert. ›Mein Mann hat doch einen viel kleineren Bart und längere Haare!‹ Lass deine Haare schnell noch etwas wachsen und rasiere dich wieder. Jetzt hat sich der Öffentlichkeit dein unrasiertes Gesicht eingeprägt. Mach dir über mich keine Gedanken. Wir kommen da schon gemeinsam durch.«

Paul ist über Evas wiedergewonnene Selbstsicherheit überrascht.

»Eva, ich muss hier erst einmal weg. Entweder gehe ich wieder als Monitor auf den Balkan, oder ich fliege in die Sonne. Du weißt schon.« Paul ist besorgt, dass das Telefon auch von anderen abgehört werden könnte. Er hat kein Vertrauen mehr zu den Institutionen, die in dem Fall drinstecken. Eigentlich traut er nur noch der Polizei hier in Aurich. »Du kommst dann irgendwann nach. Es nützt uns nichts, wenn die mich hier umbringen. Du verstehst?«

Eva ist sofort einverstanden mit der zweiten Möglichkeit. »Flieg in die Sonne! Da bist du bestimmt erst einmal sicher.«

Sie kommen überein, dass Paul noch einmal bei Eva vorbeikommt, bevor er in ihre Wohnung bei Alanya in der Türkei zieht.

Irgendwie liebt Paul diese Lösung nicht. Er ist damit zum Gejagten geworden. Wie gerne würde er den Spieß umdrehen! Aber wie? Er fühlt, dass die Zeit dafür noch nicht reif ist. Aber irgendwann wird er die Initiative ergreifen müssen, wenn der Druck zu groß wird.

Heute Morgen will Paul alles schnell erledigen. Er wird nur die Polizei informieren und den BND außen vor lassen. In Alanya hat er ja seine Internetverbindung, die er in der Wohnung aktivieren kann.

Mit dem Auswärtigen Amt kommt er überein, dass er in ungefähr drei Monaten wieder als Monitor auf dem Balkan arbeiten wird. Er will nicht länger nur wegrennen. Er will wieder wie ein normaler Mann leben.

Den Flug in die Türkei wird er an einem Flugplatz in der Nähe der Klinik direkt buchen, damit die Aktion ihn nicht verrät. Er ist schon zu bekannt. Achim wird seine Hausschlüssel bekommen. Die Zeitung wird Nachbar Rüdiger täglich aus dem Briefkasten nehmen. Wohin er geht, verrät Paul nur Achim.

Die Polizei ist nicht von seinem Plan begeistert, braucht sie ihn doch eventuell noch bei den Ermittlungen über den Ermordeten vor ihrem Haus. Aber man hat trotz alledem Verständnis für sein Vorhaben.

Nach Einbruch der Dunkelheit schleicht Paul mit einem Koffer aus dem Haus und fährt so leise wie möglich aus der stillen Siedlung weg. Aufmerksam beobachtet er die Umgebung. Der Mörder wird ja schon lange wissen, dass er den falschen Mann erschossen hat.

Ist jetzt nicht endlich genug Blut vergossen im Namen des Kanun? Paul ist ebenso wie die Polizei sicher, dass nur die Familie des verunglückten albanischen Jungen der Drahtzieher sein kann.

Die kriminelle Organisation, die ihn rekrutieren wollte, hat sich wohl zurückgezogen und leckt im Moment nach der Niederlage gegen die Polizei bei Bremen und Verden ihre Wunden. Die UCK, soweit sie überhaupt darin involviert ist, hat wohl auch weitere Kontakte und Maßnahmen gegen ihn aus politischen und diplomatischen Gründen untersagt. Schließlich will man einmal die politisch dominierende Rolle in einem unabhängigen Kosovo spielen. Das wird aber noch ein langer und blutiger Weg werden.

Die Eliminierung eines Vergewaltigers unterstützt diese Hypothese.

Albanian Connection

Rrushdi Krasniqi ist nicht mit seiner Leistung zufrieden. Die Nachricht in der Zeitung entsetzt ihn. Was hat er da nur angestellt?

Er hasst den Job, den er erledigen muss. Aber dass er auch noch den falschen Mann erwischt hat, macht ihn wütend und traurig zugleich. Jetzt ist er ein Mörder, den man suchen und verfolgen wird. Rrushdi weiß um die ausgefeilten Methoden der deutschen Polizei bei der Fahndung und Verfolgung.

Er muss schnell aus der Region verschwinden und Gras über die Sache wachsen lassen. Die Waffe hat er auf der Fahrt von Aurich durch die Fehnlandschaft mit ihren vielen Kanälen im Wasser versenkt. Nur keine Spuren und Beweise hinterlassen. Aber vielleicht war das falsch? Nun braucht er eine neue Waffe. Diese Sache wird die Familie aufschrecken, und er wird sich rechtfertigen müssen.

Das Auto wird er sofort zurückgeben. Nur weg hier! Aber bitte nicht zu auffällig. Keine panische Hektik.

Rrushdi packt seine wenigen Dinge hastig zusammen. Ein letzter, prüfender Blick im Zimmer, ob er nichts vergessen hat. Dann versucht er sorgfältig, seine Spuren zu verwischen, indem er alle blanken Gegenstände insbesondere im Bad mit feuchtem Toilettenpapier abwischt.

An der Rezeption erwartet ihn wieder die hübsche, junge Frau mit dem sehnsüchtigen, schmelzenden Blick. Ihre Enttäuschung ist nicht zu übersehen, als Rrushdi auscheckt.

»Die Geschäfte liefen gut. Ich muss wieder weg«, sagt Rrushdi und fügt scherzhaft hinzu: »Time ist money!«

»Kommen Sie noch einmal wieder in unsere schöne Stadt?«, fragt sie hoffnungsvoll

»Sicherlich, vielleicht sehr bald. Dann werde ich wieder hier bei Ihnen wohnen. Es gefiel mir sehr gut hier!«

Dann wird es aber Zeit. Betont langsam schlendert er nach draußen, um den Wagen zu besteigen und in Richtung *Famila*-Center abzufahren.

Er parkt das Auto ungefähr an dem Platz, wo er es vor zwei Tagen abgeholt hatte. Auch am Wagen entfernt er innen Fingerabdrücke. Außen hat er immer nur mit einem Handschuh die Tür geöffnet. Jetzt fühlt er sich wieder etwas beruhigter. Er ist sich ziemlich sicher, dass ihn niemand gesehen hat, als er den unglücklichen Coup in Aurich landete.

Das Nummernschild an dem Wagen wird sicherlich schnell ausgewechselt werden. Vielleicht wird das Auto ins Ausland verkauft, um die Spurensuche zu erschweren, falls man überhaupt nach einem Auto sucht. Da ist seine logistische Basis schnell und geschickt.

Unauffällig sucht Rrushdi eine Telefonstation und wählt die Nummer, die man ihm gab, als er vom Flugplatz abgeholt wurde.

Albanische Familienbande sind verlässlich und verschworen. Schweigen ist Gesetz. Niemand wagt es, dagegen zu verstoßen. Nicht umsonst sitzen in Süditalien und auf Sizilien Albaner auf den höchsten Posten der internationalen Mafia. Einwanderer, die es dort zu traurigem Ruhm gebracht haben. Überall leben auch Mitglieder der führenden Familien. Sie werden nie die geforderte Hilfe verweigern, werden aber im gegebenen Fall dann selbst Zuarbeit einfordern. Die Tradition schweißt sie auf der ganzen Welt zusammen.

Auf dieser Basis, die dem normalen Bürger eines Rechtsstaates verborgen bleibt, wird auch ein Großteil des benötigten Geldes für den Freiheitskampf der Kosovo-Albaner beschafft. Die unfreiwillig freiwillige Abgabe der monatlichen Zahlung ist natürlich mit einem demokratischen Rechtssystem nicht vereinbar, aber welcher Staat gib schon gerne zu, dass solch ein Geschäft illegal und verschwiegen innerhalb seiner Grenzen abläuft.

Das Geld fließt über verborgene Kanälen dorthin, wo es benötigt wird. Das sollte bestimmt eine der Aufgaben sein, für die man Paul rekrutieren wollte, da ist sich Rrushdi sicher. Die Serben machen die Grenzen immer undurchlässiger für diesen Transfer. Für einen Albaner ist da kaum eine Chance durchzukommen.

Auch die ethnischen Albaner aus dem Staat Albanien nehmen daran teil. Sie sind Brüder in der Tradition und im Blut, ob sie aus Albanien oder dem Kosovo kommen. Der Kanun ist dabei ein starkes Band, macht sie zu einer verschworenen Gemeinschaft. Alle kennen den Spruch und handeln danach: Die Religion des Albaners ist Albanien.

Alles läuft ruhig ab während der nächsten Stunden für Rrushdi.

Mit der Bahn fährt er nach Hamburg, von wo aus er die Familie informieren will. Er braucht wieder eine neue Waffe und natürlich Geld, um den Auftrag auszuführen. In Hamburg empfängt ihn ein Mann, der ein gutes Restaurant mit einigen Hotelzimmern führt. Er hat sich hier etabliert; aber die Familie hat ihn nie aus den Augen verloren.

»Bruder, du wirst bei mir wohnen und alles bekommen, was du brauchst. Nur mach keinen Ärger, also nicht auffallen!«

Die Weisungen sind klar und knapp. Er wird hier nicht geliebt; aber er wird die geforderte Unterstützung erhalten. So weit ist Rrushdi zufrieden. Nun wird er eine neue Strategie entwickeln müssen. Noch einmal in Aurich zuzuschlagen, wäre zu riskant. Er ist noch zu jung, um Jahre hinter Gittern oder mit der Flucht vor der Polizei zu verbringen.

Er hat Zeit. Niemand drängt ihn. Die Zeit ist sein Verbündeter. Sie arbeitet für ihn. Sie wird den Gejagten sicher und schläfrig machen. Rrushdi hat sich dazu eine Taktik zurechtgelegt. Er wird versuchen, das Wild aus seinem Bau zu locken, um es dann zu jagen und zu erlegen. Das Revier Ostfriesland und das kleine übersichtliche Aurich gefallen ihm ohnehin nicht. Es wird also eine lange Jagd werden, die Geduld erfordert und natürlich auch Geld kosten wird. Das sollte aber nicht seine Sorge sein. Die Familie wird die nötigen Mittel bereitstellen.

Abends klemmt sich Rrushdi das Telefon auf dem zugewiesenen Zimmer ans Ohr und spricht mit dem Ältesten in den Bergen Albaniens.

Es ist, als stünde der alte Mann neben ihm im Zimmer.

Keine Vorwürfe sind zu hören. Nur die strenge Forderung nach Erfüllung des Auftrages. Geld wird keine Rolle spielen. Die Konten sind gefüllt. Überall wird er Unterstützung bekommen. Eine neue Waffe wird keine Schwierigkeit bereiten. Der Markt dafür ist groß und zugänglich.

Langsam findet Rrushdi Geschmack an seiner Aufgabe. Er rüstet sich hier in seinem Versteck zur großen Jagd.

Flucht in die Sonne

Paul drückt Eva fest an sich. Sie erwidert den Druck seines Körpers.

»Pass gut auf dich auf, mein Liebling«, flüstert Paul. »Ich sollte jetzt gehen. Ach ja, hier noch die Autoschlüssel. Lass die Karre da hinten stehen, damit das Auricher Nummernschild nicht so ins Auge fällt. Die Presse jagt uns immer noch. Irgendwann haben sie dich auch. Dann hau hier ab und komm zu mir. In drei bis vier Wochen entlassen die dich sowieso. Also, bleib gesund. Ich liebe dich, mein Mädchen.«

»Wie sagt ihr immer bei der Mission? *Take care*! Ich brauche dich.« Eva wendet sich ab und geht. Sie scheint auch mit den Tränen zu kämpfen.

Aber beide wissen, dass dies die beste Lösung ist.

Paul sieht seiner Frau nach, die, ohne sich umzudrehen, im Portal der Klinik verschwindet. Ohne lange zu zögern, besteigt er das Taxi, nachdem der Fahrer seinen Koffer eingeladen hat. »Bahnhof, bitte. Ich habe Zeit. Meine Zug geht erst in einer Stunde.«

»Na, schwerer Abschied, was?«, wagt der Fahrer zu bemerken.

»Ja, alles nicht so einfach«, entgegnet Paul schroff, um das Gespräch abzublocken.

Der Fahrer versteht. Er kennt diese Situationen. Sein täglich Brot. Aber so ganz kann er sich doch nicht zurückhalten: »Haben wir uns nicht schon einmal gesehen? Sie kommen mir bekannt vor.«

»Sicherlich nicht«, gibt Paul knapp zurück, die Gefahr ahnend. »Es gibt sicher viele, die ähnlich aussehen wie ich.«

Erst einmal ist der Fahrer ruhig, schaut aber des Öfteren verstohlen zur Seite, um Paul zu betrachten. Der hat seine geliebte Ray-Ban-Sonnenbrille aufgesetzt, und die

Golfmütze oder wie diese Dinger wohl heißen mögen, die er so sehr hasst, tief in die Stirn gezogen.

Am Bahnhof, eigentlich nur eine kleine Hütte mit einer winzigen Sitzbank darin, versucht Paul die Situation zu entschärfen, indem er betont lässig und unaufgeregt den Fahrer entlohnt. Er spürt die tastenden Blicke des misstrauischen Mannes wie Nadelstiche, als er im Bahnhofsgebäude verschwindet. Der Typ ahnt, wer er ist. Damit wäre auch Evas Tarnung aufgeflogen. Die Chance, eine schnelle Mark zu verdienen, lässt sich ein hart arbeitender Mann nicht entgehen.

Der wird mich schon nicht erkannt haben, versucht Paul sich zu beruhigen. Aber er ruft sofort Eva an. »Du solltest das dem Arzt erzählen. Wenn die Zeitungsmafia hier aufkreuzt, kannst du die Therapie vergessen.«

Eva sieht das alles nicht so kritisch: »Dann gehe ich eben nicht mehr so oft vor die Tür. Ich schaff das schon, mach dir mal keine Gedanken. Ich muss zur Therapiestunde, gute Reise, Paul. Vergiss mich nicht.«

Vergiss mich nicht! Ist das nur eine Floskel, wie man sie oft bei einem Abschied ausspricht, oder liegt in den Worten mehr verborgen? Was weiß oder besser: was ahnt Eva?

Die letzte halbe Stunde bis zur Ankunft des Zuges sitzt der nervöse Flüchtling, so sieht sich Paul im Moment, hinter der aufgeschlagenen Zeitung verborgen auf der kleinen Sitzbank, um ja niemanden ansehen zu müssen.

Zwei Stunden später kauft Paul seine Flugkarte nach Antalya, wobei er natürlich seine Anonymität preisgeben muss. Fast enttäuscht durchläuft Paul das Prozedere des Eincheckens, wie es so schön in Neudeutsch heißt. Niemand scheint Notiz von ihm zu nehmen. Nur der Polizist am Gate, der die Ausweise prüft, schaut ihn forschend an. »Guten Flug, Herr Anker, und eine ruhige Zeit in der Türkei«, wünscht ihm der aufmerksame Beamte.

Paul bedankt sich artig und schlendert durch die wartenden Menschen auf einen freien Sitzplatz zu. Noch eine gute Stunde bis zum *boarding*.

»Herr Anker, bitte folgen Sie mir doch kurz«, schrecken ihn die Worte einer freundlichen Flughafenbediensteten auf.

»Etwas Besonderes?«, fragt Paul, sichtlich nervös. Sofort wird die träge Menge der wartenden Fluggäste aufmerksam.

Zwei Beamte erwarten Paul. »Sind Sie der Anker, der …?«

Bevor der Beamte weiterreden kann, antwortet Paul schnell: »Ja, ich bin der Anker. Das war nicht gut, mich da rauszuholen. Meine Tarnung könnte auffliegen. Ich kann tun und lassen, was ich will. Hier die Telefonnummer der Polizei in Aurich. Die werden Ihnen das bestätigen. Nun will ich wieder auf meinen Platz zurück, meine Herren!« Die Schärfe in Pauls Worten ist nicht zu überhören. »Wer gibt Ihnen das Recht, so zu handeln? Sie sollten wissen, dass ich nicht einer Strafverfolgung unterliege. Sie bringen mich und meine Frau in Gefahr.«

Die verdutzten Beamten werden sichtlich verlegen. Bevor sie reden können, packt Paul seinen kleinen Koffer und wendet sich zum Gehen. Niemand hält ihn auf. »Idioten«, murmelt er. Paul ist sich sicher, dass jetzt die Telefondrähte heißlaufen und dass viele Augen ihn beobachten.

Aber niemand belästigt ihn mehr. Die Auskunft der Polizei in Aurich scheint wohl zusammen mit seinem Auftreten die gewünschte Wirkung zu haben.

Die Aufmerksamkeit, die die Beamten geweckt haben, als sie ihn quasi abführten, lässt nur langsam nach. Paul ist sich sicher, dass man ihn erkannt hat. Vielleicht wäre Grönland besser? Da wird man ihn wohl in Ruhe lassen. Paul entwickelt langsam aber sicher eine Leck-mich-am-Arsch-Haltung. Aber Lässigkeit und nachlassende Wachsamkeit sind gefährlich für ihn. Er darf das nicht vergessen.

Vielleicht wäre er besser mit dem Auto in die Türkei gefahren? Der Gedanke ist noch nicht zu Ende gesponnen, als er aufsteht, seine Sachen packt und die Halle verlässt. Paul hat kalte Füße bekommen.

Eva ist überrascht, kann ihn aber gut verstehen. Sie empfängt ihn mit dem Auto an dem kleinen Bahnhof und übergibt ihm den Wagen. »Pass auf dich gut auf. Es wird ja immer gefährlicher für uns. Was sollen wir nur machen?« Ihre Stimme klingt besorgt.

Paul versucht sie zu beruhigen. »Wir machen das schon richtig, Mädchen. Wir haben alle Unterstützung, die wir nur bekommen können. Von Dr. Wunsch halte ich sehr viel. Hier bist du gut aufgehoben.«

Inkognito in der Klinik zu bleiben, wird für Eva jedoch sehr schwer sein, da der aufmerksame Taxifahrer und das stümperhafte Verhalten der Ordnungskräfte am Flughafen sie sicherlich schon wieder in den Fokus des öffentlichen Interesses gerückt haben. Paul rät Eva, sich mit der Klinikleitung zu beraten, wie sie weiter verfahren sollten, um die Therapie erfolgreich zu Ende zu bringen.

Dann verabschiedet er sich endgültig von Eva, um die lange Reise mit dem Auto in die Türkei nach Alanya anzutreten. Paul ist diese Strecken gewohnt. Schon mehrere Male ist er gegen Evas Willen allein mit dem Auto oder dem Motorrad in die Türkei gefahren. Das Risiko, die Herausforderung reizen ihn daran. Das ist Abenteuer pur.

Diesmal ist es aber anders. Kein Abenteuer, keine Herausforderung, sondern Notwendigkeit.

Das Geld für das Flugticket ist natürlich weg. »Scheiß auf's Geld!«, ruft Paul im Auto erleichtert aus.

Es ist schon Nachmittag, und Paul will heute noch Strecke machen. Er legt hundertvierzig Stundenkilometer anschaltet den Tempomaten ein. Entspannt lehnt er sich zurück und versucht, sich auf sein Vorhaben zu konzentrieren. Aber seine Gedanken kreisen immer wieder um

Eva. Seine eigene Verletzung verspürt er kaum noch; aber Eva wird wohl die Erinnerung an das, was man ihr angetan hat, immer begleiten.

Gegen Abend hält er kurz vor der Grenze zu Österreich an einer Raststätte an und kauft sich eine Transitmarke für die Mautgebühr. Kurzer Halt, Kaffee und Erholungspause. Er will noch einige Kilometer fahren und beabsichtigt, in einem kleinen Landgasthof, wo man ihn vielleicht nicht erkennen wird, die Nacht zu verbringen. Es nützt ihm nichts, wenn er jetzt in Hektik verfällt und schnell in die Türkei will. Am sichersten wird er wohl im Auto während der Fahrt sein.

Er spielt mit dem Gedanken, in Kärnten am nächsten Tag einen Freund in seinem alten Jagdhaus aus der Kaiserzeit zu besuchen. Aber er verwirft den Gedanken sofort wieder. Niemand soll durch seine Schuld in Gefahr geraten. Paul ist sich nicht sicher, ob der Jäger ihn nicht ständig im Visier hat. Bewegung ist jetzt das Gebot der Stunde. Lange wird Paul diese Taktik allerdings nicht durchhalten können. Er kann nicht sein Leben lang davonlaufen.

Er wird selbst angreifen müssen, wenn die Situation dies erfordert. Dazu braucht er aber eine Waffe. Die kann er sich nur besorgen, wenn er wieder auf dem Balkan tätig ist. Dort fragt keiner, wenn man sich nicht zu blöde anstellt.

Gegen einundzwanzig Uhr ist er rechtschaffen müde und unkonzentriert. Bei der Stadt Wels fährt er von der Autobahn ab und findet auch gleich einen kleinen Landgasthof. Verschwiegen, ruhig und unauffällig. Das kommt ihm entgegen.

In der urigen Gaststube verzehrt Paul ein typisch österreichisches Abendessen, Braten, Knödel und Kraut. Dazu trinkt er zwei große Schoppen des regionalen Bieres und liegt schließlich gegen halb elf auf dem gemütlichen Bett. Er spricht mit Eva. Paul verspricht, vorsichtig zu sein und sie ständig auf dem Laufenden zu halten.

Nach einem reichhaltigen Frühstück, dem Paul kräftig zuspricht, ist er wieder auf der Autobahn Richtung Kroatien. Heute will er bis Bulgarien kommen und dort übernachten.

Die Strecke über Ungarn und an den Städten Györ und Szeged vorbei sollte nicht problematisch sein; aber es geht langsam voran. Hier kann man einfach nicht so schnell fahren wie in Deutschland. Höchstwahrscheinlich wird er in Serbien irgendwo an der Autobahn übernachten müssen.

Dann fällt es ihm siedend heiß ein: Durch Serbien wird er nicht fahren können. Er ist mit hoher Wahrscheinlichkeit im Computer der Grenzpolizei als ehemaliger Beobachter für die Europäische Union im Krisengebiet Bosnien Herzegovina oder Albanien gespeichert. Das könnte gefährlich werden. Außerdem ist es zurzeit für einen Mitteleuropäer nicht ratsam, sich in Serbien blicken zu lassen, wenn man nicht gute Gründe dafür hat.

Da bleibt nur noch die Route über Rumänien und dann nach Bulgarien.

Kurz entschlossen steuert er seinen Wagen Richtung Rumänien, was die Planung natürlich total durcheinander wirft.

Die Stadt Oradea ist sein Ziel und dort wird er auch wieder übernachten. Der Puls geht wieder runter und Paul konzentriert sich voll auf die Route.

Langsam verliert er seine Nervosität, die ihn seit der Abreise aus Aurich ständig begleitet hat. Hier wird ihn kaum ein Albaner verfolgen können. Die sind zurzeit nirgendwo in dieser Region gerne gesehen, da man nie weiß, ob sie nicht untertauchen wollen. Also, Ruhe und Umsicht sind angesagt. Er hält sogar einige Male an und gönnt sich einen Kaffee und eine Kleinigkeit zu essen. Hier bekommt er zum Glück immer ohne Schwierigkeiten Dieseltreibstoff, was nicht selbstverständlich ist. Der Krieg in Ex-Jugoslawien benötigt Unmengen Diesel für die Kriegsmaschinerie. Die Schmuggler haben dieses Geschäft sofort entdeckt, da man mit Diesel einige Hundert Prozent Gewinn machen kann. Der lukrative Schmuggel findet insbesondere zwischen Rumänien und den Krisengebieten Ex-Jugoslawiens statt.

Auf der Route ruft er Eva über das Handy an, um sie zu beruhigen. Sie macht einen guten Eindruck auf Paul.

Ohne Schwierigkeiten findet er in Ungarn an der Grenze zu Rumänien gegen Nachmittag ein gutes Hotel in der Stadt Debrecen, wobei er einen kleinen Umweg machen muss. Paul will auf der sicheren Seite sein, wenn er nachts logiert und sein Auto abstellen muss.

Er hat Zeit.

Am nächsten Tag ist er sehr früh auf der Straße, um die Route durch Rumänien und Bulgarien in die Türkei zu finden. Das ist nicht so einfach. Die rumänischen Straßen sind schlecht und gefährlich. Er kommt nur langsam voran. Hier darf ihm keine Panne passieren. Er weiß aus Erfahrung, dass er dann schlechte Karten hat, wenn keine Stadt in der Nähe ist.

Selbst wenn der Tank nur wenig leer gefahren ist, tankt er sofort auf, um immer genug Treibstoff zu haben. An den wenig vertrauenswürdigen Tankstellen hält er sich nicht lange auf. Seine Hektik kehrt insbesondere an den Zapfsäulen zurück. Paul fühlt sich immerzu beobachtet und verfolgt. Er behält das Auto stets im Blick und schließt es ab, sobald er aussteigt. Rumänien und Bulgarien sind zu dieser Zeit im Inland keine Touristenparadiese. Die Kriminalitätsrate ist hoch, und er ist für viele ein lohnendes Ziel. Schon an der Grenze fängt die Beobachtung an. Gut organisierte Banden sind ihm unter Umständen ständig auf der Spur, um einen günstigen Moment für ein schnelles Zuschlagen zu erwischen.

Heute muss er die Türkei erreichen. Aber es geht einfach nicht schneller voran. Gegen fünfzehn Uhr hat er endlich die Grenze zu Bulgarien bei der Stadt Ruse erreicht. Die Formalitäten an der Grenze ziehen sich hin. Paul kennt die Atmosphäre aus Albanien an den Grenzübergängen zu Mazedonien und Griechenland.

Alte, klapprige Lastwagen, die man in Deutschland sofort aus dem Verkehr zöge, stehen in langen Reihen vor der Grenze und warten auf Abfertigung. Mühsam quält er sich an den stinkenden Kolonnen vorbei und erntet manchen bösen Blick. Hier fällt sein Auto auf. Die vielen Türken, die auch diese etwas ungefährlichere Route wählen, sind die kooperativsten und freundlichsten unter den Truckern.

Paul spricht sie mit seinem holprigen Türkisch an. Das kommt gut an. Ein kleines *merhaba* genügt und die Kapitäne der Landstraße machen bereitwillig etwas Platz oder geben ihm bei Fragen über Besonderheiten kompetenten Rat.

Zwei Stunden braucht er, um die Grenze zu passieren. Ein Zwanzigmarkschein im Reisepass hilft dabei unauffällig aber effektiv auf beiden Seiten der Grenze.

Fünf Uhr nachmittags, die Sonne knallt unbarmherzig auf die Wagenkolonnen und auf den genervten Paul. Aber er hat es geschafft! Er ist in Bulgarien Richtung Türkei. Jetzt nur vorsichtig weiter. Er will es heute noch schaffen und dann einen Tag in Edirne bleiben. Es wird spät werden. Aber es wird lange hell bleiben.

Die Grenzformalitäten sind auch an der türkischen Grenze nicht ohne Probleme. Die Türken sind vorsichtig wege der großen Terrorgefahr in ihrem Land. Das Kurdenproblem macht ihnen mächtig zu schaffen.

Bis jetzt hat Paul noch nicht seinen Diplomatenausweis benützt, den er so lange besitzen wird, wie er bei der *ECMM* als Monitor gemeldet ist. Er hat sich sozusagen auf einen längeren Urlaub begeben. Der Ausweis würde vieles leichter machen. Aber er fürchtet, dass man ihn dann schneller erkennen könnte.

Es ist schon ein Uhr in der Nacht, als Paul im Hotel *Sultan* in Edirne bei dem verschlafenen und erstaunten Mann an der Rezeption nach einem Zimmer fragt. Paul kennt das Haus von früheren Fahrten in der Türkei. Was er hier erwarten kann, weiß er. Keinen großen Komfort, aber einigermaßen sauber und sicher.

Endlich ein Zimmer, wenn auch kein komfortables. Aber das Auto ist im bewachten Hinterhof, und er kann beruhigt bei offenem Fenster schlafen.

Der nächste Tag ist Ruhetag. Er braucht diese Erholung unbedingt.

Es wird ein Tag der Entspannung für den gestressten Paul. Die mehrmaligen Anrufe bei Eva geben ihm Kraft und Zuversicht. Obwohl Paul weiß, dass ein Albaner ihm hier kaum folgen kann, bleibt er wachsam. Vielleicht ist der Jäger gar kein Albaner, oder er hat gute Tricks.

Da fällt es ihm siedend heiß ein: Albaner sind in der Türkei gerne gesehen und haben als Moslems sicherlich das Recht auf Asyl. Hier in der Türkei haben viele Kosovo-Albaner Zuflucht gefunden. Also, Alarmstufe Orange!

Green, Orange und Red sind die NATO-Alarmstufen.

Dass der Jäger auch die deutsche Staatsbürgerschaft haben könnte, kommt ihm nicht in den Sinn.

Im Schatten des Jägers

Es ist einer dieser regenverhangenen Tage, wie sie so oft in diesem Teil der Türkei vorkommen, als Paul in seinem BMW die faszinierende und geschichtsträchtige Stadt Edirne verlässt.

Trotz aller Sorgen fühlt er sich erholt. Kurz vor der Abreise hat er Eva über ein öffentliches Telefon mit Karte angerufen. Paul betrachtet sein Handy mit Misstrauen, obwohl er weiß, dass seine jetzigen Gegner kaum die Möglichkeiten haben werden, das Mobiltelefon zu orten. Dazu braucht man komplizierte Technik.

Zurzeit kann niemand seine Spur aufgenommen haben. Da ist er sich sicher. Vielleicht wissen seine Gegner durch irgendwelche Quellen, dass er in der Türkei ist; aber wo er dort gerade genau ist, das können sie nicht wissen.

Er ist sich auch nicht sicher, ob die Familie Krasniqi diese Kosten und Mühen auf sich nimmt, um ihn so weit zu verfolgen. Das ist aber der große Unsicherheitsfaktor in diesem Spiel.

So fühlt sich Paul immerzu im Schatten des Jägers. Er vermeint seinen Atem zu spüren, seine Aura, seine Gegenwart. Seine Anspannung bleibt hoch.

Paul nähert sich auf der regennassen Autobahn der Millionenstadt Istanbul. Der Verkehr steigt sprunghaft an. Er kennt sich hier gut aus. Das Kartenmaterial des ADAC aus Deutschland ist exzellent, und er ist hier schon mehrere Male gefahren.

Es ist für ihn immer wieder ein Abenteuer, über die riesige Fatih-Mehmet-Brücke zu fahren, die den Bosporus überspannt und Europa mit Asien verbindet. Istanbuls Aura nimmt ihn selbst an der Peripherie gefangen. Man kann die pulsierende Atmosphäre fast greifen. Erregend, fiebrig und bedrohlich brodelnd; aber auch lockend und lachend wie eine schöne Frau räkelt sich die Stadt an der Grenze zwischen Orient und Okzident. Manchmal trennend, oft verbindend.

Nach einer Stunde Fahrt entlässt sie ihn aus ihrem Liebeswerben.

Paul macht in der Nähe von Hereke an einer modernen Raststätte, die sich kaum von denen in Europa unterscheidet, eine Pause. Hier kommen die berühmtesten Seidenteppiche der Türkei her. In der Zeit der Hohen Pforte waren sie ausschließlich für den Padischah, den Sultan, bestimmt.

Entspannt lehnt Paul sich in seinem Stuhl zurück und genießt seinen Tee in dem kleinen, bauchigen Glas. Die sanften Formen erinnern ihn an die Figur einer Frau oder vielleicht auch an die Form einer Violine. Nur aus diesem kleinen Glas schmeckt der türkische Tee wirklich gut.

Ja, die Türken verstehen es, zu leben. Türkische Impressionen, denkt er lächelnd.

Dialog zwischen zwei Welten

Der melodische Alarm seines Handys schreckt Paul aus seinen Träumen und Überlegungen.

»*Merhaba*, hier Paul Anker«, meldet sich Paul und merkt sofort, dass das ein Fehler gewesen sein könnte.

»*Merhaba*, Herr Anker, schön, dass Sie zugeben, dass Sie in der Türkei sind. Hier spricht Ihr Schatten, oder wie immer Sie mich nennen mögen. Wo befinden Sie sich denn gerade? Sicherlich sind Sie schon an Istanbul vorbei.«

Paul ist fassungslos. Wie konnte er so leichtsinnig sein!

»Herr Anker, nun sind wir fast schon gute Bekannte«, kommt es fast fröhlich durch das Handy. »Ich mache das wirklich nicht gerne, aber die Familie will das. So muss ich das tun. Ich werde Sie bekommen. Sie sind nirgendwo sicher vor mir.«

»Seien Sie sich da nicht so sicher«, hört Paul sich zu seinem eigenen Erstaunen ruhig und kalt sprechen. »Passen Sie auf sich selbst auf. Ich werde mich zu wehren wissen. Sagen Sie das Ihrem alten Mann, der da in Albanien den aufrechten Clanführer spielt und Sie zum Mörder im Namen eines mittelalterlichen Gesetzes werden lässt. Das Spiel wird jetzt interessant. Wie ist denn Ihr werter Name, Herr Jäger? Wir sollten doch wissen, wer sich in diesem Duell gegenübersteht.«

»Gut, dass Sie das von der sportlichen Seite sehen, Herr Anker. Das macht die Sache etwas leichter für mich. Ich meine von der psychologischen Seite her. Sie verstehen schon! Mein Name tut aber nichts zur Sache. Aber nennen Sie mich doch Schatten. Ja, Schatten ist gut. Wirklich gut! Ich werde Sie Paul nennen, wenn Sie das nicht stört. Sie dürfen diese Gespräche auch ruhig aufzeichnen. Die beweisen gar nichts. Wer soll mich denn auch in Albanien verfolgen? Dieser korrupte Staat?« Die Stimme des Jägers kommt fast lachend durch das Mikrofon. »Dann noch eine gute Fahrt und auf Wiedersehen in Alanya. Spätestens dort, Paul!«

Die Drohung ist nicht zu überhören. Der Jäger hat die Spur. Nun ist es an Paul, sich eine Strategie auszudenken, um in diesem Spiel zu überleben. »Ich werde Sie jagen«, hört sich Paul sagen. »Lasst nur meine Frau in Ruhe; die hat mit der Sache nichts zu tun.«

»Ihre Frau interessiert uns nicht. Sie sollten wissen, dass der Kanun keine Blutrache an Frauen vollzieht. Sie sind ein Mann. Nur Sie haben die Ehre, die von Gott gegeben ist. Zwei Fingerbreit Ehre auf der Blume der Stirn gab Gott den Männern. Unser Ältester sieht seine Ehre geraubt. Das kann nicht verziehen werden. Der Tod unseres Sohnes kann nur durch das Vergießen des Blutes von Ihnen gesühnt werden. Das fordert unser Gesetz, der Kanun, von uns, sagt der Älteste.«

»Da bin ich aber beruhigt, dass meine Frau an meinem Grab unbehelligt weinen darf«, entgegnet Paul. »Fühlen Sie sich wohl bei diesem lächerlichen Theater, das ihr da abzieht? Wir befinden uns doch nicht im Mittelalter, wo der Kanun wohl herkommt und auch hingehört. Womit habe ich die Ehre von irgendjemandem verletzt oder beleidigt? Wir sollten dieses Gespräch abbrechen und uns auf wichtigere Dinge konzentrieren. Ihr Land braucht Hilfe. Sie sind in der Lage, mit Ihrer Bildung, die Sie unzweifelhaft besitzen, zu helfen, anstatt archaische Gesetze an unschuldigen Menschen zu vollziehen. Aber ihr wollt das nicht begreifen. Euch ist diese lächerliche

Rache wichtiger, die niemandem hilft. Fangen Sie an zu überlegen. Noch ist Zeit dazu!«

»Wir werden uns sehen, Paul. Ich kann es nicht ändern, glauben Sie mir«, beendet Rrushdi den Dialog abrupt.

Quer durch Anatolien

Der Tischnachbar, ein Türke mit seiner jungen Frau, die kein Kopftuch trägt, schaut ihn verwundert an.

»Probleme? Kann ich Ihnen helfen?«, fragt er etwas neugierig in bestem Deutsch.

Paul ist über diese Tatsache nicht erstaunt. Hier sprechen viele Türken gutes Deutsch. Entweder sind sie nach vielen Jahren wieder in die türkische Heimat zurückgekehrt oder sie sind sogenannte *almanceler*, Deutschler. Türken, die in Deutschland leben und arbeiten und nur zum Urlaub ihre alte Heimat besuchen.

»Danke, alles klar, nett, dass Sie mir helfen wollen. Ich muss jetzt aber weiter. Es ist noch ein langer Weg nach Alanya«, versucht Paul die Unterhaltung abzuwürgen.

Der Mann ist sichtlich enttäuscht, dass man seine Hilfe zurückweist, und widmet sich wieder seiner Frau und seinem Tee. Artig verabschiedet sich Paul, und bald ist er wieder auf der Autobahn. Die Sonne gewinnt mit aller Macht den Kampf gegen Wolken und Regen. Überall liegen die Dunstschwaden wie Schleier über dem noch feuchten Land.

»Das wird wieder heiß heute.« Paul beginnt wieder mit seinen Selbstgesprächen und versucht sich auf den Verkehr und das Auto zu konzentrieren.

Er wird bei der nächsten Gelegenheit die Polizei in Aurich anrufen und über den Anruf heute berichten. Um sich selbst macht er sich keine so großen Sorgen, aber er glaubt dem Anrufer nicht, wenn der sagt, dass Frauen unbehelligt bleiben. Als Druckmittel hat man Eva schon einmal benutzt. Das kann er kein zweites Mal zulassen.

Er wird heute noch etwa dreihundertfünfzig Kilometer bis in die Nähe von Afyon fahren und dort übernachten. Obgleich die Straße in den letzten Jahren gut ausgebaut wurde und immer noch daran gearbeitet wird, schafft er durchschnittlich höchstens sechzig Kilometer in der Stunde. Es wird gebirgig. Der Verkehr, insbesondere der Schwerlastverkehr, nimmt zu. Schließlich ist das eine Hauptverkehrsader quer durch Anatolien.

Die Sonne brennt jetzt unbarmherzig. Paul kann sich nur Linderung über die ständig laufende Klimaanlage verschaffen. Heute Abend wird wieder die Nase laufen.

In Kütahya, berühmt durch seine Keramik- und Porzellanindustrie, informiert er während einer kleinen Pause die Polizei in Aurich über ein öffentliches Telefon. Er bittet dringlich um geeignete Maßnahmen, damit Eva sicher ist. Außerdem gibt er die Information über den Anruf seines Schattens an die Polizei. Die deutsche Polizei überlegt, ob sie in dieser Sache Interpol und die türkische Polizei einschalten soll. Paul ist damit einverstanden.

Gegen acht Uhr abends erreicht Paul völlig erschöpft die Raststätte an der Durchgangsstraße bei Afyon. Sie ist ihm von einigen Übernachtungen her bekannt. Preiswert, unkompliziert und, was wichtig ist: gutes türkisches Essen. Gegenüber befindet sich ein riesiges, modernes Einkaufszentrum, das es ohne Weiteres mit denen in Deutschland aufnehmen kann. Mehrere Tankstellen und eine Polizeistation direkt neben der Raststätte machen den Platz für Durchreisende attraktiv und sicher.

Hier ist richtig was los. Reisebusse aus allen Teilen der Türkei machen Rast oder lassen ihre Passagiere übernachten. Trucker übernachten hier, und türkische Familien nehmen das günstige Angebot ebenfalls an.

An den heißen Bussen und Lastwagen vorbei bahnt er sich mit seinem Koffer den Weg durch die brodelnde Menge. Es riecht nach Abgasen, stinkendem Gummi, heißgelaufenen Bremsbelägen und schwitzenden Menschen. Aus der großen Garküche dringt der Geruch der Speisen, die auf den schattigen Terrassen verzehrt werden.

Die Hitze liegt wie eine Glocke über dem Land und steigt flimmernd über dem glühend heißen Beton und dem weichen Asphalt auf. Die Sonnenbrille ist ein Muss. Der nervende, nie endende Verkehrslärm überlagert das Ganze.

Paul checkt ein, wobei er sich den Schweiß aus den Augen wischen muss, während er mit dem Angestellten hinter der Rezeption spricht.

Ohne zu fragen, bietet man ihm sofort einen sicheren Garagenplatz kostenlos an. Hier, wo viele Touristen sind, wird geklaut, was das Zeug hält. Das ist auf der ganzen Welt so. Keine türkische Erscheinung!

Völlig erschöpft erreicht er sein Zimmer. Misstrauisch sondiert Paul aus dem Fenster die Lage. Es ist über das marode Garagendach von einer stilleren Seitenstraße her zu erreichen. Das macht ihn nervös.

»Jetzt fängst du aber an zu spinnen«, sagt er halblaut zu sich selbst. Vor das geöffnete Fenster legt er einige Gegenstände, die nachts bei einem unerwarteten Einstieg Geräusche verursachen sollen. Das Zimmer hat leider keine Klimaanlage, sodass er bei offenem Fenster schlafen muss. Es ist immer noch unerträglich heiß.

Nach einer Dusche, die nur kurzzeitig erfrischt, macht sich der Hunger bemerkbar. Unten im Durchgangsrestaurant stellt er sich am offenen Büfett sein Essen zusammen und genießt es an einem Tisch im Freien, von wo er das rege Treiben auf dem Vorfeld dieser modernen Karawanserei beobachten kann. Der leise surrende Ventilator macht den Aufenthalt halbwegs erträglich.

Zwei schöne, kalte Biere bringen ihn fast in eine euphorische Stimmung. Oben im Zimmer hat er sich noch zwei Flaschen des vorzüglichen, türkischen Efesbieres kühl gestellt. Immerhin gibt es einen kleinen Kühlschrank.

Gegen zweiundzwanzig Uhr dreißig liegt er dann auf seinem frisch bezogenen Bett, nur mit einer Unterhose bekleidet. Das Fernsehgerät flimmert, das Bier schmeckt immer noch.

Nach dem dritten Bier schläft Paul ein.

Das Böse ist immer und überall

Es ist tiefe Nacht.

Schlaftrunken wacht er auf, weil ihn ein dringendes Bedürfnis quält.

Es ist halbdunkel in dem kleinen Zimmer. Der Mond wirft sein kaltes Licht herein, und Paul will aufstehen, um im Bad das Licht einzuschalten. Im Zimmer selbst vermeidet er das bei offenem Fenster, um die Fliegen und andere Quälgeister nicht anzulocken.

»Was, Wolken?«, murmelt er schlaftrunken, als sich das Zimmer plötzlich verdunkelt.

Bevor er jedoch aus dem Fenster blicken kann, sieht er verschwommen eine Gestalt im Fensterrahmen gegen das Mondlicht vom Garagendach her emporwachsen. Leises Gemurmel in türkischer Sprache verrät ihm, dass hier etwas Verbotenes vor sich geht.

Paul denkt an den Jäger. Kann das sein?

Blitzschnell ergreift Paul eine halb volle Bierflasche, die auf dem Nachttisch steht, springt fluchend von der Bettkante auf, und ohne Zögern schlägt er zu. »Verdammtes Gesindel!«, schreit er und drischt mehrere Male auf den Mann ein, der sich nicht so schnell nach unten verziehen kann. Scheinbar hat der Helfer, der die Gaunerleiter stellt, die Situation noch nicht erfasst.

Paul gibt nicht nach. Mit der Faust und der Bierflasche schlägt er auf den Mann ein und drückt den Eindringling nach draußen. Er kämpft wie entfesselt. Schreiend stürzt der Mann ab und reißt seinen Helfer mit. Das morsche Garagendach hält dieser Belastung nicht stand und bricht mit lautem Krachen zusammen.

Paul beobachtet, wie die dunklen Gestalten sich humpelnd und fluchend in Richtung der nahen Felder in Sicherheit zu bringen versuchen. In den umliegenden Fenstern gehen die Lichter an. Aufgeregte Menschen spähen in die Nacht. Paul versucht hektisch, ihnen die Situation zu erklären. Einer ruft in verständlichem Deutsch, dass er schon die Rezeption informiert habe. Schnell zieht Paul seine Hose an; denn er wird wohl in Erklärungsnotstand geraten.

Aber das Hotelpersonal scheint an Situationen dieser Art gewöhnt zu sein und erklärt ihm, dass die Polizei nebenan schon informiert sei. In der Zwischenzeit ist es drei Uhr morgens geworden. Die Raststätte ist zum Leben erwacht, um dem Ereignis die Referenz zu erweisen.

Die Polizei schwärmt mit einem Auto und zwei Männern als Fußstreife in die umliegenden Felder aus, um nach den Übeltätern zu suchen. Die Chancen stehen dabei nicht schlecht. Das Gelände ist offen und gut einsehbar. Die Beamten arbeiten mit starken Lampen, um das diffuse aufkommende Morgenlicht zu erhellen.

Nach einer halben Stunde haben sie Erfolg.

Paul wird den zwei Gaunern gegenübergestellt. Er soll sie identifizieren. Eigentlich kann er das nicht direkt, da die Lichtverhältnisse das verhindert haben. Der Schlag ins Gesicht und auf den Kopf mit der Bierflasche haben jedoch deutliche Spuren hinterlassen. Leugnen zwecklos!

Sind das nur kleine Gauner, die einen Touristen ausrauben wollten? Oder haben sie etwas mit seinem Verfolger zu tun? Schon will Paul der Polizei seine besondere Situation erklären, aber er hält sich dann doch zurück. Es wäre unklug, die Polizei in der Türkei misstrauisch zu machen. Die würden ihn nicht laufen lassen, bevor seine Identität und der von ihm geschilderte Sachverhalt geklärt wäre. Das könnte lange dauern.

Die zwei verhinderten Diebe machen einen verängstigten Eindruck und versichern ein ums andere Mal, dass sie nichts Böses vorhatten. Paul glaubt jetzt, dass dieser Zwischenfall nichts mit seiner Sache zu tun hat. Das ist einfach zu abwegig. Es handelt sich hier wohl eher um den Versuch zweier kleiner Gauner, eine schnelle Mark zu machen.

Nach der Feststellung der Personalien und einem Kurzbericht auf der benachbarten Polizeiwache kann er sich auf sein Zimmer zurückziehen.

Eine erfrischende Dusche ist angesagt, und dann freut er sich auf sein Frühstück. Es ist inzwischen sechs Uhr dreißig und die Arbeitswelt ist schon lange um ihn herum erwacht.

Über die beja hinaus kann auch der Hass nicht treiben.
Kanuni i Lekë Dukagjinit

Der Jäger hält die Spur

Nach einem ausgiebigen Frühstück, einer Mischung zwischen europäischer und türkischer Küche, meldet Paul sich dann noch einmal auf dem Polizeiposten.

Einer der Männer kann recht gut Deutsch. Die Beamten arbeiten zügig und professionell, sind freundlich und zuvorkommend. Ein Glas Tee spendieren sie dem Deutschen auch noch.

Paul stellt keine Forderungen an die kleinen Gauner. Es fehlt ihm nichts, und er hat keine Verletzungen. Die

Sache ist schnell beendet. Er verlässt erleichtert die kooperativen Polizisten und zwei verängstigte Männer, die genau wissen, was ihnen im harten türkischen Knast blüht.

Im unteren Hotelbereich findet er einen öffentlichen Fernsprecher für seine türkische Telefonkarte. Eva ist auf dem Weg der Besserung. In ungefähr zwei Wochen will sie die Therapie beenden. Von dem nächtlichen Abenteuer erzählt Paul ihr nichts, um sie nicht zu ängstigen.

Aber sie scheint etwas zu merken: »Ist alles in Ordnung bei dir? Du bist so aufgekratzt heute Morgen.«

Paul kann sie beruhigen; aber er ist aufgewühlt. Er sucht sich einen ruhigen Platz in der Hotellobby, um erst einmal zu überlegen. Die Ereignisse hatten ihn abgelenkt, jetzt aber kehrt das Bewusstsein dafür zurück, mit welch einem tiefen Trauma Eva belastet ist.

Seine Pflicht als Partner wäre es eigentlich, zusammen mit den Experten der Klinik, Evas Psyche wieder geraderücken, statt davonzulaufen, um in Sicherheit zu sein. Pauls Schuldgefühle werden größer und irgendwie kann er sie nicht bewältigen. Auch sein Argument, dass er durch sein Ausweichen die Bedrohung durch die Familie Krasniqi in die Türkei verlegt, beruhigt ihn nicht mehr. Er ist unglücklich zurzeit. Er meint seine Frau unterstützen zu müssen. Aber aus der Distanz ist das schlecht möglich.

»Hoffentlich mache ich alles richtig«, seufzt er nachdenklich.

Paul zwingt sich dazu, seine Gedanken auf die Weiterreise zu konzentrieren.

Dann kann er endlich in sein Auto steigen, nachdem der Manager der Raststätte sich in endlosen Entschuldigungen ergangen hat. Ein üppiges Lunchpaket für seine Weiterfahrt wird ihm als Ersatz für die entgangene Nachtruhe überreicht. Paul versichert dem Mann, dass er auf der Rücktour gerne wieder bei ihnen übernachten wird.

Weiter geht's. Grobe Richtung Süd nach Antalya und dann nur noch hundertvierzig Kilometer nach Alanya

Tosmur. Paul braucht keine Karte mehr. Er kennt die Route gut.

Es ist jetzt elf Uhr. Die Sonne brennt vom Himmel. Die Klimaanlage läuft ununterbrochen, damit Paul es im Inneren des Wagens einigermaßen erträglich hat. Er befindet sich inzwischen auf der anatolischen Hochebene zwischen dem gewaltigen Taurusgebirge im Süden und dem Pontischen Gebirge im Norden, das er gerade verlassen hat. Ohne Sonnenbrille kann er hier auf der Hochebene das gleißende Licht nicht ertragen.

Er wundert sich über die Bauern auf den umliegenden, weiten Äckern. Dicke Kleider und Kopfbedeckungen, die gerade einen schmalen Sehschlitz freihalten, vermummen die gebückten Gestalten. Trotz der gleißenden Sonne herrscht auf der anatolischen Hochebene mitten im Sommer eine Kälte, die einem die Energie aus dem Körper zu saugen scheint. Dazu kommt der starke Wind, der fast einem Sturm gleicht und stetig bläst. Im Auto ist von der Kälte jedoch nichts zu spüren. Die Sonne heizt die Kiste im Inneren mächtig auf.

Paul schreckt auf. Sein Handy schrillt.

»Hallo, Paul! Ich hoffe, es geht dir gut. Hier ist dein Schatten.«

»Mensch, du Psychopath, lass mich doch endlich in Ruhe. Wir sollten uns mal wie vernünftige Menschen unterhalten und zu einer Lösung kommen«, erwidert Paul ohne große Emotionen. Er hat sich an diese Anrufe gewöhnt. Sie machen ihn nicht mehr nervös. Langsam lässt er den Wagen am Seitenstreifen ausrollen. Diese Gespräche fordern seine ganze Konzentration.

»Es kann nur eine Lösung geben, mein Freund. Du kennst sie«, antwortet Rrushdi fast freundlich.

»Die könnte auch anders aussehen, als du dir das vorstellst. Ich verstehe was von Waffen als ehemaliger Berufssoldat.«

»Ihr habt alle Hemmungen, ihr Mitteleuropäer. Ihr

überlegt zu lange. Das ist euer Nachteil in einem solchen Spiel.«

Paul zögert nicht mit seiner Antwort: »Verlass dich nicht zu sehr darauf. Auch wir lieben das Leben. Ich werde mich zu verteidigen wissen.«

»Paul, wenn du mich erledigst, schickt die Familie den nächsten Jäger. Du hast keine Chance, solange die Familie dein Blut verlangt. Der Kanun lebt in uns. Nur ein Albaner kann das verstehen.«

»Hör gut zu. Ich bin es leid, mich jagen zu lassen. Sag das noch einmal deinem Ältesten. Wir können zu einer Einigung kommen. Ihr legt den Kanun falsch aus. Du weißt das. Ich habe das Blut des Jungen nicht vergossen. Es war das Schicksal, das uns alle treffen kann. Dein Ältester spricht nicht gut mit seinem Urteil. Der Kanun sagt auch, dass jener, der böse, aufhetzende Worte aussät gegen jemanden, ein ›schlechter Arbeiter‹ ist, was immer auch das bedeutet bei euch. Ich bin bereit, den Eid zu leisten, die *beja*, dass ich schuldlos bin. Der Eid wäscht das Blut, das heißt, wenn man seine Schuldlosigkeit beeiden kann. Aber ihr gebt mir keine Gelegenheit dazu.«

Rrushdi antwortet nicht. Er atmet heftig. Die Worte scheinen ihn zu beindrucken. Paul sieht seine Chance, den Jäger weiter zu beeinflussen oder zumindest zu verunsichern.

»Über die *beja* hinaus kann auch der Hass nicht treiben, sagt der Kanun. Weiß das der Älteste nicht?«, fragt Paul beschwörend. *»Das Wort aus meinem Munde geht in das Ohr des anderen ein, und der Dritte nutzt es zu jemandes Untergang – ich aber sitze und scherze«*, zitiert er, um die Schwachstelle im Urteil des Ältesten zu beweisen.

»Du kennst dich in der Zwischenzeit gut aus mit dem Kanun«, erwidert Rrushdi. »Kompliment! Ich werde mit dem Ältesten reden. Aber ich sehe kaum eine Lösung für uns. Wir sind beide Gefangene des Kanun. Jeder auf seine Art, Paul. Wir könnten Freunde sein. Ich spüre das. Aber ich bin auch Albaner. Übrigens kann ich dich sehen. Aber du kannst mich nicht sehen. Nicht nervös werden. Ich melde mich wieder. Gute Fahrt!«

Paul will noch etwas erwidern, aber das Telefon ist stumm.

Hastig blickt er sich um und steigt dazu aus dem Auto. Nur weite Landschaft, so wie sie schon vor Tausenden von Jahren ausgesehen haben mag. In der Ferne einige krumme Figuren, arbeitende Bauern mit ihren Frauen. Kein Beobachter in der Nähe. Die Stille und die archaische Szenerie sind bedrückend.

»Der will mich nur verrückt machen«, murmelt Paul. Er nimmt sich vor, die nächsten Gespräche nicht mehr entgegenzunehmen. Er will sich nicht zum Spielball machen lassen, keine Figur in diesem Psychokrimi sein, den sein Verfolger da entwirft. Aber er muss zugeben, dass die Taktik seines Schattens die ersten Erfolge zeigt. Paul wird immer nervöser.

Um sich zu verteidigen, braucht er eine Waffe. Er braucht sie schnell. Ohne Waffe ist er hilflos.

Rutscht er mit dieser Denkweise nicht selbst in die archaische Gewaltmentalität ab, die seine Gegner seit Generationen in sich tragen? Er sieht diese Gefahr, hat ihr aber nichts entgegenzusetzen. Wie er aus dieser Zwickmühle herauskommen soll, kann er sich nicht vorstellen. Sollte er die Waffe einsetzen, so wird er sich erklären müssen. Die Polizei in der Türkei ist nicht zimperlich.

Eine Scheißsituation! Paul denkt und denkt. Er strapaziert sein Gehirn während der Fahrt, durchdenkt Modelle, zermürbt seinen Geist. Seine Stimmung wechselt zwischen Wut und Resignation. Er kommt zu keinem Ergebnis, das ihn befriedigt.

Misstrauisch schaut er in die wenigen Autos, die ihm entgegenkommen oder ihn überholen. Sitzt da vielleicht der Jäger drin?

Verzweifelt versucht er, sich auf die Straße zu konzentrieren. Weit am Horizont baut sich vor ihm eine dunkle Wand auf, die im Laufe der nächsten Stunde erkennbare Konturen gewinnt, das gewaltige Felsmassiv des Taurus. Langsam verliert die Landschaft ihre Eintönigkeit. Die Steppenlandschaft mit den weiten Kulturfeldern weicht den ersten Felsformationen.

Immer wieder ist Paul von der Wucht dieser Landschaft in Anatolien beeindruckt. Für kurze Zeit vergisst er seine Probleme.

Wieder weckt ihn das Telefon aus seiner fast heiteren Stimmung. Aha, wieder mein Freund ... Ich sollte ihm nicht die Lust bereiten, mich unter Druck setzen zu lassen, denkt er und nimmt das Gespräch nicht an.

Die ansteigende Gebirgsstraße nimmt seine Aufmerksamkeit voll in Anspruch. Hier und da gerät er in Stausituationen. Kolonnenfahrten bremsen ihn aus. Die türkischen Trucker fahren an extremen Steigungen fast ohne Lücke auf und können nicht überholt werden. Er hat in diesem Rhythmus mitzuhalten.

Das nervt! An einem Parkplatz mit berauschender Aussicht in ein sich weit öffnendes Tal macht er Pause. Glücklich ergattert er zwischen den stinkenden Lastern und Pkw ein schönes Plätzchen zum Ausruhen.

Sein Handy meldet den Eingang einer Nachricht. »Aha, der große Meister hat wieder einmal eine Botschaft für mich«, murmelt er und grinst vor sich hin. Paul kann nicht widerstehen. Er öffnet die SMS und liest mit einer fast masochistischen Gier.

Wir sollten mehr miteinander sprechen, Paul. Das macht die Sache interessanter für uns alle.

»Idiot!«, ruft Paul.

Einige Trucker an dem Brunnen mit Trinkwasser blicken auf. »Probleme, Kollege?«, fragt einer.

»Danke, alles in Ordnung!«, ruft Paul freundlich zurück. »Nett von Ihnen!« Der Lkw-Fahrer nickt freundlich zurück.

Das kalte Quellwasser erfrischt. Ein Türke bietet ihm Limonenwasser an, das Kölnisch Wasser der Türkei. Das belebt die Lebensgeister sogar noch besser.

Paul öffnet das geschenkte Lunchpaket und teilt es mit den umstehenden Männern, die es dankbar annehmen. Einige sprechen gut Deutsch. Es entwickelt sich eine rege Unterhaltung. Paul fühlt sich hier wohl und kann sich nur schwer von den freundlichen Männern trennen. Aber alle müssen weiter.

Jetzt ist es gegen sechzehn Uhr dreißig und Paul beschließt, in Burdur in einem kleinem Hotel an einem großen See Quartier zu nehmen. Hier wird Soda für die Industrie gewonnen.

Es ist ruhig, und die Zeit scheint an diesem Ort still zu stehen. Das verspricht Erholung für seine angespannten Nerven. Gutes und preiswertes Essen, annehmbare Zimmer und viel Natur in der Umgebung. Ein rechter Ort, um Ruhe zu tanken.

Nach einem guten Essen auf der offenen Veranda, die von jungen Leuten der Oberschicht besucht wird, liegt er dann wieder auf dem Bett und zieht sich noch eine kalte Flasche Bier rein. Es wird dunkel, und draußen machen die Grillen einen Höllenlärm. Fast übertönt das Zirpen das erwartete Klingeln des Telefons.

Diesmal ist es Eva, die einen optimistischen Eindruck macht und zum Glück nichts von den Anrufen des Jägers weiß. Sie berichtet, dass es in den letzten Tagen in den Medien ruhig um ihre Sache geworden ist. Das macht ihr die Bewältigung der Probleme leichter. Ihre Identität scheint nun offenzuliegen, aber es stört sie nicht. Die Klinik schirmt sie gut gegen die Medienleute ab. Die wittern natürlich immer noch eine große Story.

Eva ahnt aber, dass ihr Mann noch immer unter Druck steht. Weibliche Intuition, vermutet Paul.

Beide kommen überein, dass Eva sofort nach der Entlassung in die Türkei fliegen wird. Es wird Zeit, ihre zukünftige Strategie zu besprechen und zu überdenken. Dass der Jäger seine Spur, wohl mithilfe der Medien, während des *check in* auf dem Flugplatz in Stuttgart aufgenommen hat, verrät er ihr nicht.

Dann klingelt es wieder. Ohne zu überlegen, nimmt er auch dieses Gespräch an.

»Na, einen schönen und erholsamen Tag gehabt, mein Freund?«, meldet sich der Jäger mit freundlicher Stimme.

»Bist du ein Sadist? Was sollen diesen lächerlichen Anrufe? Komm, mach deinen Job. Ich warte auf dich.« Paul versucht den Mann aus der Reserve zu locken und etwas über die Absichten und den Standort des Albaners zu erfahren.

Aber der stolpert nicht in die Falle. »Ich will nur etwas plaudern, bevor wir das nicht mehr können. Hast du Angst, Deutscher?«

»Hör zu, Albaner.« Paul betont bewusst die Nationalität des Jägers. »Ich habe natürlich keine Angst. Du kannst ruhig kommen. Je länger es dauert, desto besser bin ich auf dich eingestellt. Habe da ein paar Überraschungen vorbereitet.« Paul blufft. Er will ihn nur unsicher machen. Unsichere Jäger machen Fehler. Das könnte sein Vorteil bei einer Konfrontation sein.

Sie wird kommen. Schon bald. Paul ahnt es.

»Übrigens werde ich die Anrufe nicht mehr entgegennehmen. Das wird mir zu teuer, mein Freund. Ich habe ein deutsches Handy. Also, SMS oder nichts mehr. Verstanden!«

»Soll ich dem armen Deutschen und ehemaligen Diplomaten mit dickem Geld ein türkisches Handy kaufen?«, scherzt der Jäger. »So arm kannst du doch nicht sein, Paul. Du solltest froh sein, dass ich mich mit dir so locker unterhalte.«

»Lass uns das Theater beenden, es nervt mich.« Paul drückt die Austaste und nimmt sich zum wiederholten Male vor, die Anrufe nicht mehr anzunehmen. Hoffentlich kann er das durchhalten. Er sollte dem Jäger nicht mehr die Gelegenheit geben, ihn nervös zu machen.

Ankunft in Alanya

Der nächste Tag sieht Paul schon gegen acht Uhr auf der Route. Das Frühstück war gut und das kurze Gespräch mit Eva über das öffentliche türkische Telefonnetz wie eine erfrischende Dusche für ihn. Entspannt summt er vor sich hin. Der türkische Sender spielt gute Sachen. Ankara havalare. Paul liebt diese traditionelle anatolische Musik.

Die Sonne heizt schon zu dieser frühen Stunde den Innenraum des Wagens auf. Noch hilft das geöffnete Fenster, aber bald wird er die Klimaanlage aktivieren müssen.

Der Alarmton des Mobiltelefons schreckt ihn schon wieder aus seiner guten Stimmung. Der Albaner. »Diesmal nicht!«, ruft er locker aus. Paul nimmt das Gespräch nicht an. So wird es den gesamten Tag über gehen. Er kann das Telefon aber nicht deaktivieren, da er den Kontakt zu Eva halten muss.

Gegen zwölf erreicht er die Millionenstadt Antalya. Noch hundertfünfzig Kilometer Fahrt auf der ziemlich guten Straße, die erst in den letzten Jahren ausgebaut wurde und noch nicht gänzlich vollendet ist – er ist froh, als er das Verkehrschaos der Riesenstadt verlässt und an der Küste entlang Richtung Alanya fährt. Zwei Stunden auf der Küstenstraße und es ist geschafft. Alanya, die Schöne, ist erreicht. Er freut sich schon auf ein kaltes Bier.

Wird er aber hier vorerst sicher sein? Wo ist die Schwachstelle in diesem Spiel? Immer wieder enden seine Überlegungen bei seinen albanischen Dolmetschern. Die wissen, dass er eine Wohnung in der Türkei besitzt. Bilder hatte er auch gezeigt. Nun rächt sich seine Nachlässigkeit oder vielleicht auch seine Angeberei.

Dazu kommt natürlich die unglückselige Geschichte auf dem Flugplatz in Stuttgart.

Es wird nicht lange dauern, und der schlaue Jäger wird seinen Standort herausfinden. Es gibt in der Türkei viele Asylanten aus dem Kosovo und Albanien. Das werden die Quellen sein, die ihm bei seiner Suche helfen.

Langsam biegt er in die Einfahrt zur Siedlung Alba Sitesi ein. Der Wächter in seinem modernen Wachhäuschen schaut auf. Ein Lächeln geht über sein Gesicht. »*Hos geldiniz*!«, herzlich willkommen, ruft er laut und winkt ihn durch.

Zum Glück begegnet ihm kein Bekannter, den er begrüßen müsste. Paul nimmt erst einmal nur eine Reisetasche aus dem Wagen und flüchtet vor der unerträglichen Hitze zwischen den Wohnblocks sofort in seine Wohnung. Hier ist es kühler. Die Wohnung befindet sich im Erdgeschoss, und die geschlossenen Rollläden lassen die Hitze nicht herein. Ein alter Trick der Menschen, die in diesen Regionen leben: Man muss der Hitze den Eingang in das Innere einer Wohnung verwehren.

Der langsame Gang durch die Räume zeigt ihm, dass alles in Ordnung ist. Das Wasser ist schon angestellt, der Kühlschrank auch. Die Flasche Bier vom letzten Jahr hat genau die richtige Temperatur und ist schnell geleert.

»Danke, Melitta!«, ruft Paul in die leere Wohnung. Melitta, eine deutsche Residentin, schaut nach dem Rechten, wenn niemand in der Wohnung ist. Er aktiviert das Haustelefon und wählt ihre Nummer. Sie verabreden sich in einer Stunde in dem kleinen Restaurant in der Anlage zu einem Tee oder einem Drink. Dann informiert er noch schnell Eva, dass er gut angekommen ist.

Jetzt brauchen sein ermüdeter Körper und Geist erst einmal eine kühle Dusche und frische, lockere Kleidung.

Alles so weit gut … wenn nur der Grund seines Hierseins ein anderer wäre.

Die lustigen Leute von Alba Sitesi

Lautes Hallo und ein herzliches Willkommen, *»hos geldiniz«*, empfangen ihn in dem kleinen Restaurant von Billal, der die Teestube betreibt. Paul bekommt natürlich auch ein kaltes Bier. Das ist illegal, da der Betreiber keine Schanklizenz besitzt. Der Laden hier wirft das nicht ab.

Alle wissen es, aber alle machen es so lange, bis die Zabita, die Tourismus- und Steuerpolizei, zuschlägt. Dann ist Zahltag. Drei Restaurants befinden sich in der Siedlung und niemand weiß so recht, wer wen anschwärzt.

Sie lieben und sie hassen sich. Sie lachen miteinander und schlagen aufeinander ein.

Hier trifft sich die gesamte Palette der türkischen Gesellschaft. Reiche aus den Großstädten, die hier eine Ferienwohnung haben. Einfache Arbeiter, die ständig am Existenzminimum leben und kaum die Wohnung bezahlen können. Ausländer wie Paul, die preiswert die Sonne genießen wollen. Halbseidene. Kleine und große Gauner. Honorige Leute. Und eben auch ganz normale Bürger.

Melitta ist noch nicht da. Sie stylt sich wohl gerade.

Eben noch galt das gesamte Interesse dem Neuankömmling. Plötzlich sitzen sie sich wieder gegenüber und spielen weiter. Sie fangen morgens an und hören morgens auf. Ununterbrochen sitzen sie an den Tischen und spielen ein uraltes Spiel, das sie *tavla* nennen. Schon die alten Ägypter und Perser sollen sich damit die Zeit vertrieben haben. Eine Art Dame, wie Paul als Nichtspieler laienhaft weiß. Nichts und niemand darf sie stören. Dabei trinken sie Tee oder ein Wasser. Damit kann Billal natürlich nicht reich werden.

Paul grüßt den General, der langsam an dem Lokal vorbeischreitet. Ein würdevoller Mann mit schlohweißem Haar. Er war wirklich General; und General bleibt man ja immer. Das ist auf der ganzen Welt so. Paul ist für alle hier der *albay*, der Oberst. Das wäre er gerne, dann wäre ja auch die Pension dicker. Irgendeiner hatte ihn hier mal so bezeichnet, seitdem ist Paul *albay*. Es schmeichelt ihm. Warum sollte er das richtigstellen? Niemand ist daran interessiert.

Der General grüßt lächelnd zurück und ruft dezent ein »*hos geldiniz*«. Er neigt mit der unnachahmlichen Würde des Orientalen generös den grauen Kopf. Das sähe bei Paul lächerlich aus.

Einige Frauen nähern sich aus der Richtung des nahen Strandes. Die hellen, singenden Stimmen steigern sich zu einem schrillen Diskant, ebben wieder ab und steigern sich erneut. Wie der Gesang eines unorganisierten Chores.

Paul ist wieder einmal fasziniert von dem Gang der türkischen Frauen. Langsam, ganz langsam bewegen sie sich. Die Schuhe schlurfen dabei über den Boden. Die europäische Gangart, bei der man die Füße hebt, zählt für sie schon als sportliche Betätigung. Immer wieder bleiben sie stehen und reden ununterbrochen aufeinander ein. Laut werden türkische Menschen selten. Das ist nicht gesellschaftsfähig. Aber die extrem hohen Stimmen der Frauen sind ungewohnt störend für Pauls Ohren.

Bei Paul halten sie wieder an. Er empfängt von den meisten Damen ein »*hos geldiniz*«. Die Frage nach dem Wohlbefinden und Aufenthalt der Ehefrau ist nicht nur obligatorisch; man mag Eva und ihn hier. Paul erhebt sich, was nicht selbstverständlich für einen türkischen Mann ist. Die Damen sind erfreut. Einige, die er gut kennt, begrüßen ihn mit dem Wangenkuss. Dann bewegt sich der Konvoi langsam weiter.

Paul schaut ihnen nach. Sein Blick wandert von den schlurfenden Füßen langsam nach oben zu den aufreizend wippenden Gesäßen der Damen. Er schämt sich sofort dafür. Seine Gedanken sollten wohl woanders sein, nämlich bei Eva mit ihren Problemen.

»Du sollst da nicht so lüstern hinschauen, mein Freund«,

flüstert eine leise Frauenstimme von hinten, und kleine Hände legen sich über seine Augen.

Paul reagiert sofort. »Komm schon, du Biest!« Lachend steht er auf, um die kleine Frau an sich zu drücken. »Ich schaue die Damen ja nur an, weil ich ihnen beim Gehen gerne die Schuhe besohlen möchte, nicht aus Lüsternheit.«

Über sechzig ist diese immer noch attraktive Frau. Sie hat mit ihrem leicht rötlich eingefärbten dunklen Haar und ihrer extrem braunen Hautfarbe etwas Zigeunerhaftes, was sie mit ihrer Kleidung unterstreicht. Die straffe, sportliche Figur ist trotz alledem weiblich. Gerade so um die fünfundvierzig Kilo mag sie wiegen. Da ist das Tragen jugendlicher Kleidung erlaubt.

»Weißt du schon, der Alte Fritz ist tot. Wir haben ihn nach drei Tagen in seiner Wohnung gefunden, weil es so seltsam roch«, erzählt Melitta munter, aber sichtlich erschaudernd. »Das war schlimm«, fährt sie fort, bevor Paul antworten kann.

»Man muss dir wohl immer noch den Mund zuhalten, bevor man zum Reden kommt, was?« Er versucht verzweifelt, ihren Redefluss zu unterbrechen.

»Ich freue mich doch so, dich zu sehen«, rechtfertigt sie sich, heiter und aufgeregt lachend. »Hast du das auch verfolgt in Deutschland, die Sache mit der Familie Anker? Das ist ja furchtbar. Ich habe immerzu an euch gedacht. Der Name und die Gegend, wo ihr auch wohnt. Aber ...«

Paul nimmt sie zur Seite, um leise mit ihr zu reden. »Wir sind das, Eva und ich. Ich wollte das nur nicht vorher schreiben. Wir haben genug mit uns selbst zu tun. Sei uns nicht böse.«

Melitta schaut ihn entsetzt an. Sie schlägt die Hände vor ihr Gesicht, als müsse sie ihr Erschrecken verbergen. Das hat ihr wirklich die Sprache verschlagen.

»Das ist auch der Grund, warum ich jetzt hier aufschlage. Wir wollen dem Medienrummel entgehen und die Sache erst einmal überdenken. Die Bedrohung ist leider noch nicht zu Ende. Sprich bitte nicht darüber. Irgendwann werden die das ja doch mitbekommen in diesem Nest von Klatschmäulern.«

Melitta kann nicht fassen, was ihren Freunden passiert ist. »Aber die meisten Menschen hier in der Siedlung haben schon vermutet, dass ihr das in Deutschland wart. Ich meine, das mit der Vergewaltigung und der Schießerei.« Ihre Stimme ist brüchig und ihr fröhliches Aussehen wie weggewischt. »Die *Bildzeitung* hat ja ständig darüber geschrieben und einige Bilder waren auch dabei.« Melitta kann ihre Tränen nicht unterdrücken.

»Du brauchst nicht zu weinen. Irgendwie habe ich's ja herausgefordert. Wer mit dem Beelzebub tanzt, muss sich nicht wundern, wenn der seine Seele will.«

»Aber die arme Eva«, schluchzt Melitta.

»Ist was?«, fragt besorgt Billal mit seinen kümmerlichen Deutschkenntnissen aus dem Hintergrund.

»Alles in Ordnung, mein Freund. Nur ein paar Dinge über Eva. Die ist etwas krank, und Melitta zeigt ihr gutes Herz.« Paul versucht normal zu reden, damit nicht alle plötzlich hellwach werden. Lange wird er das nicht durchhalten können. Die wissen hier schon zu viel.

»Komm, lass uns etwas trinken, Melitta. Die werden schon neugierig. Ich erzähle dir mehr davon, wenn du mir versprichst, den Mund zu halten. Es ist immer noch gefährlich für uns. Aber erst einmal: Was gibt es Neues hier?« Paul hebt sein Bierglas und prostet Melitta zu.

»Alles beim Alten. Der bekannte Klatsch und der Ärger. Ich will dich auch nicht mit so einem Mist belasten bei deiner Lage.« Melitta nippt dabei nachdenklich an ihrem Glas.

»Irgendwann werde ich mal ein Buch über die Leute hier in der Siedlung schreiben«, meint Paul lächelnd. »Das erinnert mich an den Roman von John Steinbeck, *Die lustigen Leute von Monterrey*.« Er wird wieder ernst. »Aber ich wollte dir ja noch ein wenig von uns erzählen.

Ich muss etwas leise sein. Leider wissen die Medien schon, dass ich in der Türkei bin. Ich werde immer noch verfolgt und mit dem Tod bedroht«, flüstert Paul. »Vielleicht gibt es bald wieder einen Toten bei euch. Das will ich aber nicht sein!«

Paul schildert ihr die Hintergründe und grob die Gefahrenlage, in der er sich und vielleicht auch Eva noch immer befinden. Er hält einiges zurück, um die unbeteiligte Melitta nicht in unnötige Gefahr zu bringen.

Wissen kann gefährlich sein.

Das Mobiltelefon schrillt. Paul nimmt an. Er ist es leid, immer davonzurennen. Bevor er spricht, legt er den Finger warnend vor die Lippen und schaut Melitta beschwörend an.

»Hallo, Paul. Bist du gut angekommen? Ein schönes Land, diese Türkei. Schau sie dir noch einmal gut an, bevor du abtreten musst«, haucht der Albaner leise lachend in Pauls Ohr.

»Halt doch endlich mal deine dumme Schnauze, du verhinderter Kinderschreck. Komm zur Sache. Es wird Zeit. Das alles ist ja lächerlich. Spinnt ihr denn da in eurer Einsamkeit auf dem Balkan? Habt ihr nichts Besseres zu tun, als Menschen zu bedrohen und umzubringen? Ich kenne auch andere Menschen in Albanien. Zu denen du leider nicht zählst. Aber wie gesagt: Komm nur, du Möchtegernkiller!« Paul bricht das Gespräch ab. Er weiß, der Albaner will ihn nur nervös machen.

Melitta konnte mithören, da Paul den Lautsprecher eingeschaltet hatte. Sie schaut stumm nach unten und hält ihren Kopf fest mit beiden Händen umschlossen, als könnte sie das Gehörte herauspressen.

Die Spieler, die zwei Tische weiter sitzen, haben lauschend das Spielen eingestellt. Einige können genug Deutsch, um etwas zu verstehen. Sie tuscheln und schauen dabei immer wieder zu Paul und Melitta. Vielleicht war Paul zu unvorsichtig! Schnell hebt er sein Glas, lacht leise und prostet Melitta zu. »*Affiyet olsun*!«, ruft er und entschärft so etwas die Situation.

Sie sitzen noch einige Zeit zusammen. Immer wieder kommen Freunde und Bekannte und begrüßen den Neuankömmling herzlich. Paul fühlt sich zu Hause. Fast vergisst er die Schatten, die über seinem Leben liegen.

Für morgen nimmt er sich vor, am Strand die Sonne zu genießen. Vielleicht kann er auch da etwas seine Sorgen vergessen. Er wird sich zwischen die türkischen Männer und Frauen legen, mit einigen plaudern, die deutsche Zeitung, natürlich *Bild*, lesen und in den blauen Himmel gucken.

»Was lachst du, Paul?«, fragt Melitta verwundert.

»Nichts, ich habe nur nachgedacht, was das für eine seltsame Gesellschaft hier ist. Dieser Mix aus westlicher und anatolischer Kultur. Wie die Gegensätze aufeinanderprallen und Konflikte auslösen. Aber alles verschmilzt letztlich zu einer Synthese und zu einem friedlichen Miteinander. Irgendwie faszinierend! Bis morgen, schlaf gut. Lass dich nicht nervös machen. Dich will ja keiner umbringen. Noch einmal: Sprich bitte nicht darüber.«

Paul ist müde. Er muss nachdenken.

Nichts bleibt verborgen

Der nächste Morgen weckt ihn mit gleißenden Sonnenstrahlen, die zwischen den Jalousien wie die Finger eines überirdischen Wesens durch das Halbdunkel des Raumes dringen.

Von der anderen Seite der Wohnung, außerhalb des zweiten Schlafraumes, vernimmt er Stimmen und hier und da Geräusche von Autos. Paul denkt an die Gärtner, die frühmorgens die Blumen gießen.

Erst einmal die Jalousien hochziehen und die frühe Helligkeit genießen. Mal nachsehen, was sich da so tut.

Überraschung!

Staunend betrachtet er die Menge, die sich vor seinem Hauseingang versammelt hat. »Verdammt, Reporter!« Mindestens acht Männer und Frauen mit Kameras und Notizblöcken starren ihn an. Die plötzliche Konfrontation erstaunt beide Parteien.

»Herr Anker, seit wann sind Sie in der Türkei? Wie geht es Ihrer Frau? Wo ist sie? Fühlen Sie sich immer noch bedroht?«

»Herr Anker, ich bin von der *Bildzeitung*. Geben Sie mir ein Exklusivinterview. Es wird sich lohnen für Sie!«

»Hier *Hürriyet*! Wir bringen Sie groß raus!«

Die Kameras klicken, die Blitzlichter zucken auf, da diese Seite des Platzes im morgendlichen Schatten des Hauses liegt. Einer fokussiert auf ihn mit einer Filmkamera. Fernsehen!

Hinter den Zeitungsleuten sind schon neugierige Anwohner der Siedlung und die Arbeiter versammelt. Endlich ist hier wieder etwas los!

Paul hebt die Hände. Er kommt sich vor wie ein Politiker bei einer Ansprache. Sie schauen ihn an und plötzlich werden sie in Erwartung eines lukrativen Geschäfts alle ruhig.

»Meine Damen und Herren«, ruft Paul in die wartende Menge, »keine Interviews, keine Gespräche. Ich möchte nicht mit Ihnen reden. Haben Sie bitte Verständnis für meine Situation. Sie verschärfen unsere Lage nur noch mehr. Dazu haben Sie kein Recht. Also verlassen Sie die Siedlung und räumen Sie den Platz vor meiner Wohnung!«

»Nur ein paar Fragen. Das sind Sie der Öffentlichkeit schuldig!«, schreit eine junge Frau in Jeans, ärmelloser Multifunktionsjacke mit unzähligen aufgesetzten Taschen und umgehängten Kameras. Sie stellt erneut die Kamera für ein Foto, das den verdutzten Paul mit freiem

Oberkörper zeigt. Seine Haare sind noch wirr nach oben gerichtet und in seinen Augenwinkeln spürt er noch die Trockenheit des Schlafes.

»Keine Interviews. Weg hier! Oder soll ich die Polizei holen?« Paul droht, wohl wissend, dass es nicht helfen wird. Irgendetwas muss er aber tun. Er wirft ihnen also einen Köder hin. »Gut – jeder hat eine Frage. Fünf Minuten, dann ist Schluss. Sind Sie damit einverstanden?«

Eine Wende zum Positiven für die Reporter. Sie sind einverstanden. Das sind Profis, die wissen, dass jetzt die Chance zu einem guten Bericht besteht. Die Fragen kommen schnell und gezielt. Seine Antworten sind präzise, so wie er es gelernt hat.

»Keine Angaben zu meiner Frau und ihrem Aufenthalt. Fragen zu einer eventuellen Vergewaltigung meiner Frau weise ich zurück. Mir ist davon nichts bekannt! Keine Antworten mehr zu einer solchen Frage!«

Paul geht in die Offensive. Seine Antworten kommen ohne Zögern.

»Ich fühle mich sicher und nicht mehr bedroht!«

»Ich merke nichts mehr von meinen Schussverletzungen!«

»Ich weiß nicht, ob die türkische Polizei informiert ist!«

Paul hebt wieder die Hände, um der eifrig schreibenden Meute anzuzeigen, dass er sich dem Ende der Befragung nähert. »Das war's. Jeder hatte eine Frage. Verlassen Sie mich jetzt, bitte!«

»Ich muss noch unbedingt etwas fragen!«, schreit einer der aufgeregten Reporter von hinten aus der Menge.

»Seien Sie bitte fair. Ich war es auch. Ende der Fahnenstange!« Paul wendet sich ab, vom Blitzlichtgewitter geblendet. Erschöpft und genervt schließt er die Balkontür hinter sich, damit niemand in die Wohnung gelangen kann.

Lautes Gemurmel ist zu vernehmen. »Der soll sich nur nicht so wichtig nehmen.« Dann hört er die befehlende Stimme des Verwalters, der seine militärische Vergangenheit jetzt nicht verleugnet. Fünf Minuten später ist der Platz vor seiner Wohnung geräumt.

Jetzt werden wohl die Berichte in fliegender Hast an die Redaktionen durchgegeben.

Genau das wollten sie vermeiden, Eva und er. Es sollte Ruhe einkehren in ihrem Leben. Das Gegenteil wird der Fall sein. Was soll er jetzt tun? Der Jäger braucht morgen nur noch in die Zeitung zu schauen, um die nötigen Details über Paul zu erfahren.

Vielleicht sollte er doch die türkische Polizei ins Boot holen. Vorher wird er aber noch die Kripo in Aurich anrufen und um Rat bitten, ob das sinnvoll ist. Er sträubt sich stark gegen diesen Gedanken. Was kann er von der türkischen Polizei erwarten? Wird sie überhaupt in der Lage sein, die Situation richtig einzuordnen? Vielleicht ist er sogar suspekt für sie?

Viele Fragen zu dieser frühen Stunde. Genervt sitzt er bei einer Tasse Kaffee auf der anderen Seite der Wohnung auf dem zweiten Balkon zur öffentlichen Straße. Ein hoher Maschendrahtzaun, mit Grünpflanzen bewachsen, trennt Straße und Siedlung voneinander.

»Wir brauchen dringend noch einige Antworten und Details, Herr Anker. Ich mache ein lukratives Angebot!« Durch das Zaungeflecht und die rankenden Pflanzen schauen sie jetzt, die fragenden Augen eines ganz listigen Reporters. Er steht auf der Straße und hat sich ein Guckloch durch das dichte Grünzeug am Zaun geschaffen.

Paul kann seinen Zorn nicht verbergen. »Jetzt reicht es. Hauen Sie schnell ab, sonst informiere ich die Polizei. Das nenne ich einen Angriff auf meine Privatsphäre. Idioten!« Sein Verständnis für die Medienvertreter hält sich im Moment in Grenzen, wobei er vergisst, dass auch er morgens erwartungsvoll die Zeitung nach Neuigkeiten und Sensationen durchblättert. In seiner Tätigkeit als Monitor auf dem Balkan war die Zusammenarbeit mit den Medien sogar zwingend für einen Erfolg der Mission.

Er schließt die Rollläden in fliegender Hast, um der Belästigung zu entgehen. Dann sitzt er im Halbdunkel des Wohnzimmers und versucht verzweifelt, sich zu beruhigen und die Lage zu überdenken.

Aber es gibt nicht mehr viel zu überdenken für ihn. Er befindet sich schon im Fokus der öffentlichen Medien und damit im Visier des Jägers.

Unruhige Tage im Ferienparadies

Paul will unerkannt aus der Wohnung raus. Das kann er nur mithilfe anderer realisieren.

Er bittet Ömer, einen türkischen Freund, der in der Siedlung wohnt und arbeitet, ihm behilflich zu sein. Der ist sofort Feuer und Flamme und hat einige Optionen bereit. Erklärungen sind nicht nötig, da sie nun alle in der Siedlung wissen, dass der Deutsche ein Problem hat.

Paul packt sich seine Schirmmütze auf den Kopf und bedeckt seine Augen mit einer dunklen Sonnenbrille. Eine halblange Freizeithose und ein lockeres Hemd sollen den Touristenstil verstärken. Zum schnelleren Laufen zieht Paul seine Sportschuhe und Tennissocken an. Die totale Veränderung soll ein angeklebter Schnauzbart bewirken, den er aus seinem alten Karnevalsfundus in Deutschland vorausschauend mitgenommen hat.

Er ist von seiner Verkleidung nicht so recht überzeugt, als er im Spiegel sein Werk betrachtet. Aber das ist seine einzige Chance, unerkannt die Siedlung zu verlassen und sich draußen bewegen zu können.

Jetzt muss er nur noch das Haus unauffällig verlassen.

Auf der öffentlichen Straße haben die Medienvertreter das Feld geräumt, nachdem ihr Warten umsonst war.

Die geschlossenen Rollläden laden nicht gerade zum Verweilen ein.

Zwischen dem hoch geschobenen Sichtschutz und der Balkonbrüstung quetscht er sich leise fluchend nach draußen, stets die Umgebung beobachtend. Er hat Glück und kann sich unbemerkt in dem schmalen Gang zwischen Haus und Zaun etwa fünfzig Meter zum Ende des Häuserblocks bewegen. Hier befinden sich die Arbeitsbereiche der Angestellten. Auch jetzt ist ihm das Glück hold. Alle sind sie draußen beim Arbeiten.

»Wenigstens etwas, das heute klappt«, meint er grinsend.

Am gegenüberliegenden Häuserblock sieht er Ömer in seinem alten Lieferwagen auf ihn warten. Der Rest geht schnell und unauffällig.

Nur noch am Eingangsbereich der Wohnanlage wird die Situation kritisch. Hier haben sich die Unentwegten versammelt und hoffen auf sein Erscheinen. Die Meute wird hellwach, als der Wagen langsam auf die Straße rollt. Aber seine Verkleidung scheint zu wirken. Schnell erlischt das Interesse an ihrem Auto, da glücklicherweise zwei andere folgen, die sofort die Aufmerksamkeit auf sich ziehen.

Paul atmet auf. »Danke, mein Freund, das werde ich dir nicht vergessen! Setzt mich bitte in der Stadt am Atatürk-Denkmal ab.«

Ömer ist begeistert. Das ist was für ihn.

Einige Minuten später schlendert Paul langsam durch die pulsierende Stadt dem Hafenbereich zu. Jetzt fühlt er sich sicher. Wie soll ihn jemand in seiner lächerlichen Verkleidung erkennen?

Nur – wie soll die Zukunft aussehen? Er kann nicht immer wegrennen. Der lächerliche Bart stört ihn schon jetzt. Alles stört ihn irgendwie.

Jetzt muss er erst einmal mit Eva reden. Eine öffentliche Telefonzelle ist schnell gefunden.

Sie plaudern erst das einleitende Ritual der Begrüßung

durch und dann das Wesentliche, das sie am liebsten verschweigen würden. Beide müssen den gleichen Wissensstand haben, wenn sie aus dieser Sache unbeschadet herauskommen wollen. Sie sind ratlos, wie es weitergehen soll.

»Ich werde spätestens in den nächsten zwei Wochen zu dir kommen. Wir schaffen das schon. Pass auf dich auf, Paul!«

»Meinst du, es ist gut, wenn du hierher kommst, Eva?«, fragt Paul mit belegter Stimme.

»Sicherlich besser, als hier in der Zeitung zu lesen, dass jemand meinen Mann erschossen hat«, ist ihre trockene Antwort.

»Gut, machen wir Teamwork!«

Das Gespräch bricht abrupt ab. Die Karte ist leer. Sofort kauft er eine neue.

Am Hafen sitzt Paul in dem kleinen Lokal, in dem früher die Fischer ihren Treffpunkt hatten, und schlürft einen türkischen Tee. Lange wird er hier nicht unerkannt bleiben, fürchtet er. Aber er hat Glück. Kein neugieriger Reporter bedrängt ihn hier.

Nicht einmal der Jäger meldet sich.

Ist er schon in seiner Nähe? Die Unruhe ist sofort präsent!

Paul hat vergessen, die Kripo in Deutschland anzurufen und sie über den Stand der Dinge zu informieren. Aber er wird es vielleicht auch gar nicht tun. Was können die da schon für ihn machen? Es würde aus seiner Sicht die Situation nur komplizieren. Er findet einfach keinen Weg in diesem Wirrwarr der Fakten und der Gefühle. Er wird schier verrückt über die Ausweglosigkeit seiner Situation. Was ihn noch mehr als die Bedrohung durch den Killer beunruhigt, ist Evas psychische Situation. Er sitzt in der Sonne, und seine Frau versucht ihr Gleichgewicht mithilfe fremder Menschen wiederzufinden.

Diesen Tag hat er endlich einmal ohne die nervenden

Anrufe des Albaners verbringen dürfen. Der wird ihn aber nicht vergessen haben.

In Albanien wäre das Problem schnell gelöst, wenn er den Jäger kennen würde. Ein kurzes Gespräch in einer der einschlägigen Bars an der Hauptstraße Tiranas mit einem der halbseidenen Typen des betreffenden Milieus. Die Sache wäre für einige Hundert Dollar oder Mark aus der Welt. Unmoralisch, aber effektiv. Aus seiner Sicht eine vertretbare Lösung.

Alles Illusion und Wunschvorstellung. Er wird sich den Problemen stellen müssen.

Er braucht eine Waffe.

Das wird der Schwerpunkt seiner Bemühungen in den nächsten Tagen sein. Das Beschaffen wird nicht das Problem sein. Eher der Erklärungsnotstand nach der Benutzung, wenn er seine Spuren nicht verwischen kann. Da verstehen sie in der Türkei keinen Spaß; auch nicht in seiner Situation. Aber besser, als sich wehrlos abknallen zu lassen.

Paul schlendert langsam die letzten Kilometer an der Strandpromenade entlang nach Hause. Der Nachmittag ist immer noch heiß, sodass er nass vom Schweiß zu Hause in der Siedlung ankommt. Am Strand setzt er sich zu Melitta und einigen Bekannten, die ihn abwartend begrüßen. Mit den üblichen Frotzeleien versuchen sie alle, den Anschein von Normalität zu erwecken. Paul will dem ein Ende machen.

»Also, ich werde euch jetzt kurz sagen, was mit Eva und mir los ist. Dann wisst ihr Bescheid und fragt nicht immerzu.« Paul macht eine Kunstpause und schaut etwas wichtig in die Runde. »Ja, es stimmt, dass wir die Ankers sind, die in Deutschland in diese Sache mit den Typen aus dem Kosovo und Albanien verwickelt sind.«

Paul erzählt ohne Emotionen mit leiser Stimme.

»Heute Morgen die Sache mit den Zeitungsmenschen ist nicht gut für mich, da ich immer noch nicht aus der

Schusslinie bin. Mehr will und kann ich darüber nicht sagen. Leider ist dadurch mein Aufenthalt öffentlich geworden, da es morgen früh in allen Zeitungen sein wird. Seid also nicht unfair und fragt ständig. Das wär's! Übrigens, Eva wird auch noch in den nächsten Tagen nachkommen. Ich soll euch alle herzlich von ihr grüßen.«

Die meisten Zuhörer schauen betroffen vor sich hin oder unterhalten sich leise über das eben Gehörte. Hier können die Türken fast alle Deutsch, sodass nun die gesamte Anlage bald Bescheid wissen wird. Sie ahnen alle, dass er immer noch in Lebensgefahr schwebt, akzeptieren aber seinen Wunsch, nicht weiter gefragt zu werden.

Die Bedrohung durch den Albaner im Namen des Kanun verschweigt er. Dinge wie diese zu erklären, braucht viel Zeit. Paul will auch nicht zu viele Details erzählen. »Jetzt brauche ich ein Bier, Freunde. Das werde ich mir bei Billal reinziehen. Macht's gut!«

Paul verlässt langsam den Strand. Nachdenkliche und mitfühlende Blicke folgen ihm. Er meint, das war er den Menschen hier schuldig. Irgendwie ist er erleichtert. Unter dem schützenden Dach aus wucherndem Wein sucht er sich einen Platz und bestellt das ersehnte Bier.

Paul betrachtet fasziniert, wie die goldbraune Flüssigkeit die eingeschlossenen Gase sprudelnd unter der schneeweißen Schaumhaube festhalten will. Die wohltuende Kühle des bauchigen Pilsglases entzückt ihn. Er hält das Glas wie fordernd ins Sonnenlicht. Ja, das ist Genuss! Wie eine Poesie des Wohlseins in der drückenden Hitze und seinem Elend.

Paul schließt die Augen, führt ganz langsam dieses vergängliche Kleinod an die Lippen. Lustvoll lässt er das kühle Nass in großen Schlucken in seine trockene Kehle rinnen. Nur nicht zu schnell, so als wolle er den Moment festhalten. So muss es sein, wenn der Durstige in der Wüste eine Quelle findet, fantasiert er und lehnt sich mit einem erleichterten Seufzer zurück.

Fast etwas bedauernd betrachtet er den immer noch lockenden Rest der Flüssigkeit. Nur der erste Schluck verschafft diesen Genuss. Diese Weisheit kennt er auch.

Die kurze Erholung dauert nicht lange. Paul sieht sich im Abendprogramm des türkischen Fernsehens mit freiem Oberkörper am Balkonfenster stehen und hört seine Stimme, als er zu den Reportern spricht.

Alle drehen ihre Köpfe in seine Richtung. Die Spieler hören sofort auf, *tavla* zu spielen, als der Sprecher die Kommentare verliest. Damit ist natürlich Pauls Aufenthalt *en detail* erklärt. Paul hat sich an das Anstarren gewöhnt. Schnell trinkt er aus, zahlt und schlendert bewusst lässig zu seiner Wohnung.

Das durfte nicht passieren.

Die nächsten Tage sind etwas ruhiger. Hier und da ein Anruf der Medien, ob er nicht doch gewillt sei, die Story zu verkaufen.

Der Jäger ist immer noch seltsam still. Keine Telefonanrufe. Das macht Paul unruhig.

Heute Abend soll das Geschäft laufen: Er wird eine Pistole haben. Ein guter Freund in der Stadt hat die Kontakte geknüpft, was nicht schwer ist. Gegen einundzwanzig Uhr oben an der Strandpromenade. Siebenhundert Mark im Umschlag. Das Geschäft wird sehr schnell abgewickelt werden. Auf der Bank neben der Uhr vor der Siedlung, Punkt 17:00 Uhr. Da soll Paul warten.

Wie abgesprochen sitzt er dort und mimt den Touristen, der sich ausruht. Ein dunkler 3er BMW fährt langsam vorbei, Paul wird aufmerksam. Das muss er sein – er hält genau am Ende der Parkbucht an. So war es ausgemacht.

Ein junger Mann steigt aus und mustert unauffällig die Umgebung. Lässig schiebt er seine Sonnenbrille von der Nase auf den Kopf und schaut dabei in Pauls Richtung. Auch Paul schiebt seine Sonnenbrille hoch und fixiert sie auf dem Kopf. Das ist das verabredete Zeichen.

Der junge Mann setzt sich wie zufällig zu Paul auf die Bank und spricht, ohne Paul anzusehen, den verabredeten Satz. »Sie wollen mir etwas geben?« Astreines Deutsch.

»Ja, diesen Umschlag, wenn Sie mir das Paket geben!«

Ein Plastikbeutel und ein Briefumschlag wechseln die Besitzer.

»*Iyi aksamlar*!« Mit diesem »Guten Abend« entfernt sich der Mann, ohne den Inhalt des Umschlages zu prüfen. Ohne Hast besteigt er den wartenden Wagen, der sofort anfährt.

Mit steifen Schritten, die einem aufmerksamen Beobachter seine Anspannung und Nervosität verrieten, geht Paul nach Hause. Jetzt nur nicht auffallen!

Eine gute Waffe hat er bekommen. Robust und unverwüstlich. Eine Makarow, ehemalige Armeewaffe der NVA. Russische Produktion. Tagsüber wird er sie in einer kleinen Umhängetasche tragen, wie die Pfeifenraucher sie oft benutzen. Das ist unauffällig.

Paul atmet auf. Er fühlt sich sicherer und wird täglich üben, um mit der Pistole vertraut zu werden. Er wurde schon einmal an dieser Waffe eingewiesen, als er bei der Übernahme der NVA in der ehemaligen DDR als Offizier der Bundeswehr tätig war.

Keine Hightech-Waffe, aber eine robuste und zuverlässige Pistole. Dazu zwei volle Magazine à acht Schuss.

Der Böse wird sich vor jenem verantworten, der ihn im Hinterhalt erwartet
Kanuni i Lekë Dugkjinit

Die Spur ist wieder frisch

Rrushdi sitzt in einem kleinen Hotel in der Großstadt Antalya in der Nähe des Hafens bei einem Bier. Er schaut etwas missmutig das türkische TV-Programm an. Verstehen kann er nicht viel.

Aber dann wird er hellwach wie ein Jagdhund, der die Beute gewittert hat. Paul Anker, der Deutsche, ist in Alanya in einer Siedlung, die sich wohl Alba Sitesi nennt! Rrushdi sieht zum ersten Mal das Wild vor sich im Fernsehen.

Ein Wink des Schicksals.

Die Kommentare versteht er nicht; aber er begreift, dass man über den Deutschen spricht. Über seine Schussverletzung an der Schulter, über seine Frau Eva, die sich noch in Deutschland aufzuhalten scheint. Er versteht, dass der Deutsche sich immer noch bedroht fühlt. Er hört den Begriff Arnavut mehrere Male und versucht, ihn sich zu merken. Dann vermeint er, das Wort Kanun und Lekë Dukagjini zu hören. Es hört sich seltsam auf Türkisch an. Er hört dann Paul Anker auf Deutsch den Reportern antworten. Das kann er verstehen. Schließlich hat er in Deutschland studiert.

Seine Stimmung hellt sich auf. Er hat die Spur wieder. Seine großen Sprüche am Mobiltelefon waren ja mehr oder weniger dazu da, das Wild nervös zu machen.

Rrushdi nimmt sich vor, morgen in die *cami* zu gehen. Er war schon lange nicht mehr in einem Hause Allahs. Er sollte Gott seinen Dank erweisen.

Erleichtert über die unerwartete Information winkt er die Bedienung heran. Ein Mann mittleren Alters, der vorzüglich Deutsch spricht, wie er bei der Bestellung bemerkt hat. Rrushdi kann sich schließlich nur auf Englisch oder Deutsch verständigen. »Können Sie mir kurz erklären, was da mit meinem Landsmann, dem Herrn Anker, los ist? Ich kenne die Geschichte ja aus Deutschland.«

Der Mann fühlt sich geschmeichelt, dass er dem Gast behilflich sein darf, und erklärt das Gehörte.

Rrushdi spielt den Betroffenen. »Arme Menschen, dieser Anker und seine Frau. Was man denen alles schon angetan hat. Wirklich schlimm! Haben Sie vielen Dank für Ihre Hilfe. Bringen Sie mir bitte noch ein Efes. Schmeckt wirklich gut, dieses Bier.« Ein zweites darf es heute Abend sein, meint er. Der Kellner erhält zu den freundlichen Worten ein saftiges Trinkgeld. Das war es wert!

Die Jagd kann wieder beginnen.

Er bemerkt ein fremdes, ein erregendes Gefühl. Sein Gewissen schweigt in den letzten Tagen. Sein Jagdinstinkt treibt ihn vorwärts. Rrushdi ist über seinen Wandel verunsichert. Er erkennt, dass die Familie ihn dort hat, wo sie ihn haben will. Der einstige Rebell ist zu einem willigen Werkzeug ihrer Rache geworden, ein Vollstrecker im Namen des Kanun.

»Der Böse wird sich vor jenem verantworten, der ihn im Hinterhalt erwartet!« Rrushdi murmelt die überlieferten Worte des Kanuni i Lekë Dukagjinit leise auf Albanisch vor sich hin. »Die Seele des Ermordeten kann erst dann Ruhe finden, wenn sein Tod gerächt wurde.« Uralte Worte aus vergangener Zeit, die ihre Bedeutung in der patriarchalischen Gesellschaft nie verloren haben.

Sein Gesicht verzieht sich in diesen Momenten der Huldigung an den Kanun zu einem sardonischen Grinsen. Das Raubtier in ihm ist erwacht.

Auf diese Art wird sich wohl der Kanun über Jahrhunderte in der albanischen Gesellschaft lebendig erhalten haben, ohne dass je ein Ältester diese Worte schriftlich niederlegte.

Seine Gedanken und Rezitationen geben ihm Kraft und die Bestätigung, nach der er stets suchte. Er befindet sich auf dem rechten Weg. Der Weg, *rruga*, der Weg des Kanun, des Gesetzes seiner Väter und Ahnen.

Offizieller Besuch

Eine reißerischere Presse als die deutsche *Bildzeitung* und die türkische *Hürriyet* kann man sich in seinem Fall schwerlich vorstellen.

Paul studiert beide Tageszeitungen und ist erbost, dass man ihn und Eva damit in höchste Gefahr bringt. Da steht genau das, was der Albaner braucht, um ihn ohne Umwege zu finden. Dazu die Reportagen im türkischen Fernsehen. Verbieten kann er das niemandem, da das die viel gerühmte Pressefreiheit sein wird.

Ab jetzt wird es richtig gefährlich werden. Und ausgerechnet in dieser Situation will Eva zu ihm kommen. Vielleicht kann er ihr das noch ausreden. Dann kann er sich von hier aus in Sicherheit bringen. Er muss seine Spur wieder verwischen, um später zum richtigen Zeitpunkt und am richtigen Ort selbst zuzuschlagen. Das muss möglichst nahe der Grenze zu einem anderen Staat sein, damit er sofort untertauchen kann.

Sein größter Nachteil in diesem Spiel wird sein, dass er den Killer nicht von Angesicht kennt. Aber der wird ihn mit Sicherheit aus den Medien kennen. Im Moment der Konfrontation mit seinem Jäger muss er voll da sein und ohne moralische Bedenken handeln.

Aber gegen eine Kugel aus dem Hinterhalt ist niemand gefeit. Dagegen kann er sich nicht schützen.

Es gibt nur eine Strategie: den Killer bei seiner Ehre zu packen, um eine direkte Attacke zu erzwingen. Nur

Feiglinge morden aus dem Hinterhalt! Das muss er dem Kerl klarmachen.

Der helle Ton der Türklingel weckt ihn aus seinen Überlegungen. Zwei Männer in ziviler Kleidung stehen vor seiner Tür. Einer der Angestellten der Siedlung verabschiedet sich gerade von ihnen und bleibt neugierig abwartend in geringer Distanz stehen. Einer der Männer zischt einige Worte in scharfem Ton in seine Richtung, worauf der Ärmste fluchtartig verschwindet.

»Sind Sie Herr Anker aus Deutschland?«

Paul bejaht und schaut die zwei abwartend an.

»Kriminalpolizei Alanya«, stellen sie sich in bestem Deutsch vor. Sie zeigen die Polizeimarken.

»Ja, was kann ich für Sie tun?«, fragt Paul leicht verwirrt. »Ich werde doch nicht gesucht?«

»Irgendwie doch; aber es soll zu Ihrem Schutz sein. Können wir nicht reinkommen?«

»Natürlich, entschuldigen Sie. Aber man hat ja nicht täglich Besuch von der Kripo. Lassen Sie Ihre Schuhe bitte an. Sie sind ja im Dienst.«

Paul bietet den Männern Stühle und einen Kaffee an, der gerne angenommen wird. Dann kommen sie schnell zur Sache.

Die zwei Beamten treten selbstsicher und bestimmt auf. Der infolge seiner großen Leibesfülle etwas gemütlich Aussehende breitet sofort seine Schreibutensilien auf dem Tisch aus, während der andere, ein sportlicher, jugendlicher Typ in Jeans, die Gesprächsführung übernimmt: »Entschuldigen Sie bitte, dass wir uns noch nicht mit Namen vorgestellt haben. Herr Yasin, der Herr mit dem Schreibzeug ...« Dabei zeigt er leicht lächelnd auf seinen Kollegen. »Mein Name ist Ceylan. Wie schon anfangs gesagt, es wäre besser für Sie, mit uns zusammenzuarbeiten. – Ach ja: Wir sind beide Kommissare der Kriminalpolizei Alanya im Departement Antalya.«

Sie wissen aus der Presse und dem Fernsehen von der Sache und haben Kontakt zur Kripo in Deutschland aufgenommen, die ihnen den Sachverhalt verdeutlicht und die Hintergründe erläutert hat. Die Bedrohung von Paul durch die Blutrache im Namen des albanischen Gewohnheitsrechts ist ihnen auch schon bekannt und der eigentliche Grund ihres Besuches.

»Da Sie sich ja jetzt in unserem Zuständigkeitsbereich aufhalten, möchten wir schon wissen, was sich auf türkischem Boden abspielt. Die deutsche Polizei hat uns den Ernst der Lage klargemacht. Also!« Kommissar Ceylan schaut Paul fragend an.

»Ja, was also? Was können Sie denn schon tun? Ich kann schlecht zu Ihnen ins Büro ziehen und dort wohnen. Ich dachte, ich sei hier in der Türkei sicher. Aber der Killer aus Albanien lässt sich leider nicht abschütteln. Ich kenne ihn nicht. Ich weiß eigentlich nichts von ihm. Einen Namen hat er bisher nicht genannt. Ich soll ihn meinen Schatten nennen. Den Vorschlag machte er mir kürzlich über das Mobiltelefon.«

Paul erklärt den Männern auch, dass Eva nachkommen wird und dass damit die Gefährdung wachsen wird. Aber er will trotz der brisanten Situation erst einmal in der Türkei bleiben.

»Wir können Sie natürlich nicht rund um die Uhr beschützen. Was wir anbieten können, ist Folgendes: unsere Telefonnummer für den Notfall. Sie nennen Ihren Namen und wo Sie sind. Wir kommen dann. Die örtliche Polizei wird mehrmals tags und nachts vor ihrem Haus nachsehen und sich sehen lassen. Am liebsten sähen wir, Sie gingen wieder nach Deutschland zurück; aber das können wir nicht erzwingen. Sie haben ein Recht, drei Monate hier zu sein ohne Visum. Das wollten wir Ihnen sagen. Sie können uns immer sprechen oder anrufen. Nur unternehmen Sie nichts auf eigene Faust. Wir wissen, dass Sie Soldat waren und was Sie auf dem Balkan machten. Sie können mit Waffen umgehen? Ganz sicher! Irgendwelche Alleingänge werden wir aber nicht dulden.«

»Soll ich mich also besser abknallen lassen? Wie stellen Sie sich das vor?«

»Hier ist Waffenbesitz genauso geregelt wie bei Ihnen in Deutschland. Wir sind hier nicht im Urwald, Herr Anker. Keine Ausnahme.«

»Jeder rennt hier illegal mit einer Waffe herum. Sie wissen das, und niemand macht etwas dagegen!«, protestiert Paul.

»Das meinen Sie, Herr Anker. Machen Sie es uns nicht so schwer. Keine Waffe! Sie kommen in größte Schwierigkeiten. In Deutschland wären Sie bestimmt sicherer!«

»Ich danke Ihnen auf jeden Fall für Ihre Hilfe und Ihr Angebot. Das ist mehr, als ich erwartet habe. Wenn meine Frau kommt, werde ich Ihnen das mitteilen. Auch wenn ich weiter wegfahren sollte. Ist das okay so?« Pauls Ton ist wieder ruhiger und verbindlicher. Er merkt, dass man ihm helfen will. Er will auch zeigen, dass er das schätzt.

»Damit können wir leben, Herr Anker. Passen Sie auf sich auf. Halten Sie Kontakt zu uns. Ach ja, können Sie uns die Telefonnummer des Schattenkriegers geben?« Der Gemütliche der beiden lacht Paul dabei etwas ironisch an.

Paul hält den Beamten mit enttäuschter Miene sein Handy entgegen: »Da ist nichts drauf zu holen. Habe auch schon an diese Möglichkeit gedacht. Der Kerl ist wirklich gut. Er telefoniert wohl immer von öffentlichen Telefonzellen aus, nicht vom Mobiltelefon. Sollte er einmal den Fehler machen, dass er sein *cep* benutzt, werde ich Ihnen das mitteilen.«

»Das wäre schon eine große Hilfe bei der Fahndung nach ihm.« Die Beamten nicken zustimmend und verabschieden sich von Paul.

»Also passen Sie gut auf! Wir tun unser Bestes in dieser Sache, wenn Sie auch weiterhin so kooperativ sind.« Der jugendliche Typ klopft ihm mitfühlend auf die Schulter.

Paul schließt die Tür hinter den Männern und bleibt einen Moment stumm gegen das Türblatt gelehnt stehen. Er schaut in die stille und halbdunkle Wohnung, als suche er Schutz und eine Lösung. Die Situation ist höchstens schlechter für ihn geworden. So empfindet er es jedenfalls im Moment. Schützen können sie ihn sowieso nicht, aber wenn da einer tot liegt, wird man sofort an ihn denken.

»Alles Mist«, seufzt er tief auf. »Mein Gott, wo bin ich da nur reingeschlittert?«

Alles wird komplizierter. Lange wird er sich hier nicht halten können. Mal sehen, was Eva meint. Sofort ruft er in Deutschland an.

Paul erklärt die Situation. Er bittet Eva inständig, in Deutschland zu bleiben. »Du bist dort sicherer. Von dir wollen die nichts. Bring dich bitte nicht unnötig in Gefahr!«

Sie ist nicht zu überzeugen. Morgen wird sie nach Aurich fahren. Dann wird sie auch den Flug buchen.

Alles ist im Fluss. Nichts ist aufzuhalten.

Paul fühlt sich hilflos.

Die Stunde des Jägers

Ein warmer Abend ohne die drückende Schwüle des Tages verführt Paul zu einem Abendspaziergang. Er spaziert Richtung Osten entlang der Strandpromenade. Fantasievoll lässt er seine Gedanken sprudeln, entwickelt fiktive Modelle über die gemeinsame Zukunft, und optimistische Lösungen der Bedrohung aus den Bergen Albaniens.

Er fühlt sich sicherer mit der Pistole. Fertig geladen und gesichert! So heißt es beim Militär. Er kann sich keine langen Manipulationen an der Waffe erlauben, wenn es so weit ist.

Die Sonne wird bald untergehen. Noch ist es taghell. Der Übergang vom Tag zur Nacht geht hier innerhalb von Minuten. Es flanieren Menschen an der Straße entlang, um die schönen Stunden zu genießen. Der beste Schutz, den er sich wünschen kann. Der Angriff kann nur anonym und ohne Zeugen erfolgen. Alles andere wäre fatal für den Jäger.

Paul ist ruhig. Sein Adrenalinspiegel hält sich auf einem normalen Level. Aber die Ruhe ist trügerisch. Sein Gespür für Gefahr hat sich im Laufe der Tätigkeit auf dem Balkan in Bosnien Herzegowina und Albanien entwickelt.

Die Tasche ist nun leer. Die Pistole hat er unter der weiten und dünnen Sommerjacke hinten in den Hosenbund gesteckt. So ist die Waffe verborgen und er hat trotzdem den Vorteil des schnellen Zugriffs.

Sein Weg führt ihn etwa fünf Kilometer an der Straße entlang bis zum Ortsteil Kestel. Die schöne, neue Anlage zwischen Straße und Strand lädt zum Verweilen ein. Kühle spendende grüne Ranken, kleine Nischen mit Bänken – im Moment leer. Die meisten Menschen sind zu dieser Stunde in den Hotels oder zu Hause beim Abendessen. Einige Meter weiter sitzt noch ein junges Pärchen in einer Laube und sieht sich in die Augen. Die Situation ist absolut friedlich.

Paul sieht fasziniert dem Schauspiel der untergehenden Sonne im Westen von Alanya zu. Der glühende Ball versinkt hinter dem vorspringenden Berg mit der imposanten Burg, deren alte Verteidigungsmauer ihn wie eine Krone umrahmt. Noch einige Minuten gibt die Natur dem Zuschauer, bis die Sonne ganz hinter dem Horizont versinkt und dem Dunkel des Abends Raum lässt. Die vorbeirauschenden Autos an der Hauptversorgungsroute in den Osten Anatoliens spielen das Requiem für den weichenden Tag. Dazu das natürliche Konzert des Wellenschlages des nahen Meeres und das Rauschen des einsetzenden Windes in den Bäumen. Hier kann man zum Romantiker werden, denkt Paul und lehnt sich entspannt zurück.

Das Pärchen ist verschwunden. Er sitzt allein im Wechselspiel von Licht und Schatten, das unzählige Glühbirnen für ihn zaubern.

Paul steht auf und macht sich auf den Rückweg. Nichts macht ihn nervös. Alles ist ruhig und normal.

Oben an der Straße hinter den plätschernden Wasserfontänen meint er einen Schatten gesehen zu haben. Er ist plötzlich hellwach. Seine Nerven spielen mit. Er kann überlegt handeln. Ohne Hast zieht er die Pistole aus dem Hosenbund, spürt die Wärme der Waffe in seiner Hand. Sie gibt Sicherheit. Jetzt interessiert ihn nicht das Illegale seines Handelns.

Vielleicht war es doch nur eine Wahnvorstellung seines strapazierten Gemüts? Er bleibt stehen und lauscht in den Abend. Das tief röhrende Stöhnen und Fauchen der Dieselmotoren der vorbeifahrenden Laster verschlucken fast den Knall einer Waffe. Das Geschoss schrammt über die Steine der Anlage. Kleine Splitter brennen sich in seine Haut an den Armen und im Gesicht.

Blitzschnell geht er hinter der niedrigen Steinmauer des Wasserbeckens in Deckung und sondiert die Lage. Keine gute Deckung für ihn. So schnell hat er den Jäger nicht erwartet. Wo ist er sicherer? Am Strand? Keine guten Deckungsmöglichkeiten. An der Straße auch nicht. Da kann der Killer ihn gut in der Beleuchtung erkennen. Deckung hat der genug.

Pauls Herz rast; aber er ist nicht hektisch und nervös. Der Killer ist kein Profi. Sonst wäre er jetzt tot. Die Chancen stehen fifty-fifty. Vielleicht sind seine etwas besser, denn der Killer weiß nicht, dass er bewaffnet ist. Aber er muss hier weg. Raus aus dieser unzureichenden Deckung, die ihm kaum Spielraum zur Verteidigung gibt.

Zur Straße hin wird es heller. Die zahlreichen Laternen beleuchten die Fahrbahn fast taghell. Wenn er die

Deckung wechseln will, muss er den Lichtkreis durchbrechen. Eine riskante Sache. Aber seine Erfahrung sagt ihm, dass auch bei Profis nur wenige in der Lage sind, so rasch und präzise zu reagieren, wenn ein Gegner schnell Stellungswechsel vornimmt.

Nur drei Meter und er wäre wieder im Schatten, der ihm Schutz geben wird. Dann kann er sich an der Mauer zum Strand hinunterlassen und in ihrem Schutz versuchen, die nahe gelegene Station der *jandarma* zu erreichen. Die Miliz der türkischen Sicherheitskräfte ist eine gefürchtete Truppe, die schonungslos gegen die aufständischen Kurden, den Terrorismus und die Kriminalität vorgeht. Die Station liegt genau an der Straße auf seiner Seite, rund 250 Meter entfernt. Sie ist ständig besetzt. Dort wird er Hilfe bekommen.

Er spannt seine Muskeln an und erinnert sich an seine militärische Ausbildung. Paul war gut darin. Tief unten muss er bleiben. Schnell muss er sein. Ein kurzes und kleines Ziel darf er nur bieten.

In drei Meter Entfernung fixiert er eine Säule, die ihm genug Schutz geben könnte, um seine Handlungsfähigkeit wiederzuerlangen. Jetzt rast sein Puls. Aber die Anspannung gibt ihm die richtige Aggressivität. Adrenalin pumpt durch die Adern. Die Pistole ist gespannt und entsichert. Noch einmal kurz nach hinten und zur Seite sichern. Der Killer kann von allen Seiten angreifen.

Der schmale Weg hinter ihm wird von dem Wasserbecken mit den illuminierten Fontänen zur Straße hin begrenzt. Die Strandseite ist durch zwei Metallrohre zwischen Steinpfeilern getrennt.

Im diffusen Licht meint Paul einige Meter entfernt verschwommen eine geduckte Gestalt zu erkennen. Das muss er sein. Endlich weiß Paul, wo die Gefahr lauert. Noch wird der ihn nicht richtig entdeckt haben, da Paul im Schutz der Mauer verborgen ist. Hier ist es dunkel. Die sprühenden Wasserfontänen könnten den Mann blenden.

Die Gestalt bewegt sich geduckt und lauernd auf Pauls Position zu. Dann verschwindet sie plötzlich in einem Seitengang. Der Killer hat Paul also noch nicht gesehen.

Jetzt muss er hier weg. Seine Füße stemmen sich auf den Boden. Er muss mit dem Oberkörper aus der Deckung. Kurz erscheint der im Licht der erleuchteten Wasserfontänen. Zwei peitschende Schüsse schräg hinter ihm zeigen, dass der Jäger doch seine Position kannte.

Mit aller Kraft schnellt Paul in die Richtung seiner neuen Deckung. Der Killer feuert unkontrolliert. Er verlässt sich auf sein Glück mit Streufeuer. Und er hat Erfolg.

Paul ist wieder einmal erstaunt, wie wenig ein solcher Treffer im Verlaufe eines Gefechtes zu spüren ist. Es muss ein Streifschuss sein. Den getroffenen Arm kann er gut bewegen. Noch im Sprung dreht er sich und lässt seine Waffe zweimal in Richtung eines aufblitzenden Schusses aufbellen.

Die Antwort bleibt aus. Der Jäger muss sein Magazin geleert haben. Paul hätte nun eine Chance, selbst anzugreifen. Besser nicht! Er befindet sich illegal im Besitz einer Waffe und benutzt sie. Vorsicht ist geboten.

Halblautes Fluchen und hastige Fluchtgeräusche verraten ihm, dass auch er getroffen haben muss.

Paul bleibt hinter seiner Deckung liegen, die ihm jedoch auch nur einen geringen Schutz bietet. Er muss sich erst einmal beruhigen. Seine Atemfrequenz ist hoch und auf seiner Stirn fühlt er Schweißtropfen.

Hier hätte er die Möglichkeit, sich abzurollen und die zwei bis drei Meter zum dunklen Strand hinunterzuspringen; aber er tut es nicht. Die Wärme und Feuchtigkeit seines Blutes erinnern ihn daran, dass es ihn erwischt hat. Es schmerzt jetzt etwas mehr; aber er kann es ertragen.

Das nervtötende Hupen der vorbeitobenden Lastwagen lässt ihn vermuten, dass der Angreifer die Straße zu überqueren versucht. Er will wohl im gegenüberliegenden felsigen Vorland zum Gebirge hin entkommen.

Die Schüsse müssen von den Männern der *jandarma* an dem Straßenposten gehört worden sein. Sie werden bald am Ort des Geschehens eintreffen. Dann wird er ein Problem haben, die Waffe und die leeren Patronenhülsen! Vorausschauend sammelt er sie noch im Liegen ein und steckt die matt schimmernden Hülsen in die Hosentasche. Sie sind gut im Umkreis von etwa anderthalb Metern im diffusen Licht zu erkennen.

Paul wagt es, einen erneuten Stellungswechsel vorzunehmen, nachdem er nochmals die Lage beurteilt hat. Er bewegt sich geduckt die paar Schritte zur Straße, wobei er geschickt den Schutz der Bäume und der Bauten der Anlage ausnutzt. Noch weiß er nicht, ob der Jäger noch einmal zuschlagen wird.

Bei der Station der *jandarma* sieht er Gestalten in seine Richtung laufen. Die undeutlichen Rufe kann er übersetzen und deuten: »Halt, *jandarma*!« Mindestens drei Mann bewegen sich schnell unter gegenseitigem Schutz auf Pauls Standort zu. Er kann ihre Schatten und schnellen Bewegungen zwischen den hohen Eukalyptusbäumen gut erkennen.

Siedend heiß fällt ihm ein, dass er noch im Besitz der Waffe ist. Hektisch sucht er nach einem Versteck. Unten in der Mauer sieht er undeutlich eine kleine Öffnung. Tief genug, um seine Waffe zu verbergen. Morgen wird er sie wieder holen. Er braucht sie.

Aber das Versteck ist schnell zu entdecken! Er blickt nach oben zu dem Pfeiler, der einen Bogen der Anlage stützt. In zwei Meter Höhe ist ein Absatz zu sehen. Auf einem Steinsockel stemmt er sich in die Höhe und kann gerade mit der Hand den Absatz erreichen. Eine Vertiefung! Darin kann er die Waffe besser verstecken. Das zweite Magazin und die beiden leeren Patronenhülsen folgen.

Ohne zu überlegen, reibt er kurz seine Hände im Wasser des Bassins, das die sprudelnden Fontänen auffängt.

Schmauchspuren! Die nassen Hände werden schnell trocknen. Schnell geht er aus dem Schatten ins Licht, wobei er den nässenden Sprühnebel der Fontänen kreuzen muss, um sich den Soldaten zu zeigen. Versteckspielen bringt jetzt nichts mehr.

Die *jandarma* ist in der Zwischenzeit auf einige Schritte herangekommen und ruft ihn militärisch knapp an. Erschöpft hebt er die Hände und geht langsam auf die Miliz zu. Sie sind bestens bewaffnet. Alle mit entsicherten Maschinenpistolen. Heckler und Koch. Paul kennt die Bewaffnung der Truppe, da er immer aufmerksam hinschaut, wenn er den Posten passiert.

Zwei Mann kommen von zwei Seiten auf ihn zu. Der dritte bleibt im Schatten und sichert das Vorgehen der Kameraden.

»Ich bin Paul Anker, Deutscher! Mein Bild war in der Zeitung! Ich bin nicht bewaffnet!«

Einer der Männer ruft den anderen etwas zu. Paul versteht *alman*, Deutscher, und *gazette*, Zeitung. Einen Moment ist es gefährlich still.

Paul weiß um den Ruf der Miliz. Bei der geringsten Gefährdung schießen die. Sie sind vom Gesetz abgesichert. Männer wie die werden kein Risiko eingehen.

»Evet, evet!«, ruft er verzweifelt aus. *»Benim ev* Alba Sitesi; Tosmur!« Ja, ja, meine Wohnung ist in Alba Sitesi, Tosmur! Er hofft, dass man sein schlechtes Türkisch versteht.

»Sind Sie der Mann aus dem Fernsehen, der in Deutschland angeschossen wurde?« Die Frage kommt in klarem Deutsch. Paul atmet auf. Man versteht ihn. »Legen Sie sich auf den Bauch, die Hände hinter dem Kopf verschränken!« Die Befehle kommen schnell und ruhig.

Paul geht schwerfällig auf seine Knie, um den Anweisungen zu folgen. »Ich bin am linken Arm angeschossen. Ich bin unbewaffnet, wurde angegriffen. Der Täter muss da drüben auf der anderen Seite der Straße sein.«

Von hinten kommt ein Schatten auf ihn zu, als er auf der warmen Erde liegt. Sein linker Arm schmerzt jetzt höllisch. »Ich habe diplomatischen Status. Der Ausweis ist in meiner rechten Hosentasche. Rufen Sie bitte die Kriminalpolizei in Alanya an. Ich habe die Nummer des Beamten.« Paul spielt jetzt die diplomatische Karte aus. Sie macht alles etwas einfacher.

Der Mann klopft seine Kleidung gekonnt ab. Kein Fleck an seinem Körper bleibt unberührt. Der versteht wirklich sein Geschäft. Dabei wird er ständig von dem zweiten Mann abgesichert, während der Dritte aus der Deckung den Überblick behält. »Sie können langsam aufstehen. Was ist passiert? Wir suchen schon nach dem Mann, der Sie angegriffen hat.«

Aufmerksam studiert einer der Männer Pauls Diplomatenausweis. Der scheint ihn zu beeindrucken.

Nach einer kurzen Unterhaltung in Türkisch wird der Ton Paul gegenüber wesentlich freundlicher. Paul darf aus seiner unbequemen Haltung auf der Erde aufstehen und reicht dem Kommandoführer die Karte der Kriminalpolizei in Alanya. »Hier ist erst einmal die Telefonnummer der Kripo in Alanya. Die wollen angerufen werden.« Paul ist froh über die Entwicklung und erklärt den Männern schnell und ohne Schnörkel seine Lage.

»Gut, wo ist Ihre Waffe, Herr Anker?«

»Ich bin unbewaffnet!«

»Keine Pistole? Wir haben aber zwei Waffen gehört. Herr Anker, lügen Sie nicht. Das macht Ihre Lage nicht besser. Auch mit diplomatischem Status sollten Sie die Wahrheit sagen.«

Paul antworte mit Bestimmtheit: »Ich habe nicht geschossen. Ich habe keine Waffe. Es wurde auch nur aus einer Pistole geschossen. Man kann sich schnell täuschen. Da sind ja auch noch die lauten Straßengeräusche.«

Er scheint die Männer wirklich zu überzeugen. Sie unterhalten sich in Türkisch, während sie Paul mit bereiten

Waffen in Richtung der Station abführen. Paul ist sich im Klaren, dass er erst einmal festgenommen ist. Da ändert wohl auch sein diplomatischer Status vorerst nichts.

Aus der Richtung der Stadt sieht er Blaulichter geisterhaft aufleuchten, begleitet vom Heulen der Sirenen. Bevor sie die erleuchtete Station erreichen, sieht Paul mehrere Einsatzwagen der Miliz mit quietschenden Reifen halten. Er erlebt einen beispielhaft geführten Einsatz dieser berühmten Truppe. Scheinwerfer leuchten das felsige Gelände auf der anderen Straßenseite aus. Kurze Kommandos und die Männer schwärmen aus. Es geht schnell und gekonnt wie bei einer Übung.

»Brauchen Sie einen Arzt, Herr Anker? Lassen Sie mal sehen!« Der Ton ist freundlicher und verbindlicher geworden. »*Affiyet olsun*! Trinken Sie erst einmal einen warmen Tee. Der wird Ihnen guttun. Die Kripo wird gleich hier sein. Sind Sie sicher, dass es nur ein Mann war?«

»Ich nehme an, nur einer. Glaube, ich wäre ansonsten nicht mehr hier.« Paul lächelt die Männer dankbar an. »Danke für die Hilfe. Und für den Tee.«

Einer der jungen Soldaten sieht sich seinen Arm an und legt geschickt einen provisorischen Verband an, um die doch starke Blutung zu stillen. Er stutzt bei seiner Tätigkeit und wendet sich kurz an seinen Vorgesetzten, der sich Pauls Oberarm anschaut.

»Sind Sie ständig im Krieg, Herr Anker? Da ist ja noch eine frische Schusswunde!«

»Das haben mir seine Kumpels in Deutschland beigebracht. Komme mir auch langsam wie Rambo vor.«

»Woher wollen Sie denn wissen, dass hier bei dieser Schießerei eine Verbindung nach Deutschland besteht?«, fragt der aufgeweckte Soldat.

Seine misstrauische Frage wird sofort beantwortet. »Ach ja, da ist ja unser Sorgenkind. Wie geht es Ihnen?« Der Kripobeamte steht abwartend da und schaut zu, wie Paul versorgt wird. Er ist ihm von dem Besuch in seiner

Wohnung bekannt. »Das ging ja schnell. Ihre Ahnungen scheinen wahr zu werden, Herr Anker. Das war knapp!«

»Ohne die Männer hier von der *jandarma* wäre ich vielleicht nicht mehr hier«, entgegnet Paul, geschickt lobend. Er ist auf das Wohlwollen der türkischen Sicherheitskräfte angewiesen.

Der Kripomann nickt verstehend.

Die Männer unterhalten sich längere Zeit schnell auf Türkisch. Manchmal schauen sie zweifelnd zu Paul hin. Sie glauben ihm nicht, dass er unbewaffnet war. Aber solange sie nichts haben, ist er sicher. Leider hat er fast ausgeschlossen, dass da nicht nur ein Mann auf ihn schoss. Damit nahm er sich die logischste Erklärung für die vermeintlichen Geräusche einer zweiten Waffe.

»Lassen Sie mal Ihre Hände sehen, Herr Anker!« Die Aufforderung kommt nicht überraschend für ihn. »Na ja, gut gewaschen, ein reinlicher Deutscher«, meint der Beamte lakonisch.

Tumult vor der kleinen Station auf dem Gehweg. Durch die Verglasung blitzen Kameras auf. Die Reporter wollen sich diese Gelegenheit nicht entgehen lassen, obwohl die Qualität der Bilder sicherlich zu wünschen übrig lässt. Die Polizei macht einige scharfe Bemerkungen. Das wirkt erst einmal beruhigend auf die Medienvertreter.

»Keine Fragen beantworten, Herr Anker. Wir brauchen erst Ihre Aussage auf der Polizeiwache in Alanya. Dann dürfen Sie fleißig erzählen. Sie halten uns gut in Atem. Lassen Sie uns fahren. Wir fahren kurz im Krankenhaus vorbei, wegen Ihrer Verletzung.«

An sich muss Paul dankbar sein, dass man sich hier so um ihn kümmert. Vielleicht ist es aber auch der Tribut, den die Türken an die internationale Aufmerksamkeit zu zollen haben, den der Fall Anker aufrührt. Man will sich nicht blamieren. Paul kann es egal sein.

Die Nacht wird lang für ihn. Er ist erschöpft. Ein paar Stunden vergehen, bis er seine Aussage gemacht hat und die Protokolle gefertigt sind. Draußen warten die Presse und das Fernsehen, als er nach Mitternacht von der Polizei nach Hause gefahren wird.

Der Rest der Nacht wird garantiert ruhig werden. Seine unmittelbare Umgebung steht heute unter direktem Schutz der Polizei.

Der Jäger ist nun auf der Flucht. Der muss sich um sich selbst kümmern.

Die Presse darf nicht in die Nähe von Pauls Wohnung. Die Abschirmung verschafft Paul eine Atempause. Aber morgen wird die Jagd auf ihn weitergehen. Von allen Seiten ist sie eröffnet.

Noch einmal wird ihm der Trick mit seinem Bekannten Ömer nicht gelingen, der ihn vor einigen Tagen unerkannt mit seinem Auto aus der Siedlung brachte. Vielleicht sollte er freiwillig mit der Presse zusammenarbeiten? Das würde eventuell seinen Spielraum erweitern. Sicherlich spränge auch noch ein ordentliches Zugeld dabei heraus.

Der Jäger weiß nun sowieso, wo er sich aufhält.

Auf der Flucht

Rrushdi blickt sich gehetzt um. Wieder hat er Mist gebaut. Die Familie wird nicht zufrieden mit ihm sein.

Aber erst einmal kann er verschnaufen. Hier oben kann er jedoch nicht bleiben. Das Vorland zum Taurusgebirge wird intensiv als Bauland genutzt. Man wird ihn schnell entdecken.

Die grandiose Beleuchtung der Burg über Alanya jenseits der Bucht kann ihn heute nicht beeindrucken. Vielmehr beunruhigt ihn das Massenaufgebot von Polizeikräften nach seinem misslungenen Coup. Er hätte besser den Schalldämpfer benutzen sollen. Dafür hätte er aber näher an den Mann herankommen müssen. Im Nachhinein ist man immer schlauer. Jetzt gilt es, kühl zu überlegen und dementsprechend zu handeln. Die Türken werden sehr wohl wissen, dass ein Mann aus Albanien hinter dem Deutschen her ist. Sie kennen auch die Beweggründe, die Macht des Kanuni i Lekë Dukagjinit.

In Anatolien gibt es viele Gründe, einen Mann zu verfolgen und zu töten. Diese sind den albanischen sehr ähnlich. Aber auf Verständnis sollte er deshalb nicht bei den Menschen hier rechnen.

»Verflucht, auch noch das!« Rrushdi presst seine Hand auf die stark blutende Wunde am rechten Oberschenkel. Mit seinem Taschentuch versucht er hastig, einen provisorischen Verband anzulegen. Er muss sich irgendwie eine frische Hose besorgen. Mit der blutigen wird er auffallen.

Die Wunde behindert ihn nicht sehr stark. Sie blutet eben.

Seine Waffe muss weg. Man darf sie nicht bei ihm finden. Hastig gräbt er mit bloßen Händen ein Loch in die trockene und steinige Erde, steckt die Pistole hinein und deckt das Loch reichlich mit Erde und anschließend mit Steinen ab. Mit den flachen Händen versucht er, verräterische Spuren seiner Tätigkeit zu verwischen. Das hätte er erst einmal geschafft.

Das Hotel in Antalya hatte er bereits verlassen und seine Rechnung bezahlt. Das bisschen Gepäck, das er braucht, hat er in einem typischen Touristenrucksack bei sich. Am besten, er setzt sich heute Nacht noch in einen Überlandbus, der Richtung Istanbul fährt. Dann von dort nach Edirne und ab über die Grenze.

Jetzt ist es zweiundzwanzig Uhr dreißig.

Wie gut, dass er nicht seinen richtigen Vornamen genannt hat, als er den Deutschen mit seinen ständigen Anrufen nervös machen wollte. Man weiß wenigstens nicht, wie er heißt. Aber ansonsten kann er zurzeit nur Fehler an seinem Verhalten erkennen. Er hätte nicht anrufen dürfen. Hoffentlich wird ihm das nicht zum Verhängnis.

Die Gegend, wo er den *shoot out* hatte, ist in helles Licht getaucht. Sie suchen! Sie werden wissen, dass er nicht mehr dort unten ist. Überall im Gelände kann er die Irrlichter der Taschenlampen des Suchtrupps erkennen. Sie bewegen sich in seine Richtung. Hunde hat er noch keine bemerkt.

Die beste Taktik wäre die, das zu tun, was sie nicht erwarten. Er muss wieder runter zur Straße. Da liegt seine Chance. Im Gebirge werden sie ihn bald haben.

Vorsichtig schlägt er einen großen Bogen, um den Suchtrupp zu umgehen, und zwar nicht in Richtung der Stadt Alanya, sondern in östlicher Richtung. Hier im Osten werden sie ihn zuletzt vermuten; denn seine Fluchtwege liegen für alle offensichtlich im Westen.

Rrushdi versucht, das verletzte Bein möglichst wenig zu belasten.

Es ist jetzt stockdunkel um ihn herum; aber er kann die Straße Richtung der Ortschaft Mahmutlar, die im Osten von Alanya liegt, gut erkennen. Unten an der Straße erreicht er schließlich einen beleuchteten Parkplatz. Hier machen die Trucker ihre Pausen. Die schweren Laster verströmen eine Hitze, die fast körperlich schmerzt und die nächtliche Schwüle noch verstärkt. Um den kleinen Brunnen, der frisches Quellwasser spendet, sitzen die Trucker und schlürfen heißen Tee, der in einer Bretterbude ausgeschenkt wird. Es ist wie überall auf der Welt, wo Männer wie sie Halt machen. Internationale Solidarität. Zusammen sind sie stark. Gefährlich wird es, wenn sie an einsamen Stellen eine Rast machen und einschlafen. Vielleicht ein ewiger Schlaf.

Von der Ortschaft Mahmutlar her nähert sich ein Auto mit Blaulicht. Rrushdi erkennt einen Polizeiwagen, der langsam auf den Rastplatz einbiegt. Hinter einem großen Ford, der anscheinend mit Feldfrüchten unter eine Plane beladen ist, duckt sich der Flüchtige und beobachtet nervös das Geschehen.

Langsam fährt die Polizeistreife in dem Renault den schwach erleuchteten Platz ab. Die Lastwagenfahrer verstummen. Sie beobachten und sagen nichts. Zu viel sagen kann Ärger bringen.

Mit durchdringendem Quietschen der heißen Bremsen hält der Wagen. Drei uniformierte Polizisten steigen aus und schauen sich aufmerksam, aber nicht hastig um. Sie demonstrieren Stärke und Macht. An einem freien Tisch nehmen sie Platz und schnell stehen dampfende Teegläser vor ihnen. Schweigend schlürfen sie das heiße Getränk, während auf dem Parkplatz der Wagen mit flirrendem Blaulicht wartet. Dann wenden sie sich an die Trucker, die sich wieder leise unterhalten.

Rrushdi kann nichts verstehen. Nur sein Instinkt sagt ihm, dass man nach ihm fragt.

Sie versuchen wohl, eine Ringfahndung aufzubauen. Er muss sofort weg hier. Ins Hotel kann er nicht mehr zurück. Sein Geld und die Visakarte hat er bei sich. Die Pässe auch. Die Pistole ist er losgeworden. Sein gehetzter Blick geht zu dem Laster hoch. Das ist seine einzige Chance. Sonst werden sie ihn hier schnell haben.

Er hatte bis jetzt unverschämtes Glück.

Die Ladekante ist hoch und glatt. Aber Rrushdi ist ein gut austrainierter Mann. Nur sein verletztes Bein behindert ihn, als er es auf eine Trittkante stemmt. Der Laster hat Tomaten geladen. Weit hinten an der Ladekante sind nicht so viele Kisten gestaut, um das Gewicht etwas mehr zur Mitte hin zu verlagern. Mit letzter Kraft schlüpft der verletzte Mann unter die straff gespannte Plane.

Rrushdi erlebt eine angenehme Überraschung. Eine kleine Höhle unter den Tomatenkisten ist anscheinend als Schlafplatz für Mitfahrer eingerichtet. Die Trucker nehmen manchmal Anhalter mit, was ihnen einen zusätzlichen Gewinn einbringt. Eine alte Matratze und eine muffige Decke zwischen den Kisten versprechen einen unerwarteten Komfort. Durch ein kleines Loch in der Plane kann er die Umgebung beobachten.

Die Polizisten besteigen den Wagen und fahren langsam die Straße entlang Richtung Alanya. Rrushdi atmet erst einmal auf.

Keine fünf Minuten später hört er, wie der Fahrer sein Führerhaus besteigt und den Motor zum Leben erweckt. Rrushdi meint, ihm sprenge es die Trommelfelle, als der überladene Truck fauchend und ächzend Fahrt aufnimmt. Tief dröhnt der mächtige Diesel, hart, rau und stählern wie ein Gewitter. Durch das Loch in der Plane sieht er die Lichter Alanyas langsam hinter sich verschwinden. Als der Laster die Gemeinde Mahmutlar durchfahren hat, wird es dunkel um ihn. Nur die Rückleuchten werfen ihr rötliches Licht zu dem erschöpften Mann. Wie mein Blut, denkt Rrushdi und schließt erschöpft die Augen.

Nun ist er auf der Flucht. Wohin wird sie ihn führen?

Berühmt sein ist nicht immer angenehm

Paul haut wütend um sich. Diese verdammte Stechmücke hat es auf ihn abgesehen. Er lauscht auf die surrenden Geräusche, während er sich noch einmal schlaftrunken im Bett räkelt.

Jetzt, jetzt muss er zuschlagen!

Er schlägt sich selbst heftig auf die Wange, wo er den Quälgeist vermutet. Ja, jetzt hat er sie!

Verdammt, da ist sie wieder und fliegt die nächste Attacke. Die ist ja fast so hartnäckig wie der Albaner, denkt er. »Mistvieh!«

Es ist schon hell draußen. Also Zeit, einen Kaffee zu trinken und die neue Lage zu überdenken. Er lebt, er ist nur leicht verletzt. Plötzlich hat er eine bessere Ausgangsposition als der Killer. Den werden sie jagen in der Türkei, während Paul sich frei bewegen kann.

Morgen wird Eva kommen. Sie ist nicht davon abzubringen. Da wird auch die aktuelle Lage nichts bei ihr bewirken.

Die Kaffeemaschine blubbert vor sich hin, während Paul sich die Fernsehnachrichten aus Deutschland ansieht. Beim Zappen durch die Sender wird er bei Pro7 fündig. Er muss es anerkennen, die Jungs und Mädels von der Presse und dem Fernsehen sind verdammt schnell. Er kann sich in den Frühnachrichten kurz und undeutlich erkennen, als er mit den Soldaten und der Kripo die Station der *jandarma* verlässt.

Jemand hat da detaillierte Informationen rübergeschoben: *Der Deutsche Paul Anker ist heute Nacht von einem unbekannten Mann in der Nähe von Alanya angeschossen worden. Hat das Gesetz der albanischen Berge, der sogenannte Kanun, den Mann aus Deutschland eingeholt oder war das ein normaler Raubüberfall auf einen Touristen?*

Wir werden Sie über den Fortgang der Geschichte auf dem Laufenden halten. Paul Anker scheint wieder einmal nur leicht durch einen Streifschuss verletzt zu sein. Wann wird seine Glückssträhne zu Ende gehen?

»Schwätzer!« Paul lacht laut verbissen auf. Das wird wieder einmal ein stressiger Tag für ihn. Sie werden ihn umschwärmen wie die Bienen den Honig.

Die unmittelbare Gefahr durch den Killer scheint erst einmal gebannt zu sein. Er kann sich nicht vorstellen, dass der hier weiter Jagd auf ihn macht. Paul ist sich sicher, dass er den Mann getroffen hat. Das muss er aber für sich behalten.

Die Waffe wird er in den nächsten Tagen abholen müssen. Jetzt muss erst einmal Gras über die Sache wachsen. Ganz sicher werden die türkischen Behörden ihn observieren. Er will sie nicht zu der Waffe führen.

Langsam schlendert er zu dem kleinen Restaurant in der Anlage. Er braucht einen Tee. Das beruhigt!

Unterwegs stoppt er bei der Klingel für den gegenüberliegenden kleinen Einkaufsmarkt. Paul betätigt einen Knopf am Zaun, und auf der anderen Seite klingelt es im Geschäft. Jemand erscheint kurz und schaut in seine Richtung. Laut ruft Paul seinen Wunsch über die Straße: »*Bir Bild gazette, lütfen*!« Eine *Bildzeitung* bitte! Das ist so richtig türkisch, aber auch praktisch.

Im Restaurant angekommen, stöbert er sofort in der Zeitung nach. Noch keine Schlagzeilen von heute Nacht. Das war wohl zu spät für die Redaktion. Aber alle hier scheinen über die Ereignisse bestens Bescheid zu wissen. »Na, du lebst ja noch, mein Freund«, begrüßt ihn Aydin, der türkische Österreicher, in bestem Deutsch.

»Nicht umzubringen. Hart wie Stahl«, lacht Paul zurück. »Wo sind denn meine Freunde von der Polizei? Die sollten doch auf mich aufpassen?«

»Vor einer halben Stunde sind die abgezogen. War wohl zu wenig los. Du kostest den türkischen Staat eine Menge Geld, Deutscher«, frotzelt Ömer.

»Kommt, lasst uns einen Tee auf mein Überleben trinken.« Paul lädt die anwesenden Männer ein. »War ich auch schon im türkischen Fernsehen heute Morgen?«, fragt er.

»Du bist langsam eine Berühmtheit in der Türkei. Die Leute fragen sich, wer das heute Nacht war. Sie glauben nicht an den Albaner und die Sache mit dem Gesetz der Berge. Kanun heißt das doch, oder? Wie bei uns in der Türkei Gesetz. Manche meinen, du willst dich wichtig machen.« Billal sieht ihn fragend an.

»Ich schieße doch nicht auf mich selbst, ihr Nasen!« Paul lacht nervös. »Ich spiele hier keinen Film. Ihr kennt ja selbst so etwas wie die Blutrache, Ehrenmorde und Familienehre. Vielleicht habt ihr das aus Albanien mitgebracht in den fast fünfhundert Jahren Besetzung des

Landes durch die Osmanen? Na ja, wir kannten das ja auch früher in einigen Teilen Mitteleuropas.«

Die anderen schweigen etwas betreten.

Paul verabschiedet sich mit einem bewusst fröhlichen Morgengruß aus dem Restaurant. Jetzt muss er in die Öffentlichkeit. Er will sich nicht verstecken.

Es ist schon unglaublich heiß an dem frühen Morgen. Die extrem hohe Luftfeuchtigkeit macht die Hitze noch unerträglicher. An der Straße muss Paul zusammen mit einigen türkischen Kindern in Schuluniformen auf den Bus warten. Sie schnattern fröhlich und laut, bis sie ihn erkennen.

»*Are you Paul Anker, Sir?*«, fragt ihn eine kleine, vorwitzige Schülerin in gutem Schulenglisch.

»*Yes, I'm Paul Anker. But no interviews, please*!«, lacht Paul sie an.

Sie betrachten ihn halb scheu, halb neugierig, werden aber nicht aufdringlich. »*Have a good day, Sir!*«, verabschieden sie sich fröhlich lachend, als sie den Bus besteigen.

Das kann ja gut werden heute, denkt er amüsiert.

Langsam schlendert er durch die quirlige Stadt, bewegt sich bewusst bedächtig. Er will Ruhe atmen. Die Klarheit seiner Gedanken muss zurückkommen. Nur so kommt er zu einer guten Lösung des Problems.

Heute sind viele Touristen in der Stadt, sodass Paul als der Paul Anker nicht so sehr auffällt. Aber hier und da drehen sich doch Menschen nach ihm um. Es kümmert ihn nicht, solange man ihn in Ruhe lässt.

Das sollte sich bald ändern.

Am Hafen schlendert er bedächtig am Wasser entlang zu dem kleinen Hafenrestaurant direkt am Wasser. Früher haben sich hier die Fischer versammelt. Hier hat er schon vor zehn Jahren mit Eva gesessen und mit den Fischern Tee getrunken. Alles Vergangenheit. Aber die neue Anlage ist eine echte Attraktion auch für Einheimische und wird gut besucht.

Da ist noch ein guter Platz für ihn. Direkt am Wasser mit Blick auf den Hafen.

Langsam schlürft er den bestellten Tee. Paul spürt, die ruhige Zeit ist vorbei. Die Informationskette ist sicherlich initiiert, und gleich werden die Medienhaie aufkreuzen. Wegrennen nützt nichts. Bewusst locker streckt er die Beine aus und blinzelt in die Sonne.

Dann verdeckt ein Schatten die warmen Strahlen: »*Hürriyet*, Herr Anker«, stellt sich ein Reporter vor. Mit der Kamera bewaffnet, den Schreibblock gezückt, wittert er als Erster seine große Chance. »Ich darf mich doch setzen, Herr Anker?« Immerhin fragt er, wartet aber die Antwort nicht ab.

»Ganz schön dreist, Ihre Aufdringlichkeit«, meint Paul leicht ironisch und sehr ruhig. »Schreiben Sie doch, der Anker sitzt im Restaurant und trinkt Tee, als wäre nichts geschehen. Das wär's. *Iyi günler*, guten Tag!«

»Herr Anker, bitte ein kurzes Interview. Für einen Exklusivbericht sind wir bereit, mit Ihnen über ein großzügiges Honorar zu verhandeln. Also!«

»Was ist denn so interessant an mir? Viele Menschen werden nachts überfallen und angeschossen, genau wie ich!«

»Ihre Verwicklungen in dieses albanische Gesetz der Berge, den Kanun, das interessiert unsere Leser. Ihr Schicksal und das Ihrer Frau. Wir sind ein Volk, das mitleidet, das Sie verstehen wird. Sagen Sie nicht nein!«

»Also, Herr *Hürriyet*«, Paul spricht den Mann bewusst provozierend mit dem Namen seiner Zeitung an. »Wenn Sie mir garantieren könnten, dass ich nach einem Interview mit Ihnen meine Ruhe vor Ihren Kollegen hätte, dann bekämen Sie das Interview kostenlos. So werde ich mich mit Ihnen nicht weiter unterhalten und keine Fragen beantworten. Sehen Sie, da kommen schon die nächsten.«

Paul wendet sich von dem enttäuschten Mann ab und trinkt seinen Tee ruhig und bedächtig aus. Er ignoriert die hastigen Worte der aufgeregten Reporter um sich herum und reagiert auch nicht auf das Zerren und Zupfen an seiner Kleidung.

Mit Mühe bahnt er sich seinen Weg zur Kasse und zahlt dort seinen Tee. »Na, haben Sie wenigstens etwas an Ihrer Information verdient?«, lächelt Paul den Kellner wissend an, der nur verschämt die Schulter zuckt. Paul quetscht sich durch die Menge, die ihm den Weg versperrt und ununterbrochen auf Türkisch, Englisch oder Deutsch auf ihn einredet.

Betont locker spaziert er am Kai des Hafens entlang in Richtung Innenstadt. Die Traube der Reporter und Neugierigen folgt ihm auf Schritt und Tritt. Kameras klicken und surren von vorne und von hinten. Es gibt kein Entrinnen vor dieser Meute.

Seine letzte Rettung ist ein Taxi, das gerade leer vorbeifährt. Mit Müh und Not kann er es besteigen. Der aufgewühlte Paul wird im Inneren des Taxis ruhiger und überlegt. Warum rennt er überhaupt vor den Typen weg?

So kann man nicht leben. Sie lassen ihn nicht in Ruhe. Der Fall ist für die Medien zu interessant. Wie soll das erst werden, wenn morgen Eva kommt? Dann werden sie verrückt spielen. Eine vergewaltigte Frau, ein zweimal angeschossener Mann, ein Killer in der Türkei, der sie umbringen will. Dazu das geheimnisumwitterte Gewohnheitsrecht der Albaner aus vergangenen Zeiten.

Parallelen zum Kanun gibt es in der anatolischen Gesellschaft genug. Ehrenmorde, Zwangsverheiratungen, Grenzstreitigkeiten zwischen Familien in den entlegenen Dörfern. Die Religion ist bei moslemischen Albanern und den türkischen Moslems sicherlich das größte Bindeglied und macht sie zu Brüdern im Glauben. Die Schwestern interessieren da nicht so sehr in den patriarchalisch geprägten Gesellschaftsformen beider Nationen.

Es hat ja auch einen Ungläubigen getroffen. Das haben die Medien natürlich nicht verschwiegen. Paul ist bekennender Atheist.

Vor der Wache zur Siedlung bezahlt Paul das Taxi und begibt sich sofort auf den Weg zur Wohnung. Er muss an dem kleinen Lokal von Billal vorbei, wo man ihn schon erwartet.

»He, Paul, du Rumtreiber, du sollst diese Nummer bei der Polizei anrufen. Die suchen dich schon verzweifelt.« Aydin reicht ihm einen Zettel mit der Telefonnummer. Paul ist froh, damit einen Anlass zu haben, in die Wohnung zu verschwinden. Er lässt enttäuschte Menschen bei Billal zurück.

Sofort wählt er die Nummer an.

»Wir haben schon auf Sie gewartet, Herr Anker. Werden Sie bitte nicht unvorsichtig. Es ist nicht gesagt, dass der Mann nicht noch einmal zuschlagen wird. Was macht Sie so sicher, dass Sie da draußen wie ein Tourist herumlaufen?«

Paul sagt gar nichts. Er hört nur hin, was man ihm zu sagen hat.

»Sind Sie noch dran, Herr Anker?«

»Natürlich!«

»Unsere Nachforschungen und die Fahndung sind bis jetzt erfolglos geblieben. Scheint ein geschickter Mann zu sein. Übrigens, wir haben Blut von dem Angreifer gefunden. Wie erklären Sie sich das?«

»Ganz einfach, der Typ war nervös und hat sich entweder an den Steinen verletzt oder selbst angeschossen. Das soll doch vorkommen, oder?«

Keine sofortige Antwort. Nur ein Räuspern.

»Was meinen Sie dazu? Kann doch sein?« Paul provoziert bewusst mit seiner direkten Frage.

»Ja ja, kann schon sein. Ist aber unwahrscheinlich. Nur Doofe schießen sich im Film ins Bein. Sie waren doch Soldat und sollten das wissen.«

»Übrigens, morgen hole ich meine Frau vom Flugplatz ab. So gegen sechzehn Uhr. Das sollten Sie wissen.«

»Sie sind etwas verrückt, mein Freund! Sie bringen auch

Ihre Frau in Gefahr. Die hat doch schon genug gelitten, wie wir alle wissen. Warum das?«

»Weil sie das will, weil sie einen eigenen Willen hat. Da kann ich nichts machen. Übrigens werden wir sofort nach der Ankunft mit dem Auto für längere Zeit verschwinden. Dagegen können Sie ja nichts haben, oder? Wir sind freie Menschen. Sie haben die Nummer meines Mobiltelefons.«

»Gut, Herr Anker, bleiben Sie immer auf Empfang und informieren Sie uns, wohin Sie fahren. Zu Ihrer Sicherheit.«

»Danke für Ihre Bemühungen. Das ist wirklich großartig, wie Sie mir helfen. Richten Sie auch Ihrem Chef meinen Dank aus, bitte!«

»Schön, dass Sie unsere Arbeit zu schätzen wissen. Passen Sie auf sich und Ihre Frau auf. Gute Reise, Herr Anker!«

Paul ist froh, dass das Gespräch beendet ist. Sie wissen, dass er geschossen hat. Das ist ihm klar. Er muss sich vorsehen.

Die Sache mit der Reise ist ihm gerade während des Gesprächs mit der Polizei gekommen. Eine gute Idee, sich erst einmal aus der Schusslinie zu bringen und unterzutauchen.

Hoffentlich macht da Eva mit.

Flucht durch die Türkei

Jäh schreckt Rrushdi aus dem Schlaf hoch.

Ein Höllenlärm. Quietschende Bremsen, Ruckeln und der Gestank der heißgelaufenen Bremsen des schweren Lasters reißen in aus seinem unruhigen Schlaf. An einer der scharfkantigen Kisten quetscht der schlaftrunkene blinde Passagier sich die Rippen und flucht leise.

Vorsichtig lugt er durch die perforierte Plane. Es ist taghell. Er muss einige Stunden auf seiner muffelnden Matratze geschlafen haben. Immerhin geht es ihm nicht so schlecht.

Es wird Zeit, still und unauffällig von dem Laster zu verschwinden.

Der Wagen parkt mit der rückwärtigen Ladefläche dicht an einer Betonrampe. Rrushdi kann in eine riesige Halle gucken, in der hektische Betriebsamkeit herrscht. Offenbar will man den Wagen entladen. Die Tomaten müssen runter. Sie sind eine verderbliche Ware. Schnell packt er sich noch einige Früchte aus einer Holzkiste in seinen Rucksack. Vorsichtig hebt er die Plane an, um sich aus seinem Versteck zu zwängen. Der verletzte Oberschenkel schmerzt und erinnert ihn an den misslungenen Einsatz.

Er muss über die Laderampe der Fruchthalle absteigen, da der Wagen zu dicht daran steht. Niemand kümmert sich um ihn. Keiner hat ihn bemerkt, obwohl sie nur einige Meter entfernt arbeiten. Ohne Hast geht er langsam zu einer Treppe und steigt betont lässig hinab. Jetzt nur nicht auffallen.

Dann kann er in der nächsten Halle untertauchen. Das Halbdunkel der riesigen Verkaufshalle umfängt ihn wohltuend. Hier kann man nicht so leicht seine zerfetzte Hose sehen und die verkrusteten Blutflecken. Er trägt den Rucksack so, dass die verdächtige Stelle abgedeckt wird. Sieht irgendwie blöde und ungeschickt aus; aber es erfüllt seinen Zweck. Niemand kümmert sich um ihn. Er ist für die Händler nur einer der vielen Kunden. Jeder ist mit sich selbst beschäftigt. Die Kasse muss gefüllt werden.

Rrushdi ist in der Halle für Textilien gelandet. Büstenhalter, Damenschlüpfer, einige moderne Strings, die wie kleine Stoffstreifen auf den Stangen hängen. Ein Überangebot an Jeans aller Marken. Alles *fakes*; aber gut gemacht.

Das kommt wie gerufen. Er wird sich eine neue Hose kaufen. Möglichst lässig wühlt er sich durch die Stapel mit Jeans, was sofort den Händlerinstinkt des jungen Händlers weckt.

»Russki?«

Rrushdi schüttelt den Kopf.

»English?«

Rrushdi lächelt. »*Alman*, Deutscher.« Er hat zwei Jeans in die engere Wahl genommen.

»Gute Qualität. Mache guten Preis!«

Aha, denkt Rrushdi, hier ist der Tourismus auch schon angekommen. Er weiß immer noch nicht, wo er sich befindet. Irgendwo ostwärts von Alanya.

Dem Verkäufer erklärt er, dass er die Hosen anprobieren muss. Hektisch winkt der ihn zu einem primitiven Verschlag aus alten Zeltbahnen. In dem engen Raum zwängt er sich in die neue Jeans und ist sofort mit der ersten Hose zufrieden. Die sitzt perfekt. Die alte stopft er in den Rucksack.

Jetzt kommt die Handelsphase. Dazu ist er wirklich nicht aufgelegt.

Der Typ will natürlich beide loswerden. Sie werden sich aber schnell einig. Nur eine! »Guter Preis gemacht, Chef!«, verabschiedet sich der zufriedene Mann. Der wird ihn wohl ordentlich übers Ohr gehauen haben. Aber das ist im Moment nicht wichtig. Rrushdi hat genug Geld und auch noch zur Not seine Visakarte. Gerne will er die aber nicht einsetzen, da er meint, man könnte seine Spur damit aufnehmen.

In einem der zahlreichen kleinen Lokale setzt er sich hin und bestellt eine Portion türkischer Frikadellen, *köfte* mit Bulgur und Spinat. Er ist hungrig und lässt sich das ausgezeichnete Essen munden. Solange er hier nicht negativ auffällt, kümmert man sich nur als potenziellen Kunden um ihn. Wahrscheinlich vermutet die Polizei ihn mehr im Westen von Alanya.

Die Stadt, in der er sich im Moment befindet, heißt Anamur. Eine Straßenkarte der Türkei ist schnell besorgt in einer der zahlreichen Tankstellen. Etwa hundert Kilometer von Alanya weg hat ihn seine Flucht geführt. Eine kleine Hafenstadt mit Fährverbindung nach Zypern. Eine typisch türkische Stadt. Unverfälscht und noch nicht so sehr vom Tourismus verdorben.

Rrushdi überlegt. Wie soll es weitergehen? Es gibt verschiedene Fluchtoptionen für ihn.

Über die See nach Zypern. Von dort versuchen, ein Flugzeug oder ein Schiff nach Griechenland oder Italien zu bekommen. Dort mögen sie aber gar keine Albaner haben. Er wird große Schwierigkeiten haben, in diese Länder einzureisen. Direkt nach Tirana in Albanien einen Flug buchen, der über diese Staaten geht? Das wäre die schnellste Lösung; aber die strengen Personenkontrollen schrecken ihn ab.

Dann wäre da noch der Landweg mit dem Bus bis an die bulgarische Grenze in Edirne. Danach mit einem Lastwagen, den er bezahlt, oder mit einem Bus nach Albanien. Nicht ganz einfach, aber machbar. Der Nachteil: Er befände sich zu lange im türkischen Hoheitsgebiet, wo man sicherlich nach ihm suchen wird.

Sein großer Nachteil ist eben seine albanische Nationalität. Ein sehr verdächtiges Merkmal, wenn der Bus angehalten und durchsucht wird. In der Türkei herrscht eine flächendeckende polizeiliche Überwachung.

Er könnte auch noch bis an die syrische Grenze mit einem Lastwagen oder Bus fahren und von dort versuchen, einen Flug zu bekommen. Aber er weiß nicht, wie sich die Syrer einem Albaner gegenüber verhalten werden.

»Wo kommt nur unser schlechter Ruf her?«, murmelt Rrushdi genervt vor sich hin.

Nun egal, er muss damit leben. Was er auch machen wird, er befindet sich sicherlich im Fokus der internationalen Fahndung. Immer mehr bereut er, dass er mit Paul überhaupt Kontakt aufgenommen hatte. Welch eine Dummheit! Gute Fahnder können eine Menge daraus lesen und deuten.

Zuerst muss er die Familie in Albanien über die Situation informieren. Die kann vielleicht helfen. Kontakte über den gesamten Erdball waren immer ein Merkmal einflussreicher albanischer Familienclans. Irgendwo in der Welt wird ein Krasniqi sitzen. Er wird helfen, wenn die Familie es verlangt.

Das hat die Familie reich und vermögend gemacht, was nicht immer auf den ersten Blick erkennbar ist. Schlichtheit und Tradition herrschen in einem albanischen Haus. Die Mittel der weltweiten Kommunikation sind jedoch alle vorhanden. Man hat schließlich Geschäfte abzuwickeln. Geschäfte, die legal über Telefon und Fax laufen, sowie die etwas dunkleren Geschäfte, die persönlichen Kontakt erfordern.

Alles bleibt verschwiegen im Kreis der Eingeweihten und der Familie. Niemand wagt es, das Gesetz des Schweigens zu brechen, niemand wird die Familie verraten. Rrushdi hat ein öffentliches Telefon entdeckt und wählt die Nummer in Albanien an. Es ist nicht sicher, dass es mit der Verbindung klappt. Das albanische Telefonnetz und die Energieversorgung sind marode und veraltet. Die internationale Hilfe kommt nur langsam voran. Der träge und korrupte Staat und die Sicherheitsdienste behindern die Entwicklung. Sie lassen Albanien in der Starre der postkommunistischen Wirren verharren.

Aber es klappt.

Rrushdi gibt dem Schwager, der die Geschäfte für das Familienoberhaupt, den alten und gerissenen Fuchs, führt, einen genauen Lagebericht ab.

Der Schwager hört erst einmal kommentarlos zu.

»Rrushdi, rufe heute Abend gegen neunzehn Uhr an. Dann werden wir eine Lösung haben. Ich weiß, wo du bist. Ich habe eine Karte von der Türkei. Wir werden sehen, was wir tun können. Jetzt müssen wir erst beraten und entscheiden.«

»Gut, ich warte und verlasse mich auf euch. Ich habe wieder versagt. Ich werde es gutmachen. Gebt mir eine neue Chance. Sag es der Familie, bitte.« Rrushdi ist sich klar, dass die Familie kein Versagen duldet, aber er rechnet dennoch mit Verständnis und Hilfe. Er fürchtet sich vor dem Zeitpunkt, wenn er der Familie gegenüber Rechenschaft ablegen muss.

Was wissen die schon von der Welt außerhalb Albaniens, von seinen Schwierigkeiten und seiner Angst? Die aber muss er für sich behalten. Ein Albaner hat keine Angst! Das wurde ihm schon als kleines Kind eingeimpft. Du bist stark, du bist ein Sohn der Berge, ein albanischer Adler. Du kennst keine Angst und keine Grenzen.

Aber Rrushdi kennt nun Angst. Sie kann lähmen und kopflos machen.

Wiedersehen in der Sonne

Die angenehme Kühle in der Halle auf dem modernen Flugplatz in Antalya macht das Warten auf Eva erträglich.

Paul wartet voller Ungeduld. Er will Eva nicht im Freien vor dem Terminal begrüßen. Seine Stimmung schwankt zwischen Freude und ängstlicher Vorahnung. Zu viele Fragen schwirren in seinem Kopf herum.

Sie werden nicht nach Alanya in die Wohnung fahren. Paul hat seinen Wagen mit. Kein Ziel, keine Hast, nur Ruhe finden. Eva war sofort einverstanden. Sie freut sich auf die Tour mit Paul. Das hat sie jedenfalls gesagt.

Langsam strömen die ersten Passagiere der Maschine aus Bremen durch die Zollsperren. Seine Nervosität steigt. Auch die Drohung des BND-Mannes, die Affäre mit Jane in Albanien als Druckmittel gegen ihn zu benützen, geht ihm durch den Kopf. Verdrängen geht nicht. Die Bilder tauchen in seinem Unterbewusstsein auf. Rütteln und schütteln sein Selbstbewusstsein. Es nagt wie eine Ratte an seiner Seele. Das ist der Schwachpunkt in seinem Leben.

Eva ist durch eine Hölle gegangen. Er kann sie nicht noch einmal in einen Sumpf der Gefühle werfen. Das wäre das Ende ihrer Beziehung. Eva wird ihm den Fehltritt nie verzeihen.

Welche Beweise hat dieser Schlapphut in der Hand? Der war sich sehr sicher, als er von Jane sprach. Wieder tauchen Pauls Zweifel an Janes Integrität auf. Aber nein, da ist er wohl auf dem Irrweg. Damals war er total uninteressant für die Nachrichtendienste.

Kann man sich überhaupt so sehr in einem Menschen täuschen?

Paul kneift sich in die Wange. »Aufwachen!«, ruft er leise zu sich selbst.

Es wird Zeit, sich von seinem Platz zu erheben. Die Menge wird größer. Sitzend wird er Eva schwerlich entdecken können. Es sind immerhin einige Wochen vergangen, seit er sie zuletzt gesehen hat.

Dann entdeckt er sie.

Eine attraktive Frau mit blonder Mähne zieht einen dunklen Rimova-Koffer hinter sich her. Mit hoch erhobenem Kopf schaut sie sich suchend um. Die große, dunkle Sonnenbrille, der edle Pulli, die schmalen Jeans und die halbhohen Sandaletten stehen ihr gut.

Ist sie das wirklich?

Paul geht langsam auf die Dame zu. »Eva!«, ruft er halblaut. Sie schaut ihn durch die dunklen Gläser an.

Langsam, fast zögernd begegnen sie sich. Mit der linken Hand nimmt Eva ihre Sonnenbrille ab. Paul sieht zwei strahlend blaue Augen, die ihn lächelnd, aber immer noch schmerzlich berührt ansehen. Mitten im Strom der Vorbeieilenden umarmen sie sich. Paul spürt ihre Wärme und Weiblichkeit, ihre warmen, weichen Lippen etwas zögerlich auf seinen Wangen. Sie sucht nicht seine Lippen. Paul spürt die Abwehrhaltung seiner Frau.

Aber sie sind erst einmal wieder zusammen. Ihre Hand liegt steif, etwas abwehrend, in seiner, während sie sich durch die Reihen der suchenden Touristen und wartenden Betreuer drängen. Hier sind alle mit sich selbst beschäftigt, sodass sie nicht auffallen.

Minuten später sitzen sie in ihrem Wagen und verlassen das Flughafengelände. Langsam fahren sie in Richtung Isparta, der Stadt der Rosen. Zunächst einmal wollen sie einige Tage am etwa hundertundfünfzig Kilometer entfernten Egirdirsee bleiben. Es soll dort still und romantisch sein. Kein großer Tourismus, den beide zurzeit nicht ertragen könnten. Doc Hamdi, ein türkischer Freund in Alanya, hat ihm diesen Tipp gegeben. Dort hofft Paul den notwendigen Abstand zu bekommen und natürlich das innige Verhältnis zu Eva wiederzufinden.

Eva wartet nicht lange mit ihren Fragen. Sie will wissen, wie die Bedrohungslage ist, wo sie stehen in diesem Spiel. Ohne jegliche Verschleierung! Paul kann es auch gar nicht verbergen. Die neue Schusswunde, die immerhin noch leicht verbunden ist, spricht Bände. Lange spricht er mit ruhiger Stimme. Er will sie nicht beunruhigen, aber Eva hat ein Recht auf schonungslose Wahrheit.

Sie halten an einem typischen Rasthaus mitten in den schroffen Bergen des Taurusgebirges. Tee, duftendes Weißbrot, eine köstliche türkische Tomatensuppe und danach Baklava, das süße Gebäck, mit Honigwasser übergossen und mit geraspelten Pistazien bestreut. Ein einfaches, aber köstliches Mahl. Fast vergessen sie dabei die Bedrohung, die jeden Augenblick akut werden kann.

»Ist der Typ denn allein hinter dir her?« Eva schaut ihn fragend an.

»Sicherlich. Die werden kaum eine ganze Horde hinter mir herjagen. Zu aufwendig und zu auffällig. Es entspricht auch nicht der gängigen Praxis. Immer nur einer wird von der Familie mit der Vollziehung der Blutrache beauftragt. Wo der Kerl jetzt ist, weiß ich nicht. Ich habe ihn wohl getroffen. Seine Blutspuren wurden gefunden.«

Auf einmal durchfährt ihn ein Schreck. »Verdammt! Ich habe ja die Waffe noch im Versteck. Hoffentlich findet die keiner. Dann haben sie mich. Die Fingerabdrücke. Aber vielleicht ist es besser, wenn ich das Ding erst später hole. Die werden da sicher das Terrain beobachten.«

Eva legt zum ersten Mal beruhigend ihre gepflegte Hand auf seinen Arm. »Vergiss das jetzt, denk mal an etwas anderes. Die werden sie schon nicht finden. Die Polizei hat sicher etwas mehr zu tun, als deine Pistole zu suchen. Es ist ja niemand tot.«

Paul beruhigt sich wieder.

In der ruhigen Stadt Egirdir finden sie schnell das kleine aber feine Hotel direkt am See. Hier wollen sie einige Tage bleiben und dann entscheiden, wohin sie fahren werden.

Sie verbringen die Tage stets zusammen, ohne sich jedoch näherzukommen. Die Erinnerungen der letzten Wochen begleiten beide und bohren sich wie Nadelstiche in den Kokon der Ruhe, der sie hier umgibt. Niemand kann der Realität entfliehen. Nachts liegen sie nebeneinander, ohne sich anzunähern. Selbst Dialoge sind auf ein Minimum beschränkt. Eine Atmosphäre gegenseitiger Abschottung. Wenn Paul die Hand seiner Frau sucht, liegt diese reglos ohne Druck und Wärme in seiner. Irgendwann dreht sich jeder auf seine Seite und versucht im Schlaf den Problemen zu entgehen.

Auch kein Anruf, kein verdächtiger Mensch, der sie stört. Beide scheinen sie auf etwas zu warten. Aber nichts geschieht. Nicht von außen, aber auch nicht zwischen ihnen. Die Macht des Kanun schwebt unsichtbar über ihrer Partnerschaft.

Die Familie ist überall

»Hör zu, Rrushdi, du setzt dich in einen Bus und fährst damit in die Stadt Kütahya. Dort wirst du die Nummer anrufen, die ich gleich durchgebe. Kein Aufsehen! Ruhig bleiben! Wir haben einen Freund dort, der dir helfen wird, die Türkei zu verlassen und wieder nach Albanien zu kommen. Wir werden den Deutschen schon noch erwischen. Niemand entkommt uns. Der Kanun will es so. Vergiss das nie. Deine Chance wird kommen. Sieh zu, dass du einen Bus bekommst. Du kannst morgen Abend in dieser Stadt sein, sagt unser Mann. Hast du alles verstanden?«

»Danke, dass ihr mir helft, Bruder. Ich hoffe, dass ich es schaffe. Ich melde mich wieder.«

Wenigstens hat Rrushdi nun Hilfe zu erwarten. Er fragt sich zum Busbahnhof durch, den es in der Türkei in jeder Stadt gibt. Das ausgezeichnete Busnetz reicht in die letzten Winkel Anatoliens.

Zur Tarnung hat Rrushdi eine Schirmmütze und eine Sonnenbrille auf.

Auf dem Busbahnhof herrscht reger Betrieb. Überall kleine Lokale und Imbissbuden, die den Reisenden versorgen. Er studiert die aushängenden Fahrpläne, die auch für einen Ausländer verständlich sind. Da hat er eine Buslinie über die Städte Konya, Aksehir, Afyon und Kütahya. Abfahrt zwanzig Uhr, Ankunft morgen Mittag zwölf Uhr. Das ist der richtige Bus.

In dem verglasten Verkaufsbüro bekommt er ohne große Schwierigkeiten sein Ticket für einen Spottpreis. Der freundliche Angestellte zeigt auf den großen und modernen Reisebus, der mit laufendem Motor auf dem Platz vor dem Büro steht. Rrushdi bekommt seinen Platz zugewiesen, der schon auf dem Ticket vermerkt ist. Ein guter Platz, weit hinten am Fenster.

Noch eine halbe Stunde Wartezeit. Er vertieft sich in eine *Bildzeitung*, die er selbst hier in Anatolien erstehen konnte. Nichts über ihn drin? Halt, da steht doch etwas über eine Eva Anker, die zu ihrem Mann in die Türkei geflogen sei. Der Artikel zeigt das Bild einer attraktiven Frau. Es wurde wohl am Flugplatz aufgenommen, als sie am Flugschalter wartete. Diese Sache hat Deutschland anscheinend sehr aufgewühlt.

Der ausführliche Bericht beginnt mit dem Unfall in Albanien, bei dem sein Neffe getötet wurde, und erwähnt selbst den Mord an dem kleinen Franzosen Jo. Unterschwellig wollüstig schildert die Zeitung natürlich die Entführung und Vergewaltigung der Frau durch zwei Verbrecher einer kosovo-albanischen Bande. Selbst der Mord an einem Unbeteiligten durch einen mutmaßlichen Auftragskiller in Aurich vor dem Haus der Ankers wird erwähnt. Zuletzt ergeht man sich in Spekulationen über die düsteren Aussichten für das Ehepaar Anker, das wohl immer noch von albanischen oder internationalen Killern bedroht sei, schließlich versuchte jemand, Paul Anker kürzlich im Ferienort Alanya zu ermorden.

Wie tief ist der ehemalige Bundeswehroffizier und Beobachter des Balkankrieges im diplomatischen Dienst eventuell selbst in suspekte, kriminelle Dinge verstrickt? Diese Frage steht im Raum.

Über die Person des mutmaßlichen Mörders gibt es viele Spekulationen. Ein Bild hat man nicht von ihm. Aber geschickt soll er sein und unbarmherzig.

Immerhin führt die Spur auch bei der *Bildzeitung* in die

Berge von Albanien zu einer Familie Krasniqi. Das gefällt Rrushdi weniger gut.

Im Moment sitzt er jedenfalls warm und trocken. Einen Unsicherheitsfaktor stellen im Moment allein die Polizei und die *jandarma* dar, die sicherlich auch Reisebusse wie diesen unterwegs kontrollieren werden. Das treibt ihm den Schweiß auf die Stirn. Aber was können sie ihm schon vorwerfen? An sich nichts. Er hat keine Waffe mehr. Die Wunde könnte auch durch einen Kaktus oder Ast verursacht worden sein. Er redet sich etwas ein.

Rrushdi knabbert nervös an seinem *simit*, einem gebackenen Sesamkringel, den er noch schnell erstanden hat. Die Zeit vergeht zäh. Er steht ständig unter Anspannung vor einer Entdeckung. Draußen sieht er zwei Polizisten aufmerksam vorbeigehen. Dann noch eine Autostreife. Die sind überall. Wie in seiner Heimat Albanien. Allgegenwärtig!

Der leise summende Motor und das Ruckeln des anfahrenden Mercedesbusses schrecken ihn auf. Er ist eingenickt. Neben ihm sitzt eine junge, hübsche Frau ohne Kopftuch und ist in ein Buch vertieft. Langsam rollt der Bus vom Betriebsgelände und Rrushdi atmet erst einmal auf.

Die Flucht geht weiter.

Jetzt ist er der Gejagte!

Metamorphose

Die Tage vergehen unter gegenseitiger Spannung und Beobachtung. Sie sprechen nicht über ihre Probleme, wissen aber, es wird Zeit, darüber zu reden. Paul kommt Eva nicht näher. Er versucht es erst gar nicht, da er sich vor ihrer Reaktion fürchtet.

Zwischendurch ruft die Polizei aus Alanya an. Sie will wissen, ob alles in Ordnung ist und wo sie sind. Paul gibt bereitwillig Auskunft. Geheimniskrämerei hätte bei der Polizei einen üblen Duft verbreitet. Sie sind auf die Zusammenarbeit mit den Sicherheitskräften angewiesen.

Die Medien haben wohl ihre Spur verloren oder das Interesse, wobei Paul das Letztere annimmt. Die Medienwelt ist schnelllebig und braucht täglich neues Futter, wie ein Raubtier. Das Ehepaar Anker wird erst wieder interessant, wenn etwas Neues passiert.

Der Anruf der türkischen Polizei hat wohl eine Signalwirkung. Plötzlich ist der Damm des Schweigens zwischen ihnen gebrochen, als sie zusammen bei einem Tee auf der Terrasse des Hotels sitzen.

Eva nimmt betont langsam ihre Sonnenbrille ab, beugt sich zu Paul über den Tisch und schaut ihren stummen Partner mit schmalen Augen an. »Wir können nicht unser gesamtes Leben in dieser Angst und Spannung verbringen. Wir müssen zu einer Lösung kommen, Paul!«

Pauls Nervosität ist nicht zu übersehen nach dieser unerwarteten Eröffnung des Dialogs durch Eva. Er steht vom Teetisch auf, läuft unruhig auf der Hotelterrasse hin und her. Lange bleibt er mit dem Rücken zu Eva stehen und schaut über die blaugraue Oberfläche des vor ihnen liegenden Sees. Dann wendet er sich langsam Eva zu. Er ist ratlos und hilflos. Seine dünne Stimme spiegelt diese Ratlosigkeit wider: »Ich zermartere mir schon wochenlang das Hirn, wie wir das anstellen sollen. Wo sollen wir ansetzen? Es ist ja nicht nur die Familie Krasniqi, die ihre vermeintlich gerechte Rache will. Da sind noch andere Parteien.«

»Welche meinst du, Paul?«

»Na, vielleicht die UCK, die albanische Untergrundorganisation, und ihre kriminelle Basis in Deutschland, die dich entführt hatte. Ich glaube nicht, dass wir da vergessen sind. Du weniger; aber ich. Noch so etwas wie mit deiner ...« Paul stockt verwirrt. Er scheut sich, das Wort Vergewaltigung in Evas Beisein in den Mund zu nehmen.

Eva spürt es sofort. »Du meinst meine Vergewaltigungen!« Nicht bitter, nicht aufgewühlt, ganz kühl fließen die Worte aus ihr heraus, irgendwie herausfordernd und zynisch. Sie steht aufreizend langsam von ihrem Stuhl auf und schaut von oben auf Paul nieder, der sich inzwischen hingesetzt hat.

»Ja, das meine ich. Wie kannst du so ruhig darüber reden, Eva? Ich bin immer noch total erschüttert, wenn ich darüber nachdenke.«

Eva packt Pauls Schultern und schüttelt ihn. »Über was denkst du denn nach? Über was bist du erschüttert? Du weißt ja nichts davon. Du meinst wohl, die Therapie in Deutschland wäscht alles ab. Nichts wird da abgewaschen, Paul!« Evas Stimme wird plötzlich laut, ihr Gesicht ist leichenblass, ihre Lippen hart aufeinandergepresst. »Ich habe es nicht vergessen. Ich werde es niemals vergessen. Es ist das Brutalste, das Erniedrigendste, was man einer Frau antun kann. Ich bin bereit, dafür zu töten, Paul. Tu es für mich!« Eva schaut ihn jetzt zwingend und mit steinernem Gesichtsausdruck an. Es ist, als wäre alle Wut in ihrem Blick versammelt.

»Was sagst du da, Eva? Was soll ich tun?« Er schaut sie entsetzt an, springt auf und legt die Hände auf ihre Schultern: »Komm, beruhige dich doch. Ich verstehe dich ja, will dir helfen; aber lass es auch zu.«

Seine Worte öffnen die Büchse der Pandora.

Eva stößt ihn zurück und schreit ihn mit geballten Fäusten und zornrotem Kopf an. »Du kannst mir nicht mit diesem Gerede helfen. Ich habe dich noch nie so inständig um etwas gebeten. Tu es für mich! Bring den letzten Kerl um, bevor es andere für dich tun. Du musst das für uns tun. Ich finde keine Ruhe mehr.« Wie ein Wasserfall sprudelt es jetzt aus ihr heraus. Sie versetzt ihn in eine Welt, die er bisher nur aus Romanen oder seiner Fantasie kannte. Eva hat offensichtlich eine seelische Metamorphose durchgemacht. Ohne Zurückhaltung schildert sie ihm ihr Martyrium, peitscht ihn auf. Mal ist sie betont kalt und beherrscht, mal schreit sie fast.

Er muss anhören, wie sie Eva in dem kleinen Raum gequält und erniedrigt haben, wie sie beide die schreiende Frau auf dem primitiven Bett mit Schlägen gefügig machen wollten, sie an gespreizten Armen und Füßen banden und voller Vorfreude die Hosen öffneten. Paul hält sich entsetzt den Kopf, als er hört, mit welcher unvorstellbaren Brutalität sie seine Eva behandelten und der erste Kerl in sie eindrang, während der zweite ihr dabei sadistisch ausmalte, was sie noch von ihm zu erwarten hatte.

Sie lässt nichts aus. Sie ist wieder in diesem Raum. Sie spricht voller Kälte und Abscheu, und ihr Rachedurst dringt tief in das Innere ihres Zuhörers.

Paul will nicht mehr zuhören. Er kann es nicht ertragen. Er glaubt es nicht, was er hört. Nur einen Augenblick öffnet sich für ihn der Blick in ihre Hölle.

»Hör auf, Eva, was willst du mir da erzählen? Das kann doch nicht wahr sein. Hör bitte auf. Beruhige dich doch!«, schreit er mit verzerrtem Gesicht. Paul hält sich mit beiden Händen die Ohren zu.

Eva reißt seine Hände nach unten und zwingt ihn mit Gewalt, sie anzusehen. »Du musst alles wissen, was sie mir angetan haben. Wir müssen den Letzten töten. Selbst! Das musst du mir versprechen. Dann werde ich nie mehr etwas von dir verlangen. Nur das! Es ist noch nicht zu Ende, was sie mit mir gemacht haben. – Dann …«

Paul schreit sie entsetzt an: »Hör endlich auf, es ist genug! Soll ich mich selbst umbringen? Ich kann es nicht mehr ertragen!«

Eva wird seltsam ruhig. Ihr Gesicht ist eine steinerne Maske, ihre Augen seltsam starr und brennend. »Paul, ich meine das ernst. Ich will, dass wir ihn umbringen, dass er im letzten Augenblick in deine Augen sieht und hört, wer ihn tötet und vor allem, warum. Das verlange ich von dir. Sonst nichts. Du musst es tun.«

Immer wieder ihre eindringlichen Worte: Du musst es tun!

Paul wendet sich wie in Trance ab. Er schaut wieder in die weite Landschaft, nimmt nichts wahr. Es ist wie ein böser Traum.

Als hätte er sich wieder gefangen, sieht er Eva nach einer Weile des gegenseitigen Schweigens betont ruhig an. »Kannst du deinen Hass nicht vergessen, Eva? So wirst du keine Ruhe finden. Was ist, wenn die UCK den Kerl vor uns findet und ihn tötet wie den anderen?«

»Dann soll es so sein. Dann weiß ich wenigstens, dass wir es versucht haben. Wenn die Polizei ihn schnappt, wird man mir als Frau nicht richtig glauben. Das ist die Rache einer gedemütigten Frau – das wird man sagen. Dann wird er einem Psychiater gegenübersitzen, der von Gruppenzwang spricht. Er wird irgendwann wieder frei sein. Ich nie mehr, Paul. Ich werde in dem Gefängnis meiner Erinnerungen leben. Immer, wenn wir uns lieben, werde ich daran denken müssen. Es muss raus aus mir.«

Paul spürt die Wildheit, die Entschlossenheit, die archaische Rachelust in den Worten seiner Frau. Plötzlich ist sie ihm so fremd, aber auch so nah und vertraut.

»Paul, wirst du mich rächen? Wirst du das für uns tun?« Die kalte Glut der Rache lodert in ihren Augen.

Paul kann ihr nicht ausweichen. Er glaubt, dass er fähig

ist zu töten. Aber er sah das bisher immer nur unter dem Blickwinkel als Soldat oder als Mann in einer Notwehrsituation, wie er sie erst kürzlich erleben musste.

Es ist, als spräche ein Fremder außerhalb seines Körpers zu ihr. »Ich werde es tun. Du kannst mir vertrauen. Es wird bald sein.«

»Versprich mir nichts, was du nicht halten willst oder kannst, Paul. Es war dein Leben, es war deine Abenteuerlust, die uns in diese Situation gebracht hat. Sei bitte ehrlich. Ich werde dann einen anderen Weg finden müssen.«

Es ist das erste Mal, das Paul seine Frau von seiner Schuld sprechen hört.

Paul versucht Eva mit bewusst ruhiger und abgeklärter Stimme sein Verständnis und seine Einwilligung zu signalisieren: »Ich weiß, dass es mein Leben war, ich weiß, dass diese Dinge deshalb passiert sind. Ich werde es n Ordnung bringen. Er wird von meiner Hand sterben. Du wirst irgendwie dabei sein, wenn ich es tue. Du wirst es spüren.«

»Dann lass uns aufhören mit Reden. Lass uns die letzten ruhigen Tage genießen, und die Sache durchdenken.«

Eva will den unwirklichen Dialog offenbar im Triumph beenden. Paul ist sich sicher, dass Eva diese Aussprache bewusst gesucht hat, um ihm dieses Versprechen abzunehmen.

»Das wird unser Kanun sein, Paul.« Eva nimmt seine Hand und zieht den erschöpften Paul in die Wärme ihrer Arme. »Du tust das doch für unsere Liebe«, flüstert sie verheißungsvoll.

Abrupt löst sich Paul aus ihrer Umarmung. Ohne sie anzusehen, verlässt er sie mit schleppenden Schritten und gesenktem Kopf. Ihre Rufe ignoriert er. Paul flieht vor der Einflüsterung des Bösen. Aber er flieht auch vor der Wahrheit.

Am Ufer des Sees sucht er die Einsamkeit. Er braucht

die Ruhe und muss sich sammeln. Was für ein entsetzliches Versprechen hat er seiner Frau gegeben, hat sie ihm abgerungen! Ist sie überhaupt noch seine Eva, die Frau, die er kannte und liebte? Kann sie das von ihm verlangen?

Heute hat er einen Pakt mit dem Teufel geschlossen! Vielleicht wollte er sich von seiner Schuld, die nur er wirklich kennt, loskaufen?

Erinnerungen an Tirana, an Jane und diese Nacht, die er schon lange verflucht. Ist das die gerechte Strafe für den Betrug an Eva? Wird ihn die vollführte Rache vielleicht vom Makel dieser Schuld befreien?

Wo ist seine Eva geblieben, die er so sehr wegen ihrer Weiblichkeit und ihrer persönlichen Stärken liebte? Heute stand ihm eine völlig fremde Frau gegenüber, deren Reaktionen ihn entsetzt haben. Ein Mensch, vom Rachedurst getrieben und vom blinden Hass beherrscht. Paul sieht Parallelen zu der Welt, in der er auf dem Balkan lebte. Eva war nie dort, in dieser Welt der Gewalt und des Totschlages, der Rache und der blinden Wut; aber sie ist von diesem Virus befallen. Er nagt an ihr und wird sie nicht verlassen, bis ihr Rachedurst gestillt sein wird.

Paul soll ihr Werkzeug sein. Woher nimmt sie das Recht, so zu handeln und das zu fordern?

Seine Schuld gibt ihr das Recht. Aber wird er hinterher frei sein? Wird er dann ein ruhiges Leben führen können?

Eine Sache wird für immer sein Geheimnis bleiben müssen: die Affäre mit Jane. Eva wird ihm das nie verzeihen, da ist er sich nun sicher. Diese Frau nicht, die er heute kennengelernt hat.

Er spürt die Kälte durch seine Gefühle kriechen, wenn er an Eva denkt. Ihre Rache wird sich auch ihm zuwenden, sollte er in einer schwachen Stunde zu viel sagen und auf ihr Verständnis hoffen.

Aber Paul kennt sich; er ist kein guter Lügner. In diesem Fall eine große Schwäche.

Vorhof zur Hölle

Neben ihm wird ein Mann unruhig. Er spricht in einer fremden Sprache, die Rrushdi nicht versteht. Später wird er erfahren, dass er in dem Laster mit zwanzig Männern aus Afghanistan und Pakistan eingepfercht war.

Sie können sich kaum bewegen in ihrem dunklen Versteck. Kein Sonnenstrahl und kaum ein Lufthauch dringen in die dumpfe, dunkle Höhle. Nur bei den verordneten Zwangspausen während der Nächte kann Rrushdi die Männer kurz sehen. Irgendwo in dem umliegenden Gelände verrichten sie schnell ihre Notdurft und zerren hastig an dem harten Kanten Brot, den man ihnen wie Tieren hinwirft. Nur wenig Wasser gibt es, lauwarm und abgestanden. Sie sollen so wenig wie möglich essen und trinken. Ihre Körperfunktionen werden bewusst herabgesetzt, um auch ihre Ausscheidungen zu begrenzen.

Das Versteck in dem Laster mit türkischem Kennzeichen ist nur mühsam über die Ladung aus großen Kisten zu erreichen. Nur einige Quadratmeter hat man ihnen überlassen. Menschenschmuggel ist ein lukratives und mörderisches Geschäft, das von internationalen Organisationen beherrscht wird. Millionen werden dabei umgesetzt. Täglich sterben viele dabei. Es gibt kein Erbarmen. Die Toten sind Ausschuss. Nur der Profit zählt.

Rrushdi hatte keine andere Wahl in der Türkei.

Beinahe hätten sie ihn erwischt auf der Fahrt im Überlandbus von Anamur nach Küthaya, wo ihn die Familie erwartete. Zahlreiche Überprüfungen an den *checkpoints* der Polizei und der *jandarma*. Aber er hatte Glück.

Vielleicht rettete ihn auch die Anwesenheit der türkischen Schönheit neben ihm. Sie wurde mit ausgesuchter Höflichkeit behandelt.

Kalt wurde er in Küthaya begrüßt. Sie waren nicht glücklich über diesen Auftrag, einen gesuchten Killer außer Landes zu schaffen. Aber die Macht der Familie reicht auch bis hier nach Anatolien. Albanien ist überall. Der Hauch des Kanun weht kaum wahrnehmbar, aber beständig.

Rrushdi bekam grobe, feste Kleidung, Turnschuhe und ein Kissen. Dazu eine warme Decke.

Dann fuhr ein schweigsamer Mann mit ihm in einem Lastwagen los. Sie hatten Porzellan geladen. Porzellan aus Küthaya, der Stadt des weißen Goldes in Anatolien. Weltberühmt und vielleicht seine Rettung. Die Laster waren ein bekannter Anblick für die Polizei und so wurden sie nicht kontrolliert. Paul konnte auf dieser Fahrt ganz normal vorne im Führerhaus mitfahren.

Der Türke sprach nicht viel mit Rrushdi. Seine rudimentären Kenntnisse in Deutsch oder Englisch reichten gerade, um einen holprigen Informationsfluss in Gang zu halten. Der Mann war eingewiesen. Er war sicherlich nicht glücklich über den Auftrag. Aber Weigerung würde hungrige Mäuler zu Hause bedeuten.

Rrushdi wusste, dass er nach Edirne fahren, dort umsteigen musste und in einem anderen Laster weitergeschmuggelt werden sollte. Man hatte ihn auch auf das Risiko hingewiesen. Das hier war internationaler Menschenschmuggel mit Menschen aus Afghanistan, Ostanatolien und auch dem Iran. Die Chance, erwischt zu werden, war hoch. Die Chance, unter den Bedingungen während der Fahrt zu sterben, noch höher.

Die Leichen werden geschickt während der Pausen entsorgt. Keine Moral, keine Ethik, nur der Profit zählte. Wer stirbt, hatte schon bezahlt. Das Risiko liegt also nur noch auf der Seite der Asylsuchenden, die ins Paradies nach Europa wollen.

Nachts wird der erschöpfte Rrushdi in einem abgeschirmten Areal einer Transportfirma in der Nähe der Stadt Edirne am Dreiländereck Türkei-Bulgarien-Griechenland zu den anderen gepackt. Die anderen, das sind die Ärmsten auf dieser Welt, die Verzweifelten zwischen den Mühlsteinen des Schicksals.

Seine kühnsten Vorstellungen haben nicht ausgereicht, um das zu erdenken, was er in den nächsten Tagen erlebt.

Der Kot- und Uringestank in dem engen und dunklen Verschlag nimmt ihm schier den Atem. Die Plätze sind alle belegt. Dunkle, brennende Augen starren ihn mit stumpfem Ausdruck an. Keiner rückt zur Seite. Niemand gibt seinen erkämpften Platz ab. Halb stehend, halb liegend kämpft Rrushdi in dieser Enge ums Überleben. Um sich herum fluchende und schlagende Männer. Sie sind die Platzhirsche. Sie bestimmen, wer einer von ihnen ist und wer nicht. Rrushdi ist keiner von ihnen.

Das muss zumindest der Vorhof zu Dantes Hölle sein!

Nach Stunden qualvoller Fahrt eine kurze Pause. Irgendwo auf einem Acker abseits der Hauptroute in Bulgarien. Hastig verschwinden sie in den Büschen, um ihre Notdurft zu verrichten.

Rrushdi atmet die kühle Nachtluft und gierig verzehrt er unbemerkt einen der Schokoladenriegel, die man ihm mitgegeben hatte. Notproviant. Im fahlen Mondlicht sieht er die gläubigen Moslems zu Boden sinken und gen Mekka beten. Sie flehen um den Segen und den Beistand Allahs.

Inshallah! Welch ein Schicksal!

Dann sind sie wieder einer weniger. Rrushdi sieht einen dunklen Körper in den gurgelnden Fluten des nahen Flusses versinken. Die lange Reise hat für den armen Kerl ein Ende. An Erschöpfung einfach verreckt. Der Körper ausgezehrt und entkräftet. Durchfall und Infektionen gaben ihm wohl den Rest.

Aber das bedeutet mehr Platz für die restlichen Männer. Schweigend, in Allah ergeben, klettern sie wieder in ihr Versteck.

Rrushdi ist sich klar, dass man diese kriminellen Geschäfte

nur mit der Unterstützung der Zöllner und der Polizei der betreffenden Länder durchführen kann. Eigentlich hätte man die Asylsuchenden auch gleich in Busse packen können. Aber da war die internationale Gemeinschaft der westlichen Staaten, die vor dem Ansturm der Ärmsten aus aller Welt erzittert. Sie hatte durch ihre Beobachter ein waches Auge auf dieses einträgliche Geschäft.

Eine neue Völkerwanderung!

Irgendwann ist aber alle Qual zu Ende.

Nach schier endlos scheinenden Tagen hört Rrushdi schwach in dem stickigen Versteck albanische Wortfetzen. Sehr undeutlich; aber wie eine Offenbarung für ihn.

Er ist am Ende seiner Kräfte und hat sich fatalistisch seinem Schicksal ergeben.

Ist er zu Hause, zu Hause im Land der Adler, in *Shqiperia*? Noch holt ihn niemand aus dem Versteck.

Wieder setzt sich der Laster dröhnend und rüttelnd in Bewegung. Die Männer werden gegeneinandergeschleudert und liegen irgendwann wie eine amorphe Masse ineinander verschlungen in dem dunklen Raum. Es wehrt sich keiner mehr dagegen. Sie sind zu schwach und apathisch geworden. Rrushdis Hoffnung ist wieder geschwunden. Er ist wohl nicht in Albanien. Seine verwirrten Sinne haben ihn sicherlich getäuscht.

Langsam fällt er in einen Dämmerzustand, in eine Traumwelt der Hoffnung und Verheißung. In diese hatte er sich während dieser höllischen Tage geflüchtet.

Brutal reißt ihn das Ruckeln und Quietschen des Lasters wieder aus seinen Träumen. Mit einem erlösenden Seufzer kommt die Maschine zur Ruhe. Laute Stimmen sind zu vernehmen. Albanisch! Sollten seine Sinne ihn doch nicht getäuscht haben?

»Raus hier, ihr Penner. Raus, oder ihr bleibt drin!« In Albanisch und schlechtem Englisch dringt es zu ihnen in diese Hölle.

Langsam quälen sie sich über Kisten und durch enge Räume nach draußen ans Licht. Die Sonne schmerzt in ihren Augen. Geschwächt und total erschöpft stehen und liegen die Männer im Staub des Parkplatzes einer heruntergekommenen Raststätte, falls dieses Fragment den Namen überhaupt verdient.

Alle werden angewiesen, sofort zur Toilette zu gehen und Wasser und Brot zu empfangen.

Etwas abseits parkt ein altes Auto, Mercedes Diesel, mit albanischem Kennzeichen. Zwei Männer steigen aus und schlendern mit dem arroganten Gehabe albanischer Machos zu dem Fahrer des Menschenschleusers.

Einer kann leidlich Türkisch, was in Albanien nicht ungewöhnlich ist nach der jahrhundertelangen Besetzung durch die Herren der Hohen Pforte. Der Fahrer zeigt in die Richtung, wo Rrushdi hastig und gierig seine Ration Wasser schlürft.

»Vergiss die Dreckbrühe, Bruder! Hier hast du etwas Anständiges für deinen Durst.«

Verwirrt blickt Rrushdi den jungen Typen an.

»Erkennst du mich nicht, Bruder? Ich bin es, dein Vetter Sali. Mann, stinkst du!«

Dankbar nimmt Rrushdi die angebotene Flasche und trinkt hastig, bevor er die Männer genauer anschaut. Er kann es kaum glauben. Er ist zu Hause. »Ja, ihr seid's, Sali und du, Mustafa, der Hinkende! Warum kommt ihr erst jetzt und lasst mich so lange in dieser Scheiße hocken und schmoren?! Allah soll sich von euch abwenden, ihr Esel! Aber ich freue mich trotzdem, euch zu sehen. Lasst euch umarmen, meine Freunde!«

»Das verschieben wir besser auf nachher, nachdem du dich gereinigt und umgezogen hast, Rrushdi. Ein Schwein bei den Ungläubigen ist sauberer als du. Wir haben eine Dusche für dich da drinnen vorbereitet. Es ist für alles gesorgt. Du bist wieder zu Hause. Lass uns gehen.«

Rrushdi schaut sich um. Seine Leidensgenossen der letzten Tage betrachten ungläubig das Geschehen. Schließlich gehörte er doch zu ihnen während der letzten Tage.

»Viel Glück Brüder, möge Allah mit euch sein!« Fast entschuldigend verabschiedet sich Rrushdi mit seinem letzten Gruß in die Runde.

»Und ihr sollt in der Hölle schmoren, ihr Menschenschinder!« Rrushdi schaut drohend die beiden Fahrer des Lastwagens an. »Habt ihr keine Pistole für mich, Brüder, damit ich die Hunde umlegen kann? – Behandelt die armen Kerle da von jetzt ab nur gut, sonst werde ich euch finden. Ich werde hier auf euch warten!«

Rrushdi wird sanft aber nachdrücklich von seinen Verwandten in die Bruchbude geführt. Er ist gerettet! »Allah sei Dank«, murmelt er. »Aber ihr hättet die Hunde umlegen sollen.«

Draußen werden die anderen in einen wartenden Bus gesetzt, der sie durch Albanien schleusen soll. Ihr Leidensweg ist noch nicht zu Ende. Mitteleuropa, die Länder ihrer Träume, warten auf sie. Der gefährlichste Teil steht ihnen noch bevor. Über die Hafenstädte Saranda oder Durres werden sie auf kleinen und schnellen Booten weitergeschleust werden. Viele werden auf der Adria ihr Leben verlieren. Italien, Österreich und dann Deutschland oder ein anderes Land ist das Ziel ihrer Sehnsüchte.

Viele Tage und Nächte in dunklen, stickigen Räumen, in schwankenden, überladenen Booten, in engen Räumen unter den Dächern der Schnellzüge oder in Lastwagen werden sie noch ertragen müssen.

Das versprochene Paradies werden sie aber nie finden.

Ein schneller Entschluss

Die nächsten Tage verbringt Paul unter Spannung. Er kann sich nicht mit dem Gedanken anfreunden, dass Eva sich so sehr verändert hat. Sie ist ihm fremd geworden.

Er verspürt plötzlich eine tiefe Abneigung gegen diese Eva.

Nachts liegen sie immer noch stumm nebeneinander im Bett. Die Flamme der Leidenschaft ist in Paul erloschen. Irgendwie fürchtet er sich sogar vor ihr.

Längst versucht Eva, den Eindruck wieder ins Positive zu verkehren. Sie ist sanft und liebenswürdig, stets aufmerksam und manchmal weiblich kokett. Mit weiblicher Sensibilität und Intuition kann sie fühlen, wie eine unsichtbare Wand zwischen ihnen wächst. Wenn sie ihr Ziel erreichen will, muss sie Paul wieder als Partner gewinnen.

Aber der weicht ihr aus.

Wieder sitzen sie auf der Veranda des ruhigen Hotels am Ufer des Sees und trinken ein kühles türkisches Efes-Bier.

Paul bricht das lange Schweigen zwischen ihnen. »Eva, ich habe in Bonn beim Auswärtigen Amt angerufen. Ich fange wieder auf dem Balkan an. Keine Probleme. Ich möchte nach Albanien gehen. Es ist besser, die Gefahr zu kennen, als noch einmal so etwas durchzumachen wie in den letzten Wochen. Bist du einverstanden?« Er schaut sie forschend und ruhig an.

»Wenn das dein Wunsch ist, dann musst du gehen!« Eva schaut jedoch bewusst bedrückt nach unten.

Paul versteht diese Geste. Sie bedeutet »Es wird auch Zeit. Du hast ein Versprechen abgegeben.«

»Gut, dann lass uns morgen früh packen und abfahren. Ich schlage vor, du bleibst hier in der Türkei. Zu Hause werde ich sowieso viel zu tun haben. Kontakte zum AA, packen und andere Dinge vorbereiten. Du kennst das ja.«

»Dann lass uns nach vorne schauen, Paul. Wir können

uns hier nicht ewig verkriechen. Ich bin einverstanden. Ich bleibe noch etwas hier. Das Auto kannst du mitnehmen. Es ist mir zu umständlich, mit dem Wagen zurück nach Deutschland zu fahren. Es könnte Schwierigkeiten an den Grenzen geben, wenn ein anderer mit diesem Wagen zurückkommt.«

Paul nickt. »Also, dann morgen früh.«

Paul spürt, dass Eva im Stillen triumphiert. Sie hat die erste Schlacht um ihre Rache gewonnen. Irgendwie kann Paul sie verstehen. Er hat noch nicht verdaut, was ihm seine Frau geschildert hat. Paul knabbert schwer daran.

Das ist auch einer der Gründe, warum zwischen ihnen sexuelle und menschliche Funkstille herrscht. Er hat Hemmungen, sich ihr in jeglicher Form körperlicher Kontakte zu nähern. Er denkt oft daran. Aber die unsichtbare Wand zwischen ihnen ist zu groß. Er fürchtet sich vor ihrer Veränderung, die er nicht beherrschen kann. Und zu viele Gedanken schwirren in seinem Kopf herum. Jane taucht immer wieder auf. Sein dunkles Geheimnis belastet ihn mehr denn je. Ist es überhaupt noch ein Geheimnis? Weiß Eva vielleicht schon alles? Da waren die Drohungen des Agenten vom BND ... hat der sie wahr gemacht? Spielt Eva jetzt nur noch mit ihm?

Fragen über Fragen. Keine Antwort.

Der Rest des Tages vergeht in falscher Harmonie. Sie machen Spaziergänge in der zauberhaften Natur, vermeiden es aber, über ihre Probleme zu sprechen. Sie sind sich fremd in diesen Stunden, wo sie sich eigentlich gegenseitig brauchen.

Das Abendessen auf der Terrasse des Hotels verläuft stumm, fast ohne Unterhaltung. Um sich herum glückliche Menschen, die ein gutes Essen bei Kerzenschein genießen.

Später liegen sie nebeneinander im Bett. Es ist heiß in dem Hotelzimmer. Beide liegen, nur mit Unterwäsche bekleidet, auf dem Bett.

Eva streckt leise ihre Hand aus und berührt Paul zärtlich am Arm. »Magst du mich denn gar nicht mehr, mein Paul?« Leise, fast schüchtern kommen ihre Worte durch die Dunkelheit zu ihm.

»Du musst mir jetzt Zeit geben, Eva. Es hat mich alles sehr verwirrt. Natürlich mag ich dich, mein Liebling«, flüstert Paul zurück.

Es ist eine Nacht ohne Glück und Liebe.

Aber der Entschluss ist gefasst. Paul wird auf den Balkan zurückkehren. Er will nicht länger der Gefahr ausweichen. In Ostfriesland wird er sein Versprechen auch nicht einlösen können.

Der Gejagte muss selbst zum Jäger werden.

Zurück in Albanien

Die Europäische Beobachtermission sowie das Auswärtige Amt in Bonn wollten ihn eigentlich nicht wieder nach Albanien entsenden.

Aber es werden Beobachter gebraucht, und Paul bekommt schließlich seinen Willen. Die Situation an der albanischen Grenze zur serbischen Provinz Kosovo eskaliert. Die Politiker der Europäischen Union brauchen Fakten. Das bedeutet zwingend die grenznahe Beobachtung in den entlegensten Gegenden Europas. Die meisten Monitore gehen nicht gerne in diese Regionen.

Paul ist das nur recht. Wenn er Eva rächen will, so muss er dorthin, wo der Gegner lebt.

Er sitzt wieder seinem Chef in Tirana gegenüber. Die Männer wissen beide, was sie voneinander zu halten haben.

»Ich könnte dich nach Peshkopi schicken. Liegt im Norden, dicht an der Grenze zu Makedonien. Dort brauchen wir gerade einen erfahrenen Mann. Nach Kukes werde ich dich nicht entsenden. Dort warten diese Krasniqis. Übrigens, hast du denn gar keine Angst? Die werden dich suchen und auch finden.«

Paul sieht Tony ernst an. »Ich kann nicht immer vor denen wegrennen. Die finden einen überall auf der Welt. Es gibt Beweise dafür. Ja, Peshkopi wäre mir recht.«

»Also gut, du hast noch bis Sonntag frei. Dann fahrt ihr morgens ab. Am Samstag ist *briefing* für alle. Du kennst das ja. Ein junger Österreicher ist dort, Kurt Andorfer. Mit dem kommt man gut aus. Du wohnst übrigens drüben im *Rogner*. Ist das in Ordnung?«

»Prima. Heute ist Mittwoch. Gibst du mir ein Auto und einen Dolmetscher? Ich will mich etwas umsehen.«

»Sprich mit Ibrahim, dem Mechaniker. Der hat ein Auto. Als Dolmetscher kannst du Safet nehmen. Der fährt übrigens am Sonntag mit euch nach Peshkopi. Viel Spaß und *take care*!«

Paul ist zufrieden mit dem Ergebnis. Mit Kurt kann man arbeiten. Sie kennen sich.

Safet war in die Sache in Kukes verwickelt. Das trifft sich gut. Der wird die Situation in Kukes kennen. Außerdem könnte er über seinen Vater, der als Schmuggler des Öfteren in das Kosovo geht, Kontakt mit entsprechenden Kreisen aufnehmen. Paul denkt, dass die gut organisierten Schmuggler in Kukes und im Kosovo sicherlich den Verbleib von Skender Lleshi kennen, Evas zweitem Peiniger. Der wird irgendwo im Versteck sitzen und warten, bis Gras über die Sache gewachsen ist. Was mit seinem Kumpel geschehen ist, wird ihn wohl gewarnt haben. Die UCK hat zurzeit etwas anderes zu tun, als nach dem Mann zu suchen. Sie kämpft ums Überleben im Kosovo.

Paul wurde mit großer Freude von den Mitarbeitern im Hauptquartier von Tirana empfangen. Sie mögen ihn. Paul ist nicht arrogant und gibt allen hier das Gefühl, dass sie etwas wert sind. Also gute Voraussetzungen für den Anfang.

Jetzt braucht er noch eine neue Waffe.

Das wird er heute Abend erledigen. Etwas schwierig ohne Hilfe. Aber in Tirana bekommt man alles, wenn man das nötige Geld hat. Er darf dabei keine Spur hinterlassen.

Insbesondere muss er bei den Mitarbeitern der Europäischen Beobachtermission vorsichtig sein. Sie zeigen ihren Respekt vor seinem und Evas Schicksal. Aber er darf nicht zu vertrauensselig werden. Schnell sind Worte gesprochen, die einmal gefährlich werden könnten.

Paul bekommt sofort seinen Wagen von Ibrahim, der sich freut, ihm einen Gefallen erweisen zu können.

»Sag Safet bitte, dass ich in die Stadt fahren werde und gegen Abend zurück bin. Er hat bis morgen früh frei. Der Wagen ist in Ordnung, Ibrahim?«

»Immer, wenn ich ein Auto rausgebe, das solltest du wissen!« Es klingt fast beleidigt.

»So habe ich es nicht gemeint, mein Freund. Genug Sprit drin? Ich will mal Richtung Durres fahren. Danke für deine Arbeit, Ibrahim.«

Paul parkt den Wagen beim Hotel *Rogner*, wo er sofort sein Zimmer bezieht. Eine halbe Stunde später sitzt er wieder in dem Landrover Defender und verlässt Tirana Richtung Durres, der größten Hafenstadt des Landes. Paul hat seine weiße Kleidung abgelegt und trägt Jeans und einen leichten Pulli mit einer weiten Jacke.

In der Hafenstadt hofft er, auf der Straße das zu bekommen, was er dringend braucht: eine Waffe. In Tirana wäre das auch sofort machbar; aber er will kein Risiko eingehen. Zu viele Augen, die ihn kennen. Nur heute bietet sich die Chance, nach Durres zu fahren. Diese einmalige Gelegenheit muss er ergreifen.

Eine Stunde später schlendert er am Strand und am Hafen von Durres auf und ab und beobachtet sorgfältig seine Umgebung. Das Auto parkt er sicher auf einem der zahlreichen, bewachten Parkplätze.

Er wird schon seine Hemmungen überwinden müssen,

wenn er Erfolg haben will. Da wird niemand zu ihm kommen und ihm eine Waffe anbieten.

An einem kleinen Lokal an der heruntergekommenen Promenade sitzen die richtigen Typen. Da ist das passende Milieu. Es muss schnell und unauffällig gehen. Bevor die sich beraten können, wie sie den Fremden weiter abzocken könnten, muss er die Waffe haben und wieder Richtung Tirana fahren.

Schon nach kurzer Zeit wird er fündig, am Rande des großen Betonplatzes am Hafen. Vor einem der zahlreichen kleinen Lokale, das in einem der pilzförmigen Betonbunker aus der Zeit Enver Hoxhas eingerichtet ist, sieht er die passende Klientel für sein Vorhaben. Er spürt förmlich, dass es mit denen klappen wird. Zwei Männer sitzen dort allein und genießen ihren Espresso. Lange schwarze Haare, Sakkos mit ausladenden Schultern und dicke Goldketten über den seidenen Hemden.

Jetzt muss es sein. Es ist relativ ungefährlich, da die Typen ihn sicherlich nicht hier ausnehmen können. Zu hell und zu gut einzusehen. Eigentlich die ideale Örtlichkeit für sein Vorhaben.

»Hallo, kann ich mich setzen?« Paul spricht Englisch. Er hat Glück. Einer spricht es leidlich. Der andere etwas Deutsch, wie er mitbekommt. Sie merken wohl, dass er Deutscher ist.

Dass man das aber auch überall merkt, wo man sich als Deutscher aufhält, was haben wir wohl an uns?

Er bestellt einen Espresso und zahlt sofort bei der auffallend hübschen weiblichen Bedienung. Dann kann er sofort abhauen, wenn es nötig sein sollte. Nicht überall üblich, dass man in Albanien von einer Frau bedient wird. Das spricht schon für ein einschlägiges Milieu.

Bevor er spricht, vergewissert er sich, dass niemand in der Nähe ist. Es sind mindesten hundert Meter bis zur nächsten Gruppe von Männern am Kai. »Ich will eine Pistole kaufen. Zwei Magazine. Jetzt! Sofort! Könnt ihr mir helfen?« Er macht mit der rechten Hand die bekannte Bewegung mit einer fiktiven Pistole.

Die beiden Typen nicken und grinsen.

»Kannst du haben. Gute Waffe!« Der kräftigere Kerl, anscheinend der Chef im Ring, greift unter seine Achsel und zieht eine silbrig schimmernde große Pistole. Gekonnt lässt er das Magazin herausschnellen und prüft, ob die Waffe entladen und entspannt ist. Er ist geübt, das Prozedere geht schnell und sicher mit nur einer Hand. Ganz locker und ohne Scheu reicht er sie über den Tisch zu Paul.

Beide lachen, als Paul die Waffe unter der Tischkante anschaut und schnell überprüft. Eine hier übliche Waffe aus jugoslawischer Produktion. Eine Zastava, 9 mm. Robust und ohne großen Schnickschnack. Paul begutachtet mit professioneller Fertigkeit den Verschluss. Sie beobachten ihn dabei und nicken dann anerkennend.

»Wie viel? Deutsche Mark!«

»Fünfhundert. Guter Preis! Alles gut! Zwei Magazine. Hier!« Der jüngere von ihnen streckt auffordernd die Hand aus und macht das international bekannte Zeichen mit Daumen und Zeigefinger für Geld. Die Typen haben Blut geleckt. Sie wollen ein schnelles und gutes Geschäft machen.

»Dreihundert. Keine Mark mehr. Schnell!« Paul drängt. Er fühlt sich hier nicht richtig wohl.

»Vierhundert. Letztes Angebot! Oder keine Waffe!«

»Dreihundertfünfzig DM! Mein letztes Wort. Schlag ein!« Paul hat einen durchaus guten Preis genannt. Waffen sind hier keine Mangelware. Jeder Albaner hat fast immer eine oder zwei. Das wird hier nicht anders sein.

»Gut! Dreihundertfünfzig. Hier, zwei Magazine. Schnelles Geschäft!«

Paul muss sich zur Ruhe zwingen. Er ist nervös. Aber sie sind immer noch allein. Schnell zählt er dreihundertfünfzig DM aus seiner Jackentasche ab. Das Geschäft ist gelaufen. Nun muss er schnell weg. Die merken, dass er Geld hat.

»Macht's gut, Freunde«, verabschiedet er sich und geht über den freien Platz sofort davon.

»Du solltest noch bleiben und aufs Geschäft trinken, Deutscher!« Sie wollen ihn halten.

Aber Paul ist schon weg. Zehn Meter weiter dreht er sich lachend um und winkt noch einmal zurück. Die Spannung steigert sich fast zur Panik, bis er erleichtert in seinem Wagen sitzt. Sofort fährt er an.

Ganz langsam fährt er seine Erregung runter und atmet erst richtig auf, als er Durres Richtung Tirana verlässt.

Gott gab dem Mann zwei Fingerbreit Ehre
auf die Blume der Stirn

Zwei Fingerbreit Ehre

»Du hast schlecht gearbeitet, Rrushdi!«

Der Älteste der Familie spricht betont ernst und mit drohendem Nachdruck.

Rrushdi sitzt zusammengesunken an der Wand und hebt jetzt langsam den Kopf. Er ist es leid, immer die Schuld in einem Spiel zu bekommen, das er gar nicht mitspielen will. Was wissen die hier schon in ihrer abgeschlossenen Welt von den Schwierigkeiten draußen?

Er spricht leise, aber bestimmt. »Großvater, ich habe mir keine Schuld zu geben. Es ist schwer, in fremden Ländern einen solchen Auftrag auszuführen. Nun bin ich zum Mörder in Deutschland geworden. In der Türkei sucht man auch nach mir. Willst du, dass dein Enkel ein international gesuchter Verbrecher ist? Lass den Mann laufen! Ich war von Anfang an dagegen. Wir werden ihn so nicht erwischen. Deutschland ist nicht Albanien. Entbinde mich von dem Auftrag. Ich bitte dich als dein Enkel.«

Gemurmel ringsum bei den Anwesenden. Das gab es noch nie, dass ein Familienmitglied einen Auftrag im Sinne des Kanun nicht erfüllen will und sich gegen die Familie stemmt. Unvorstellbar!

»Willst du deine Ehre verlieren, Rrushdi?« Aus dem Halbdunkel spricht sein Bruder Adem. »Gott gab jedem Mann zwei Fingerbreit Ehre auf die Blume der Stirn. Sieh zu, dass das bei dir so bleibt, Bruder.«

Die Männer sind bedrückt.

Der Alte spricht ohne Emotionen, blickt dabei seinen Enkel Rrushdi mit zwingendem Blick an. »Denke nicht, ich weiß nicht, wie die Menschen woanders leben, Rrushdi. Du hast die gesamte Unterstützung der Familie bei deinem Auftrag. Für uns war das früher eine Ehre. Bist du ein Mitglied der Familie Krasniqi? Ich habe dich ausgewählt, da du besonders dafür geeignet erscheinst. Ich werde dich nicht von diesem Auftrag entbinden. Ruhe dich aus und dann geh wieder und erfülle ihn.«

Rrushdi weiß, dass er keine andere Wahl hat, will er die Familie nicht verlieren. Dann wird er als Albaner der einsamste Mensch auf dieser Erde sein. Das will er nicht.

»Es wird ein langer und schwieriger Weg sein, Großvater. Ihr müsst Geduld haben.« Rrushdi gibt seinen kurzen Widerstand auf. »Ich weiß auch nicht, ob man mich schon mit all den Vorkommnissen in Verbindung bringt. Vielleicht hat man meine Identität längst und sucht mich schon international. Es wird schwer sein. Der Deutsche wird wohl kaum nach Albanien zurückkehren. So dumm wird er nicht sein. Also sitze ich hier und warte auf eine Gelegenheit, die vielleicht nie kommen wird.«

»Du sollst nicht hier sitzen und warten, Rrushdi. Überlege dir was. Wir vertrauen dir.« Der Alte erhebt sich trotz seines hohen Alters ohne Mühe aus dem Schneidersitz und verlässt, mit einer leichten Kopfbewegung grüßend, die Versammlung.

Rrushdi ist verzweifelt.

Auch er verlässt den Raum, da er keine Unterstützung bei den Männern erhalten wird. Er fühlt sich in diesem Moment einsam, so einsam, wie ein Mensch nur sein kann.

Wohin wird ihn dieser Auftrag noch führen?

Wochen später

Paul hat sich im Team gut eingelebt und versteht sich mit seinem Kollegen Kurt prima.

Manchmal sprechen sie von dem Problem, das Paul mit sich herumträgt. Da ist längst nichts Geheimnisvolles mehr, was Paul verschweigen müsste. Sie wissen es alle in der Mission und stehen zu ihm. Es kann auch sie schnell treffen in einem Land, das seine Vergangenheit noch nicht abgeschüttelt hat.

Safet, der im Team arbeitet, wird bewusst an einer Problemlösung beteiligt. Paul bittet den Dolmetscher, mit der Familie Krasniqi demnächst Kontakt aufzunehmen, um wenigstens alles zu tun, was möglich ist. Er will einen Vermittler, *ndermjetsi*. Außerdem bittet er ihn, über seinen Vater im Kosovo Informationen bei der Familie Veseli zu beschaffen. Paul möchte wissen, wo sich der zweite Vergewaltiger aufhalten könnte.

Safets Vater hat gute Verbindungen als ehemaliger Oberst der albanischen Armee.

Trotz alledem traut Paul Safet nicht recht über den Weg. Der wird sehen, wo er bleibt, wenn er eine schnelle Mark machen kann. Das könnte eine undichte Stelle sein. Aus diesem Grund rechnet Paul auch irgendwann mit dem nächsten Angriff des Jägers im Auftrag der Familie.

Manchmal sitzt er ganz allein und denkt über seine Lage nach. Er begibt sich wissentlich in Gefahr, wenn er sich in Albanien aufhält. Hier lebt der Kanun in der Gesellschaft und täglich können sie seine Aura spüren. Es vergehen kaum Tage, an denen nicht jemand in Albanien durch die Blutrache stirbt und sich ein neuer Kreislauf der Gewalt öffnet. Ein Blutrausch ohne Ende. Illegal, aber Realität.

Paul hat schon in Tirana Kontakt mit der Kommission aufgenommen, die sich im Auftrag der Regierung ausschließlich mit der Aussöhnung verfeindeter Familien befasst. Über die deutsche Botschaft in Tirana und die einflussreichen Kontakte der Europäischen Beobachtermission hat sein Fall Priorität bekommen.

Niemand sieht ihn gerne in Albanien. Die politischen Verwicklungen wären unabsehbar, sollte man Paul im Namen des traditionellen Gewohnheitsrechtes töten. Paul ist jedoch entschlossen, das Land erst zu verlassen, wenn er seine Probleme gelöst hat.

Dann kommt der Tag, an dem ihm Safet eine wichtige Nachricht überbringt: Der Mann, den Paul sucht, soll sich im benachbarten Makedonien in einem kleinen Ort bei der Stadt Tetovo aufhalten und in Waffengeschäfte verwickelt sein. Natürlich illegale. Nachschub für die UCK. Also ein wichtiger Mann, den die UCK an sich braucht. Warum man ihn noch nicht getötet hat, wie die geheimnisvolle Organisation für die Freiheit des Kosovo ankündigte, meint Paul nun zu wissen.

Aber jeder ist in diesem Geschäft ersetzbar. Insbesondere kleine Leute wie Skender Lleshi, der nur mitschwimmt und keine Führungsposition innehat. Paul muss sich beeilen, will er sein Versprechen an Eva erfüllen. Jederzeit kann er einen neuen Brief erhalten, der ihm die Exekution des Mannes mitteilt.

Als sei es ein Wink des Schicksals, geht Kurt auf Urlaub. Paul wird für zwei Wochen allein im Team arbeiten.

Das ist seine Chance. Sofort am nächsten Tag überquert Paul mit Safet die Grenze bei der makedonischen Stadt Dibra und hält sich eine Stunde offiziell bei einem UN-Beobachtungsposten der finnischen Armee auf. Er teilt ihnen mit, er wolle mit dem finnischen Kommandeur des UN-Kontingents in der Stadt Tetovo sprechen.

Die Gelegenheit für ihn, offiziell in Makedonien tätig zu sein. Allerdings auch hochgefährlich, sollte er seine Absicht ausführen, den Mann in Makedonien zu töten. Vielleicht wird jemand auf die Idee kommen, mal nachzudenken und auch in den Akten zu stöbern. Dann wird seine Spur heiß werden.

Aber anders ist das nicht zu machen. Danach wird er seine Spuren verwischen müssen. Der Schwachpunkt wird die Beseitigung der Tatwaffe sein. Paul kann sich nicht vorstellen, einen Menschen mit der Hand zu töten. Mit der Waffe wird er einen gewissen moralischen Abstand besitzen, redet er sich ein.

Alles verläuft nach Plan.

In Tetovo nehmen sie Quartier in einem kleinen Hotel, das annehmbar ist.

Wie er an den Mann herankommen soll, weiß er noch nicht. Der soll sich in der kleinen Ortschaft Reciane aufhalten, einige Kilometer von Tetovo entfernt. Paul wird dort auffallen. Wie kann er Kontakt zu ihm aufnehmen und ihn aus dem Ort locken? Mitwisser darf er keine haben.

Von dem finnischen Kommandeur erfährt er, dass es hier viele Männer gibt, die oft über die nicht genau definierte Grenze zum Kosovo gehen, um Schmuggelware und sicher auch Waffen ins Nachbarland zu schaffen. Paul fragt ganz unbefangen, ob man bei den UN-Beobachtern auch Namen der Schmuggler hätte.

Man hat. Skender Lleshi ist ebenfalls darunter. Es

gehört zu Pauls Auftrag, solche Dinge zu erfragen. Also vollkommen unverdächtig.

Nach den Besprechungen gibt er Safet für einige Stunden frei und gibt vor, mit dem Wagen Tetovo und seine Umgebung zu erkunden. Die Stadt gilt als Hochburg des Widerstandes der albanischen Minderheit in Makedonien.

Paul hat seine weiße Dienstkleidung abgelegt, um nicht zu sehr aufzufallen. Der weiße Defender mit Stander und EU-Emblem fällt schon genug auf.

Nach einer Stunde und zermürbenden Grübeleien über sein weiteres Vorgehen erreicht er den Ort. Den Wagen parkt er am Ortsausgang. Sofort er erregt er die Aufmerksamkeit unzähliger Kinder. Er muss den Wagen gut abschließen, denn die kleinen Finger sind blitzschnell.

Ein etwas größerer Junge steht abseits der Gruppe und betrachtet mit der Überheblichkeit des Älteren das neugierige Treiben. Paul winkt ihn heran. Mit seinen rudimentären albanischen Sprachkenntnissen und mithilfe eines Trinkgeldes im Wert einer deutschen Mark bekommt er die Auskunft, die er haben will. Über die ungepflasterte, mit Schlaglöchern übersäte Straße führt ihn sein kleiner Navigator zu einem der typischen Anwesen in einer Nebenstraße.

Wenige Bäume und Büsche gibt es hier. Alles sieht aus, als wäre der gesamte Ort noch im Bau. Rechts und links der staubigen Straßen – eher als Wege zu bezeichnen – hohe Schutthaufen mit dem stinkenden Müll der Anwohner. Niemand wird den Dreck je wegräumen. Eine Brutstätte für Ratten und Krankheiten.

Die mit hohen Mauern umzäunten Anwesen liegen wie zufällig hingeworfen. Keine organisch gewachsene dörfliche Struktur ist zu erkennen.

»*Here mister, here Skender Lleshi house!*« Der Junge kramt all seine Kenntnisse der englischen Sprache zusammen, um seine gute Arbeit zu unterstreichen. Er hofft auf ein zusätzliches Trinkgeld. Paul gibt es ihm.

Mit klopfendem Herzen und wirren Gedanken klopft Paul an die Eisentür in der Mauer, die auch hier landesüblich das Grundstück umgibt. Jedes Grundstück, jedes Haus ist eine kleine Burg.

Wie eine Ewigkeit erscheint ihm das Warten, bis er schlurfende Geräusche vernimmt. Das Tor öffnet sich widerlich quietschend gerade so weit, dass in dem Spalt ein Gesicht erscheint. Der unrasierte Mann murmelt ein »*mire dita*«. Paul gibt den Tagesgruß auf Deutsch zurück.

Das Äußere des Mannes ist ungepflegt und er wirkt träge und schläfrig. Aber seine Augen sind die eines Adlers. Scharf und unbestechlich. Sie fixieren das Gegenüber und sondieren misstrauisch die Umgebung. Kein leichter Gegner! Paul wird hellwach.

»Sie sind Deutscher?«, fragt der Mann in erstaunlich gutem Deutsch.

»Ja, ich suche einen Mann namens Skender Lleshi. Mein Name ist Dieter Schmidt. Ich habe ein Geschäft anzubieten.«

»Ich bin Skender Lleshi. Woher haben Sie meinen Namen?« Sein gesundes Misstrauen ist in diesem Geschäft und dieser Umgebung eine Überlebensstrategie.

Paul lügt erst gar nicht. »Ich arbeite für die EU, und da hat man so seine Informationen. Sie wissen doch selbst, dass man Ihren Namen kennt.«

»So, was haben Sie denn vorzuschlagen?«

»Es wäre nicht gut, wenn wir hier darüber sprechen. Es ist ein großes Geschäft. So viel ist sicher.«

»Was denn so? Was für ein Geschäft?«

»Ich brauche einen Partner, der sich mit den Schmuggelwegen auskennt. Ich liefere. Sie bringen die Sachen ins Kosovo. Ware, die viel einbringt und gebraucht wird von euren Brüdern im Kosovo. Da sind einige große Beträge drin. Für uns alle. Alleine kann ich das nicht.«

»Wer sagt mir, dass Sie mich nicht reinlegen wollen? Ich kenne Sie doch gar nicht.« Mit bösem Blick und aggressiven Beschimpfungen verscheucht er die Horde der stumm lauschenden Kinder und schafft so seiner offensichtlichen Unsicherheit ein Ventil.

»Wäre ich hier, wenn ich krumme Dinger vorhätte? Warum sollte ich denn gerade Sie reinlegen? Wir kennen uns doch gar nicht. Es geht um viel Geld für uns. Da brauche ich einen Mann, der sich auskennt in der Gegend und im Geschäft.«

»Ja ja, ich verstehe. Was ist denn da drin, wenn ich mitmache?« Paul hat die Gier in ihm geweckt. Er hat angebissen.

»Wir müssen uns schnell alleine treffen, um alles zu besprechen. Da darf niemand in der Nähe sein. Ich habe nicht viel Zeit. Sie wissen schon, der Dienst. Also, wann und wo? – Ach ja, jeden Monat sicherlich einige Tausender. Deutsche Mark!«

»Gut, jetzt ist es sechzehn Uhr. Es sollte schon dunkel sein. So gegen einundzwanzig Uhr dreißig. Ist das in Ordnung?«

Paul nickt eifrig. »Prima!«

Lleshi tritt nun ganz aus seiner Deckung heraus und zeigt unauffällig mit dem Kopf in Richtung der Berge. »Etwa drei Kilometer die Straße hoch. Nie abbiegen. Rechts kommt dann ein freier Platz vor einem Kies- und Steinabbau. Da werden Sie mich finden. Einundzwanzig Uhr, alleine!«

»Sie auch allein! – Wie werde ich Sie finden? Es ist dann schließlich dunkel.« Paul spürt die Erregung wachsen. Zum ersten Mal kann er den Mann richtig sehen, den Mann, der seine Frau vergewaltigt hat. Jetzt sieht er auch die gewaltigen Muskelpakete unter dem schmierigen Pullover. Sicherlich ein ernstzunehmender Gegner im Kampf Mann gegen Mann.

»Woher haben Sie denn nun wirklich meinen Namen und meine Adresse?« Das Misstrauen ist bei dem Mann nicht erloschen, dessen Leben sich immer auf einem schmalen Grat bewegt. Männer wie er sind wie Tiere, instinkthaft und aggressiv, wenn es nötig ist. Überall auf der Welt kann man ihnen begegnen. Es ist keine Sache der Nationalität. Schmuggel ist international und kann ein tödliches Geschäft sein.

Paul muss sich vorsehen.

»Ich bin schließlich Diplomat und Ihren Namen kennt doch jeder bei den finnischen UN-Soldaten. Das können Sie sich doch vorstellen, oder? Sie sind eine kleine Berühmtheit im Geschäft. Die Adresse ist dann nicht schwer.« Paul versucht, durch sein Lob den Stolz in dem Schmuggler zu wecken. »Sicherlich sind Sie sich des Öfteren auf den Schmugglerpfaden nach Albanien begegnet, ohne es zu wissen. Ich meine, die haben Sie beobachtet. Intervenieren dürfen die ja nicht, wie ihr wohl alle wisst. Aber die haben Erfahrung im Umgang mit Schmugglern in den Bergen. Gute Leute, die finnischen Soldaten.«

Das Misstrauen ist wieder eingeschlafen. Die Gier hat die Oberhand gewonnen. Zu schlüssig waren die Argumente. »Gut, dann bis heute Abend. Sie sollten pünktlich sein.«

Paul lacht leise: »Da haben Sie mal keine Sorgen. Ich bin Deutscher.«

»Ja, ja, ich weiß. Pünktlich seid ihr.«

»*Mire dita, zotni Lleshi.*« Paul kramt all seine albanischen Kenntnisse zusammen, als er sich verabschiedet.

Das war also das Schwein, das seiner Eva das angetan hat. Jegliche Zweifel sind von ihm gewichen. Sein Blut ist jetzt heiß, sein Rachedurst ist erwacht.

Noch ungefähr vier Stunden bis zur Entscheidung. Sein Weg ist klar vorgezeichnet. Es gibt kein Zurück mehr. Wie betäubt geht er durch den stillen, verlassen wirkenden Ort zu seinem Auto. Er beachtet kaum die Kinder, die ihn wieder neugierig und erwartungsvoll begleiten. Eine Handvoll Bonbons in die Luft geworfen, und er ist das Problem los.

Aber die heimlichen Augen, die seinen Besuch sehen, kann er nicht loswerden. Das Gefühl, beobachtet zu werden, begleitet Paul während des gesamten Zeitraumes seines Aufenthaltes. Hier macht man nichts ohne Zeugen. Alle leben sie im Grenzgebiet vom Schmuggel und anderen illegalen Dingen. Wie könnten sie auch ansonsten in dem Elend, das alle verbindet, überleben?

Ungehindert erreicht er sein Auto und startet sofort, um nicht zu lange das Interesse der Menschen anzufachen. Nichts darf schiefgehen. Der misstrauische Kerl kennt ihn jetzt. Noch einmal wird Paul die Chance nicht bekommen.

Er hat plötzlich alle moralischen Bedenken beiseitegeworfen. Nur noch das Ziel, das Ergebnis zählt für ihn.

Die Metamorphose ist vollendet. Nun muss nur noch die Tat folgen.

Albanian Connection

»Also, Ramadan, du meinst, das war der Deutsche, der Anker? Täuschst du dich auch nicht?«, fragt Haxhi Shala erstaunt seinen Verbindungsmann über Telefon in Tetovo, Makedonien.

»Ich weiß das von einem, der als Übersetzer bei den Finnen im Hauptquartier arbeitet. Außerdem habe ich vorsichtshalber Safet aus Kukes gefragt, der mit ihm zusammen ist. Er ist es wirklich. Entweder ist der verrückt und lebensmüde, oder er hat was vor.«

»Woher weißt du, dass er in dem Dorf war und Lleshi besuchte? Er muss doch wissen, dass der seine Frau vergewaltigt hat. Seltsam!«

»Ich bin ihm gefolgt. Er hat den Lleshi sofort gefunden. Beide habe lange miteinander gesprochen. Lleshi weiß wohl nicht, wer das ist. Der Deutsche muss etwas damit bezwecken.«

»Natürlich tut er das. Er will ihn umbringen. Was denn sonst. An sich ist mir egal, wer Lleshi umnietet; aber das können wir nicht zulassen. Wir sind die Blamierten. Erst groß ankündigen und dann kneifen, das wird man sagen. Außerdem will ich nicht, dass Paul Anker darin verwickelt wird und vielleicht erwischt oder erschossen wird. Vielleicht können wir ihn doch noch einmal gebrauchen. – Pass auf, Ramadan, du beobachtest Anker. Ein Zweiter bleibt bei Lleshi am Ball. Das kann nicht lange dauern, wenn der Deutsche was vorhat. Der muss ja wieder für seine Organisation arbeiten.«

»Das glaube ich auch. Ich habe Safet gefragt, wann sie wieder nach Albanien zurückgehen. Morgen, sagte der. Viel Zeit bleibt uns da nicht.« Ramadan ist stolz, dass er so dicht am Ball geblieben ist und *en detail* alles wiedergeben kann.

»Gute Arbeit, aber wir hätten Lleshi schon lange eliminieren sollen. Warum ist das nicht passiert?« Shala lobt und kritisiert zugleich.

»Der Kerl geht ja nicht aus der Hütte raus seit Wochen. Der ahnt, dass wir hier warten. Was sollen wir machen? Heute steckte er seinen Kopf aus seiner Festung; aber das war uns zu heiß.« Ramadan ist beleidigt, dass man seine Fähigkeiten infrage stellt.

»Wenn der Deutsche was vorhat, dann wird es noch heute sein. Vielleicht will er die Ratte aus dem Bau locken und dann seine Rache vollziehen. Anders kann es nicht sein. Der geht ja nicht zu dem Vergewaltiger seiner Frau, um mit ihm zu schwatzen. Wie seht ihr das?«

»So muss es sein. Die werden sich heute treffen, um etwas zu besprechen, was der Deutsche ihm vorgaukelt. Als Lleshi aus dem Tor kam, blickte er genau zu den Bergen, also dorthin, wo man sich ungestört treffen könnte. Das wird es sein. Ich bin mir jetzt sicher. Der Deutsche machte nämlich so eine Bewegung in diese Richtung und beide schauten auf die Uhr.«

»Prima beobachtet. Ihr bleibt am Ball, wie wir es besprochen haben. Folgt denen unauffällig. Es wird geschehen, wenn es dunkel wird. Das ist unsere Sache. Wir müssen uns reinwaschen damit. Verstanden!«

»Klar, alles verstanden. Wir bleiben dran. Mein Mann ist gut. Der wird Lleshi folgen, und ich habe ein Auge auf den Deutschen. Wird schon klappen.«

»*Mire dita*, Ramadan, seid vorsichtig! Aber halt, ich habe noch was.« Haxhi Shala beendet das Gespräch mit einer eindringlichen Belehrung. »Ramadan, noch einmal: Ich will nicht, dass dem Deutschen etwas passiert. Das wäre nicht gut für uns und unsere Sache, verstanden! Das darf unter keinen Umständen geschehen. Dann brecht die Sache besser ab!«

Die geraubte Ehre wird durch Gegenstände nicht ersetzt,
aber durch das Vergießen des Blutes.

Eine Sache der Ehre

Paul verbringt den Rest des späten Tages auf seinem Hotelzimmer und geht die beabsichtigte Tat noch einmal sorgfältig durch.

Alles kann schiefgehen an seinem Plan. Aber er muss es riskieren.

Jetzt ist er nicht mehr ruhig und abgeklärt, wie es sein sollte, wenn man eine solche Sache zu erledigen hat. Er wird phasenweise von heftigen Hitzewallungen geschüttelt. Sein Nervenkostüm scheint ihm einen Strich durch das Vorhaben zu machen. Pauls moralische Bastion wehrt sich. Oder sind es nur die Aufregung und die Angst, im letzten Moment zu versagen?

»Das ist ja eine ganz schöne Kante, der Typ. Wenn ich da nicht aufpasse, bin ich das Opfer.« Paul spricht mit sich selbst. Auch ein Zeichen seiner übergroßen Nervosität.

Das zaghafte Klopfen an der Tür lässt ihn zusammenzucken. »Mann, bin ich nervös. Paul, reiß dich zusammen.« In diesen Hotels schließt er aus Sicherheitsgründen immer die Tür nach dem Betreten des Zimmers ab. »Moment«, ruft er auf Deutsch.

»Ich bin's, Paul – Safet!« Safet bleibt vor der geöffneten Tür stehen, bis Paul ihn auffordert, hereinzukommen.

»Na, Safet, wie gefällt es dir im Paradies?«

Safet war noch nie in Makedonien, obwohl es nur wenige Kilometer von seinen Einsatzorten und seiner Heimatstadt Kukes entfernt ist. Für Albaner in der Zeit des Diktators Enver Hoxha ein unerreichbares Land. Obgleich Makedonien zu den ärmsten Länder Europas zählt, weist es einen ungleich höheren Lebensstandard und eine bessere Infrastruktur auf als das arme und unterentwickelte Albanien.

»Das ist wirklich das Paradies. Was habe ich bisher versäumt, Paul?!« Es ist Frage und Feststellung zugleich. Anklage und Bitterkeit schwingen darin mit.

»Freu dich daran, dass du das erleben darfst. Morgen werden wir wieder zurückfahren. Also, sitz nicht im Hotel rum. Schau dich um! Aber sei vorsichtig. Du weißt, wie unbeliebt ihr Albaner hier seid. Ich habe noch etwas mit dem Kommandeur der finnischen Truppe zu besprechen. Da brauche ich dich nicht. Mach dir einen schönen Tag. Das Paradies wartet, mein Freund.«

»Danke, Paul. Dass ich das noch erleben darf …! Nie hätte ich gedacht, dass es so etwas gibt in unserem Nachbarland. Fünfzig Jahre lebten wir in einem großen Gefängnis mit einem Zaun drum. Es ist wie ein Traum für mich.« Safet ist den Tränen nahe, und Paul kann ihn gut verstehen.

»Hast du genug Geld mit, Safet? Vergiss auch dein Visum nicht. Wenn dich hier die Polizei ohne schnappt, bist du im Knast. Vorher gibt's eine Tracht Prügel von denen. Du musst dich immer als Mitarbeiter im diplomatischen Dienst ausweisen. Dann sind sie alle vorsichtig.«

»Alles klar, Paul. Dann bis morgen früh.«

»Wir werden gegen neun Uhr fahren. Wir treffen uns gegen sieben Uhr dreißig beim Frühstück.«

Die nächsten Stunden sind schwer für Paul und vergehen zäh.

Immer wieder überprüft er die Pistole und vergewissert sich, dass er damit vertraut ist. Im Auto legt er vorsorglich eine Schaufel sowie Gummihandschuhe zurecht. Die hiesige Polizei wird sicherlich nicht in der Lage sein, mit komplizierten forensischen Methoden zu arbeiten; aber besser ist besser. Paul versucht an alles zu denken.

Es wird dunkel und die Schatten der Nacht senken sich langsam über das Land. Die Zeit zur Abfahrt ist gekommen. Langsam verlässt er mit dem Defender die Stadt. Der Ausrufer auf dem Minarett ruft zum Abendgebet. Hier lebt eine starke albanische Minderheit.

Der albanische Widerstand in dem vorwiegend christlichen Makedonien ist ein großes Problem für das arme Land. Die Bindungen ans ethnische Albanien und den albanischen Kosovo sind stark. Dieser Teil Makedoniens gilt als logistische Basis für den Aufstand der Kosovaren. Die ärmlichen Behausungen täuschen. Geld ist durch die illegalen Umtriebe zur Genüge vorhanden.

Die Grenzen sind ungenau gezogen und können wegen der gebirgigen Unwegsamkeit nicht gut überwacht werden. Auf beiden Seiten der Grenze lebt irgendwie jeder vom Schmuggel nach Albanien oder in das Kosovo.

Das war das Lockmittel, um Evas verfluchten Peiniger aus dem Bau zu locken. Honig für die Bienen!

Langsam, um nicht aufzufallen, fährt Paul in Richtung

der Ortschaft Reciane. Es ist kaum noch jemand auf der Straße. Hier und da ein Lastwagen, der vorbeibrummt. Selbst in der Dunkelheit kreuzen manchmal noch Pferde- oder Eselskarren der Bauern unbeleuchtet seinen Weg. Es ist jetzt zwanzig Uhr dreißig und schon total finster. Die richtige Atmosphäre und Umgebung für seinen Plan. Ideale Verhältnisse.

Die Straße zum Steinbruch führt außerhalb der Ortschaft leicht ansteigend in die Berge. Obwohl es nur eine Schotterpiste ist, kann sie gut befahren werden. Schließlich werden schwer beladene Laster über diese Straße geleitet. Das ist gut für sein Vorhaben. Zwischen den vielen Spuren der Laster kann man seine nicht verfolgen, sollte es überhaupt dazu kommen.

Der Weg wird steiler und führt teilweise an einem kleinen Fluss vorbei, der unten in seinem tief eingeschnittenen Bett gurgelt.

Da ist es auch schon. Wie eine Mondlandschaft liegen der zerklüftete Steinbruch und der Sandabbau im Mondlicht einige Hundert Meter rechts von der Straße. Niemand ist zu sehen.

Vorsichtig lenkt er das Auto über die freie Sandfläche, die jedoch gut zu befahren ist. Das Abbaugelände ist weitläufig. Er durchquert eine Lücke zwischen zwei Felsen, die wie Wächter in das fahle Mondlicht ragen. Bedächtig steuert er den Wagen in die tiefe Senke zwischen Sand- und Steinberge, die darauf warten, abtransportiert zu werden.

Im dunklen Schatten eines Felsens parkt er das Auto so, dass er ohne große Lenkmanöver abfahren kann. Der Motor verröchelt, und die Lichter des Wagens verlöschen. Paul verschließt die Beifahrertür, um gegen Überraschungen sicher zu sein. Im Schein der militärischen Leselampe in Höhe seiner Knie überprüft er noch einmal seine Waffe. Fertig geladen und gesichert!

Schwer und beruhigend ruht sie nun an seinem Rücken im Gürtel seiner Hose.

Paul steigt leise aus und erkundet seine Umgebung. Überall kann er im fahlen Mondschein felsige Schründe und Spalten sehen. Der Untergrund mal felsig, mal sandig. Etwa einhundert Meter weiter könnte sich der kleine Fluss ein Bett durch die Felsen genagt haben. Er kann ganz leise das Murmeln des Wassers hören.

Paul geht vorsichtig lauschend in diese Richtung. Richtig, tief unten gurgelt das Wasser, und er kann es manchmal im Mondlicht silbern leuchten sehen. Eine gute Gelegenheit, das Opfer nachher zu beseitigen.

Vielleicht kann er den Körper auch in eine der Felsspalten werfen?

Mann, mit was beschäftigst du dich denn, Paul?

Halt, hört er da nicht leise Motorengeräusche von der Straße her? Aufmerksam lauscht er in die Nacht.

Nichts, alles ruhig!

Vielleicht beginnt da ein Schmuggler sein heimliches Geschäft. Jetzt ist die Stunde der Männer gekommen, die über die verschwiegenen Pfade die Konterbande ins benachbarte Kosovo oder nach Albanien bringen. Das kommt Pauls Plan entgegen. Lleshi könnte ja auch ein Opfer seiner Konkurrenten geworden sein, wenn man ihn finden sollte. Jede Nacht sterben hier Männer in diesem Geschäft.

Vielleicht auch ein Opfer einer Familienfehde, die im Namen des Kanun ausgetragen wird?

Hier gibt es viele Gründe zu sterben.

Paul hat schon oft solche Fälle als Monitor untersucht, um sie zumeist als unlösbar abzuschließen. Das Schweigen der Familien und der örtlichen Polizei sind Bollwerke, die nicht zu durchbrechen sind.

Im Schutz eines Felsens bezieht er Position. Er kann von hier aus den Wagen beobachten und das Gelände gut einsehen. Selbst ist er nicht zu sehen. Eine idealer Standort.

Es ist noch angenehm warm, aber die Kühle der Nacht kriecht langsam mit dem aufkommenden Nebel über das

Land. Wolkenfetzen jagen über den Himmel und verdunkeln teilweise die Sichel des Mondes. Es wird gleich regnen. Hinten am Horizont ziehen geballte Wolkenformationen heran, die schwer an ihrer Wasserlast tragen. Nicht mehr lange und das Gewitter wird seinen Standort erreicht haben. Die grollenden Donner rollen von ferne heran, und manchmal kann er Blitze zucken sehen.

Die Uhr zeigt einundzwanzig Uhr achtzehn. Der Countdown läuft.

Pauls Gedanken schweifen ab. Auf was hat er sich da eingelassen? Ist er ein Werkzeug seiner gedemütigten Frau geworden, die ihre Rache haben will? Hat Eva sich ihren eigenen Kanun geschaffen? Was unterscheidet ihn denn nun noch von seinem Jäger, über den er geringschätzig und hochnäsig urteilte? Er wartet hier im Verborgenen und will einen Menschen umbringen.

Noch kann er zurück. Noch hat er eine kleine Chance. Das ist nicht richtig, was du da machen willst. Du lebst nicht in Albanien.

»Hallo, hallo, wo sind Sie!« Leise kann er die Rufe in dem Grollen des heraufziehenden Gewitters hören.

Es ist so weit. Nun wird er sein Versprechen einlösen müssen.

Paul tritt vorsichtig aus seinem Versteck. Hinter einem Hügel aus Felsschotter kommt eine dunkle Gestalt langsam auf ihn zu. Ein Blitz erleuchtet geisterhaft die Szene. Beide können sich für einen Moment sehen.

»Bleiben Sie dort, Herr Schmidt. Das ist gut so. Hier ist sowieso niemand zu dieser Zeit. Wir sind ganz allein.« Lleshi kommt bis auf einen Meter an Paul heran. Die Augen haben sich an die Dunkelheit angepasst, sodass sich beide gut sehen können. »Sie haben sich ja gut versteckt. Kaum zu finden. Lassen Sie uns gleich mit dem Deal anfangen. Es wird bald regnen und ungemütlich werden.«

»Ja, es wird sicher ungemütlich werden, Herr Lleshi. Lassen Sie uns alles besprechen, bevor es losgeht.« Die

Situation diktiert jetzt Pauls Handeln, ohne inneren Widerstand. Seine rechte Hand umfasst prüfend den Griff der Waffe und sein Daumen entsichert unhörbar die Zastava. »Ich hab ein super Angebot für Sie, Lleshi. Gehen wir zu meinem Wagen. Da habe ich einige Unterlagen drin. Wie sind Sie denn überhaupt hier hergekommen ohne Auto? Ich habe Sie nicht gehört.« Paul fragt unverfänglich und beide gehen langsam zu seinem wartenden Defender.

Die ersten Regentropfen fallen und zuckende Blitze erhellen kurz das Gesicht des Albaners. Paul erkennt: Der Mann ist ahnungslos.

»Für uns Albaner ist es normal, dass wir zu Fuß gehen. Ich kann ja mit Ihnen zurückfahren, wenn Sie nichts dagegen haben. Dauert nur eine halbe Stunde. Niemand hat mich gesehen. Ich bin gespannt, was Sie mir zu bieten haben.«

Der rollende Donner zerreißt Pauls Antwort: »Eine Menge. Sie werden erstaunt sein!«

Noch ein paar Meter bis zu dem Wagen. Jetzt ist der Moment gekommen. Paul muss handeln, will er seinen Plan durchführen. »Gehen Sie an die Beifahrertür, ich öffne von innen.« Er dirigiert den Mann an seine rechte Seite, leicht versetzt.

Durch den rollenden Donner und die fallenden, schweren Regentropfen hören beide ein Geräusch, das nicht in die Umgebung passt. Wie Steine, die sich bewegen.

»Was war das? Waren das Schritte? Sie sind doch allein …? Ist da noch jemand?« Der Mann ist wie ein scheues Tier, das mit all seinen Sinnen wittert, die in unzähligen geheimen Schmugglernächten geschärft wurden.

Das ist die Gelegenheit. Ohne zu zögern, zieht Paul die schwere Zastava. Mit einer schnellen, geschmeidigen Bewegung bringt er sich hinter Lleshi in Position. Die Waffe bohrt sich in den Rücken des erstarrten Mannes. Paul streckt den Arm, um Distanz zu dem gefährlichen

Schmuggler zu gewinnen. »Ganz ruhig, hier ist niemand. Nur wir zwei. Das sollte doch genug sein.«

Das tödliche Spiel ist eröffnet.

Geschickt drängt er den überrumpelten Mann an die Motorhaube. Der prasselnde Regen und die schweren Donner stören nicht im Geringsten. Es ist, als gehöre die aufgebrachte Natur zu dieser Stunde der Rache. Lleshi muss sich mit dem Oberkörper über die Haube legen, die Arme hinter dem Kopf verschränkt. Wütend flucht er auf Albanisch vor sich hin.

Schnell und geschickt findet Paul Lleshis Waffe hinten im Hosengürtel. Er wirft sie weit ins Gelände, was der Albaner mit einem wütenden Grunzen begleitet. »Verfluchter Hund, was willst du von mir?« Sein Oberkörper zuckt hoch und sein Kopf wendet sich Paul zu.

Paul verstärkt den Druck der Waffe und zwingt den aufgebrachten Mann zurück in seine unbequeme und hilflose Position. »Bleib unten, du Dreckskerl. Ich werde dir gleich sagen, warum wir hier sind.« Pauls Stimme klingt hart und ohne Erbarmen. Er wird den Auftrag ausführen. Eva ist in diesem Moment ganz dicht bei ihm, sie ist Teil dieses Aktes.

Der Regen lässt etwas nach, und die Donner ziehen langsam weg von den zwei Männern.

Sind sie wirklich allein?

Paul tritt einen Schritt zurück. »Komm hoch, du Schwein. Du sollst mich ansehen, wenn du stirbst.«

»Was willst du denn von mir? Lass uns reden. Wir wollten doch ein Geschäft machen.« Noch hat der Albaner nicht die tatsächliche Gefahr erkannt.

»Ich heiße nicht Schmidt. Mein Name ist Anker. Der Mann von Eva Anker. Vor vier Monaten in Deutschland. Soll ich dir sagen, was du zu meiner Frau gesagt und was du Schwein ihr angetan hast?«

Pauls Worte treffen Lleshi mit der Wucht eines Hammers. Entsetzen malt sich auf seinem Gesicht, offenbar hat er erkannt, dass es jetzt um sein Leben geht.

»Auch wir Deutschen kennen Rache. Bei uns heißt das nicht Kanun, bei uns heißt das einfach Vergeltung.« Höhnisch und kalt kommen Pauls Worte.

»Das kannst du nicht tun, Paul. So heißt du doch? Ich war unschuldig. Ich wollte da nicht mitmachen. Du musst mir glauben«, stammelt Skender Lleshi.

»Ihr habt ihr ein Leben in Würde genommen. Ihr werdet mich damit zum Mörder machen.« Paul zitiert aus dem Code des Lekë Dugakjini. Es klingt wie das Gebet einer Totenmesse: »Jeder hat seine Ehre für sich selbst, und niemand kann sich einmischen oder die Ehre mit Ältesten und Pfändern umhegen. Zwei Fingerbreit Ehre auf die Blume der Stirn gab Gott den Männern!« Pauls Stimme wird eindringlicher und lauter: »Die geraubte Ehre wird durch Gegenstände nicht ersetzt, aber durch das Vergießen des Blutes!«

Lleshi schluchzt trocken auf. Sein Oberkörper bebt, seine Beine zittern und tragen den Mann nur noch mit Mühe. Das Zittern pflanzt sich über den gesamten Körper fort. Der Albaner kennt diese Worte. Das sind Worte aus seinem Leben, aus seiner Gesellschaft. Worte, die immer Bestand hatten und erfüllt wurden.

»Die Ehre wird dem Manne geraubt, indem man ihm die Frau schändet oder entführt! Ihr habt beides gemacht! Jetzt fordert der Kanun sein Recht. Ob es ein Albaner einfordert oder ich. Der Kanun sagt auch: ›Blut sei nicht für eine Schuld; aber das gilt nicht bei der Schändung der Frau.‹« Pauls Worte kommen klar und schnörkellos. »Runter auf die Knie. Los, bevor ich dir die Waffe über den Schädel ziehe.«

Kurz erhellt ein aufzuckender Blitz das angstverzerrte Gesicht des Verzweifelten. »Lass mich laufen! Ich gebe dir alles, was du willst.«

Seine stammelnden Worte treffen auf eine Mauer aus Wut und Hass. »Du sollst mich ansehen, wenn du stirbst. Meine Frau musste auch zusehen, wie ihre Seele gestorben ist.« Er zielt mit der Zastava auf den Kopf des knienden Mannes, der um sein Leben zittert. Jetzt genießt Paul seine Rache und seine Überlegenheit.

»Das ist unsere Arbeit, Deutscher. Das solltest du nicht tun.« Pauls Arm wird von hinten umklammert und zur Seite gezogen. Die Mündung einer Pistole presst sich in seine rechte Seite.

Träumt er? Ist das Realität? Seine Gedanken spielen verrückt. Pauls Körper ist total versteift. Seine Beine werden weich. Angst kriecht in sein Gehirn, macht ihn handlungsunfähig.

Der kniende Lleshi schaut hoch und scheint seine Chance zu erkennen. »Bruder, du musst mir helfen. Dieser Deutsche will mich erschießen. Danke, dass du gekommen bist!« Seine flehende Stimme scheint schier zu versagen.

Bevor er sich erheben kann, tritt ein Schatten hinter ihm aus der Dunkelheit und stößt ihn mit einem wuchtigen Fußtritt zu Boden. Lleshi fällt vornüber mit dem Oberkörper in den schlammigen Boden. Schluchzend bleibt er im Dreck liegen. Jetzt scheint er zu ahnen, was man mit ihm vorhat. Das Schicksal seines Komplizen ist ihm sicherlich nicht unbekannt.

Paul will sich umdrehen. Mit aller Kraft kämpft er mit seinem Arm gegen die Umklammerung an. Umsonst. Brutal wird sein Arm nach oben in eine unerträglich schmerzhafte Position gebogen. Paul stöhnt auf. Der Druck der Pistole an seiner Seite erhöht sich. Dieser Drohung hat er nichts mehr entgegenzusetzen. Paul gibt seinen Widerstand auf.

Den Mann hinter Lleshi kann er in der Dunkelheit nicht erkennen. Dumpf rollen in der Ferne die Donner und geisterhafte Blitze zucken über den albanischen Bergen. Das Requiem für einen Todgeweihten.

»Du haust jetzt ab, Deutscher. Deine Pistole kannst du mitnehmen ohne Patronen. Die brauchst du nicht mehr. Das hier ist unser Job. Wir sind keine Verbrecher und

Frauenschänder. Wir sind Freiheitskämpfer. Unser Ruf muss wieder rein werden. Also, geh. Sieh dich nicht um. Schnell. Wir haben keine Zeit.«

»Das ist meine Rache. Mischt euch nicht in meine Angelegenheiten. Das ist meine Frau, die das Schwein vergewaltigt hat. Ich musste das meiner Frau versprechen.«

Aber hier stößt er auf Granit.

»Das ist auch für uns eine Sache der Ehre. Auch wir kennen den Kanun. Deine Frau war unser Gast. Dieser Hund hat das Gastrecht missbraucht. Also muss er sterben. Er hat unsere Ehre und das Gastrecht verletzt. Der Kanun sagt: Das Haus des Albaners gehört Gott und dem Gast! Wir wollten diese Entwicklung in Deutschland übrigens nicht. Alles lief aus dem Ruder. Eine angemietete Organisation hat das für uns übernommen. Wir brauchten dich, Anker!«

Paul will sich umdrehen und den Hintermann ansehen. Brutal wird er gegen den Wagen gestoßen. Der Mann muss gewaltige Kräfte besitzen. So schnell ist Paul an sich nicht umzuwerfen. »Du sollst mich nicht ansehen, Anker. Es ist besser, du weißt nicht, wer wir sind. Mein Geduld ist zu Ende«, zischt der Mann. »Willst du neben dem Hund da liegen? Das kannst du haben. Geh jetzt besser!«

Paul sieht seine Ohnmacht ein. Da hat er keine reelle Chance mehr.

»Gut!« Er hebt beschwichtigend die Hände. »Gut, ich gebe auf und steige ein. Übrigens, ein seltsames Gastrecht habt ihr da, das ihr meiner Frau gewährt habt. Skender, du hast Glück. Jetzt stirbst du bestimmt schneller als bei mir. Viel Grüße von Eva soll ich dir trotz alledem ausrichten. Gute Reise!«

Paul steigt mit zitternden Knien in den Wagen, startet und fährt langsam an. Er muss einen großen Kreis beschreiben, um den Platz wieder verlassen zu können. Nur undeutlich sieht er die drei Gestalten zurückbleiben.

Im Schein seiner schwachen Scheinwerfer sieht er nahe der Straße einen dunklen Wagen parken. Eine Gestalt steht in der Nähe. Paul sieht das Glimmen der Zigarette. »Aha, die Schmiere, ganz schöner Aufwand für den Typen.« Dann hört er dumpf einen Knall durch die Motorgeräusche des Defenders.

Das war's wohl … Eigentlich meine Sache.

Irgendwie ist er erleichtert. Er wäre heute Nacht zum Mörder geworden. Eva wird damit zufrieden sein müssen. Vor ihrer Reaktion fürchtet er sich aber.

Die ungeheure Anspannung fällt erst auf der Rückfahrt langsam von ihm ab. Nie hätte er gedacht, dass er zu einem Mord fähig sein könnte. Er lernt immer mehr, in sein Innerstes zu schauen und sich selbst kennenzulernen. Seine Philosophie, dass in jedem Menschen Gut und Böse schlummern, hat sich für ihn bewahrheitet. Er war tatsächlich in der Lage, das Unsägliche zu tun.

Nun hat er noch die Pistole. Was soll er damit machen? Paul entschließt sich, die Waffe zu behalten. Sein Auto ist exterritoriales Gebiet, da er diplomatische Immunität besitzt. Niemand darf es ohne seine Zustimmung durchsuchen. Vielleicht braucht er das Ding noch mal. Da ist ja noch ein Gegner, der auf ihn wartet, der ihn im Moment vielleicht sucht. Sein Schatten! Ein volles Magazin besitzt Paul noch in seinem Gepäck. Zur Verteidigung sollte das genug sein.

Eigentlich kann er mit dieser Entwicklung heute Nacht sehr zufrieden sein. Er hat wenigstens seine Bereitschaft gezeigt. Und der Schänder ist tot, da ist er sich ganz sicher. Diese Jungens machen ganze Arbeit. Seine eigenen Hände sind sauber geblieben. Die moralische Seite spielt keine Rolle mehr in seinen Überlegungen.

Eva hat ihre Rache bekommen.

Paul lebt schon längst im Schatten dieses dunklen Gesetzes, im Dunstkreis des Kanuni i Lekë Dukagjinit. Heute ist er ein Teil davon geworden.

Diplomatische Bedenken

Am nächsten Mittag überquert Paul mit Safet die Grenze bei dem kleinen Ort Bllatta. Vorher spendiert er dem entzückten Mann noch einen Kaffee in einem Restaurant in der makedonischen Provinzstadt Dibra. Safet kann sich gar nicht an dem für ihn unerreichbaren Luxus sattsehen. Er lebte so dicht am Paradies, durfte es aber nie besuchen.

Den finnischen UN-Beobachterposten kurz vor der albanischen Grenze lässt Paul unbeachtet liegen, ohne sich dort wie so oft ein Brot vom Koch der Finnen zu holen. Er ist zu aufgewühlt. Mit einem langen Hupen grüßt er den Posten auf dem Beobachtungsturm am Eingang des Camps.

Der Grenzübertritt geht ohne Schwierigkeiten vonstatten, sodass Paul annimmt, dass man den ermordeten Lleshi noch nicht gefunden oder seinen Tod nicht mit ihm in Verbindung gebracht hat. Das fährt seine Erregung herunter.

Dann sind sie wieder von der Armut und dem Elend Albaniens umgeben. Sie verbringen die Fahrt bis in die Gebirgsstadt Peshkopi schweigend.

Die Landschaft scheint die Traurigkeit der Menschen, die Armut und das Elend aufgesogen und angenommen zu haben. Alles atmet eine bedrückende Tristesse. Sogar der Sonnenschein, die grüßenden Bergmassive, die letzten, stillen Obstplantagen und die in sanfte Hügel eingebetteten Wiesen können diese Atmosphäre nicht aufweichen. Überall erkennt man die abgeholzten Bergwälder und Obstbäume, mit denen die kalten Wohnungen geheizt wurden. Nichts bleibt vor diesem Raubbau verschont. Die Landschaft ist übersät von rauchenden und stinkenden Abfallhaufen, in denen Horden verwilderter Hunde um Nahrung kämpfen.

Zerfallene Industriekomplexe in dem von Bodenschätzen so reichen Land sind überall in apokalyptischem

Ausmaß anzutreffen. Wie Edelsteine, vielfarbig schillernd, liegen künstliche Seen, die mit der Giftbrühe aus riesigen Abraumfeldern aufgefüllt werden, in der zerstörten Landschaft. Die ehemals Rohstoff verarbeitenden Industrien aus russischer und chinesischer Technik waren schon im Entstehen veraltet. Kupfer, Chrom, Kohle und Erdöl wurden überall in dem an Bodenschätzen so reichen Land gefördert, ohne Rücksicht auf die einmalig schöne Natur. Die Rückstände haben den Boden auf Jahrzehnte vergiftet. Das an sich an Mineralien und Wasserkraft reiche Land wäre ohne die Hilfe der westlichen Welt schon lange wirtschaftlich kollabiert.

Paul bedrückt das ein ums andere Mal.

Ohne Zwischenfälle kommen sie zu Hause an. Alles ist unversehrt. Das haben sie dem albanischen Soldaten Rrushi zu verdanken. Er und der starke Hund, den sie *köpek* nennen, was Hund auf Türkisch heißt, bewachen Tag und Nacht das Haus, wenn sie nicht zu Hause sind. Die albanische Armee hat ihn zu ihrem Schutz abgestellt. Jeder kann in dieser einsamen Gegend sehen, dass bei ihnen Geld sein muss. Sie müssen schließlich essen, das Haus anmieten und den Dolmetscher bezahlen. Der Soldat macht gute Arbeit, die sie alle zu schätzen wissen.

Rrushi, was Traube heißt, hat wohl seinen Namen über seine Liebe zum Alkohol erhalten. Aus der Traube wird der *rakia rrushi* hergestellt. Das hat sich aber noch nie negativ auf seine Schutzfunktion und Zuarbeit ausgewirkt.

Das Haus ist fast immer mit Kerosin oder mit geschlagenem Holz aus den oberen Bergregionen für den Ofen versorgt. In den unteren Regionen, wo die Vegetation ungehindert wuchern kann, ist kaum noch ein Baum zum Abholzen zu finden. Es ist bitter nasskalt in Albanien im Herbst oder im Winter.

Drei Tage arbeitet Paul schon wieder in seiner AoR, der *area of responsibility*, dem Zuständigkeitsbereich in Albanien, unter ständiger Anspannung und Angst wegen der Ereignisse der letzten Tage. Dann erhält er eine Weisung über Computer. Er soll so schnell wie möglich zurück ins Hauptquartier nach Tirana kommen.

Heute ist es schon zu spät, um die gefährliche Fahrt anzutreten. Für die zweihundert Kilometer brauchen sie mindestens einen Tag auf den maroden Gebirgsstrecken.

Safet freut sich natürlich, wieder einmal nach Tirana zu kommen, wo er eine Wohnung in einer der heruntergekommenen Wohnsiedlungen gekauft hat. Solch eine Wohnung kostet in Albanien sehr viel Geld, das Safet normalerweise nicht besitzt. Er ist Lehrer in der Stadt Kukes, was nicht viel einbringt. Jetzt verdient er Geld als Dolmetscher bei der Beobachtermission. Das macht ihn zu einem wohlhabenden Mann.

Pauls Misstrauen gegenüber Safet verstärkt sich. Ist er doch der geheimnisvolle Informant?

Woher hatten alle seine Gegner die Insiderinformationen? Safet weiß viel von Pauls Leben in Europa und auch in der Türkei. Aber Paul hat schon in vielen Teams gearbeitet. Da kommen noch andere in Betracht. Jetzt ist das Kind schon in den Brunnen gefallen. Es gibt nicht mehr viel, was er noch über sich erzählen könnte.

Paul informiert das Hauptquartier in Tirana, dass sie morgen gegen Abend eintreffen werden. Dabei erfährt er, dass man ihn sowieso zurückbeordern will. Er soll sich bei dem deutschen Botschafter in Tirana melden. Tony Watson scheint wohl mehr zu wissen, will es aber am Telefon nicht preisgeben.

Paul ist keineswegs beunruhigt. Er hat nichts getan. Seinen Vorsatz der persönlichen Rache kann man ihm schwerlich nachweisen. Was in Tetovo geschah, kann noch nicht bekannt sein. Vielleicht will man etwas über seinen Einsatz in Albanien besprechen, da er wegen der Bedrohung durch die Familie Krasniqi ein diplomatisches Sicherheitsrisiko darstellt.

Sicherlich ist es das, beruhigt er sich.

Die Fahrt am nächsten Tag verläuft ohne Schwierigkeiten und Zwischenfälle. Paul fährt wie immer den Landrover Defender, da er den Fahrkünsten der albanischen Mitarbeiter nicht so recht traut. Erst vor einigen Jahren wurde ihnen das Recht zugestanden, ein Auto zu besitzen und zu führen. Den Führerschein hat nicht jeder, viele kaufen ihn.

Die Strecken sind ein Albtraum für jeden Mitteleuropäer. Volle Konzentration und die Vorsicht vor den unkalkulierbaren Reaktionen der chaotischen, albanischen Verkehrsteilnehmer sind Voraussetzung für eine sichere Fahrt.

Gegen Abend treffen sie wohlbehalten, aber total erschöpft im Hauptquartier in Tirana ein. Sofort meldet sich Paul bei Tony im Dienstzimmer. Er ist begierig, den Grund für seinen Rückruf zu erfahren.

»Paul, da ist wieder so ein Briefchen eingegangen. Schau mal. Kennst du den?« Tony reicht Paul einen Zettel.

Der Inhalt kommt Paul bekannt vor: *Ich habe eine Frau geschändet und damit das Ansehen meines Volkes beschmutzt. Dafür musste ich sterben.* Das Bild des erschossenen Lleshi auf dem Boden des Steinbruchs, den Paul zur Genüge kennt, weckt bei ihm kaum noch eine Gefühlsregung. *Wir, die Armee zur Befreiung des Kosovo und unseres Volkes, haben damit bewiesen, dass wir nichts mit dieser Schandtat zu tun haben. Das Gesetz unserer Väter, der Kanun, und unser ehrenvoller Kampf für ein unabhängiges Kosovo haben das verlangt. Armee zur Befreiung des Kosovo.*

»Keine Unterschrift, Tony.« Paul schaut Tony an, der ihn aufmerksam beobachtet.

»Du warst doch in Tetovo vor einigen Tagen, Paul. Ist das ein Zufall?« Tony fragt vorsichtig, aber unmissverständlich.

»Wenn ihr meint, ich habe etwas damit zu tun, so muss ich das zurückweisen. Aber ich hätte ihn umgebracht, hätte ich das Schwein erwischt. Leider sind mir andere zuvorgekommen. Schade.« Paul spricht leise und emotionslos. Er kann sich das erlauben. Schließlich hat er keinen Schuss abgegeben. Er hätte; aber er hat nicht. Rachedurst ist noch kein Verbrechen. Dass er involviert war, wird er nicht verraten. Er hatte auch keinen Einfluss mehr auf das Geschehen, beruhigt er sein Gewissen.

Tony nickt. »Ich verstehe; aber du wirst immer mehr zu einer unerwünschten Person hier in Albanien. Dein Botschafter ist beunruhigt. Ich übrigens auch. Er will dich wohl hier raushaben. Morgen früh gehen wir zu ihm in die Botschaft. Hast du mir etwas verschwiegen, Paul?«

»Ich habe ihn nicht erschossen, Tony. Das sollte doch genügen. Ich habe auch niemanden beauftragt. Der Fall ist eine logische Folge des gesamten Geschehens in Deutschland und des Mordes an dem ersten Vergewaltiger meiner Frau. Ich frage mich nur, warum das so lange dauerte. Die wussten doch, wo er wohnte. Wenn der sich natürlich in seinem Haus verkroch ... Das Gesetz, also der Kanun, sagt, dass man ihn im Haus nicht töten darf. Erst wenn er das Haus verlässt, ist er ein mögliches Ziel. Ich bin ja jetzt Experte in Sachen Kanun, Tony. Aber bei denen war es sicherlich keine Sache des Kanun, sondern eine politische, wenn es die UCK war. Die konnten den also immer und überall exekutieren.«

Tony lacht leicht auf: »Das meine ich auch, Paul. Du solltest dir heute Abend darüber klar werden, was du willst. Wie gesagt, hier sieht man dich nicht mehr gerne. Ich weiß nicht, ob ich dich halten kann. Du weißt doch, die Diplomatie, die stromlinienförmigen Typen.«

»Gut, dann bis morgen früh. Wann wollen wir hin?«

»So gegen zehn Uhr sollten wir da sein. Du schläfst im *Rogner*. Viel Spaß dort.«

Paul vermeint eine gewisse Ironie in dem Tonfall zu vernehmen. Seine Nervosität nagt wieder einmal an ihm, wie so oft in letzter Zeit.

Diplomatie

Punkt zehn Uhr treffen sie in der deutschen Botschaft in Tirana ein.

Paul wird höflich, aber bestimmt bei einer Tasse Kaffee in Warteposition geparkt. Tony wird sofort zum Botschafter vorgelassen, was Pauls Stimmung noch mehr anheizt. Er spürt, dass hier wieder etwas gebacken wird, das er nicht beeinflussen kann.

Während er grübelnd in seinem Sessel sitzt, fühlt er sich ständig beobachtet. Die Sekretärin, eine ernste, zurückhaltende Frau mittleren Alters, gibt sich schwer beschäftigt. Sie blickt Paul des Öfteren mit einem gekünstelten Lächeln wissend und forschend an. Wissen die alle hier mehr als er? Wurden hier über ihn ohne sein Wissen Personalentscheidungen getroffen?

Er nimmt sich vor, eine dezidierte Position bezüglich seiner Tätigkeit in Albanien zu vertreten und sich nicht abschieben zu lassen. Obwohl er bei der Europäischen Beobachtermission tätig ist, ist er gleichzeitig Angestellter des deutschen Auswärtigen Amtes mit diplomatischem Status.

Sollte er in den Augen des deutschen Botschafters in Albanien unerwünscht sein, so wird er keine Chance haben, hier weiterhin zu arbeiten. Schon bei seinem Antrittsbesuch vor einigen Wochen bemerkte Paul die ablehnende Haltung. Die Bedrohung mit der Blutrache macht ihn zu einem diplomatischen Risiko.

Die Büroatmosphäre mit ihrer überheizten Raumluft lässt ihn langsam einnicken.

»Herr Anker, der Herr Botschafter möchte Sie sprechen.«

Paul schreckt aus seinem Halbschlaf auf. Er murmelt verstört eine Entschuldigung, streicht sich über die Haare und richtet seine Jacke. In dieser steifen Atmosphäre fühlt er sich immer unwohl, zeitlich gedrängt und einem starren

Protokoll unterworfen. Es ist, als könne in diesem Milieu niemand einen Moment warten. So ähnlich mussten sich wohl die Menschen in den Zeiten gefühlt haben, als sie als untertänige Bittsteller auftraten.

Paul gibt sich einen Ruck und richtet sich äußerlich und innerlich auf. Er wirft das aufkommende Gefühl des Untertanengeistes wie einen alten Mantel ab.

Er gibt sich betont locker und frei. Mit federnden Schritten geht er auf den Mann zu, der ihm mit ausgestreckter Hand in der Tür mit akustischer Abschirmung entgegenkommt.

»Herr Anker, schön, dass Sie so schnell meinem Wunsch gefolgt sind, Sie zu sprechen. Nehmen Sie doch Platz. Ich habe mit Ihrem Kollegen, Herrn Watson, schon einiges vorab besprochen, um die Sache nicht zu kompliziert zu machen.«

Paul nimmt so Platz, dass er Tony gegenübersitzt und Augenkontakt mit ihm hat. Er verspricht sich von Tony eine gewisse Schützenhilfe bei seinem Wunsch, als Monitor in Albanien zu bleiben.

Der Botschafter gibt zu erkennen, dass er Pauls Vergangenheit und seine Schwierigkeiten kennt, sodass hier kein Erklärungsbedarf besteht. Mit ernstem Gesichtsausdruck überreicht er dann den Zettel, den Paul schon vom Vortage her kennt. Es ist eine Abschrift der Nachricht, dass der zweite Vergewaltiger zur Verantwortung gezogen wurde und tot sei.

»Diese Botschaft erwarte ich übrigens auch noch persönlich, Herr Botschafter. Die gleiche Verfahrensweise wie nach dem ersten Mord des einen Vergewaltigers meiner Frau im vergangenen Sommer.« Paul wundert sich wiederum über die Selbstverständlichkeit, mit der er die Worte »Vergewaltiger meiner Frau« ausspricht.

»Herr Anker, Sie waren doch kürzlich dort in der Nähe, nämlich in Tetovo, als diese Sache passiert sein muss!« Es klingt mehr wie eine Feststellung denn wie eine Frage.

Paul versteht sofort die Situation. Eine Art Verhör, das hier stattfindet. »Ich war wohl in der Nähe; aber von dieser Sache habe ich natürlich nichts mitbekommen, Herr Botschafter. Ich war dienstlich dort. Das Team hält einen sehr engen Kontakt zu den finnischen UN-Truppen an der Grenze. Wir pflegen einen wöchentlichen Gedanken- und Informationsaustausch im Rahmen eines ständigen *meetings* im Lager bei der Stadt Dibra. Ich besuchte in Tetovo den finnischen Kommandeur der UN-Truppe. Am nächsten Morgen fuhr ich wieder mit meinem Dolmetscher nach Peshkopi zurück. Sicherlich eine unerfreuliche und verdächtige Zufälligkeit.«

»Nun, Rache ist nicht nur eine albanische Erscheinung, Herr Anker. Auch wir können hassen.«

»Das ist mir nicht fremd, Herr Botschafter, aber ich bitte Sie um eine realistische Sicht der Dinge. Das sind Verdächtigungen, die ich aufs Schärfste zurückweisen möchte.« Paul ist ärgerlich und aufgebracht. Er kann es sich leisten; denn er hat niemanden getötet. Die Absicht wird man ihm nie nachweisen können.

»Nein, nein, Herr Anker, wir verdächtigen Sie nicht. Aber die Polizei in Makedonien könnte Fragen stellen. Dann werde ich oder auch Sie antworten müssen.«

Paul geht zum Angriff über. »Herr Botschafter, Sie kennen doch den oder die Mörder. Das Motiv haben wir auch. Wo sind da die Schwierigkeiten? Ich habe schon Probleme genug durch die Familie Krasniqi und die Bedrohung durch den Kanun und seinen mittelalterlichen Codex. Da muss ich mir nicht meinen eigenen Kanun schaffen und eine solche Dummheit begehen. Helfen Sie mir lieber, den Schatten des Kanun abzuschütteln.« Pauls Stimme hebt sich. Seine Erregung ist ihm sicherlich anzumerken.

»Was stellen Sie sich denn so vor, Herr Anker? Ich kann schlecht selbst zu dem Ältesten der Familie fahren.« Die leise, akzentuierte Stimme des Botschafters hat einen ironischen Unterton.

Paul wird konkreter: »Sie sollten doch wissen, dass es hier in Tirana für den Bereich Albanien eine *reconciliation commission* gibt. Eine Versöhnungs- oder Verständigungskommission, wie immer man die nennen mag. Es gibt etwa zehntausend Männer in Albanien, die durch den Kanun mit der Blutrache bedroht sind. Tun Sie etwas für mich dort. Die können Kontakte aufnehmen. Sie haben politisches Gewicht.«

Die drei Männer schauen sich schweigend an.

Tony ergreift Pauls Partei. »Die Idee ist nicht schlecht. Die haben schon des Öfteren gute Erfolge erzielt.«

Paul setzt noch einen drauf: »Ich habe schließlich auch im Auftrag des AA in Bonn gearbeitet. Das sollte man mir doch nach all den schlimmen Dingen, die mir und meiner Frau passiert sind, schuldig sein!«

Etwas angekratzt durch Pauls zwingende Argumentation und den offensichtlichen Beistand von Tony Watson erklärt sich der Botschafter endlich zu einem lange überfälligen Schritt bereit: »Ich werde Kontakt mit dem Auswärtigen Amt in Deutschland aufnehmen und den Vorschlag überprüfen lassen. Ob man aber zu der obligaten Blutgeldzahlung bereit sein wird ... das bezweifle ich doch.«

»Herr Botschafter, ich war doch auch als Repräsentant der Bundesrepublik Deutschland hier. Für mich ist das selbstverständlich, dass man dafür auch pekuniär einsteht. Das sind ja wirklich *peanuts*, die der deutsche Staat da zahlen müsste.«

»Ich werde das prüfen lassen, Herr Anker. Was halten Sie denn davon, woanders auf dem Balkan eingesetzt zu werden? Es ist hier ja nicht sicher für Sie, und noch einen Toten wollen wir alle nicht haben.«

Genau das hat Paul erwartet. Die Katze ist aus dem Sack. Diplomatisch ist er hier nicht mehr erwünscht. Das Problem soll abgeschoben werden. Inwieweit Tony als oberster Vertreter der Europäischen Beobachtermission in Albanien hinter dem Wunsch des Botschafters steht, wird er gleich wissen.

»Ich habe die Nase voll, vor den Schwierigkeiten bis ans Ende der Welt wegzulaufen, Herr Botschafter. Sogar in der Türkei hat man mich gestellt. Das wissen Sie doch sicher schon?« Paul fragt leicht ironisch.

»Sicher sind wir über den Stand der Dinge informiert, Herr Anker. Sie liegen uns schließlich am Herzen.« Der Botschafter versucht Offenheit und Vertrauen zu vermitteln.

»Was sagt denn der BND dazu, Herr Botschafter? Die mischen ja auch fleißig mit. Da ich nicht nach deren Pfeife tanzen wollte, will man mich wohl hier weghaben.« Paul sieht den Botschafter triumphierend an.

»Was meinen Sie damit: ›nach der Pfeife tanzen‹?« Der ansonsten gefasste und emotionslose Diplomat gibt sich erstaunt.

»Ich behalte das besser für mich, wenn Sie das nicht wissen. Beweise habe ich ja keine. Man spricht immer nur mit mir allein.«

»Dann wäre ich Ihnen dankbar, Herr Anker, wenn Sie nicht solche abenteuerlichen Theorien in den Raum stellen würden. Wir sollten hier nicht James Bond spielen.« Die Stimme des Botschafters hebt sich leicht. Er fühlt sich verletzt. Das hat an seinem Status gekratzt. »Also Herr Anker, wie steht es mit einer anderen Verwendung auf dem Balkan?«

»Wenn man mich nicht zwingt, woanders hinzugehen, so sage ich nein. Ich kann nicht immer vor einem Killer wegrennen. Sicher bin ich nirgendwo.« Damit hat Paul seine Position klar ausgedrückt. »Tony, kannst du und willst du noch mit mir arbeiten?«

»Wenn du mit der Gefahr leben kannst, so werde ich nicht nein sagen. Du bist in der Mission in Albanien immer willkommen.« Tony unterstützt ihn also.

»Gut, die Herren.« Der Botschafter wirkt ärgerlich.

»Warten wir die Antwort aus Deutschland ab. Ich werde Kontakt mit der albanischen Aussöhnungskommission aufnehmen und um Hilfe bei einer eventuellen Blutgeldzahlung bitten.« Der Botschafter erhebt sich aus seinem Sessel und reicht Paul leicht gequält lächelnd die Hand. Damit ist die Audienz für Paul beendet.

»Warte bitte draußen auf mich, Paul. Es wird nicht lange dauern.«

Paul hat den heimlichen Wink des Botschafters an Tony mitbekommen. Es gibt also noch etwas zu besprechen, das er nicht wissen soll.

Er soll abgeschoben werden, um die diplomatische Weste in Albanien sauber zu halten. Er ist ein Störenfried. Sollte er getötet werden, dann bitte woanders.

Eins hat er gelernt in den letzten Monaten: Vor der Rache eines Albaners, der im Auftrag seiner Familie und des Kanun tätig ist, kann man nicht weglaufen. Kein Winkel auf dieser Erde wird sicher genug sein. Ein Schutzprogramm wird für ihn nicht infrage kommen. Zu teuer, zu aufwendig. Er ist zu klein dafür. Es stehen keine großen Werte für die Bundesrepublik Deutschland zur Disposition

Das alles macht ihn bitter.

Hätte er nur seine Rache nachts im Steinbruch selbst vollziehen können. Dann wäre er mit Recht unter Verdacht. So steckt er mit drin, kann sich auch nicht richtig reinwaschen. Was soll er Eva sagen? Sie wird ihm das sicher nicht glauben. Die Sache ist zu verworren und abenteuerlich, als dass man sie glauben könnte.

»Wir können gehen, Paul.« Tony stößt ihn leicht an.

Paul war mit seinen Gedanken weit weg. Das Tippen der Sekretärin, die ihn immer wieder verstohlen ansieht, hat ihn wieder eingeschläfert.

Beide verabschieden sich artig von der Sekretärin, die sofort von dem Herrn Botschafter ins Allerheiligste gerufen wird.

»Aha, *action*!«, meint Paul lakonisch und lacht Tony verschmitzt an.

»Ja, jetzt muss er etwas machen. Etwas für dich, Paul. Ich hoffe nur, die machen auch das Richtige.«

Paul ist froh, eine solchen Kollegen und Vorgesetzten zu haben.

Der Hass lebt in uns allen

»Eva, ich muss dir etwas sagen. Etwas Wichtiges.«

Paul ruft Eva von einer öffentlichen Telefonzelle in Tirana an, nachdem er ihr geraten hatte, das Telefon von Melitta zu benutzen, um einer Abhöraktion der Polizei am Telefon zu entgehen. »Du musst mir glauben, was ich dir jetzt erzähle.«

Er hört am anderen Ende in der Türkei keinen Ton von Evas Seite.

»Hörst du mir überhaupt zu, Eva?« Pauls Stimme hebt sich etwas in der Tonlage. Richtig kann er seinen Ärger nicht unterdrücken.

»Natürlich höre ich zu. Warum fragst du?« Eva ist aufgebracht, sie ahnt wohl, dass er etwas Unangenehmes oder Enttäuschendes sagen wird.

»Hört auch niemand mit, Eva?«

»Hör mit deiner Geheimniskrämerei auf und erzähl schon, was los ist.« Eva klingt ärgerlich und ungeduldig.

Paul kennt diese Stimmungslage bei ihr. Danach hatten sie zumeist über einen längeren Zeitraum schlechte Stimmung im Stall. »Ich hatte ihn. Es war nur noch eine Sache von Minuten. Wir waren allein und plötzlich waren sie da.«

»Wer war da, Paul?« Ungeduld klingt aus ihren Worten.

»Na, die Typen von dieser Befreiungsarmee des Kosovo.

Das Schwein lag vor mir im Dunkeln auf den Knien und jammerte um sein Leben. Von zwei Seiten kamen sie. Ich hatte keine Chance.«

Paul hört, wie Eva schwer atmet: »Du hast ihn also entkommen lassen?«

»Nein, nein, hör doch endlich mal zu, Eva. Sie haben mir meine Waffe weggenommen und den Kerl selbst erschossen, nachdem sie mich weggeschickt hatten.«

»Woher weißt du, dass sie ihn erschossen haben? Die halten da auf dem Balkan doch eh alle zusammen.« Eva hat sich wieder in der Gewalt. Von ihrer Enttäuschung ist nichts mehr zu spüren. Paul spürt, dass sie jetzt anfängt, nach der vermeintlichen Wahrheit zu suchen. Sie traut ihm nicht. Eva glaubt nicht, dass ihr Mann sein Versprechen wahr gemacht hätte.

Ihr tiefes Misstrauen erschüttert Paul. Er kann nicht beweisen, dass er kurz vor seinem Ziel war. Dieser Zweifel wird sicherlich immer zwischen ihnen stehen.

»Wir haben wieder die berühmte Nachricht mit dem Bild des Erschossenen bekommen. Da gibt es keinen Zweifel. Er wurde hingerichtet oder ermordet, wie man will.«

»Warum sagst du das so seltsam, Paul? Was heißt hier ›ermordet‹. Er hat diesen Tod verdient. Ich werde erst jetzt meine Ruhe finden, da ich weiß, dass diese Schweine nicht mehr leben und über mich lachen können. Warum bin ich kein Mann? Warum hatte ich keine Chance, meine Rache selbst auszuüben?«

Paul kann die Vorwürfe an ihn heraushören. In ihren Augen hat er versagt. Er weiß es besser; aber alles spricht gegen ihn und für seine vermeintliche Feigheit und Unfähigkeit.

»Hast du immer noch nicht genug, Eva? Warum glaubst du mir nicht? Selbst ein professioneller Killer hätte in dieser Situation keine Chance gehabt. Was muss ich tun, um dich zu überzeugen? Ich wollte für dich – oder für uns – zum Mörder werden!«

»Paul, ich glaube dir doch. Sei doch nicht so wütend. Es ist alles nur so schwer für mich. Du weißt das doch.« Eva versucht geschickt, die Schärfe aus dem Gespräch zu nehmen. Mit weiblicher Intuition spürt sie, dass sie den Bogen überspannt hat. Jetzt ist Schadensbegrenzung angesagt, soll nicht ein Graben aufgerissen werden, der nie zu überwinden sein wird. »Paul, du weißt doch, dass ich dir glaube. Du musst das doch spüren. Ich bin nur so überrascht – oder besser gesagt so überrumpelt von den Geschehnissen. Es kommt alles so schnell und so anders, als wir es geplant hatten.«

»Eva, wir sollten beide froh sein, dass wir nicht schuldig geworden sind. Es war schon schwer genug für mich, alles zu planen und dann die Schüsse zu hören. Natürlich war er ein Lump und ein Schwein; aber er war auch ein Mensch.«

Wieder ist es still in der Türkei. Eva sagt keinen Ton. Die letzten Worte wollte sie wohl nicht hören.

Bei allem Verständnis für ihre Lage, Paul ist über ihre Härte und Kälte erstaunt und erschüttert. Es muss schlimm in ihrem Inneren aussehen. Wie soll er diesen Panzer an Gefühlskälte aufweichen? Die Aufgabe macht ihn schwindelig und kraftlos.

»Eva, es ist wohl vorbei. Wir sollten versuchen, das jetzt zu vergessen. Schließlich können wir nicht ins Kosovo gehen und alle umbringen wollen, die das letztlich initiiert hatten. Es ist ihnen aus den Händen geglitten. Können wir nicht damit weiterleben?«

Eine kleine Weile herrscht bedrückende Stille am Telefon. Dann bricht es aus ihr heraus. »Du bist ja nicht vergewaltigt worden, Paul. Du musstest dich nicht demütigen lassen. Du musst nicht täglich daran denken, wenn du in den Spiegel guckst. Du bist ja deiner Abenteuerlust auf dem Balkan nachgegangen. Ich werde es nie vergessen können.« Ihre Worte sind voller Hass und peitschender Schärfe, voller unversöhnlicher Härte. »Mach's gut. Wir sollten aufhören, darüber zu sprechen.«

Paul hört nur noch das Knacken in der Leitung, als Eva auflegt.

Urteil auf Urteil, Ältesten über Ältesten,
erkennt der Kanun nicht an

Das Haus der Gjonmarkaj ist der Grundstein des Kanun

Die Vermittlung

Paul hat sich über den Wunsch der Diplomatie, das Land zu verlassen, hinweggesetzt. Er ist mit Safet, seinem Dolmetscher, wieder allein in der Gebirgsstadt Peshkopi.

Nichts hat sich in den letzten drei Tagen ereignet und er wartet gespannt auf irgendetwas. So richtig weiß er nicht, worauf. Ist es der Jäger, der Killer der Familie aus den Bergen von Nordalbanien? Ist es seine Demissionierung von dem Auftrag oder wartet er auf ein Zeichen dieser ominösen Organisation, die ihn als Mitarbeiter rekrutieren will? Oder auf eine Nachricht von Eva, die ihn unangenehm berühren könnte?

Vielleicht auch auf die Polizei, die eine Spur nach dem Mord aufgenommen hat?

Er hat Safet fairerweise so weit wie möglich über die aktuelle Lage informiert, da es für beide gefährlich werden kann.

Die Waffe hat er stets bei sich. Unauffällig, aber griffbereit. Er will sich nicht noch einmal überrumpeln lassen. Er muss jederzeit konzentriert sein. Paul will der Gefahr, die ihn bedroht, auf diese Art ins Auge sehen. Ihm ist es jetzt egal, welche Konsequenzen es haben könnte, wenn man ihn hier mit einer Pistole erwischt, falls er sie eingesetzt haben sollte.

Hier in Albanien hat fast jeder Mann eine oder mehrere Waffen. Eine, die man ihm wegnehmen wird, wenn die Ordnungskräfte sie zu Gesicht bekommen, und eine, die versteckt ist.

Albanien ist ein riesiges Waffenlager. Ein Mann ist nur ein Mann, wenn er sich mit einer Waffe verteidigen kann und das auch will. Paul begeht also in den Augen albanischer Männer keine kriminelle Handlung. Die Polizei und die Armee kennen die Aufgaben der Monitore in ihrem Land und wissen auch, was eine diplomatische Immunität ist. Also ist er vor Durchsuchungen der Polizei bis zu einem gewissen Grad geschützt. Er hofft im Geheimen auf die Hilfe von Safet, der als Albaner seine Augen und Ohren überall hat und Dinge erfährt, die für Paul als Ausländer absolut unzugänglich sind. Auch die Polizei kennt seine missliche Lage. Sie gehen nachts verstärkt Streife in der Nähe seines Hauses.

Die Blutrache im Namen des Kanun ist in Albanien immerhin als krimineller Akt eingestuft; und doch akzeptiert sie jeder. Es ist ein Teil ihres Lebens, ein Teil ihrer Tradition. Tausende von Gesetzlosen leben verfolgt in den Bergen in kleinen Gemeinschaften. Sie alle haben im Namen der Familie den Kanun befolgt und gemordet. Heimlich werden sie von den Verwandten versorgt, und oft von der Polizei geduldet.

Alle leben sie irgendwie im Schatten des Kanun und der Blutrache. Keiner hat die Kraft oder den Willen, diese unselige Gewalt zu beenden.

Paul hofft auf die Vermittlung des albanischen Komitees zur Schlichtung solcher Fälle. Eine andere Lösung fällt ihm nicht ein.

Die Tage vergehen unter großer Anspannung und Nervosität.

Dann ist es endlich so weit! Eine Nachricht auf dem

dienstlichen Computer lässt ihn hoffen. In zwei Tagen wird ein Mediator zusammen mit Paul und Safet im Haus der Familie Krasniqi eintreffen. Freies und sicheres Geleit ist verbürgt bis vierundzwanzig Stunden nach Verlassen des Männerrates, das ist das Gesetz des Kanun.

Hastig packt Paul seine Sachen zusammen. Sie werden einige Tage weg sein. Das Team in Kukes, in der Nähe des Dorfes Gnijnaj, wo sie die Versammlung haben werden, ist bereits informiert. Für Paul ist ein Zimmer in dem akzeptablen Hotel bestellt worden. Safet wird bei seiner Verwandtschaft wohnen.

Nun müssen sie nur noch über eine gefährliche Gebirgsroute nach Norden in die Stadt Kukes gelangen.

Am nächsten Morgen geht es früh los. Für die ungefähr achtzig Kilometer werden sie fast einen Tag benötigen. Es hat geregnet, und die desolaten Routen und Wege sind glatt oder aufgeweicht. Ein gefährliches Unterfangen. Zum Glück ist Safet diese Strecke schon einmal gefahren.

Nieselregen und Nebel erschweren die ohnehin schon risikoreiche Fahrt. Paul muss sein ganzes Können aufbringen, um die Strecke zu bewältigen. Hier kann ihnen niemand helfen, sollten sie einen Unfall oder eine Panne haben. Die eiserne Ration und etwas Brennholz würde ihnen zwei bis drei Tage Überleben garantieren. Man würde dann nach ihnen suchen. Das Team hat stets zwei Reservereifen an Bord und genug Treibstoff, um auch längere Zeit durchhalten zu können.

Es geht alles gut.

Völlig abgekämpft kommen sie gegen Nachmittag in der Stadt Kukes an. Sie werden schon in dem angemieteten Haus des Teams Kukes erwartet. Ein beauftragter Mediator der albanischen Regierung zusammen mit einem *mufti* als Religionsvertreter der Bektashi-Sekte sind anwesend. Der Mediator spricht perfekt Englisch, sodass keine Sprachschwierigkeiten bestehen.

Paul schildert zusammen mit Safet noch einmal ausführlich den Hergang. Es dürfen keine Unstimmigkeiten auf ihrer Seite bestehen. Dann besprechen sie ihre gemeinsame Strategie, die auf einem Blutgeld von zehntausend Mark basiert. Das Geld wird da sein, wenn es benötigt wird. Der deutsche Staat hat unter dem Druck der Europäischen Beobachtermission seine Bereitschaft zu erkennen gegeben.

Für den Fall, dass das Geld nicht offiziell zu beschaffen sein sollte, signalisiert Paul seine Bereitschaft zur Zahlung. Er weiß, dass das seine einzige Chance ist, aus dem Schatten des Kanun herauszutreten.

Auf die Präsenz der Polizei verzichten sie. Das Wort eines Albaners, die *besa*, ist eine unantastbare Hochschätzung des Gastes. Paul wird eine gewisse Zeit Gast im Hause der Familie Krasniqi sein.

Alles lastet schwer auf Paul. Seine Gedanken sind düster und belastend. Die dunklen Kräfte einer längst vergessenen Welt zerren an ihm. Er spürt,dass der nächste Tag der Tag der Entscheidung sein wird.

Am frühen Morgen brechen sie im dicken Nebel auf. Der nahende Herbst kündigt sich an. Die Männer sind alle schweigsam. Sie spüren die Last der Verantwortung.

Eine Stunde Fahrt bei schlechten Bedingungen liegt vor ihnen. Pauls Gedanken rotieren. Was wird sein, wenn die Krasniqis auf der Blutrache bestehen sollten? Wo soll er hin? Wie soll er unter diesen Bedingungen leben? Für Optimismus ist zurzeit kein Raum in seinen Gedanken.

Der *mufti* der Stadt Kukes ist zur Unterstützung dabei. Man hat wirklich alles aufgeboten, was Rang und Namen in einer solchen Angelegenheit haben könnte.

Sie fahren langsam in den stillen Ort ein. Niemand ist auf den schmutzigen Wegen zu sehen. Alles wie ausgestorben. Sind sich die Menschen der Schicksalhaftigkeit ihres Besuches bewusst? Paul muss lächeln. Natürlich nicht. In diesen entlegenen Ortschaften sieht man tags kaum jemanden zu dieser Zeit auf den Straßen. Alles Leben spielt sich hinter hohen Zäunen und Mauern ab. Die Männer sind auf dem Feld oder in den höheren Gebirgslagen, um dort die kümmerlichen Reste des Baumbestandes abzuholzen. Naturschutz kann man sich in dieser harten Umgebung nicht leisten. Nur das Überleben ist wichtig.

Die zwei Geländewagen halten vor dem Gehöft der Familie Krasniqi. Nichts deutet darauf hin, dass hinter dieser unscheinbaren Mauer der einflussreiche Clanchef der Familie Krasniqi residiert.

Die Männer bleiben in den Autos sitzen, während Safet an dem eisernen Tor kräftig mit dem angehängten Holzknüppel auf das Metall schlägt. Knarrend öffnet sich einer der beiden Flügel. Ein junger, westlich gekleideter Mann begrüßt sie. Er stellt sich als Rrushdi Krasniqi vor.

Paul sieht den jungen Mann mit gemischten Gefühlen an. Das kann er sein, der Killer, der auf ihn angesetzt ist. Seine Gefühle scheinen ihn nicht zu trügen. Rrushdi erwidert den Blick mit unsicherem Ausdruck, der viel verrät.

Man gibt sich nicht die Hand. Der *mufti* aus Kukes und Safet sind hier wohlbekannt. Sie werden auf traditionelle Art mit dem Bruderkuss begrüßt. Die anderen Männer mit einem kurzen Neigen des Kopfes.

Hinter dem Tor erschließt sich eine andere Welt für die Besucher. Der weite Hof ist blitzblank gefegt und gereinigt. Unauffällig huscht eine weibliche Gestalt gebückt und scheu ums Haus. Ihr Blick geht verstohlen zu den Männern.

Alles ist ruhig, alles scheint friedlich.

Aber das Bild trügt.

Das Haus ist wie eine massive, burgähnliche Anlage, eine kule, gebaut. Grobe Natursteine und schwere Holzbalken bilden die Grundmaterialien des alten Gebäudes im türkisch-albanischen Stil. Kaum ein Fenster lässt den Blick nach draußen zu. Wie eine Festung liegt das zweistöckige Haus vor ihren Augen. Auch in Albanien mit seinen vielen historischen Bauten stellt das imponierende Bauwerk eine Seltenheit dar.

Ja, hier residiert ein Sippenoberhaupt.

Das wird die Sache nicht leichter machen, geht es Paul durch den Kopf. Der hat kein Blutgeld nötig. Ein armer, kümmerlicher Schmuggler wäre ihm lieber. Hier wird die emotionale und traditionelle Sichtweise über sein Schicksal entscheiden.

Der Weg über den kiesbestreuten Hof wird für Paul zum langen Marsch.

Das große, festungsartige Gebäude kann nur über eine kleine Tür betreten werden. Es sind keine Fenster im unteren Bereich zu sehen.

Auf einem überdachten, trockenen Vorplatz entledigen sich alle der Schuhe, die in kleinen Holzgestellen abgestellt werden. Jetzt nur keine Fehler machen! Kleinigkeiten können den Erfolg der Mission infrage stellen. Ihr Verhalten wird aufmerksam beobachtet. Da ist sich Paul sicher.

Rrushdi bittet die Gäste ins Haus.

Eine andere Welt, die sie betreten. Insbesondere für Paul, obwohl sie ihm nicht fremd ist. Sie fordert aber hohe Aufmerksamkeit, um keine unverzeihlichen Fehler zu begehen. Die Türschwelle darf beim Betreten des Hauses unter keinen Umständen berührt werden. Nichts sollte man anfassen oder neugierig anstarren. Jeder Verstoß gegen diese Gesetze kommt einer Beleidigung gleich.

Die Dunkelheit des Hauses nimmt die Männer gefangen. In dieser Dunkelheit wurde sein Schicksal besiegelt. Hier muss er den Knoten lösen, will er wieder das Licht unbeschwerter Tage genießen können.

Sie werden in einen großen, halbdunklen Raum mit niedriger Holzdecke geführt. Der riesige Kachelofen verstrahlt eine unangenehme Hitze. An der Wand sind Sitzkissen aufgereiht. Es sind bereits zehn Männer versammelt. Bei ihrem Eintreten erheben sie sich und bleiben vor den Plätzen stehen. Einige tragen ihre traditionelle Kleidung. Nur die jüngeren haben westliche, aber einfache Kleidung mit dem unverzichtbaren Jackett an.

Sie gehen in einer Reihe an den anwesenden Mitgliedern der Familie Krasniqi vorbei, wobei man sich gegenseitig mit Handschlag begrüßt. Dabei wird ein Willkommensgruß auf Albanisch gemurmelt.

Vor einem traditonellen Sitzkissen steht ein alter Mann mit der würdevollen Ausstrahlung eines Patriarchen. Vor ihm verneigt sich Paul nur kurz, wobei er die rechte Hand zum Herzen führt.

Paul schaut dem Alten bei der Begrüßung etwas fester als erlaubt in die dunklen, aber hellwachen Augen, die ein Gesicht aus tiefen Falten und Schrunden beherrschen. Die gesamte Erfahrung und Weisheit eines Familienoberhauptes liegt darin. Er hat die Augen eines Adlers. Scharf und unbestechlich. Das muss der Chef sein, der letztlich über sein Schicksal entscheiden wird.

Keine Regung ist im Antlitz des Mannes zu erkennen.

Paul muss sich zusammenreißen. Nur nicht zu scharf gucken. Nur nicht provozieren. Es fällt ihm schwer.

Dann kommt er zum letzten der Männer, Rrushdi, der schon seinen Platz eingenommen hat. Vor ihm bleibt er stehen und schaut ihn nachdenklich an. Beide wissen um ihre Identität.

Die Begrüßung ist zu Ende. Langsam versammeln sich alle vor ihren Plätzen. Wie auf ein Kommando setzen sie sich in der traditionellen Art mit gekreuzten Beinen hin. Zwei junge Frauen versorgen alle mit dem üblichen Glas Tee, das erst einmal ausgeschlürft wird.

Paul wundert sich über die Ruhe in einer solch schicksalhaften Versammlung.

Es ist zu warm in dem Raum. Er fängt langsam an zu schwitzen. Er fühlt sich unwohl. Keine gute Voraussetzung für einen klaren Kopf. Paul beobachtet die Männer gegenüber verstohlen. Sie wirken wie versunken und in sich versammelt.

Plötzlich beginnt der *mufti* von Kukes zu reden. Er hat ein Papier dabei, das er vorliest.

Safet übersetzt wie verabredet mit leiser Stimme. »Heute sind wir zusammengekommen im Dorf Gjinaj im Haus der Familie Krasniqi, um Zeugen zu sein bei der Aussöhnung zwischen dem Deutschen Paul Anker und der Familie Krasniqi. Im Jahr 1996 tötete der Deutsche Paul Anker mit seinem Auto den Jungen Hasan Krasniqi unbeabsichtigt auf der Straße. Wir bitten die Familie Krasniqi, die Blutrache im Namen des Kanun des ehrenwerten Lekë Dukagjini für ein Blutgeld, das es auszuhandeln gilt, einzustellen.« Es folgt eine lange Liste der Anwesenden.

Niemand sagt nach der Eröffnungsrede des *mufti* von Kukes etwas. Es ist, als sei die Sache erledigt.

Aber plötzlich beginnt der Alte ganz leise, aber erstaunlich klar und verständlich zu sprechen, ohne den Blick zu erheben: »Wir sind nicht gewillt, für ein Blutgeld die schändliche Tat vergessen zu machen. Unser Sohn wird nicht mehr lebendig werden. Der Kanun sagt wohl Blut sei nicht für eine Schuld. Er sagt aber auch: *Der Preis des menschlichen Lebens ist gleich, für den Guten wie Bösen.* Normalerweise wird der Totschlag ohne Absicht nicht mit der Büchse verfolgt. Aber in diesem Falle soll der Täter das Blut büßen. Seine Schuld ist zu schwer, als dass wir sie vergessen können. Was hast du in unserem Land zu suchen, Deutscher? Wir haben immer gelitten als Albaner. Jahrhundertelang mussten wir das Joch anderer ertragen. Nun seid ihr gekommen, um Geld zu verdienen. Dafür musste mein Enkel sterben. Dein Motiv ist unehrenhaft. Mehr will ich dazu nicht sagen.« Der Alte sieht weiter nach unten und schweigt.

Paul ahnt nichts Gutes.

Da erhebt Rrushdi seine Stimme: »Ist der Deutsche denn nicht in unserem Land, um den Menschen hier zu helfen? Ich meine, er hat das nicht absichtlich getan. Wir sollten seine Tat als unbeabsichtigten Totschlag ansehen, der nicht mit der Büchse verfolgt wird. So sagt es der Kanun. Wir sind vernünftige Leute im Sinne des Kanun unserer Väter. Lass ihn in Frieden ziehen, Großvater. Gib uns Frieden damit.«

Rrushdi hat viel damit gewagt, seinem Großvater und Ältesten die Stirn zu bieten. Paul schaut anerkennend den Mann an, der ihn höchstwahrscheinlich töten sollte.

»Wir haben den Rat der Familie Gjonmarkaj in der Schlucht von Oroshi in Mirdita eingeholt.« Scharf wirft einer der Männer neben Rrushdi die Worte in den Raum. Es könnte der Vater des Jungen sein, schätzt Paul. »Die *gjakmarrje*, die Blutrache, ist durch das Haus Gjonmarkaj und unseren Entschluss gerechtfertigt. Der Kanun des Lekë Dukagjini ist richtig ausgelegt worden.«

Die Worte wechseln hin und her. Mal ruhig überlegt, mal scharf und aggressiv. Paul kann eine Pattsituation in der Diskussion erkennen. Er schöpft etwas Hoffnung. Er selbst meldet sich nicht zu Wort. Der *mufti* und der Vorsitzende der Versöhnungskommission aus Tirana haben ihm zu diesem Verhalten geraten.

Zuletzt spricht noch einmal der Regierungsbeamte eindringlich zu den Männern. »Wir sollen unsere Traditionen achten und die Alten ehren. Aber wir können nicht dulden, dass wir das Gesetz des Lekë Dukagjini über unser staatliches Recht stellen. Sollte dem Deutschen, Paul Anker, etwas zustoßen, so werden wir eines Tages mit der Polizei hier bei der Familie Krasniqi sein, um das Recht des Staates durchzusetzen. Was ihr vorhabt, ist Unrecht. Es gibt Gesetze, die wir alle zu befolgen haben. Zeigt den Menschen in Europa, dass ihr zu ihnen gehört, indem ihr ihm verzeiht. Er hat das nicht mit Vorsatz getan. Es war ein unbeabsichtigter Unfall. Ich erwarte ein gerechtes Urteil von euch. Auch das ist Kanun.«

Die eindringlichen Worte des Regierungsvertreters scheinen Wirkung zu zeigen. Betroffen schauen die Männer der Familie Krasniqi nach unten.

Der Alte spricht selbstbewusst die Schlussworte: »Der

Kanun duldet nicht, dass jemand in der Versammlung geschmäht wird. Grobe Worte kann ich nicht dulden.« Er weist damit die anklagende Rede des Beamten entschieden zurück. »Wir werden die Sache in einem erneuten Teilrat entscheiden und dann mitteilen. Der Deutsche kann bis zu dieser Entscheidung in Frieden gehen und leben. Ich habe zu dieser Sache heute nichts mehr zu sagen.«

Paul ist über die Sturheit des Alten entsetzt. Wie leichtfertig hier über sein Leben entschieden wird!

Ohne noch eine Antwort abzuwarten, erhebt sich der Alte und geht hinaus. Es ist, als verlasse mit ihm der Atem der Vergangenheit den Raum.

»Lasst uns gehen. Es hat keinen Zweck, heute noch etwas zu unternehmen. Wir bedanken uns für die Gastfreundschaft des Hauses Krasniqi.« Der Mediator aus Tirana beendet auch von seiner Seite aus die Versöhnungssitzung.

Der *mufti* und der Vertreter der Regierung erheben sich und verabschieden sich bei der Familie Krasniqi.

Paul und Rrushdi schauen sich lange stumm an, bis Rrushdi wie entschuldigend mit den Schultern zuckt und sich abwendet.

Der Versuch ist gescheitert. Die Familie hat hier im Beisein der Regierung nicht zugegeben, dass sie weiterhin an dem Vermächtnis des Kanun festhalten will. Der alte Fuchs weiß genau, dass es illegal ist, die Blutrache zu vollziehen. Er will aber mit allen Mitteln daran festhalten. Paul ist sich sicher, die Entscheidung der familieninternen Versammlung schon jetzt zu kennen.

Bis dahin hat er jedoch die Sicherheit des Gottesfriedens im Namen des Kanun. Paul kann erst einmal aufatmen. Aber es ist nur ein Aufschub der Entscheidung.

Jahre später

»Paul, wann geht dein Flugzeug?«

Die Frage stört Paul. Er ist gerade dabei, seine Reisepapiere nochmals zu ordnen. »Wir haben genug Zeit, Eva. Du musst doch nicht nervös sein. Oder willst du mich schnell loswerden?«

Pauls Ton klingt ironisch. Das kennzeichnet die Stimmung, die sich während der letzten zwei Jahre zwischen den Eheleuten entwickelt hat. Entfremdung, Gefühlskälte und Misstrauen. Eva glaubt Paul nicht, dass er ihre Rache vollziehen wollte. Paul spürt das, obwohl sie es nie offen aussprach.

Sechs Monate nach dem Vermittlungsversuch verließ Paul die Europäische Beobachtermission und den Balkan. Aber alle Versuche, Evas Herz zurückzugewinnen, schlugen fehl. Es scheiterte an ihrer Härte, ihrer totalen Verweigerung. Es war keine gute Zeit für beide.

Die Eheleute führten für ihre Umwelt ein ganz normales Leben ohne offensichtliche Konflikte. Dann kam der Zeitpunkt, wo Paul es nicht mehr aushielt. Die Fahrt nach Berlin zum Auswärtigen Amt war erfolgreich.

Er wird wieder in das Kosovo reisen, wo ein unerbittlicher Krieg tobt, der die westliche Welt vor unlösbare Probleme stellt. Paul will seine Erfahrung einbringen, aber auch dieser unerträglichen Atmosphäre zu Hause in Ostfriesland entrinnen.

Eine erneute Flucht vor seinen Problemen.

Noch immer lastet der Schatten des Kanun auf ihrer Partnerschaft. Pauls Gedanken schweifen immer wieder zu diesem Thema. Er kommt nicht davon los. Manchmal schrecken anonyme Anrufe sie aus dem ruhigen Ablauf ihres Lebens.

Aber eine konkrete, unmittelbare Bedrohung ist nicht zu bemerken.

Paul ist sich jedoch sicher, dass die Familie Krasniqi ihre Rachepläne nicht aufgegeben hat. Der Kanun verlangt sein Blut. Diese Leute können warten nach ihren Niederlagen. Der Zeitpunkt wird kommen.

Es ist, als sei im Leben der Ankers nie etwas geschehen. Seit mehr als einem Jahr keine Kontakte mehr zur Polizei, keine erneuten Rekrutierungsversuche der albanischen Organisation und auch keine Annäherungen seitens des BND.

Irgendwie verunsichert das Pauls Seelenlage. Das wird durch Evas stillen Rückzug aus ihrer Partnerschaft nicht besser. Es ist, als seien sie alle gegen ihn verbündet.

Das Kosovo brennt. Es kommt ihm gerade recht, seinen Problemen zu entfliehen. Paul hat Eva nur über seinen Entschluss informiert, sie nicht nach ihrer Meinung gefragt.

Dann stehen sie wie so oft in den letzten Jahren auf dem Abflugterminal in Bremen und Paul verabschiedet sich mit einem flachen Kuss auf die Wange von seiner Frau. Er spürt ihre Kälte und Abneigung, die durch den flüchtigen Wangenkuss, den er zurückbekommt, überdeutlich wird.

»Pass auf dich auf, Paul!« Das sind ihre letzten Worte, als er mit seinem Koffer durch das *gate* schreitet.

Sein Diplomatenausweis macht wieder einmal alles etwas schneller und einfacher für ihn. Es bringt ihm die neidvollen Blicke der Mitreisenden ein. Alle sind sie gleich; aber einige sind gleicher. Paul ist es egal. Er atmet auf. Er braucht diese Aufgabe.

Über den Wolken kommt Paul dann zur Ruhe. Er schließt die Augen und denkt an die Welt, die ihn erwarten wird. Sie ist nicht weit weg von Albanien, von der Familie Krasniqi, vom Kanun.

Auch im Kosovo ist der Kanun zu Hause.

Albanien
JUGOSLAWIEN
Peč
Priština
Podgorica
Gusinje
Tamarë
Lipljan
Štimlje
Đakovica
Uroševac
Prizren
Kačanik
Shkodër
Pukë
Kukës
Ulcinj
Tetovo
Lezhë
Rreshen
Gostivar
MAKEDONIEN
Krujë
Brod
Kičevo
Tirana
Durrës
Kruševo
Kavajë
Librazhd
Struga
Elbasan
Ohrid
Resen
Lushnjë
Pogradec
Kuçovë
Pustec
Fier
Berat
Ballsh
Maliq
Korçë
Selenicë
Vlorë
Kastoria
Çepan
Ersekë
Përmet
Palasë
Himarë
GRIECHENLAND
Konitsa
Sarandë
Jergucat
Korfu
Kerkira
Dipotamon
Metsowon
40°
42
20°
0
25 km

Muss ich jemandem Dank sagen?

Ja!

Mein Dank gilt dem Leda-Verlag und meiner Verlegerin Heike Gerdes dafür, dass sie mir die Chance gab, mein zweites Buch wieder über ihren Verlag zu publizieren. Weiterhin gilt mein Dank meiner Lektorin Maeve Carels, die sich mit meiner teilweise chaotischen Arbeitsweise auseinandersetzen musste. Ich habe noch nie so viel von einer Autorin gelernt wie von ihr.

Benny Bothe

lebt in Aurich, wo er als Berufsoffizier der Luftwaffe eingesetzt war.
Nach seiner Pensionierung arbeitete er als Monitor im Dienst des Auswärtigen Amtes auf dem Balkan.
Unbewaffnet und in weißer Uniform war er auf dem Balkan unterwegs und berichtete aus Bosnien-Herzegowina, Albanien und Makedonien ebenso wie aus dem Kosovo und Serbien über die politische und militärische Situation, über Menschenrechte und humanitäre Zustände, über Erziehung und Wirtschaft. Im September 2002 wurde er zudem als Langzeitbeobachter nach Serbien geschickt, um über die Präsidentschaftswahlen zu berichten.
Sein aktueller Krimi entwickelt sich im Spannungsfeld zwischen archaischer Tradition und dem Selbstverständnis demokratischer Strukturen. In Albanien und im Kosovo lernte er den Kanun kennen. Das albanische Gewohnheitsrecht fasziniert ihn bis heute. Seine Erfahrungen schildert er auch in *Dicht am Krieg*.

Lesungsanfragen unter lesung@leda-verlag.de

Benny Bothe
Dicht am Krieg
978-3-934927-44-5
320 Seiten; 14,70 Euro

Dicht am Krieg hat sich der Auricher Benny Bothe immer wieder bewegt – unbewaffnet und in der weißen Unform, die den Beobachtern den Spitznamen »Eismänner« eingebracht hat. Als Monitor im Dienst des Auswärtigen Amtes beobachtete er für die Europäische Gemeinschaft seit 1995 auf dem Balkan den schwierigen Weg der ehemaligen Kriegsgegner in die Demokratie. Eindringlich und authentisch schildert er die Begegnungen mit Krieg und unvorstellbarem Elend, mit dem albanischen »Gesetz der Berge«, mit Einsamkeit und der Angst, mit der letztlich jeder allein ist.

Die Straße der Philosophen ... *Foto: Benny Bothe*

W. W. Domsky
Ehre, wem Ehre ...
Kriminalroman
978-3-939689-33-1
9,90 Euro

Peter Gerdes
Zorn und Zärtlichkeit
Kriminalroman
978-3-939689-64-5
320 S.; 9,90 Euro

Lothar Englert
Friesische Freiheit
Historischer Roman
978-3-934927-55-3
15,90 Euro

Andreas Scheepker
Das Salz der Friesen
Historischer Krimi
978-3-939689-79-9
9,90 Euro

Isa Schikorsky
Fortunas tödliches Füllhorn
978-3-939689-80-5
9,90 Euro

Angelika Stucke
Kaltmond
Historischer Krimi
978-3-939689-50-8
9,90 Euro

Regula Venske
Bankraub mit Möwenschiss
Inselkrimi – Juist
978-939689-18-8
8,90 Euro

Peter Gerdes
Wut und Wellen
Inselkrimi
Langeoog
978-3-939689-34-8
9,90 Euro

Regine Kölpin
Muschelgrab
Inselkrimi
Wangerooge
978-3-939689-59-1
9,90 Euro

Ulrike Barow
Baltrumer Dünengrab
Inselkrimi
978-3-939689-62-1
9,90 Euro

Hanna Dunkel
Mordsache Ulsnis
Kriminalroman
Schleswig-Holstein
978-3-939689-30-0
9,90 Euro

Friedrich Ebding
Bon Réveil – Für immer Provence
Kriminalroman
978-3-934927-76-8
9,90 Euro

Annette Petersen
Luft
und Lüge
Kriminalroman
978-3-939689-71-3
9,90 Euro

Andreas Schmidt
Tod mit
Meerblick
Kriminalroman
978-3-939689-67-6
9,90 Euro

Böker/Vollbrecht
Berits
Bild
Kriminalroman
978-3-939689-70-6
9,90 Euro

Maeve Carels
Nur ein
Schatten
Kriminalroman
978-3-939689-81-2
9,90 Euro

Bernd Flessner
Friesengold
Kriminalroman

978-3-934927-75-1
9,90 Euro

Lars Winter
Blonder
Mond
Ostfrieslandkrimi
978-3-939689-59-1
10,90 Euro